瞻對

阿來 著

終於融化的鐵疙瘩

〔代序〕

我不是在寫歷史，而是在寫現實

阿來

創作《瞻對》這部作品，於我完全是個意外。

幾年前，為寫《格薩爾王》，我去了西藏很多地方搜集資料。在一、兩年的行走過程中聽到很多故事，其中就有一個關於瞻對的故事。《瞻對》是一部歷史紀實文學作品，我本來是想寫成小說，開始想寫個短篇，隨著史料增多，官府的正史、民間傳說、寺廟記載，最後搜集的資料已經夠寫個長篇了。但是到後來，我發現真實的材料太豐富，現實的離奇和戲劇性更勝於小說，用不著我再虛構，歷史材料遠比小說更有力量。於是我開始更多地接觸這些材料，慢慢就有了《瞻對》。

我去實地考察了以後發現，關於瞻對的故事並不只是一個民間傳說，它是當地實實在在發生過的一系列歷史事件，並且與很多歷史人物都有關係。比如道光皇帝，還有清朝另一個人物——琦善。學中國史的人都知道，鴉片戰爭時期有個投降派叫琦善，他曾是清廷的欽差大臣。琦善先是主戰的，因為派人前往廣州與英軍議和並簽訂不平等條約被皇帝罷免。後來道光皇帝重新起用琦善，把他發配到西藏當駐藏大臣，不久又被調任四川總督。就在他從西藏回四川的路上，在今天的甘孜州境內，遇到了被稱為「夾壩」的一群藏人。這些藏人截斷了川藏大道，琦善主張鎮壓，這才發生了清廷和西藏地方政府聯合起來鎮壓布魯曼割據勢力的這一系列故事。

原本我是從事虛構文學創作的，但是在追蹤這個故事的過程中我發現，這些歷史真實發生過的種種事情已經非常精采了，根本不用你再去想像和虛構什麼。就像今天我們在討論現實問題的時候，就常常會感到，今天這個現實世界不用小說家寫就已經光怪陸離了，好多事情是那麼不可思議，那樣匪夷所思。

人們研究歷史，其實是希望通過歷史來觀照我們當下社會的現狀。觀察這些年來中國出現的少數民族問題，我發現，無論是過去了一百年還是兩百年，問題發生背後的那個原因或者動機居然是那麼驚人的一致，甚至今天處理這些事情的方式方法，還有中間的種種曲折，也都一模一樣。瞻對雖然只是一個小縣，但發生在它那裡的歷史也是如此。在這種情況下，歷史或許就對今天有很大的借鑒意義。「一切歷史都是當代史」，這句話並沒有失效。

所以我覺得，我寫這本書不是在寫歷史，而是在寫現實。我寫作的目的，是想探求如今的西藏問題是從哪裡來的，是怎麼演變成現在這樣的，是為了告訴大家一個真實的西藏。我生活在藏地，寫的是歷史往事，但動機是針對當下的現實。這裡面也包含我一個強烈的願望，就是作為一個中國人，不管是哪個民族，都希望這個國家安定，希望這個國家的老百姓生活幸福。

我這次寫作靠兩方面的材料，一個是清史和清朝的檔案，另一個就是民間知識分子的紀錄。民間材料的意義在於，很多時候它跟官方立場是不一樣的。更有意思的是，除了這兩個方面之外，這些歷史事件也同時在老百姓中間流傳，因此又有一種記述方式叫口頭傳說，也就是講故事。這裡面就有好多故事，保留了過去很多生動的信息。作為非虛構創作，我知道把這些傳說故事寫進歷史是沒有什麼特別意義的。但是這些虛構的、似是而非的傳說當中其實也包含了當時老百姓對於政治以及重大事件的一些看法和情感傾向。另外，民間文學還有一個特點，就是對同樣一件事情有很多不同的說法，這些我都表現在書裡了。

從另一個層面上講，民間文學還有一種美學上的風格。它沒有歷史現實那麼可靠，但它在形式上更生動、更美。在寫《瞻對》的過程中，我把每一個故事涉及的村莊以及發生過戰爭的地方都走了一遍，這是值得並且可以做到的，走一遍就可以獲得一個很好的空間感。

過去傳統的藏族文化中，當有人要寫一本書的時候，他們會在書的前面寫一首詩，表達他將要寫的書中有什麼願景，在佛教裡叫作發願。今天寫作的文體在不斷變化，但是我醞釀這本書的時候，有強烈的發願在心裡。這個發願就是，當我們看到這個社會還有種種問題的時候，我希望這些問題得到消滅。當我們在強調文化多樣性的時候，同時又很痛心地發現不同民族文化之間，在某些程度上也會變成政治衝突。我希望民族多樣性保持的同時，文化矛盾也得到解決。

到今天為止，雖然外部條件有了巨大變化，但對於農民、對於鄉村、對於少數民族地區，我們一些政府官員的想法，從某種程度上看，雖然經過了一些新詞的包裝，卻和一個滿清官員、知縣沒有什麼區別，甚至還不如他們。這本書也可以說影射了社會結構，其實你可以把瞻對看成一個中國的鄉村，它就是稍微落後一點的鄉村地區的處境。

瞻對雖然是一個很小的地方，但它牽涉了幾乎從清代以來的漢藏關係。西藏問題原來只是一個中國內部問題，近代以來逐漸變成一個國際性問題。考察這個過程，你會發現它遠不像今天公眾所理解的漢藏關係這麼簡單。不是所有的問題都是漢藏關係，不同的民族、文化之間有衝突是必然的。但我們今天只有一種簡單化的思維：只要是在藏族出了問題，都理解為漢藏關係。我寫這本書，也是希望對這個認識誤區進行更正，希望讀者能正確認識漢藏關係。

目次

第二章

第三章

第四章

第五章

第六章

第十章

第一章

小事一件

那時是盛世。康乾盛世。

乾隆九年，西元一七四四年。

大清國如日中天。

就是這時，清代以來才正式開闢，一路設了若干塘汛和糧臺由四川進西藏的大道上，卻出了一件不大不小的事情，讓我們來開講一個幾近三百年的漫長故事。

的確不算大事，川藏大道上，有三十六個人被藏語稱為「夾壩」的人搶劫了。在那樣的年代，一行人路經僻遠而被搶劫，以致被謀財害命並不是什麼了不起的事情。但是，這件事情卻先上報到川陝總督慶復那裡，又由慶復上奏給乾隆皇帝，說明這件搶劫案太不一般。原來被搶的人是一眾清兵。用今天的話講，叫維穩無小事，何況被搶的還是在川藏大道上維穩的軍人。

《清實錄》明確記載：「江卡汛撤回把總張鳳帶領兵丁三十六名，行至海子塘地方，遇夾壩二、三百人，搶去馱馬、軍器、行李、銀糧等物。」

江卡，今天是西藏自治區昌都地區下屬的一個縣，名叫芒康，地處金沙江西岸，與金沙江東今屬四川的巴塘縣隔江相望。汛，清代綠營兵的駐紮之地。江卡汛，正是清代沿川藏驛道分布的綠營兵駐地之一。跟今天的軍隊一樣，那時兵丁也會到期換防。把總，在清代所領兵丁，也就十人到上百人不等，相當於今天軍隊裡一個連排級幹部。就是這位張鳳把總帶著三十多位軍人，在江卡汛駐防期滿，從西藏回內地途中，渡過金沙江，過了巴塘，不一日，就來到里塘（治今理塘）土司地面。就在這叫做海子塘的地方被搶了。海子，就是高原湖。他們被搶之處，是一個風景漂亮的地方。塘和汛一樣，也是清代在川藏大道上的駐兵之地。

慶復這位封疆大吏在奏摺中有理由表達自己的憤怒：「官兵猝遇野賊，自當奮勇前敵，苟槍斃一二，眾自驚散。」但這位張把總卻「怯懦不堪，束手被劫」，「川省界雜番夷，弁兵積弱，向為悍番玩視。」以致「即擺設塘汛，俱屬具文。」

所謂「野賊」，就是當地百姓。

承平日久，兵不能戰，這似乎是盛世帝國的通病。

但清代康乾盛世間，其實戰事不斷。翻翻清代史料，不說其他地方，光是藏區，這些年中，從西藏到青海，再到四川，都大小戰事不斷。真正的問題還是體制醞釀腐敗，不但造成財富以非正常方式向少數人集聚，腐敗更重要的惡果，是這一體制上下的懈怠因循，漸漸造成吏不能治而兵不能戰。

從奏摺看，慶復不但詳陳事情原委，而且提出具體的處置建議：「一面將該把總飭革拏問，再札致撫、提二臣，將大海子地方遼闊，塘汛隔絕之處，作何嚴密防查，以杜後來竊劫。」那時，川陝總督駐在陝西，直接管理四川事務的，是駐成都的四川巡撫和四川提督，所以，要「札致撫、提二臣」。

乾隆皇帝也還冷靜：「所見甚是，應如是辦理者。」

遠在陝西的川陝總督慶復已經奏報在前，才有近在成都的四川巡撫紀山就同一件事情上奏在後：「江卡撤回把總張鳳行至海子塘被劫。現在飭革拏問。」相比慶復的奏摺，簡單多了，頗有大事化小，小事化了之意。這就怪不得皇帝要憤怒了。人一憤怒，話就多，而且翻出舊賬：「郭羅克之事甫完」，郭羅克也屬藏人一部，那時也在四川巡撫責任區內，今天已劃入青海，也是同樣的事由：「悍番夾壩」。也就是搶劫今天所說的茶馬古道上的來往商旅，甚至官差。乾隆皇帝降旨說：「郭羅克之事甫完，而復有此，則去年汝等所辦不過苟且了事可知。況此事慶復早已奏聞，意見亦甚正，而汝所奏遲緩，且意若非甚要務者，大失封疆大吏之體。此案必期示之以威而革其心，首犯務獲，以警刁頑。不然，將來川省無寧歲矣！」

這一來，一件發生在小地方的小事件，就開始因為皇帝的重視，皇帝的憤怒而變大了。當時只知道是相當於今天一個排的兵被搶得精光，誰搶的？還沒人知道。那就先查是誰搶了張把總手下全副武裝的軍人。

一個多月後，乾隆皇帝收到四川巡撫紀山奏報，作案的人有了出處。「查打箭爐至西藏，番蠻種類甚多，而剽悍尤甚者，莫如瞻對等部落，每以劫奪為生。」

這本書將始終關注的地方——瞻對的名字出現了。打箭爐是今天的甘孜州首府康定。從康定西去，川藏公路循的還是清代川藏驛道的路線。出康定，翻折多山叫做出關，然後過雅礱江到雅江縣，再上高原到理塘，瞻對就在理塘北面的叢山之中。那時瞻對人常常南下來到川藏大道上，在來往商旅身上發點橫財。

過了理塘，川藏大道再一路向西，到巴塘，再過金沙江，便是西藏。今天，這一路上的藏人，有一個被賦予了頗多浪漫傳奇色彩的名字：康巴。其實，正如紀山奏摺中所說「番蠻種類甚多」，這一路西去的藏人部落，其間還有種種分別，一句話，大文化中包含多種小文化，小的文化造成語言與風習的差異之美。這種文化多樣性與這一地區的生物多樣化相互映照，蔚為大觀。

找到強盜，也就是「夾壩」的出處不難，可找到又如何處置呢？

四川巡撫紀山上奏：「此次搶奪官兵行李，理應奏請懲以大法。緣雍正八年征剿瞻對大費兵力，總因該番恃險，攻擊匪易。惟恐不籌畫於事前，未免周章於日後，是以此案檄飭里塘土司追拏贓盜。原欲以蠻制蠻，相機酌辦，斷不敢視為非要，稍萌輕忽之念。」原來，瞻對番人，早已作過亂了，且朝廷也派兵剿辦過，但山險路遠，效果並不彰顯。

瞻對，說從前

從前，清雍正六年，即一七二八年，二十年前才被康熙皇帝冊封為安撫司的下瞻對土司便「縱容夾壩」，即縱民出境搶劫。四川有關方面為示懲創，便從靠這一地區最近的黎雅營調漢、土官兵進軍緝捕凶犯。游擊高奮志誘殺下瞻對土司策冷工布。本以為從此瞻對地方便群龍無首，自可一路前驅，各個擊破，高奏凱歌。

不意此舉反激起瞻對民眾的仇恨，利用深峽密林的有利地形設伏，消滅清兵兩百餘人。高奮志敗逃。雍正八年，為雪高奮志敗逃之恥，更為了大清朝的顏面，四川提督黃廷桂派遣副將馬良柱領兵一萬兩千餘人前往征剿。瞻對人拆毀自北向南縱貫全境的雅礱江上的橋梁，退出江東，陳兵於江西岸。清軍被阻於江東，馬良柱一籌莫展，更因糧運之路漫長，只好草草收兵。

是為清代第一次對瞻對用兵。

不是對瞻對全境用兵。只是對靠近里塘土司地面的瞻對南部的下瞻對土司用兵，先是失敗，後是無功而返。

而當事人四川提督黃廷桂卻是以報功收場的。查《清代藏事輯要》，主持此次進剿事宜的黃廷桂如此上奏：「……口外瞻對等處賊番，糾黨搶劫，調兵次第剿撫。」

雍正皇帝降旨：「進剿瞻對漢、土官兵，奮勇力戰，直搗巢穴，番眾率先輸誠，已將賊首擒獻。」皇帝不會親臨現場，也未派有欽差，只能根據上報材料作此總結。並下旨，對有功官兵論功行賞，傷亡官兵也「照例賞恤」。其實，清兵被阻於雅礱江東，根本未能深入下瞻對腹心，「直搗巢穴」云云，那就是彌天大謊。真實情形，皇帝或許知道，但裝不知道。也許真不知道。

但後來的慶復、紀山等大概是十分清楚的。

戰雲初布

第一次用兵瞻對無功而返，前車之鑒不遠，紀山自然不敢輕言舉兵，所以要「以蠻制蠻」，命令與下瞻對相鄰的里塘土司「追拏贓盜」。這也不無道理。因為下瞻對地理位置並不在川藏大道之上。他們要搶掠官兵，必須南下，翻越崇山峻嶺，來到里塘土司境內，所以，領有護路守土之責的里塘土司自然不能說與此事毫無干係。所以，紀山的計畫是讓里塘土司有所動作，「如瞻地即將夾壩首犯獻出，別行請旨完結。」

巡撫紀山在官場上久經歷練，知道這番最省力省心的計策未必奏效，所以在奏摺中還留了後手，「倘或刁頑不悛，其作何示之以威，並善後之法，以及派委何員前往專辦之處，容與督、提二臣共同酌籌會奏。」

督是總督，提是提督。按清代官制，品級都高於從三品的巡撫。也就是說，如果小事變成大事，紀巡撫要拉他們與自己一起集體承擔決策與領導責任。

又三月後，紀山再次上奏皇帝，時間是一七四五年。「瞻對賊番搶劫撤回兵丁行李，正在嚴緝。」也就是說，該抓的強盜還沒有抓到。看來，用里塘土司威逼瞻對土司，此計不行。而且，此期間，里塘土司境內還在屢遭「夾壩」搶掠。這也寫進了紀山奏摺。

「據里塘所屬渣嗎隆黑帳房民報稱，有夾壩四十餘人，搶去帳房、牛隻。

「又據額哇奔松塘番兵報稱，有夾壩三十餘人，各帶槍箭，拆毀房舍，搶去文書。」

這些奏報說明，那些「夾壩」，不僅搶劫官兵，也搶劫當地百姓。

「該土司不將首犯擒獻，贓物全交，隨即檄飭諳練夷性弁目人等前往曉諭。將來示威與否，雖難懸定，而軍糧必須預為密籌。」

所以，皇帝批示：「先事綢繆，甚合機宜。兵貴神速，不可不知。」

又批示：「以此觀之，竟有不得不示以兵威者。」

皇帝有了批示，下面自然開始貫徹執行。

皇帝三月批示，川陝總督四月初一便上奏了初步計畫。

「上、下瞻對番民慣為夾壩」，也就是說，上瞻對和下瞻對向來就有出外搶掠的習慣。而且，奏摺中還對瞻對地形也有描摹，「上、下瞻對在雅籠江（今為雅礱江）東西，夾江而居，各二十餘寨。東有大路二條，西、南、北共有大路三條，俱屬要隘。界連四瓦述等土司。凡瞻對之出入內地者，俱由四瓦述地界經過。」

瞻對地方確實路遙地險，清代史料載，上瞻對距打箭爐十四站，下瞻對距打箭爐十八站。一站一日，只是徒步抵達，時間就在半月以上。這樣的地理環境，使得「從前曾經萬餘兵攻彼，猶難一時懾服，今若兵力稍弱，不足示威。應選委鎮、將各一員，為正、副都統，以建昌道為監紀，酌調提標和鄰近鎮、協之漢兵四千名，雜谷、瓦寺、木坪等土司之土兵四千名，俱由打箭爐出口，向該土酋等近巢駐紮。並派撥該管之明正土司及附近之里塘土司等，於各隘口堵禦。其四瓦述土司，向懼瞻對侵犯，不無暗相結納，實非出於本心。應開導使弗黨惡，則瞻對勢孤。然後指定各夾壩姓名、寨分，令該土酋等擒獻。如上瞻對悔悟，則獎令並攻下瞻對。並令雜谷、瓦寺等土司奮力前驅，大軍隨後進剿。」

主管軍事的官員預作進軍計畫，行政官員也行動起來，預作後勤保障方面的籌畫。四川布政使李如蘭上書戶部，「預籌邊地倉儲」。在靠近藏區土司地面的雅州府雅安、滎經二縣各增買穀米五千石，在清溪一縣增買穀米三千石。

紀山又上奏，說雍正八年進剿瞻對，派漢、土兵一萬兩千餘名，米麵、餉銀、軍械等費用浩繁。這次進兵數量有增無減，糧、餉和軍械更要多多預備。當時打箭爐和靠近打箭爐的官倉中貯米七千六百餘石，雅州屬下各縣也有存糧。應碾穀成米五千石，預先運到打箭爐。又要多備銀兩，在打箭爐和里塘、巴塘兩處土司地面購買炒麵——也即方便高原長途食用的藏民主食：糌粑。所以，「應請先於司庫封貯、備貯二項銀三十九萬三千兩。」

備戰一事，真是麻煩。

最大的麻煩，是花銀子。

動兵就要花錢。

「應支月費、口糧、騎馱等項照例支給外，其將備弁兵借支製備軍裝，土兵按名給發安家坐糧及加賞銀兩，並漢、土各兵之鹽菜、口糧、茶葉、羊折，官兵、跟役、通事、譯字、斗級倉夫等應支口糧、工食等項。」

打仗不是電視劇裡一番衝殺就可以了事的，沒打起來，先卻是這麼些婆婆媽媽的事讓人煩心哪！

所有這些，雍正八年那次草草收兵的征剿，倒也積累了經驗。因此，「雍正八年有例可循者，俱遵照辦理。」

此時，四川換了一位新提督叫李質粹。新官上任，作為一省最高武官，他也積極主張進兵。到任後便與慶復、紀山共同上奏「瞻對賊番屢肆搶劫，雖經動兵征討，而頑心終未盡革。必須增益官兵，懾其心膽，方可一勞永逸」。

三個地方大員聯名正式請戰了。

中央也正式議覆。這個議覆。是皇帝把請戰奏書，轉到相關部門，比如兵部，說你們拿個意見吧。兵部很快拿出意見，並下達貫徹：「以建昌鎮總兵袁士弼為總統，於川省提標各營及雜谷、瓦寺各土司內共派出漢、土官兵一萬二千名，遴選幹練之員帶領進剿。並撥附近瞻對之西寧鎮漢、土官兵一千，西藏郡王頗羅鼐所屬江卡番兵，德格土兵各一千，聯絡聲援，巡邏偵探。」

這「議覆」下達的同時，乾隆皇帝也憂心忡忡，對軍機大臣說，「……用兵原非美事，即所費錢糧亦復不少。」「倘此番料理不善，或至有損軍威，或仍以雍正八年草率完結，復留後患，朕當於慶復、紀山、李質粹是問。」

皇帝此舉，不知是對下屬沒有信心，還是出於某種不好的預感。

皇帝催兵

地方請求舉兵行動，中央相關部門迅速批准，下面的行動卻遲緩下來。

六月，川陝總督慶復等又上一摺，說的不是進兵的事，但與進兵之事也有些關聯。此一摺說的是打箭爐，即今日之康定。那時，各地抽調的兵馬糧草都要先聚集打箭爐，再往西陸續開拔轉運。慶復等人上奏的卻不是這些事情。他們突然想起來要在打箭爐整頓社會治安——「稽查民人出入」。

寫文章這是好筆法，到緊要之處，宕開一下，著些閒筆，其實是增強懸念。但用兵之事，恐非如此。可慶復等還是上奏了：「查打箭爐原設三門，東門大卡係進省通衢，南門出卡係赴藏大道，北門雅納溝係通各處苗蠻小路。因爐城設有茶市，苗蠻匯集貿易，漢民遂亦繁多，向無稽查之例。」但現在，出入之人要予以盤查，要查看證件了。「爐城三門鎖鑰應交地方官掌管，撥兵守口，盤查一應內地出口之人，俱令在地方官處起票，守口人查驗放行。」皇帝不太關心此事，便交由身邊的大學士「議覆」。大學士們如何議覆，未見記載。

七月，紀山又上奏：「瞻對頑番不法，前委千總向朝選前往曉諭，乃下瞻對班滾已以兵二百餘名在西納山下插營阻擋。該千總隨令瞻對頭目將公文發去，令其回覆，而班滾仍復支吾。及至上瞻對七林坪土寨，照前曉諭，又藉稱：『土司已故，家內不知，並未放夾壩』等語，彼此推諉，始終不獻贓賊。自宣示以兵威，師出糧隨，現已起運雅郡倉米四千八百八十餘石，並接運所需青稞，已經爐地購定三千石，里、巴二塘共預購一千五百石。其軍需銀兩亦俱運爐接濟。」

皇帝自然不高興：「知道了。兵貴神速，今汝等尚無進師之期，而彼已有兵擋矣！善用兵者如是乎？」

皇帝又找來軍機大臣。他當然有理由要煩惱，「目前所請錢糧已至五十萬之多矣」。更重要的是，「李質粹等奏稱，『昨差千總前往曉諭，勒獻贓賊。』」大兵雲集之時，你還曉諭什麼？這結果只是使別人「早已聞風預備」，所以皇帝不禁要問：「所謂兵貴神速者何在？」

皇帝更擔心，「看此情形，是伊等辦理游移拘泥，業已不合機宜，恐將來進剿亦未必悉能盡善，永除後患。」皇帝也看得很清楚，弄不好，就會如「雍正八年之草率完結，復為今日之害」。

皇帝一番責難催促，征剿瞻對才又定下統領官兵副將馬良柱，副將宋宗璋。宋宗璋正好在此時升任松潘鎮總兵，四川提督李質粹上奏請求留用宋。因為瞻對是宋任泰寧協副將時轄制的地方，「情形熟悉」。

「准之。」

皇帝終於不耐煩了：「兵貴神速，豈有賊已發兵阻擋，而汝等尚無出師之期之理！」接下來的批示，更是耐住性子，語重心長，「兵者不得已而用之，固不可姑息了事，以貽後患，亦不可玉石俱焚，而無所甄別。至夫殺降冒功，則尤當所戒也。勉之！慎之！」

時間是乾隆十年七月十四。

一個多月後的八月二十六日，才又有前線消息。但不是開戰的消息。慶復上奏：「上瞻對班滾聞兵進剿，現稱出結效順。恐係秋禾將熟，希圖延緩收穫，亦未可定。」這位下瞻對土司班滾，正是雍正年間被清兵執殺的安撫司策冷工布之子。此時據有瞻對大半地方。上瞻對地方，老土司病故，其子年幼，由有實力的土目主持地方。「上瞻對頭目騷達邦等情願獻出三寨，效力引路，並攻下瞻對，亦不可遽信。容臣到川時確查虛實。」

原來，從決定起兵到現在，時間已近半年，川陝總督還沒有抵達靠近前線的四川。

九月底，皇帝接到慶復奏摺。這位封疆大吏終於到川就位了。「臣於八月行至川省，與撫、提諸臣籌辦瞻對軍務。」而且，進一步得到瞻對地方的更詳細情形。「上、下瞻對雖同縱屬為盜」，但兩者有所區別。上瞻對應襲土司職的肯朱，還是一個不滿一歲的小兒，「聞兵進剿，親自繳印投誠，並泣訴伊叔四朗謀奪土職，願為官兵引路進攻……肯朱可從寬宥。」

「至下瞻對班滾與上瞻對賊首四朗，勾通交接，不獻贓賊，情罪較重。然果親出投誠，亦可暫緩其死。先令獻出各案贓賊，有應正法者，即在軍前正法。再令繳出各寨軍器，然後酌議安置。倘敢違抗如故，盡行剿滅。」

皇帝不相信如此舉措會有什麼好的結果，說大兵壓境，教他們退還些贓物應該不難，他們甚至可以弄幾個人來冒充首犯，教你殺頭，「將來撤兵之後，保其不再生事耶？」

此時，提督李質粹也到達前線了。「臣於七月初八日，自川省起程進剿瞻對，二十六日行抵東俄洛地方。總統建昌鎮總兵袁士弼及各路漢、土官兵亦先後齊集。」

大軍出動

隨即，大軍分作南北中三路前進。南路自里塘進兵，由副將馬良柱統領。馬良柱正是雍正年間征瞻對將兵之官。北路由松潘鎮總兵宋宗璋率領，由甘孜進發。中路由總兵袁士弼統領，由沙普隆進兵，同時呼應南北。李質粹「駐紮東俄洛，在里塘、沙普隆兩路適中之地，離甘孜亦不甚遠，均調度策應」。

十月下旬，先有捷報傳來：「上瞻對應襲肯朱於官兵甫出口時，親赴建昌鎮總兵袁士弼營投誠，其所屬頭目騷達邦等亦各帶土兵獻寨效用。經該鎮察無虛偽，當即收撫。並約北路官兵，攻剿四朗。」

「至四朗，本係上瞻對賊首，即親出投順，亦無可寬。」

但在此事處置上，前線官員已有分歧。慶復奏報：「原議先攻四朗，然後會合官兵直搗下瞻對。」這個四朗，本是上瞻對應襲任土司職的年幼小兒肯朱的叔叔，原與下瞻對土司通同縱民夾壩，見大兵壓境，便派其母親與兄長到松潘鎮總兵宋宗璋軍前投誠，聲稱願意歸順。宋宗璋本已升任松潘鎮總兵，卻不得已仍在此處帶兵進剿，自然希望戰事早點完結，去新的任所當他的總兵官了。因此便對四朗母兄「即為撫賞，令伊親出，欲圖草率完結」。與此前商定的「原議」「辦理互異，有誤機宜」，所以，慶復在奏摺中說，既然宋總兵已將其招撫，只好先將四朗「收管」，等征服了下瞻對，再來「嚴審定罪」。「宋宗璋即令隨同中、南兩路官兵，並攻下瞻對。如再不遵調度，即行揭參」。

這等於慶大人已經將宋總兵在皇帝面前奏了一本，為下次「揭參」他作了鋪墊。

至此，籌畫半年之久後，進剿瞻對之戰終於拉開了序幕。

上瞻對在大兵壓境時，獻寨投順。下瞻對土司班滾，其父策冷工布於雍正年間，因為「縱放夾壩」，被清兵誘殺，這回定要與清軍較量一番。「於江東設卡隘數處」，其中最重要的一處叫加社丫卡。官兵要從雅礱江東過到雅礱江西，深入下瞻對腹地，必須先將此卡攻克。此卡又是幾處小卡彼此互有犄角，互相守望相助，更增加了攻克的難度。總兵袁士弼派所部中路官兵進攻，經過苦戰，將這一大卡上的三處關隘一一攻破，撥兵丁一百餘名防守。繼續乘勝進攻。又迫近「賊番碉樓之木魯工的地方，復得正卡一處，並木魯工左右卡二處」，中路進攻算是旗開得勝。

副將馬良柱統帥南路漢、土官兵，「由直達地方進攻蠻寨三處，前抵擦馬所，復連破蠻寨十五處。其各寨賊番逃竄山箐，派兵追捕，毀賊寨九處。又分兵前攻熱泥，毀賊寨二十三處。現擬往攻擦牙所。」

總結戰果，「數日內兩路官兵連獲要卡六處，共破五十餘寨。」

乾隆皇帝得到報捷文書，自然要表示欣慰：「覽奏。曷勝欣慰。」但也不忘提醒，「但始之非難，終之惟難也」，也就是說，好多事情開始都不太困難，最大的困難往往出現在事情結尾的時候。更不忘叮囑，「恃勝輕敵，兵家所忌」。

前線好消息繼續傳來。

慶復上奏：

「中路官兵，在木魯工之右面溝內，攻擊賊巢，毀碉樓五座。又探知泥卡隆半坡箐林之中，有賊番二百餘人奔上山梁，進兵攻捕，賊番退避碉樓，我兵三面夾攻，賊番逃入箐林，復毀碉樓五座。又分遣官兵，由右山梁搜捕，進攻茹色、甲納溪兩處賊巢。而下瞻對班滾竟敢領兵迎敵，官兵奮力夾攻，賊眾敗逃深箐，現在相機進剿。

「南路官兵，前往擦牙所，相度險隘，分兵進攻賊番中、左、右三寨，毀右寨八處，左寨十三處。

「總兵宋宗璋統領北路官兵已到阿賽地方，在下瞻對交界處所，現在作何進攻尚未報到。」

奏章中對宋的措辭，明顯流露不滿。

皇帝看這奏文也生出疑竇：「但焚殺者多，陣斬者少，尚未可謂全勝也。」

舉兵示以皇威的同時，乾隆皇帝降旨：「川省民番雜處，賦糧不一……各土司番民認納夷賦銀兩，各土司完納本摺貢馬等項，一例蠲免。以示朕優恤邊方之意。」

此令一出，便產生連帶效應，青海夷務副都統立馬上奏，要求所轄青海藏區也享受同等待遇，「所有西寧屬之玉樹等族並暫隸西藏管轄之納克書番眾，應徵馬貢銀兩可否一例蠲免？」得旨：「著一體蠲免。」

慶復又會同四川巡撫紀山奏報「進剿上、下瞻對，中、北、南三路連捷情形」：

北路官兵終於動作了，「攻破喇嘛甲木溫布所據靈達卡隘，餘賊逃入林箐，復會同西寧官兵，攻木魯大山，奪占山梁，攻破賊卡碉樓，殲賊甚眾。

「中路官兵，攻破底朱碉二座，殲賊十餘名，餘賊潛逃入箐。攻若色寨，殲賊十餘名，復攻底朱，殲賊數十名。其東面山梁賊番亦經打死數十名，並燒毀碉樓二十一座。又攻楚壩哇寨，傷賊五名，餘逃走。

「南路官兵，攻擦牙所，先克二十一寨，今復攻毀四十六寨，殲賊無數，亦有逃入山林者，餘寨設法攻打。」

皇帝得報，種種憂慮前面都已說過，就不再說了，旨意還是鼓勵為主，「欣慰覽之。」

為寫這本書，我去踏訪地廣人稀的瞻對，也看過不少此地史料。民國年間，曾專門派員調查該地情形，那時瞻對全境人口，也就三萬來口。但看奏報中所克毀寨子的數目，就想，老天，這不已經掃平瞻對全境了。奏報中，南路官兵已破毀寨子一百三十餘處，卻還在那處叫做擦牙所的小地方徘徊，這是什麼緣故。後來，我終於明白，是我們對寨這個單位的看法「互有異見」。我們通常所說的一個寨，是指一個自然村落。戰事開始前，慶復上奏說上下兩瞻對各擁二十餘寨時，跟我們的理解還是同一個意思。如果用這個「寨」的概念，馬良柱所領的三路官兵，已經把上下瞻對克復三遍還多了。但開始上奏戰果時，這個概念已被這些封疆大吏們換了內容。這個寨，大概就是指一所房子，一戶人家，一座建築。弄不好，連牛棚馬圈都統計在內了。這便是官場作彙報材料的特殊功夫。

報過戰功，又該要銀子要糧草要軍械了。

巡撫紀山上奏「進剿瞻對應行籌備各項事宜」。

奏文相當長，但主要是要錢：

官兵借支行裝並馱馬鞍屜銀；

奉派瓦寺、木坪、德格土司等處土兵賞銀；

糧餉籌備。雅州和打箭爐二倉原來儲備的貯糧耗費將盡，要從其他地方籌糧數千石；

籌到糧要運到前線，先要「按程折耗」，就是運米的人也要吃米，往往所運之米，路上就被吃去了許多。其次，運米人還要「腳價」，也就是工錢；

糧運還需要組織管理：「打箭爐為出口總匯，請添委佐雜一員，聽差外委十五名，運糧解餉兵三十員，通譯二名，斗級倉夫二名，里塘、巴塘、章谷、甘孜各設正糧務官一員。里塘添撥協辦雜職一員。德格地方添設正糧務官一員。子龍設辦糧外委二名，總理糧務。派委幹練大員，駐爐督辦，並撥給弁兵十五名，以備差遣。

「打箭爐至德格，打箭爐至巴塘，應按道途遠近，酌設隨營軍臺。

「章谷、甘孜、春科、德格，過江處要添設渡口，每個渡口要新造渡船二只，並設管船外委一名，兵丁四名，通事一名，水手四名。另在龍察壩地方建築橋梁，設管橋外委一員，兵丁等等。」

一句話，戰事要順利進行，後勤系統的建立與運行是必需的條件。而這一切，用今天的話說，就是要糧，要經費，要人員編制。乾隆時期國庫充盈，所以御筆揮動時並不太猶疑：「依議速行。」

轉眼便到了青藏高原的冬季。十二月二十二日，距上次奏報各路戰事，已過一月，乾隆皇帝又接到慶復等奏報「現辦瞻對軍務事宜並續攻各寨情形」：

「北路領兵官宋宗璋，進攻靈達，先後殲賊數十名，緣碉堅道險，未能前進，暗分兵別由然多一路，會合現攻楚壩哇官兵，進攻班滾巢穴。

「中路總統袁士弼，九月二十五日分遣官兵復攻底朱戰碉，殺傷賊二十餘名。二十七日進攻木魯山，攻克山左臘蓋地方戰碉四座，毀碉三座，在碉男婦盡斃，在外拒敵者殲百餘人。十月初十日、十一日連攻底朱，先後殲賊二十餘人，傷逃者不可數計。現分兵輪番攻打，務期必克，直攻班滾巢穴。

「南路領兵馬良柱，先後攻克直達、熱泥、擦馬、擦牙等百十餘寨。餘賊膽落，投出喇嘛二名、土目五名、生番頭目二名，僉稱並非夾壩，其做夾壩數人多被官兵燒斃，餘者逃散，情願擒賊獻贓。」其中一名投誠土目名叫丹批的，還同時擒獻夾壩二名。同時，奏摺中還說，下瞻對土司班滾也請德格土司轉達悔罪之意，「因不敢草率了事，務擒首惡，為一勞永逸之計，仍催官兵進攻。」

這時，提督李質粹終於在奏摺中現身了。「前月已自東俄洛移駐章谷，就近與中路總統商籌進剿」。

一七四六年的年關

對此戰果，乾隆皇帝不滿意也不放心。「觀其投誠者，皆云作夾壩止數人，又且被燒毀，所擒獻者實不過二、三人而已，此即其投誠者不可信矣。」

在軍前，各路統兵者之間並不和諧。慶復將此情形上達天聽：「南路將領馬良柱勇敢且饒智略，近里塘一帶要口，將次蕩平，現飭進攻班滾巢穴。中路總統袁士弼因抵拒班滾，隔江難進，需俟南北兩路兵到夾攻，乘機前進。北路領兵宋宗璋與總統等不睦，有欲見長之意，節次嚴飭，業已改悔。現經李質粹改令赴然多一路進攻，或再推諉觀望，即當參奏。」

面對人事問題，皇帝卻不輕易表態，只說：「覽奏俱悉。」這是文的批法。有時乾隆也批大白話：「知道了。」這覽奏俱悉，也就是知道了的意思與口氣。

其間，提督李質粹也上了一道奏摺，卻無實質內容，好像生怕皇帝忘了自己，便去報個平安，「官兵俱各平安強壯，土司番目俱皆恭順。番民運送軍糧及供給烏拉差遣，並無貽誤」。

皇帝關心的從來就不是前線官兵是否平安，身體是否強壯，所以自然要表示不滿：「大捷尚未奏，元惡尚未獲，何能慰朕南望之念耶！」

一個官場中人，什麼時候在上司前討好露臉，什麼時候要躲開上面，這實在是一門特別學問，李質粹這一摺，是上錯時候了。

皇帝有理由表示不滿。

眼看這就到了一七四六年一月，也就是乾隆十年的十二月間。皇帝對身邊行走的軍機大臣說，十一月二十四接到過慶復十一月初六的奏報，大約知道他們那裡的情況。此後就再未得到消息。從那些奏報看，只是燒焚了一些寨子和戰碉，殺傷賊眾也不過幾人幾十人，餘下的大多都是逃入深林之中。所以，皇帝面授軍機大臣：「爾等可密寄信與慶復等，令其酌量情形，若果難於制勝，李質粹似乎當領兵前進，以壯聲援。其李質粹所駐之處，即令慶復前往駐紮，就近調度。」用今天的話來說，就是要各級領導靠前指揮，「若需添兵前去，即將滿兵帶領數百名去亦可。」也就是開了一個口子，漢、土兵之外，還可以調用八旗精兵。並要他們一面辦理，一面奏聞，「將近日情形詳悉速行具奏！」

不久，也就是一月二十一日，皇帝又接到慶復奏報，依然沒有具體戰果，只分析戰場大勢：「伏查賊酋班滾雖負固抗敵，但抗拒日久，其勢亦蹙。現在乞降雖非實心，臣前經差兵弁由其巢穴經過，查探情形，懈於守備，似因糧食並鉛藥短少之故。我兵奮力前進，自能攻克。賊酋授首，餘孽雖眾，亦易擒制。」

皇帝的朱批是：「以賊入箐者多，將來作何了局？」

箐，是今天的語文中基本不用的一個詞。意思就是幽深密林。皇帝問，那麼多賊人逃入森林，敵人的有生力量並未有效殺傷，戰事如何結束？

慶復沒有派兵入林捕賊，倒和皇帝講起了道理：「查瞻對番人雖稱凶頑，然其始未必盡為夾壩，良頑亦當有別。伊等既為班滾所屬，大兵壓境，班滾敢於抗拒，勢不得不荷戈相從，得計則咸各鴟張，失計則滾箐藏避。首逆一除，伊等自個解體。然後於辦理善後之際，查其向為夾壩而有案者，按律究擬。其餘另設土目，責令稽查管束，似可化頑為良，不致人眾難制之虞。」

皇帝又說：「覽奏俱悉。」沒有說對或者不對。

皇帝不會和臣下爭辯道理，即便是封疆大吏。

此時，事情終於小有進展。其實已是去年的舊事了。

「北路領兵官宋宗璋報稱，自十一月十七日到十九日，復連克阿斯，奪取山梁碉寨，剿殺賊番，大獲全勝。得據中路總統袁士弼報稱，十月十一日夜復攻克底朱，戰獲要口大路一處。十二日又遣官兵往攻碉樓，自寅至酉，連斃多賊，仍俟陸續再為輪攻。其南路領兵官馬良柱已於十月二十八日起營，進攻班滾巢穴。但先議南北兩路夾攻，今北路既不由然多前進，復回靈達，而馬良柱前攻破之構多熱賽、擦馬所、擦牙所等處，又留兵防守，軍勢少分，難以輕入，在途緩行，等候新調德格兵五百名到日，再行前進。」

原來裹腳不前，又是各路大軍間的配合出了問題。

「至班滾乞降，雖已擒獻贓賊，呈繳盔甲，但終懷疑懼，尚未親出投見，適與提臣李質粹札商，宜乘其畏懼乞命之時，暫准投誠。擒獻夾壩供出一名，再令擒獻一名。供出十名，再令擒獻十名。稍有支吾，即為攻擊，庶夾壩可以盡得，意在以逸待勞。然未進兵之先，當以除夾壩為事，即進兵以後，班滾敢於屢為抗拒，則當先治其標。班滾一經授首，群賊自即解體。若令班滾身處其地，則群賊有所倚恃，更不能盡除。況僅令擒獻贓賊，彼不難詭指數人以應，仍屬草率了事。且班滾果係畏威乞降，總統先既許以不死，後又有德格土司作保，尚保不敢詣營叩求，明係藉詞觀望。協力進攻，彼或畏威而出，否則仍負固頑抗，以緩時日，豈可因此即懈！臣現派將弁到彼，酌看情形，知會南路。或俟歲底乘懈協攻，或另作何設法剿辦，務期必克，以靖地方。如須臣親往，俟差往將弁等具稟到日，即一面具奏，一面起程。」

好個慶復大人，各種可能性都分析到位，最後還是沒有拿出能解決問題的辦法。皇帝都只好稱他高明，「嘉是之外，無可批諭！」都說得很在理很在理啊，這麼在理的奏摺上，皇帝我都想不出什麼批語了！表揚之後，還是提醒他此次用兵有終級目標：「總之此番當期一勞永逸之謀，不可遺患日後也。」

慶復後來再奏幾處小勝，皇帝便不客氣了：「所奏不過小小搶獲耳，賊未大破，安得謂之發武功耶！」

這時舊曆年也翻過年關，是乾隆十一年元月了。公曆已是一七四六年二月。皇帝又向軍機大臣面授機宜：「至於進剿軍務，已閱數月之久，尚未搗其巢穴。現在李質粹已經進至章谷，若慶復再為前進，俾得其聲勢聯絡，相機調遣，於軍務自可速竣。可寄信與慶復，令其酌量前進，既可以壯目前聲勢，日後平定，又得就近往彼察看情形，酌妥辦理。」

慶復是否適時遵旨前移指揮位置，史料不載，但提督李質粹確已靠前指揮。半月後，慶復奏報：「李質粹前因駐紮仁達，凡三路攻擊機宜，與總統往返會商，稽延時日，現移駐木魯工軍營。」事情似乎也因此有了起色。

慶復轉呈李質粹的彙報材料：「北路漢、土官兵進攻靈達，連日奪山梁五道、賊卡十二，毀戰碉六，碉樓二。賊番出碉投誠，隨令其擒賊獻贓，拆毀各碉。現已確查戶口辦理。

「中路官兵於攻克臘蓋下寨後，又進攻底朱，毀石砌三層戰碉二，隨會同總統建昌鎮袁士弼酌看形勢。查木魯工地處河東，逼近河西班滾賊巢。而河東又有甲納溪、底朱、臘蓋、納洪多、茹色等寨救援，是以班滾弟兄得以并力據守。若俟剿平河東，再行進攻河西，有曠時日。現今北路靈達既已投誠，其前途又阻雪難進，因咨移松潘鎮宋宗璋酌情留官兵二千名防守北路之木魯工軍營，餘兵帶至中路，協力并攻。」

合兵後，中路大軍又分為四股：一攻上臘蓋，一攻中臘蓋，一攻底朱，一攻納洪多。「共毀碉五十五座。賊酋班滾乞命河西，並令伊母赴營叩求。但該酋狡黠多端，不可遽信，現在相機進剿。」

李質粹拒絕了班滾母親代子乞降後，並未將其扣留。此事引起慶復不滿，在奏摺中說，「查靈達既經投順，應暫准安撫。其北路官兵，分半歸於中路，協攻各寨，辦理亦屬妥協。但班滾既於河西乞命，伊母又親出叩求，自當乘勢直搗如郎，立擒班滾，何得仍令伊母回巢？」

皇帝也同意慶復的看法：「觀此，則李質粹全無調遣，即如班滾之母已至軍營，何以令其復回？此皆失機宜之處，可傳旨申飭。」但話還在後面，「以此觀之，卿不可不親身前往，以善其後也。」

慶復當然照辦：「臣擬親往東俄洛駐紮，不特保護糧運，並可與提臣等就近督催各路相機攻剿。至添派官兵，已酌定滿兵一百名，提標兵二百名，撫標兵一百名，泰寧協、阜和營各調兵五十名，并臣陝標隨帶兵數十名，一同出口。」

這時，駐藏大臣傅清上奏，說的也是因瞻對夾壩而中斷的川藏大路上的事情：「西藏自撤臺站後，搶劫殺傷，各案累累，而里塘一帶，夾壩更甚於昔。西藏既隸內地，駐有官兵，豈無往來人員，焉能逐起護送！漢夷商販豈可盡使隔絕！數月內往來公文遺誤擦損之事甚多，仍請照舊安設官兵。」但瞻對不平，這件事情就無從辦理，於是皇帝降旨，「請交總督慶復就近詳查情形，所有應行事宜，會同巡撫紀山妥議請旨」。

巡撫紀山又上奏，無非還是因戰事延宕，請添兵添銀。添軍官，照例要給口糧、跟役、行裝銀並馱馬鞍屜銀如例。就近從德格、孔薩、麻書土司處徵調土兵，要支給茶、口糧、鹽菜等。同時需要獎勵派出土兵的各土司。

隨著戰事展開，需要獎勵兵勇，撫恤傷亡。更重要的還有軍械，攻碉克寨，砲架、車輪、火藥、鉛彈必不可少，更必需地雷、大砲。這些都「需用馱載馬騾及烏拉、鞍屜之費」，而且「所費不貲」。皇帝的旨意當然只能是：「依議速行。」也就是照單付費。

一個插曲：藏兵

北路、中路合兵後，進展頗為順利。

副將馬良柱率領的南路開始頗稱順利，此時卻出了問題。

他從南邊的里塘境內向瞻對進兵，路上需要攻克的關隘多在高山之上。冬季，大雪封山，「因雪阻糧運維艱」，進攻幾乎停頓。更要緊的是，他一路分兵鎮守攻克的要口關隘，已感兵力吃緊，這時，由西藏地方政府派來領兵助戰的臺吉冷宗鼐聲稱生病需要醫治將養，不待馬良柱允准，便擅自離任，過金沙西邊他的原駐防地江卡去了。大家應該記得江卡這個地方。就是在此地駐防的清兵回川途中被瞻對夾壩搶劫，方才引起這場戰事。冷宗鼐所帶藏兵紀律鬆弛，見長官冷宗鼐離崗，也各自上路回家，作鳥獸散了。這些藏兵，雖不堪大用，但至少可以防守後路，他們的離去，使馬良柱用兵更感捉襟見肘，以至於裹腳不前了。

西藏此股兵力，與隨官軍出征的瓦寺、雜谷、章谷、麻書、孔薩、德格等土司轄下土兵不同。各土司均屬四川直接轄制。而擅自散去的這一股藏兵，卻是屬於西藏地方政府管轄。因此在長長的驛道上，文書來往，又起了一場筆墨官司。

此事先由慶復上奏皇帝：「西藏臺吉冷宗鼐帶領江卡土兵協攻番賊，甚為出力。」這是套路，先揚後抑。「嗣因冷宗鼐回卡養病，而土兵等亦各散歸。殊違功令。現咨駐藏都統飭知郡王頗羅鼐將為首倡回之土兵懲治。又聞冷宗鼐回至江卡，因各土兵已回，隨另派兵前往更換。如果前赴軍營，未便阻其悔過報效之心，應聽在營效用。」

那時，西藏延至後世的以達賴喇嘛為首的政教合一的噶廈政府並未創立，行政權力由世俗貴族（郡王）掌控。此時的郡王是忠於清廷的頗羅鼐。這位在江卡領兵的冷宗鼐就是他的部下。所以，慶復要求皇帝令頗羅鼐懲治其部下。

對此，皇帝也未便立即表態，只說，知道了，已經降旨於郡王頗羅鼐。

不久，西藏方面對此有了回覆。

不是西藏郡王頗羅鼐直接回覆，而是通過駐藏大臣傅清上奏：「郡王頗羅鼐詳報，前因總督咨稱冷宗鼐在彼縱酒妄為，理宜嚴行訓飭。曾將冷宗鼐所領兵丁著宰桑納親等管理，令其回藏。」

原來，冷宗鼐擅自離崗前，前線統兵官就已對他不滿，向上反應過他縱酒妄為的行為了。而且這意見也轉到了西藏方面。頗羅鼐也採取了相應措施，即另派了名叫納親的前去替換，代行其職。

但是，「茲據納親等報稱，冷宗鼐不肯交付兵丁，自己回去，兵丁亦皆跟隨回去」。

原來，這位指揮官請病假是鬧情緒，從古至今，官員無論大小，無論漢夷，很多時候，生病與休病假，都與身體狀況無關。

「冷宗鼐為人糊塗，恐於事無益，前已稟明，今聞伊所領兵丁回來，不勝惶恐之至。頗羅鼐雖係微末之人，蒙主上加恩封為郡王，凡事敢不奮勉。……倘該大臣等具奏係因吾言致冷宗鼐帶兵回去，頗羅鼐實無生路，不勝惶恐。冷宗鼐又係奏派之人，懇請奏聞將冷宗鼐正法。」

看來慶復等四川方面大員還有奏摺上告，冷宗鼐離崗是受了郡王頗羅鼐之命。這在乾隆皇帝諭旨中也得到證實。皇帝說，「近據總督慶復等奏聞郡王頗羅鼐將冷宗鼐調回，伊所領兵丁亦皆相繼回去一摺，朕以頗羅鼐諸事甚屬謹慎，即此次除派往瞻對兵丁外，復派伊素所信任曾經行陣之宰桑等前往，無非在感戴朕恩，輸誠效力。今將冷宗鼐調回，係酌量於行事有益。兵丁等皆係冷宗鼐帶往之人，邊地番民不知法紀，因伊首領回去，亦一同隨往耳。是以朕特未降旨，只諭令大臣等將總督等所奏曉諭使臣，令伊回去告知頗羅鼐，所有兵丁回去，並非伊之指使，朕早已洞鑒矣。今觀頗羅鼐所云，若具奏江卡兵丁因伊言回去，伊竟無生路，不勝惶恐之語，朕心愈加軫念。著將朕從前辦理緣由，札寄副都統傅清，傳旨明白曉諭。再，據頗羅鼐所奏，冷宗鼐為人甚屬糊塗，現犯軍法，著交大臣等議罪，候朕降旨，將此一併曉諭頗羅鼐知之。」

在這件事情上，皇帝與慶復等人只講軍事不同，他講的是政治。那時，西藏初定，郡王頗羅鼐對朝廷頗為忠順，皇帝自然不會因為藏官違反軍紀，便嚴刑峻法，而使藏方生出疏離之心。但在慶復等前線指揮看來，一個軍官，擅離軍陣，這就是殺頭之罪。皇帝安撫了因此情緒緊張的西藏郡王，轉而還要給需要嚴肅陣前軍紀的領兵大員們一個交代。於是，便把這冷宗鼐如何處置的問題，交給身邊行走的大學士等，說，你們議一議，拿一個兩全其美的方案。

但這些大員也未摸透皇帝的心思，屬於搞政治而不懂政治的人。他們的意見：「應將冷宗鼐照該王頗羅鼐所請，即行處斬，以為違反軍令者戒」。「至冷宗鼐所屬兵丁」，「請咨行駐藏副都統傅清飭交郡王頗羅鼐嚴查究辦」。

皇帝終於只好直接表達自己的意見：「前經總督慶復奏稱，冷宗鼐初到軍前，尚屬效力。今據頗羅鼐奏伊糊塗，酒後妄為，恐在軍前於事無補，令伊換回。伊並不遵頗羅鼐所諭交付納親兵丁，即行回程。蓋因愚魯無知，以致獲罪。其情尚屬可矜。著施恩免其處斬，交頗羅鼐酌加懲處。餘依議。」其他那些兵丁，反正也不致殺頭之罪，就按你們說的辦吧。

今天，常從各級行政機構人員口中聽到一句話，西藏無小事，藏區無小事，恐怕這種感覺從乾隆朝時就開始了吧。

總督出關

這個小插曲說過，還要回到瞻對戰場。

三月，初春的跡象也來到雅礱江河谷，但此時，前線有問題了。

問題還比較大，不然就不會被慶復寫進奏摺上達天聽了。

瞻對軍營，提督李質粹移駐中路木魯工以後，會同宋宗璋、袁士弼報告攻擊底朱，燒毀了幾座碉樓，以及班滾派母乞降後，再無任何攻擊作戰的報告了。

慶復當然著急，「及臣咨催進攻，又復兩請添兵，不思克期奏捷」。而且，還發現虛報戰況的情形，「其松潘鎮等前赴納洪多等寨攻擊之處，亦屬虛張聲勢，具報不實。並因官兵乏水，不能久駐，暫回臘蓋大營。」這個松潘鎮就是宋宗璋。戰前，他從泰寧協副將剛提升為松潘鎮總兵，還未上任，瞻對事發，便受命先就地參戰。

南路也有問題：「南路兵威素震，惟因中、北兩路不能進攻，而眾番並拒南路，兼以冷宗鼐之私回，兵勢單弱，遂為賊番窺伺。」

皇帝也表達了對於提督李質粹和下屬將領的失望：「李質粹等全無調遣奮勇之志，甚辜朕恩也。」

解決方案是添兵。

南路調巴塘土司所屬土兵。

再調綠營兵「星馳中路，奮力協攻」。

在此情況下，慶復也要靠前指揮，於是，從成都動身，於三月間抵達打箭爐。卻又在此盤桓不前，因為後勤方面也有問題。「前奉諭旨，李質粹似當領兵前進，以壯聲援。其李質粹所駐之處，即令臣前往駐紮，就近調度。因於本月初四日至打箭爐，即擬出口，緣聞軍營辦理不實，糧餉亦需預籌，擬調該管道員詢問，暫駐數日。」處理完打箭爐的事務，慶復繼續上路，但並未到達原計畫中的東俄洛。原因是，經過一番實地調查，特別是明正土司反映，去年李質粹駐東俄洛，時間長達五月之久，儲備的柴草都已用光。草原上沒有森林，所用柴草都是從打箭爐等有森林的地區購買，再長途運達。而此時，打箭爐關外草原「冰雪蓋地，馱運實艱」。於是，就在打箭爐與東俄洛間一個叫做四馬塘的地方紮下營盤。

慶復在上奏中說：「隨於口外四馬塘暫住，於東俄洛相距百餘里，諸事自可相機調度。請俟雪消草生，再為酌量前進。」

總督，在滿清官制至少是正二品的地方大員，節制相當於今天幾個省的軍事與行政。與今天相比，應是比所謂省部級還高的官員。這樣的大員能身入邊荒，效力軍前，皇帝還能說什麼呢？只好責怪他的部下：「此事應速為定局，況出師已逾七月，而軍餉用至百萬，不知李質粹等所為何事耶！」

慶復只好再表決心，同時把責任推到部下身上：「瞻對軍務，久未告竣，皆由軍營提鎮因循所致。」提，是提督李質粹。鎮，是建昌鎮、松潘鎮兩位總兵袁士弼和宋宗璋。」這幾位已「經臣參奏」，「並請添調官兵接應，區區小丑，自當立殄」。

慶大人表了決心，又獻上一計。他到了打箭爐，有人告訴他，此地監獄中關有一個犯人，叫做甘松結，原係瞻對地方一個小土官。這人與班滾有仇，「願出死力」。又訪得班滾有一個異母弟弟，人稱二班滾，被身為兄長的班滾害了性命。這位二班滾又有一位同母的弟弟叫做俄木丁，也一直想為親兄報此血仇。而俄木丁此刻也正在班滾寨中。慶復得知此傳聞，找到隨同率土兵助戰的明正土司屬下土守備汪結詢問，此消息得到證實。而且，土守備汪結明白慶大人的意思，願意出面為甘松結這位人犯擔保，派他前往瞻對班滾寨中，暗中與俄木丁聯絡，串聯其親屬土兵作為內應。最後與清軍裡應外合，「則班滾小丑，一鼓可擒」。

上奏的同時，此計謀開始實施。

「臣因軍機嚴密，恐致洩露，即冒昧密交明正土司具領保出，前往辦理。」這是說，慶復已將獄中這位叫甘松結的人犯放出來，請明正土司作保，派往前線去施他的離間之計了。慶復自然也知道此事非同小可，處理不好，就要負相當責任，所以，在奏書中說，「倘有疏失，臣咎難辭，懇敕部嚴加議處。」但大軍被阻於叢山之中，難展鋒芒，只好出此一計，也是沒有辦法中一個或可僥倖取勝的辦法。皇帝當然也知道大臣的難處，便降旨意下來：「此係卿權宜辦理之事，何罪之有。知道了。」

此計施行結果如何，尚不可知，但此前師老兵疲的責任，應該有人承擔。慶復選定了一人。我先以為會是宋宗璋無疑。但慶復的參奏之文上達時，不意卻是建昌鎮總兵袁士弼。

慶總督參奏說：「瞻對用兵，中路總統建昌鎮總兵袁士弼以招降為事。雖屢經據報攻克多寨，而逆酋班滾尚未授首，經臣親自出口，始知其所報之處俱不著實。請將袁士弼革職留任，仍帶原領官兵，實力效用。」

皇帝下旨同意：「袁士弼既觀望於前，復又揑飾於後，著革去總統。姑從所請，仍留總兵之任，效力贖罪。至北路總統松潘鎮總兵宋宗璋，始雖意在招降，後能聽從調遣，姑免處分，令其協力進攻，以觀後效。若再因循推諉，即行參奏。」而那位提督李質粹，皇帝也自要敲打一番：「提督李質粹，三路總統俱其管轄，乃隨聲附和，漫無可否，實負任使之意。著傳旨嚴行申飭，即令其統領各路官兵，會合擒剿，速奏膚功。如仍有瞻顧怠玩之處，朕不姑貸也。」

皇帝還與軍機大臣等總結大軍欲進不能，退亦不可，以至師老兵疲的原因。一條，輕敵。以為瞻對蕞爾之地，大軍壓境，必如沸湯揚雪。雖然有雍正年間大軍征討、無功而返的前車之鑒，但並未引起這些領兵大員的真正重視。再一條，是缺少調查研究。兩條併成一句話，正如皇帝所說，「初辦理時，並未將彼處地勢、番子情形詳悉籌畫，視為極易」。

還有第三條，事有不順，這些體制中的負有重責的官員便隱瞞事實，謊報事功。謊越扯越大，事越來越爛。

皇帝就是這個體制的總領。當幾乎所有官員都在撒謊，揑報事功，他卻不能因此處置所有官員。這一點，誰能比皇帝還心知肚明呢？用戲文裡的話說，皇帝的心裡明鏡兒似的。只好祭出殺雞儆猴的典型官場老把戲。

但軍無戰力，又非幾個前線官員指揮失當、避畏艱險那麼簡單。想想，瞻對戰事的緣起，三十多位全副武裝的官兵，面對半民半匪的夾壩，便束手無策，眼睜睜被搶去行李槍械。前往征剿瞻對的，是同一支帝國軍隊。這支軍隊再也不是有清一朝開國之初能征慣戰的精銳之師，那支軍隊在盛世華服的遮掩下正日漸衰敗腐朽。史料中對這支軍隊的面貌缺少正面描繪，但在朝廷與前線來來往往的公文中，可以窺見一斑。當時軍機大臣「議覆」的公文中有這樣的話：「軍營提鎮，始而玩忽，繼而捏報，號令不一，賞罰多不分明。」這不是突發的病象，而是相沿的習慣。而軍隊又是這樣的軍隊：「兵丁病孱者，不知裁退。」有很多兵，是不能戰鬥的。「器械鏽壞者，不知更換。」很多兵器，臨陣時是無法使用的。再發展下去，就是中日甲午海戰，砲彈裡沒有火藥，而是裝滿沙子了。這樣的軍隊，自然不能指望其士氣高昂：「將弁氣沮，士卒離心。」

正因為如此，大兵壓境之後，反而「賊勢益張，夾壩四出。而我兵因循株守」。如此消極的軍隊還有藉口，說是等對手火藥用盡，就沒有辦法抵抗了。卻不知道當地盛產硝石、硫黃，正是配製火藥的豐富原料。

面對此情此景，慶復只好在陣前整頓軍隊。「原調時有老弱充數並未立功績者，即行發回。器械鏽鈍廢壞者，即於撤回兵丁內挑換。」但這種「鏽鈍廢壞」不是少數，以致不夠挑換。所以，還得請求添兵。「今擬就近密調川省松潘、川北、重慶三鎮所屬共兵一千名，先赴軍營進攻。並調甘省提標兵一千名，西寧鎮標兵一千名作為後勁。」

請添兵之外，巡撫紀山又上奏，請趕碾軍米一萬五千石，「飛運打箭爐接濟」。同時，還請「碾米二萬石，趕運備支」。

請求增兵添糧之後，慶復又作了保證：「總期五、六月間，剿辦蕆事。」

皇帝能說什麼，還是「依議速行」。就照你們所說，快快去辦吧。內心之中，對此保證並不相信。這不是推測，而見於皇帝在中央機關內部對軍機大臣等的諭旨：「現據慶復又以添兵為請，並奏稱五、六月間務期必克，不知慶復果有真知灼見否？近有人奏稱賊番所居碉樓，或在山頂，或居山腰，地勢險惡，牆垣堅固，藉此抗拒官兵，我兵難施技勇。不知現在彼地情形果如此否？」

因此，皇帝原來一定要剿平瞻對，以揚兵威國威的決心也有些動搖了。

「朕思瞻對不過一隅小醜耳，即盡得其地，亦無改為郡縣之理。可密傳諭與慶復，彼地現在情形果能如伊所奏五、六月間全竣軍務否？如若不能克期奏功，又將如何布置？著伊通盤籌畫，悉心計議，一一具奏。不可勉強一時，亦不可回護前說也。」

意思很明白，根據實際情況，原來的計畫並不是不能改變。

慶復一介官場中人，自然不會不明白皇帝的苦心。

不知是他面子上下不來，還是對於自己出到打箭爐口外整肅軍隊的效果信心滿滿。不久便回奏皇帝：「查瞻對恃其碉樓、礌石、肆無忌憚。前此官兵初到，未諳攻法。近日仰仗天威，攻克兆烏石、甲納溝等處，勢如破竹。俟納多洪溝口碉寨一克，即可直趨如郎。逆酋班滾勢已窮蹙，其異母弟俄木丁並從前投誠之上瞻對頭人騷達邦、喇嘛甲木溫布俱願效用，暗為嚮導。臣已密令土守備汪結，由茹色過江，接應大兵，搗其巢穴。五、六月間必能克取。」

但此一奏報後，便再無消息。

欽差大臣來了

京城宮中的皇帝著急了，讓軍機大臣催問：前次「具奏以後，已及一月有餘，並未將軍情奏報。從來行軍之道，貴乎神速，況進剿之兵非防守之兵可比，其相度機宜，督率前進，如何調遣，如何攻剿之處，必須隨時奏報。今遲久不奏，何由備悉？」你久久不上奏報，我去哪裡了解前線情況？皇帝並要求軍機大臣「傳諭慶復，令其將現在情形作速陳奏，嗣後務須隨時奏聞，不得遲緩」。

並派出欽差大臣班第去往前線督戰。

又過了十多天，慶復終於來了消息，「復奏報攻克兆烏石、甲納溝等寨情形」。我們應該記得，上一摺中，慶復已奏過「攻克兆烏石、甲納溝等處，勢如破竹」。將近兩月之後，皇帝催問之下，不得不報，攻克的還是兆烏石、甲納溝兩處地方。皇帝雖然不便揭穿，但已很不耐煩了，話也就很不客氣：「尚無全勝之音，不過稍振兵威耳。」

又過了將近一月，已是農曆四月間，慶復又有戰報上奏：「督率漢、土官兵連克脈隴岡、曲工山梁、上谷細等處賊寨，撲毀險要碉樓前後一百五十餘座。並據上甲納曲個等十餘寨頭人畏威投誠，各將子弟獻出作質，並繳馬匹、槍等物。又據逆酋班滾之異母弟俄木丁並北路靈達已投喇嘛甲木溫布並上瞻對應襲肯朱頭目騷達邦俱願出力，暗為嚮導，臣已密差游擊王世泰、羅于朝督令土守備汪結等由北路茹色一帶，暗約渡江。並派甘西之兵，夾攻然多後路，仍移咨提臣李質粹督催官兵，進攻納洪多溝口，務期必克，以取全勝。」

這回，戰事看來是真有些起色了。

戰事果然順利起來。

不幾天，慶復又奏報：「官兵攻克納洪多溝口，由茹色會合渡江，已破如郎大寨。逆酋班滾攜家逃遁。飛飭各路鎮將並各土司，分布要隘嚴密擒捕。」欽差大臣也到得真是時候。「欽差大臣班第等即於是日到營，招撫遺番，乞降甚眾。」

這一天，是乾隆十一年四月十四日。如果不是未能擒獲班滾，那慶復的計畫就算提前完成了。

皇帝得奏，說，很高興很欣慰啊。「但班滾未獲，究未可謂成全功。卿其督令務獲正犯，慎犯假冒之弊」，要抓住首犯，而且不能隨便弄個人來假冒，你不要被下屬欺騙，連同把朕也騙了。話雖如此，皇帝還是相信，此勝利是「自慶復到彼以來，實心整頓，克振軍威」，所以有此功勞。也相信「渠魁班滾暫時逃匿，計日授首，從此邊地永可以寧謐」。

皇帝說，「慶復調度有方，紀山籌畫轉運，甚屬可嘉！其提、鎮諸臣並官弁兵丁等，現在奮勇，不避險阻，直抵巢穴，亦屬可嘉，著交部亦從優議敘。其如何分別功過，核定等次之處，著慶復查明具奏。」也就是要兵部拿出獎勵的初步意見。

兵部很快作出建議：「大學士公慶復、巡撫紀山應照例各加三級。」

皇帝同意之外，更要重獎慶復：「慶復著加太子太保，仍加三級。紀山著加三級。」

當然要獎賞啦，盛世之中的大清國太需要這樣的勝利了！

瞻對與西藏

這時，從西藏傳來消息。

是駐西藏副都統傅清傳來的消息。

原來，比成都和打箭爐距瞻對更加遙遠的西藏也一直在默默關注瞻對戰事進展。清軍攻克班滾如郎官寨後，達賴喇嘛、班禪喇嘛，以及郡王頗羅鼐請傅清代呈皇帝，「呈請遣使人等前往曉諭班滾，令其擒獻夾壩賊番，許以自新，撤回大兵。」

皇帝當即批覆，「不准所請。」

也許皇帝會想，戰事未起時你等為何不作這樣的「請求」？戰事膠著時你等為何不作這樣的「請求」？

這也提醒了乾隆皇帝：「班滾係瞻對首逆，罪無可赦。今看達賴喇嘛代為懇請寬宥情形，班滾與西藏自兵興以來竟息息相通。至事窮勢迫，計無所出，達賴喇嘛等為之懇恩寬免。其素日暗相勾結之處，從前已失防範。伊等情意既相聯屬，則班滾勢窮，無路可逃，或竟潛竄入彼，私行藏匿，亦屬事之所有。可將此種情形，速行傳諭慶復，令其竭力堵拏，勿使兔脫。若此番稍有疏虞，或致班滾漏網，朕惟於慶復是問。」

皇帝心裡明白，不會直接指斥他正在統戰的達賴喇嘛，對傅清卻要提醒與嚴厲批評：「……今賊勢大敗，班滾隻身逃避，巢穴俱毀，早晚即當就擒。達賴喇嘛、頗羅鼐等必平日彼此通信，始為班滾乞恩具奏。似此代叛國賊匪奏請之事，傅清理宜不接。伊等如再三求告，謂恐壓擱其事，始可據情轉為陳奏。乃傅清率爾接摺代奏，甚屬胡塗，不知大體。況今伊駐藏，原於照料之中，寓以防守之意。今逆賊班滾與藏人彼此關通信息，伊豈不知之！伊既明知，又代為轉奏，罪即不赦。若云竟不知曉，又奚用伊在彼駐紮為耶？」我把你派駐拉薩，就是讓你不分是非黑白，任意轉達這種荒唐要求的嗎？「傅清既有兵五百餘名，務須留心，詳細查拏。倘有疏忽，使賊赴藏，復致遠揚，即將傅清在彼正法，斷不寬貸。」

上諭直接以「正法」警告，可見皇帝之憤怒。不獨是對傅清「胡塗」，「不知大體」憤怒。達賴喇嘛和郡王頗羅鼐如此表現，自然令皇帝感到不解與憤怒。要說清楚皇帝如此憤怒的原因，必須說點史上舊事。

康熙五十六年，西元一七一七年，蒙古準噶爾部精兵六千入侵西藏。西藏兵敗，當時主政西藏的拉藏汗被殺。頗羅鼐當時是拉藏汗部下，在與準噶爾人的戰爭中負傷。一七二〇年，即康熙五十九年，清軍進兵西藏，驅除準噶爾人。頗羅鼐和阿里總管康濟鼐一起領兵策應清軍。最終擊退入侵西藏的準噶爾蒙古軍隊。戰後，頗羅鼐因功被任為主持西藏地方政務的四噶倫之一，輔助首席噶倫康濟鼐掌管財政大權。後四大噶倫不和，噶倫阿爾布巴於一七二七年（雍正五年）殺首席噶倫康濟鼐。頗羅鼐發後藏與阿里地方兵征討阿爾布巴，並最終取得勝利。戰爭過程中，他拒絕了班禪喇嘛的調停，決意由清朝皇帝來作最終的裁決與處置。雍正六年，在清廷主持下，叛亂的阿爾布巴噶倫等被處決。頗羅鼐升任首席噶倫。並封為貝子。貝子為清朝的四等貴族爵位。乾隆四年，又加封頗羅鼐為郡王。郡王，是清代的第二等爵位了。

正因為如此，頗羅鼐此次的表現，自然大出皇帝意外。自然就要難解而且憤怒了。

慶復又上奏：「查西南一帶土司崇奉喇嘛，熬茶供獻。達賴喇嘛代班滾求情，尚無足怪。頗羅鼐亦為轉懇，殊屬愚妄。」慶復又重提舊事，去年「江卡兵從南路馬良柱進攻下曲工，路險雪深，冷宗鼐帶兵逃歸。迨續派江卡兵前來，藉由端遷延，直至如郎既破，始報到營」。這更是火上添油，使得皇帝更加憤怒。但皇帝也深知，不能直接把怒火發洩到達賴喇嘛和郡王頗羅鼐身上，只好繼續遷怒於轉達這種乖謬陳情的傅清。

皇帝還找來在中央政府工作的傅清的弟弟，戶部侍郎傅恒，要他寫信給遠在西藏拉薩的兄長，再申責問：「所以令伊駐藏辦事者，一則照料地方，再則為欲知彼處情形消息。」你遠行前，皇帝親自接見，你忘了皇帝是如何苦口婆心告誡於你的嗎？「伊陛辭時，朕曾如何訓諭？自伊至彼以來，於應奏之事並未具奏，不應奏之事妄行具奏。如達賴喇嘛、頗羅鼐等為瞻對逆賊班滾乞恩一事……朕已降旨申飭矣。再，伊陛辭時，朕曾降旨訓諭，以朕屢加恩於藏人者甚重，不知伊等情景如何……逐一詳悉訪詢，據實奏聞。迄今二載，未據陳奏。朕所諭之事，並未留心辦理。現在領兵在彼駐紮，倘或賊匪班滾潛逃赴藏，伊若不能督兵拏獲，將伊即在該處正法。將此寄諭知之。」

皇帝對駐藏大員，再次以死刑相威脅。

後來，傅清果然死於西藏任上。卻不是因為瞻對之事。

乾隆十二年，頗羅鼐病死。死前，請求清廷由其次子珠爾默特那木札勒承襲其職位。皇帝照准，令其總理西藏政務。並諭傅清：「頗羅鼐更事多，黽勉事中國。珠爾默特那木札勒幼，傅清宜留意。如珠爾默特那木札勒思慮所未至，當為指示。」

乾隆十三年，傅清被調出西藏。任天津鎮總兵，並很快升遷為固原提督。

乾隆十四年，繼任郡王珠爾默特那木札勒與其兄興兵互相攻擊。皇帝因珠爾默特那木札勒「乖戾且為亂」，再調傅清入藏。

乾隆十五年，傅清與其副手拉布敦先後到達拉薩。此時，珠爾默特那木札勒已將其兄擊敗致死，並放逐其子。同時中斷川藏塘汛交通，斷絕與清廷的聯繫，轉而與其父曾經浴血抗擊過的準噶爾人相互勾結。川藏交通斷絕後，傅清得不到皇帝指示，只得與拉布敦自作決斷：「珠爾默特那木札勒且叛，徒為所屠。亂既成，吾軍不得即進，是棄兩藏也。不如先發，雖亦死，亂乃易定。」

是年十月，傅清在拉薩召珠爾默特那木札勒至駐藏大臣衙門，聲稱有皇帝詔書傳達，誘使其上到二樓，然後撤去樓梯。珠爾默特那木札勒不知是計，拜跪聽詔，傅清從其身後偷襲，揮刀將其斬殺。後來，珠爾默特那木札勒的部將率兵將駐藏大臣衙門重重包圍，槍擊砲轟，並縱火燒樓，傅清頑強抵抗，身上三處負傷，自刎而死。拉布敦也一同死難。一同死難者還有官兵五十餘人，及商民七十七人。皇帝得知此消息後，說他「揆幾審勢，決計定謀，心苦而功大」。追封其為一等伯，諡襄烈，旋命立祠於駐藏大臣衙門所在地通司岡。遺體運回京城，皇帝還親到靈前祭奠。這已是瞻對戰事之外的故事了。

這裡說西藏之事，其實是說整個藏區大勢，是為瞻對事件提供一個更廣闊的背景。

世界上沒有孤立事件。即便發生之時是孤立偶然的事件，發生之後，影響所及，在不同價值取向的人看來，自有不同的看法。尤其不同文化、不同宗教信仰的人的感受，自然大不相同。皇帝對班滾切齒痛恨，而達賴喇嘛等卻對之有著深刻的同情。

這點議論略去不表，話題還是再回瞻對。

勝利了

清軍攻破如郎官寨後，班滾潛逃。

皇帝一定要緝拏首犯。但下面官員卻認為大功告竣，一場轟轟烈烈，幾經曲折的大戲就要落幕收場了。

四川布政使李如蘭上奏：「軍務告竣在即，節次動用軍糧計碾運各屬倉穀七萬石，為數頗多。」一石約為一百二十斤。也就是說，這一仗，兵丁和運糧腳夫吃米就吃了八百多萬斤！加上在當地採辦製作炒麵的青稞和其他雜糧，瞻對一戰，僅耗糧就在千萬斤以上。李如蘭上這奏摺，是告訴皇帝，這麼大的耗費，我這布政使管理的官倉幾乎都空了，得趕緊收米充實。

其實，此時前線戰事還在繼續。六月間，慶復又上奏：「會同欽差大臣班第、努三、提臣李質粹進攻丫魯泥日寨，生擒賊番塔巴四交，訊明班滾現藏匿寨內。漏夜催兵攻撲，施放地雷，連燒大小戰碉五十餘座，燒斃賊番男婦七、八百人，逆酋班滾並泥日寨頭目姜錯太等俱經燒斃碉內。隨傳訊各寨番人，均稱班滾實係燒斃，並未逃出。現仍飭各鎮將弁並附近土司，嚴密防拏。其沙加邦、丹批等，向為惡黨，亦宜設法剿捕，不使稍留餘孽。此外，番眾俱各畏威投誠，不時即可蕆事。」

蕆，讀音如鏟，完成，完事的意思。

完事了？真的完事了？就這樣完事了？

想當初千難萬難，這後來……勝利來得好像也太容易了吧？

你們說是真的就是真的吧：「今如此，亦可謂之成功。」但皇帝還是有點不太相信是真的啊：「但彼既與藏中暗通消息，保其不設計逃往乎？若將來班滾復出，此局何以了之？」

皇帝不放心，又叫新派到軍前的欽差大臣班第說話。

以兵部尚書到前線監軍的班第上奏：「臣等於四月十四日至軍營，遂赴班滾所居如郎寨。彼時，班滾與伊弟惡木勞丁攜妻子脫逃。臣等詢土守備汪結並新降之班滾弟俄木丁等班滾逃往何處，有無潛身處所，據稱『班滾母舅沙加邦並伊妻兄姜錯太俱在丫魯地方居住，今班滾勢必逃往彼處。此外斷無可逃之處』等語。臣即同提臣李質粹帶領官兵於二十日追至丫魯地方，將大小碉樓四十餘座，全行燒毀。碉內所居男婦老幼俱被火燒，一人未能逃脫。臣等誠恐逆酋班滾詭計多端，乘黃夜雨霧之便又復逃脫，當遣官兵四處詰詢。土人俱云班滾實係燒死，再四訪查無異。此皆仰賴天威，將賊首全行撲滅。軍務蕆竣，臣等帶領官兵，即日回京。」班滾真的燒死了。瞻對真的平定了。臣等就要班師回朝了。

奇怪的是，乾隆是個好大喜功的皇帝，此番卻沒有大獲全勝的感覺。你們都說勝利，那就勝利了吧。前次已經獎賞過慶復與紀山了。各級官兵也已下旨兵部優敘。也不能忘了「此番征剿瞻對，四川各土司率領番眾承辦軍糧，催雇烏拉，莫不踴躍從事，將及一載，急公趨義，甚屬可嘉。該土司等本年應納貢賦，已經蠲免。今軍務告竣，著再加恩，將打箭爐口內外效力之各部番眾應納貢賦，再行蠲免二年」。

面子上該做的事照做，但內心裡，皇帝並不放心，但這不放心，也只好跟軍機大臣這樣的中央大員說說，「據報燒死情形，尚有可疑之處。班滾係眾酋頭目，危急之際，未必即坐以待斃。其潛逃藏匿，自必有之事，即使燒斃，想其形跡亦必與眾人不同，斷無俱成灰燼，不可辨識之理。」

皇帝有了疑慮，不直接責問前線大員，而讓軍機大臣轉達，這也是一種領導藝術。

慶復再上奏，為皇帝排憂釋疑。

說剛得到班滾燒死的消息，我也不敢相信。調查之後，漢、土官兵，上上下下，眾口一詞，過了半月後才敢把這消息上報。現在，各路兵馬存糧不過十來天，大軍不得不後撤了。但我們會留下四千兵力，辦理善後。同時，還密令明正土守備汪結「陰為察訪」。汪結這個人，一向傾心內向，我保證即便班滾真沒有燒死，也必會被汪結擒殺。而且，當時大火之後，俄木丁等人還認出了班滾的火槍和銅碗等隨身之物，也證明班滾死於火中。因為大火燃燒幾天，賊人屍身俱成灰燼，無法確認了。

同時，慶復還為汪結土守備請求恩賞：「里塘宣撫司安本才具平庸，短於撫馭。近復失地容奸，本應照溺職例革職，姑念其辦運糧務尚為黽勉，請從寬降為副土司。所遺宣撫司一缺，查明正司土守備汪結上年征瞻對時，於招諭攻奪諸事最為出力，應即以汪結升補。」那位慶復派往班滾寨中臥底的犯人甘松結，後來文書中沒有提及他起了什麼作用，做過什麼事情，也經慶復請封為土千戶。

兵部議覆：「從之。」

之後，按慶復意見再敘幾員武將功過。

提督李質粹革職，「發往軍前，自備資斧，效力贖罪」。

此前已被革職的袁士弼，越查問題越多，經刑部決議，最後的處理意見是：「原參總兵袁士弼在川省領兵效力，不能與提督李質粹和衷共濟。其移駐兆烏石時，又復奉調違期不至。聽任土守備樊福保冒昧輕進。種種獲罪，應從重照軍臨敵境托故違期不至律，斬監候秋後處決。」

皇帝曰：「從之。」

總兵宋宗璋、副將馬良柱二員，功多過少，宋宗璋著加一級。馬良柱未得獎勵，也未得處分，這是他第二次從瞻對用兵中全身而退。又或者，此馬良柱不是彼馬良柱，只是恰巧同名，恰巧都征瞻對，恰巧都是副將的官身。隔著幾百年時空，無法訪問馬良柱，史書也未見交代，只好存疑如此。

換在今天，下面的官員會說，這位乾隆爺是太嚴苛了。勝利了嘛，沒有功勞也有苦勞，老處級幹部，混到退休，也要給個副廳待遇嘛。不提拔高升也罷了，還革職查辦。大家辦事都不認真，你皇帝一個人這麼認真幹麼？這樣問的人忘了，那時，沒有人說國家是大家的國家。大家的國家弄得好，大家都盡心維護。弄不好，大家都來欺上瞞下。那時的國家是皇上的國家，家天下，皇帝一家的天下。皇帝這個法人，對這個國家承擔的是無限責任，所以，他必得認真如此，嚴肅如此。

好歹，瞻對戰事算是塵埃落定了。

第二章

說說夾壩

該說說瞻對的夾壩了。

大家應該沒有忘記，這場戰事，就是因為瞻對這個地方的夾壩而起。

在我的少年時代，家鄉有喜歡顯示英雄氣概的男子會在腰帶斜插長刀一把，牛皮作鞘，刀出鞘，寬三、四寸，長二、三尺，寒光閃閃，刃口鋒利。在我家鄉方言中，此刀就被稱為夾壩。

後來，讀藏地史料漸多，知道夾壩在康巴語中原是強盜。我出生的山村在一處深溝之口。往深溝裡去十來里，有一片黑森林，傳聞過去便是夾壩出沒，劫掠過往行商之處。我成長的二十世紀六、七〇年代，翻越雪山的公路早已通車，驛道早已荒蕪，行商絕跡。上中學時，學校旁邊就是一個軍營，學校作息，都聽隔壁的軍號。這樣的時代，夾壩自然失去生存土壤，空留下一種刀名了。後來，穿著風氣也日漸變化，家鄉的男人們大都換下寬袍大袖的藏裝，改成短打，那沒有什麼實用價值的刀也從生活中漸漸隱去了。寫這書時，中間回鄉探親，問了好幾家親戚，都說不知什麼時候，家裡就沒有這樣的刀了。

只是讀川藏史料，夾壩這個詞，還會在字裡行間頻頻閃現。

比如手中有《西藏紀遊》一種。作者周藹聯。上海金山縣人。乾隆五十六年，清朝派福康安率大軍遠征西藏，驅除入侵西藏的廓爾喀人。時任四川總督的孫士毅駐打箭爐、察木多（今西藏昌都）督運糧餉，負責後勤保障。周藹聯為孫士毅的幕僚，戰事進行的兩年間，多次往返川藏驛道，軍務之外，所見所聞，寫成《西藏紀遊》一書。其中就說到，「三岩巴部落與江卡、察木多相近，牛羊為業，水草為生……時有夾壩出掠」。又說，「附近里塘之三瞻對，習尚相同」。並在書中自己加注，說，「夾壩，劫盜也」。

有一年到康定，即以前的打箭爐，當地文化局辦有一份文史雜志《康巴文苑》，裡面總有當地文化人考究當地史實風俗的文章。那回，因雨，也因公路塌方，前進不得，便在旅館翻看新出的《康巴文苑》，見到德格·札茨所寫〈康人游俠歌〉，長我見識，知道「夾壩」一詞在康巴語中本不具貶義，翻為漢語，可以叫做「游俠」。並有一種流傳民間叫做「昌魯」的民歌。這種民歌，專門歌頌夾壩，或者是夾壩自己的歌唱。

先抄錄一首：

哎，人說世間有三種門，
第一種是進佛堂供佛爺，供佛門，
我游俠不進，不進這種門。
沒供品他們不開門，他們不開門。

哎，這三種門的第二種門，
是官家的法力門，法力門，
我游俠不進，不進這扇門，

沒有哈達他們不讓進，他們不讓進。
哎，這三種門的第三種門，
是美好歌舞歡快的門，
我游俠不進，不進這道門，
沒有好酒人家不開門，不開門。

是的，這就是夾壩，這就是劫盜，這就是游俠。

劫盜，是世界對他們行為的看法；游俠，是他們對於自己生存方式的定義。

瞻對一地，山高水寒，林深路長，自然適合這樣的「夾壩」來往。

時人有記載：「瞻化地薄，生業凋敝，其人多為盜劫。」「世俗猶稱瞻化人為瞻對娃。瞻對娃慓悍橫豪，馳名全康，鄰縣人聞瞻對娃名，莫不慌怯避之也。」

從游俠歌所唱我們知道，這些夾壩不過是在面對可以使其生命軌跡得以上升、被賦予意義的命運之門都不能進入的時代的棄兒罷了。進佛門，把門人是活佛喇嘛，「沒供品他們不開門」。進法門，把門人是官家，「沒有哈達」，不表示恭順，「他們不讓進」。進幸福之門，「沒有好酒人家不開門」。

說過夾壩，再說瞻對。

一九二九年夏天，一位叫任乃強的學者，以邊防視察員的身分，一年為期，先後考察了今甘孜藏族自治州所屬九個縣。考究歷史沿革與社會面貌，觀察政治經濟狀況，測繪地圖，每縣成考察報告一篇。九縣之中，也包括這本書探究的對象瞻對。只是民國年間，該地已經易了名字，叫做瞻化縣了。

任先生《西康視察報告》第七號即為〈瞻化縣視察報告〉。見載於任先生之子任新建贈我的任先生所著《西康札記》一書。

我們且跟從任先生看看瞻對一地，是何模樣。

「全境作斜方形，南北鳥徑八十里，東西八十五里。人行徑無里制，大約四倍於鳥徑。」這需要做點小小的解釋。「鳥徑」，我的理解就是直徑，鳥從天上飛越的直線距離。也就是說，這不是一個大地方。「人徑無里制」，人走的路沒有漢地用里計數的習慣。大山之中，山路彎曲縈回，所以，在地面行走的人馬，至少要比徑直飛越的鳥多出四倍的路程。人口就更加稀少。任先生報告：「瞻化人口，據糧冊為二萬餘，男女略等。其實約不滿三萬口。就中有四分之一為僧尼，四分之三為丁，其餘一分為牧民。」也就是說，瞻對一地，民之大部為農耕之民。民國時，「瞻化四區四十八村四千五百七十八戶。年徵正糧九百七十七石二斗五升七合，蕎糧四百二十一石五斗八合，牲稅藏洋六千四百九十二元三咀，又羊稅當十銅元三千一百七十三枚。」

二〇一二年秋，我也終於到了故紙堆中頻頻進出的瞻對之境。今天，這裡又換了名字，叫做新龍縣。在雅礱江邊的狹小縣城和當地領導用過晚飯。回到旅館，向縣裡討要的《新龍縣志》已送到房間。我連夜翻閱，開篇便是更準確的新龍，也就是舊日瞻對一地的概述。

「新龍縣，位於四川省甘孜藏族自治州中部，東經九十九度三十七分，北緯三十度二十三分。與爐霍、道孚、雅江、理塘、白玉、甘孜、德格七縣為鄰。面積八千六百七十四點七平方公里。全縣轄四區一鎮二十三鄉，民族五個，人口三萬九千三百三十二人，其中百分之八十二點三四是藏族。縣治如龍鎮，距康定四百七十五公里。」

應該記得，前書中頻頻出現的打箭爐就是今天的甘孜州首府康定。

我來新龍這天，早晨從成都飛到康定。到康定機場發現行李沒到。機場方面保證說，隨你到甘孜任何地方，行李保證三天內送到。當地作家格絨追美來機場接我，兩人一路尋訪，走走停停，兩天到新龍。晚上，便有長途大巴司機從車站打來電話，說行李到了。可見現在交通較之慶復等征瞻對時的艱難，已是天上地下。

行李到了，自然可以換洗一番，再讀新修縣志。

這次是讀從前，下瞻對土司策冷工布於一七〇一年即康熙四十年「投順」清廷，授安撫司印，隸屬四川雅州，轄民六百戶。雍正六年，下瞻對土司策冷工布因「縱容夾壩」被黎雅營游擊高奮志誘殺，激起瞻民反抗，殲清軍二百餘人，高奮志敗逃。雍正八年，清廷遣副將馬良柱率漢、土兵萬餘人進剿，因阻於雅礱江水，未能攻到江西面的下瞻對腹心，無功而返。

十餘年後，下瞻對屬民南下到里塘川藏大道上，劫掠換防官兵。四川提督令繼任下瞻對土司策冷工布之子班滾交出夾壩，退還搶掠財物，被拒。於是，乾隆下令發兵征剿。故事已經講過大半，只是如果真是如此一鼓而定，從此瞻對「蕞爾一隅」，從此天下太平，一心向化，便不值得來寫這本小書了。

有清一代，涉及四川藏區的史料中，有很多關於夾壩的記載。都是說夾壩在官道上劫了官家的文書、財物，甚至劫了朝廷賞賜給達賴喇嘛的法器珍玩，朝廷便要勒令搶案所出地方的土司交出夾壩。如若不能交出，就視為當地土司在包庇縱容。大多數情況下，一番文書往來後，這類事情都不了了之。像乾隆年間以此為由出動大軍征剿的事其實很少發生。但從前引的游俠歌看，好多時候，這些夾壩也並不把土司們放在眼裡。

夾壩們還有一個規矩，從來不在本鄉本土行搶掠之事。

凡出夾壩的地方，都是山高水寒之地，生產力極度低下，百姓卻要承受實物稅與無償勞役。於是，在那些地方，外出劫掠就成為一種相沿已久的生產方式，或者說是對生產不足的一種補充。有清一代，川屬藏區一直被夾壩四出的情形所困擾，但無論朝廷還是地方上的土司，似乎從未想過要在當地實行提高生產力，減輕百姓負擔的根本舉措——這是可以根除夾壩現象的唯一措施。

有時，夾壩的確還是由當地土司組織實施或縱容指使。

有些時候，土司自己面對夾壩的滋擾也無可如何。夾壩一出，朝廷就把板子打在土司屁股上，處理方式也過於簡單了。

瞻對善後

前面說過，大軍進剿瞻對雖經曲折，終於得勝。論過敘功，有加官進爵者，有革職失意者。之後，還有若干善後措施。乾隆皇帝每每在奏文中見戰事艱難，除了山水險要，民風悍蠻，當地人據以抵敵的碉樓也給他留下深刻印象。

戰事結束後，他多次下旨：「眾番總恃碉樓為負隅之計，此次我兵攻打亦甚費力。……再寄諭慶復，如何布置不便再建碉樓，而眾番又得棲身安業，詳看彼地情形，妥協辦理，以期萬全。」慶復上奏「善後事宜數條」，其中一條「定禁以防負固」，就專說碉樓：「班滾所恃者戰碉堅固，高至七、八丈，重重槍眼，藉以為戰守之資。今俱檄飭拆毀，惟留住碉棲止」，「西北壘石為房，其高大僅堪棲止者，曰住碉。其重重槍眼高至七、八層者，曰戰碉。各土司類然，而瞻對戰碉為甚。請每年令統轄土司分段稽查，酌量拆毀。嗣後新建碉樓，不得過三層以上」。

這碉樓以後還要折磨乾隆皇帝的神經，只是不在瞻對，而在我家鄉一帶的大小金川。以至後來，要把大金川戰俘移至北京香山，修建碉樓，以供清軍研究演練攻碉之術，再千里萬里派往川西深山峽谷中的「平番」前線。現在，我到瞻對舊日戰場，那些曾經的戰碉均已不見。倒是當地百姓還住著傳統的兩層或三層寨樓——即史書中所謂「住碉」之中。那天，從雅礱江西岸高山上下來，半山之上的臺地，見幾位婦女正在「住碉」二層的平臺上用連枷打場，也就是給收穫的青稞脫粒，連枷聲中傳來婦人們的曼聲歌唱，我坐下來，背後雪峰高聳，山下江流蜿蜒，時空寥廓，使人有不知身在何處何時之感。

閒話敘過，還是來看慶復他們如何在瞻對繼續「善後」。

不久，查出戰爭進行期間「參將滿倉、游擊孫煌捏冒戰功，游擊楊之祺被賊劫營」，還有一位守備郭九皋居然在戰事中丟了大砲，這些人都應「照謊報溺職革職」。

皇帝的意見是：「按之軍律，即應於本地正法，始為用兵之道。」

更重要的善後，是將「瞻對各地分賞管轄，須授職銜，方資彈壓」。

上瞻對應襲土司職的肯朱准其承襲長官司。下瞻對土司兩代作亂，被廢，另封俄木丁為長官司。另有委以土千戶、土百戶職銜者十數名。少數民族地區，「多封眾建」，也是「以分其勢」，預防一方獨大，難以箝制的意思。

得勝後的大軍相繼撤去，槍砲聲停歇了，戰火硝煙漸漸散盡了。四處逃匿的百姓又回歸毀於兵火的家園。

經過這樣大的一場戰事後，瞻對本地有什麼變化呢？除了因戰爭少了一些人口，毀了不少房屋村寨，沒有什麼變化。社會秩序依然如故。土地與人民仍然屬於土司、屬於土千戶、土百戶，百姓要糊口就要耕種土地，而耕種的土地都屬於土司，一旦耕種就要向他們上糧並服各種無償勞役。寺院喇嘛依然主宰著人們的精神生活。曾經因大兵進擊而拓寬的道路漸漸被榛莽所吞噬，這個地方又重新被世界所遺忘。皇帝說過的啊：「朕思瞻對不過一隅小醜耳，即盡得其地，亦無改為郡縣之理。」也就是說，朝廷統治著這些地方，當地土酋若不尊皇命，便要興兵聲討，但聲討之後，又不打算改變什麼。這是一個似乎從來沒有人問過的問題，如果什麼都不想改變，那你如此興師動眾，勞民傷財有什麼意義？

戰後的當地，仍然是野蠻的存在：沒有教化的普及，也沒有生產方式的變革與提升。土司們不但與京城相距遙遠。就是與四川省，與雅州府，通一張便條，傳一條消息，都要半月以上，自有地遠天高之感。各土司間，以強凌弱、以大欺小而起的衝突便時常發生。多封眾建，就是零碎分割。在百姓，依然要以夾壩作生活資料的補充。對土司，因為生產力低下，人口稀少，不能在轄地內厚積財勢，要想增強勢力，也只剩下覬覦鄰居，侵人地盤，掠人百姓一途。

所以，川屬藏族土司地面，有清一代，變亂此起彼伏，起因無非是百姓出為夾壩引起事端，或者土司間相互侵奪，爭奪百姓與地盤。

這不，瞻對戰事剛剛結束，大軍剛剛撤走。因助戰清軍有功而新封的下瞻對土司俄木丁便發兵攻打里塘附近的崇喜土司。只為兩家舊時結下的仇怨。崇喜是一個小土司，力量單薄。這回，俄木丁被朝廷新封為下瞻對土司，正好借勢而起，派人襲掠崇喜土司領地，夾壩一番之外，還將崇喜土司殺死。

對此，朝廷也只好聽之任之，不予理會。

這時是乾隆十二年，皇帝還在關心著瞻對善後事宜，三月間，四川所屬另一處深山大河邊的大金川土司地面又生起事端。巡撫紀山上奏：「大金川土司莎羅奔侵占革布什咱土司地方，彼此仇殺，又誘奪伊侄小金土司澤旺印信。」各土司轄地是清朝中央政府劃定的，土司印信也是朝廷頒發。大金川土司此番動作，比之於下瞻對土司「縱容夾壩」，性質還要嚴重。想到剛剛結束的瞻對戰事過程中種種麻煩，以及耗費了那麼多的錢糧，乾隆不想再興一場戰事，便令在川大員慶復、紀山等對大金川土司勸諭警告，但都沒有什麼效果。為維護國家秩序、朝廷顏面，最後也只好興師問罪了。

本來乾隆已調派張廣泗接任川陝總督，打算將慶復調回中央部委任職，此時，便令他繼續留川「相機進剿」，「不必急於赴闕也」。

新亂已起，舊亂未了

布置征剿大金川土司戰事時，乾隆皇帝還沒有忘記瞻對的事情。他傳諭新任川陝總督張廣泗：「從前大學士慶復奏稱：『班滾及家口並惡木勞丁、姜錯太等一齊燒死』等語，情節甚屬可疑。」令其「到川時詳細察訪」。所以有此一舉，是參加了瞻對之戰的參將袁士林到了北京。這位參將正是焚燒泥日寨時的點火之人，皇帝派了一位官居大學士的要員親自詢問袁士林，班滾是不是真的燒死在泥日寨中了。袁士林的回答是：慶復奏報與班滾一同燒斃的「泥日寨之姜錯太未曾燒死。想姜錯太同在一處，彼既未死，其班滾似亦未曾燒死」。

五月，乾隆皇帝又令慶復移駐靠近大金川的汶川。副將馬良柱又隨征金川，升為總兵。總兵宋宗璋也隨征金川。

八月，張廣泗奏摺到了皇帝面前，不說金川戰事，說的是皇帝讓他暗訪的班滾下落：「到軍營後，查訪班滾果否燒死之處，因聞有自班滾處逃回土兵昔什綽、扒塔兒，隨喚至軍營，細加盤詰。據供：『班滾於如郎寨逃出，即往沙家邦寨中藏匿。嗣大兵焚毀泥日寨，並無班滾在內。』又接提督武繩謨札稱：『有新投兵丁王懷信，向在里塘亦聞班滾未死，並傳說現在金川』等語。是班滾未經燒死，已屬顯然。臣仍多方密訪，務得實在下落，再行奏聞。」

皇帝下旨：「覽此，則班滾實未死也。如其未死，舍金川而何往？一事而成兩功，惟卿是賴。」

張廣泗向皇帝彙報情況同時，也表達了自己的擔心，這擔心肯定是害怕因此得罪了比自己位高權重的慶復。皇帝說：「至於一切顧慮，恐惹嫌怨之處，皆可不必。勉之。」是我布置的任務，不要怕得罪人，再接再厲啊！

那位來自里塘的兵丁王懷信反映了一個情況，原明正土司屬下土守備汪結被慶復任用，瞻對戰事結束時，論功封為里塘土司。而汪結出任土司時，「班滾則差人到汪結處投哈達道喜」。而土兵昔什綽又供：「汪結做中，班滾的兄弟俄木丁投降了，叫班滾逃往別處去。」我們還記得，戰事膠著時，慶復生有一計，就是汪結作保，放出打箭爐監獄中的瞻對犯人甘松結，令其回瞻對，與班滾的異母弟俄木丁一起，裡應外合，策應官兵。乾隆皇帝也點頭同意了的。戰後，這班滾的弟弟俄木丁還被朝廷新封為下瞻對土司。知道了這個消息，不由皇帝不生氣：「則汪結蓋一陰巧小人，彼既外示出力於我，而內仍不使班滾怨彼，此乃番蠻兩小獲利之巧智。而慶復墮其術中而不知耳。將來此人另有一番處置方可。」而這個時候，新任里塘土司汪結正率土兵隨征金川，所以皇帝還得耐住性子，交代張廣泗：「今汪結現在軍前，尤宜事事留意，不可稍露機宜，致彼生疑。致蹤跡班滾之事，尤不可付之此人也。」

這時，皇帝已調慶復回京。路上慶復上了一道奏書彙報：「遵旨於八月十八日自軍營起身回京，現已抵陝西省城。」皇帝回話口氣冷淡：「卿起身而來，宜即奏聞。今已至西安而奏，為已遲矣。」你不覺得此時才奏有些遲了嗎？

十月間，皇帝又得到班滾的新消息。班滾不是在金川，而是依然待在自己的老巢如郎。非但不隱匿行蹤，還派兵攻打曾協助清軍的上瞻對土司肯朱。但是，沒有辦法啊，「目今進剿大金川，須全力貫注，不得分營。至將來金川事竣，即應移師如郎，迅速剿討，斷不容緩。」而且，又牽扯參加了瞻對戰事，現正出征金川的軍官一名，「游擊羅于朝亦係上年承辦此案之人，恐其發露，意欲多方掩飾。」當然還有那個汪結。「汪結既為彼耳目，羅于朝身為營弁，乃內地之人，輒敢與之通同，更為不法。至進兵時，須先期將羅于朝、汪結二人調赴軍營，一一訊明，便可得班滾實在下落，而明正其罪。」

這時，大金川軍事也像瞻對一役，初始頗為順利，後來便陷於膠著狀態。皇帝一面為前方如何打開局面勞心，一面還記掛著瞻對之事。因為他越來越堅定地認為，金川土司敢於作亂，就是因為瞻對一戰沒有得到好的結果。他想，班滾未死，一干大員都在通同騙他。那麼，之前被革職，經刑部判為斬監候的建昌鎮總兵袁士弼的種種罪行，說不定也是這幫傢伙捏造構陷，便下旨有關部門刀下留人。將來「令李質粹與袁士弼對質，則功過自明」。

這邊，不知情的紀山還在上奏，替里塘新任正土司汪結落實待遇：「其原給正土司養廉銀二百九十四兩五錢，與汪結支食。」

戶部議覆：「應如所請。」

十一月，身在大金川軍前的川陝總督張廣泗又奏報瞻對那邊的事情：「臣查上年攻剿瞻對，果如慶復所奏，拆毀戰碉，分割其地，則班滾無可容身，自必潛逃他境。今查李質粹初臨賊境，尚攻克碉寨十餘處，迨兵過如郎，僅焚空碉二座圍燒泥日一寨，餘皆完好如初。至分地之議，各土司因班滾現在，無人敢領，悉仍為班滾所踞。」又說到汪結，「臣查汪結不過一巧滑小人，因其熟諳番情，在眾土司中最為明白，故慶復信而任之。」

張廣泗指揮金川戰事不順，多次被皇帝責問，有瞻對一案在查，正好略為掩飾，終於按捺不住，拿了汪結來詢問。汪結供出：「四月十三日渡江，半夜到如郎，竟是空寨，班滾早已逃出，及責問俄木丁，伊云必是隔江看見燒寨，害怕潛逃。」見此，皇帝定要在宮中冷笑了。原來慶復等所奏，攻破如郎大寨，你們是這麼破的呀！

皇帝又得到消息。

游擊羅于朝和汪結曾經叫班滾「三年不可出頭」，這位班滾卻沒打算如此低調，而是馬上就發兵報復曾協助清軍的上瞻對土司，汪結又去信「令其斂跡，以防金川事竣波及」。

十二月，張廣泗又讓汪結提供了新情況：「去年六月內，提督撤兵起身之後，總兵宋宗璋還在臘蓋的時候，我就打聽得班滾實未燒死，但不知他藏匿的所在，就稟了總兵宋宗璋和游擊羅于朝。後來撤到曠域頂，我又打聽得班滾藏在空七寨一個山洞裡。那洞內有水有柴，可以久住。我又稟了宋宗璋。宋宗璋聽了甚是愁怕，嘆了一口氣說，如今叫我有什麼法呢？」果真如此，汪結此人，並不如皇帝先前以為那樣奸滑，而是總兵宋宗璋等人怠惰了。

皇帝傳諭：「令其據實即速奏明，不得稍有回護。」

後又複查前線卷宗，「當時捏報燒斃之處，檢閱卷宗，有慶復駁回李質粹原咨，李質粹遂添入『火光中望見懸縊賊番三人，班滾、惡木勞丁、姜錯太皆已燒斃』之言，慶復即據以入告。」也就是說，慶復不管戰果如何，只看材料扎不扎實。材料不扎實，就駁回重做。那個時代，這是不是普遍現象我不知道。但在今天，領導把上報材料駁回重寫的情況比比皆是，只是大多無關人的生死，而是種種統計數據了。這就說明，慶復這個瞻對戰事的最高指揮官，不是被下屬蒙蔽，而是明知實情而通同作弊了。

到此之時，皇帝終於明白，所謂瞻對之戰，就是一場費了真金白銀唱了多半年的大大的假戲了。

當即諭令：「大學士慶復自皇考時屢經擢用」，我父皇雍正時就對他多次提拔，「歷任尚書，朕即位之初，用為大將軍」，以後我如何重用於你就更不用多說了，但瞻對的事情敗露，我要包庇你也不可能了，「朕自張廣泗奏到，數日來為之反覆思維」，上至倚為國家棟梁的一品大員，下至游擊羅于朝這樣的基層軍官，都無一人認真為國家效力，而是通同作弊，瞞天過海，皇帝自然是該有幾個晚上睡不安生吧。「國家能保千百年無兵革之事乎？若統兵之人皆如此欺罔，其所關係尚可問乎？」

「夫世戚舊臣皆與國共休戚之人也」。慶復啊，你們這些皇親國戚，這天下是我們大家的啊，我們是一個休戚相依的共同體啊！你怎麼能這樣？你們怎麼會這樣?!「慶復思及此，亦將不能自恕！且以臺輔大臣受國家厚恩，何以於此等軍機重務通同欺罔，一至于此！若謂一時誤信，或因用軍既久，邊外番地不得不如此了事，此等情形不宜題達宣示，亦應密行陳奏，乃始終並未據實奏明。今既通盤敗露，法紀所在，朕雖欲寬之而無可寬，慶復著革職，家居待罪。

「李質粹現在刑部監禁，著軍機大臣會同刑部，將此案情節徹底研訊，有應問慶復之處，一併訊問，逐款審明，按律定擬具奏。」

還有作為欽差大臣派往前線的班第、努三二人。

「朕從前因班第、努三進兵瞻對，宣力效勞，厥有成績，是以將伊等及所帶侍衛官拜阿唐等等一並交部議敘。朕又施恩令班第在御前行走。……班第、努三雖係協同慶復辦事之人，未深悉地方形勢，與慶復、李質粹專令帶兵者不同。然伊等在彼並不詳察，亦從而謂班滾燒死，率行具奏，殊屬冒昧。此事既經顯露，伊等議敘所加之級隨往侍衛官拜阿唐等議敘之處，均一併注銷。班第、努三不必在御前行走，著在乾清門行走。」

宋宗璋、馬良柱兩員武將，正在金川前線苦戰，皇帝從別處調了同級軍官去到前線，本意是要代替這兩個人。不想，前去替代的人臨陣懦弱，指揮無方，才能與勇氣更在這兩人之下，只好將兩人仍然留在前線效命，暫不處置。

此時的班滾在瞻對過得卻頗為自在。

張廣泗派一名喇嘛叫雍中班吉的前往瞻對察看，其自在情形是這位喇嘛親眼所見，彙報給張廣泗，張廣泗又上奏皇帝。

「委員往察，始知班滾安踞如郎，並不畏人知覺，且日與附近土司如德格、霍爾甘孜、章谷、孔撒、麻書、朱倭等往來贈遺不絕。查此一帶土司，皆上年從征瞻對者，今復與班滾往來，非盡反而從寇也。蓋番夷鄰近，天朝徵兵則奉調從軍，事竣兵退，有私仇者仍為仇敵，無仇怨者仍歸於好，夷俗如此。」

我們記得，瞻對戰事結束時，西藏方面達賴喇嘛等大人物都出面請皇帝對於班滾網開一面，加上原來支援戰事的江卡藏兵擅自撤回，讓皇帝起了大疑心，認為「非我族類，其心必異」，文化與宗教的分別，似乎是他建立大一統國家難以逾越的障礙。那時，西藏納入清廷治下才幾十年，就已經發生若干戰事。康熙年間，曾派皇子率大軍親征，最後的結果，是將達賴所屬教派和頗羅鼐世俗貴族等扶助成統治西藏地方的核心力量，但在對並不屬於西藏管轄的瞻對戰事中，他們的同情卻在與其同種同文的班滾身上。為了大局安定，皇帝知道不能因此深責於達賴喇嘛及頗羅鼐等人，便把怒火撒在駐藏大臣傅清身上。張廣泗也許深知皇帝這一心理，自己卻也冷靜，所以，才在奏摺中說，這也是「夷俗如此」，「上年從征瞻對者，今復與班滾往來，非盡反而從寇也」，倒也冷靜而客觀。

張廣泗這樣的觀察也是另有事實依據的。

按清代的土司設置，里塘是宣撫司，品級高於崇喜土司與下瞻對土司，理論上這些土司都要歸里塘土司轄制。瞻對戰後，慶復將原正土司廢為副職，將汪結封為正土司，當地各土司並不心服，「近因將汪結被授宣撫司，其屬下遂有煩言」。加上此時汪結又率里塘土兵隨官軍參加征剿大金川之役，瞻對里塘一帶土司豪酋們便又復歸於無政府狀態。藏區土司豪酋們此類表現，本屬慣常，但皇帝會認為有損國家體面，上侵天威，都欲平之而後快。卻又不能四處舉兵，便時時責怪於臣下。張廣泗沒有這樣的期許，態度自然就冷靜一些，他說，「蓋番性易動難馴，尋仇報怨是其常事」。其實，四出夾壩也同樣「是其常事」。這一地區處於這樣的社會發展水平，縱馬夾壩，快意恩仇，自是其文化觀念中英雄主義支配下的自然習慣。超越社會形態加快文明進化需要輸入更先進的文化更先進的管理，但清廷推行的土司制目的在抑制藏區落後制度中的野蠻與無序，只是用「多封眾建」「以分其勢」，以畫地為牢來抑制豪強們擴張的衝動。那些事實上被圈禁於封地中的土司們，特別是土司轄地上的百姓並沒有從這種制度中得到任何一點好處，所以幾乎像出於本能一樣，要來挑戰這種強制性的制度。

金川戰事套著瞻對舊事

此時，金川戰事似乎也日漸成為瞻對戰事過程的翻版。

進軍初始，漢、土官兵士氣高昂，一路拔寨掠地，但這些勝利僅在外圍取得，一旦逼近金川土司的腹心地帶，抵抗便越來越強烈，爭寨奪碉之戰事越來越艱難。終致士氣日漸低迷，各路兵馬，各級官佐互相推諉埋怨，進軍步伐越來越慢。終於戰事停滯下來，陷入膠著狀態。時不時，還被對方反攻暗算，官兵付出重大傷亡，苦戰得來的要地又陷於敵手。連瞻對戰中表現良好的馬良柱也被張廣泗向皇帝告了一狀：「總兵馬良柱不思努力克敵，怯懦無能，將五千餘眾一日撤回。以致軍裝、砲位多有遺失。伊老而無用，若留軍中以功贖罪，實屬無益。」於是皇帝下旨，把這位已經六十多歲的老將「解京問擬」。「問擬」，就是對照大清律法，看其該領何刑。

宋宗璋更是其罪難逃，皇帝下旨：「總兵宋宗璋，前在瞻對不能奮勇克敵，惟事粉飾，扶同欺隱。及進剿大金川以來，雖據報小有攻克，仍不能鼓勇前進，而欺飾之智猶昔，今統一軍，徒長惰而損威。朕已降旨，著張廣泗將宋宗璋並解來京，以便質審瞻對之案。」

至此，征剿瞻對時從總督到提督到前線總兵共同謊報戰果的事實已經大體清楚了。張廣泗的調查工作也基本結束。馬良柱和宋宗璋解京不久，與瞻對案有涉的土司汪結也在營中病死。隨著案情日漸清晰，皇帝也多少改變了一些對汪結的看法，並不堅持認為汪結必是班滾的奸黨了。關於這一點，皇帝有話：「朕因土司汪結與班滾潛通消息，慶復為所蒙蔽，曾經傳諭張廣泗，令將汪結以他事調赴軍營，訊明班滾下落，明正其罪。今據張廣泗所奏，宋宗璋原摺班滾未經燒死之語皆出汪結之口。看此情節，則汪結尚非班滾心腹奸細，使汪結果有心為班滾掩藏，豈肯向宋宗璋吐露實情！可速傳諭張廣泗，不可因朕有將伊明正其罪之旨，不為查核，致受冤抑。並一面留心察看，如果其人實非奸狡，尚可效用，即行具實奏聞。」

但皇帝得到奏報，汪結已病死在軍營中了。

此後《清實錄》中，再無半字有關汪結的記載。甘孜州政協所編的《甘孜州文史資料》（第八輯）中格郎杰所著〈康南理塘土司概況〉一文，對里塘於雍正七年受封以來，各代里塘正宣撫司人名及事跡作了清晰的梳理。偏偏沒有瞻對戰後短暫任過里塘正宣撫司的汪結的記載。只說，原土司安本於乾隆十三年被降為副宣撫司，十四年復任正宣撫司。看來，當初，汪結被任土司，並未得到里塘人擁護，加上時間短暫，就任後又隨清軍遠征大金川，後來也就被遺忘於歷史的深處了。

從此張廣泗就不能再拿瞻對案說事，以轉移皇帝對於金川戰事的關注了。皇帝要問他的，只有大金川戰事的進展了。隨著戰事久無進展，他與皇帝君臣間的蜜月期也宣告結束。不久，皇帝便從身邊派出大學士訥親前往大金川前線「經略」，顯露出皇帝對他的深深失望。

訥親到來，也並未使戰局有所改觀。

皇帝憤怒了，就要辦人。乾隆皇帝先將瞻對戰事中負責後勤工作的四川巡撫紀山辦了，理由是與張廣泗「督臣不合」，「令其解任來京」。同時令訥親調查這位巡撫在任上的所作所為，結論是「操守廉潔」，「均無侵肥作弊，但辦理不善，被屬員蒙蔽」。這結果也很嚴重。總兵馬良柱被解到北京，供出他在金川前線退兵，非戰之罪，而是因為糧運不繼，全軍半月之久沒有飯吃，以致把馬鞍上的皮子都煮來吃了。皇帝了解到這情況，又下旨說，既然事實如此，紀山就不必來京了，「著革職，發往軍營，聽經略大學士訥親委用，令其自備資糧，效力贖罪。其四川巡撫一職，著班第暫行署理。」

我們應該記得這個班第。瞻對之役後期，他被皇帝委為欽差大臣，派往前線。因瞻對案牽連被貶到乾清門行走。這時又來到大金川前線參加後勤工作，紀山出事，他又得任四川巡撫。看來，清朝中央的組織部手裡，後備幹部的名單實在並不豐富，所以來來去去，總有問題官員復出。

馬良柱解到北京，供詞之中，牽出了紀山。審總兵宋宗璋，又加重了慶復荒誕的新罪行。「其將班滾之子沙加七力捏名德昌喇嘛，將班滾大碉冒稱經堂，給與居住，則係慶復所辦。」但史書中沒有慶復的申辯，這事是否如此，或者他為何要對班滾之子網開一面，也就不得而知了。皇帝下旨：「前經降旨，令其家居待罪，今懸案日久，伊轉得優游閒處，於心何安？著將慶復拏交刑部監候，俟金川軍務告竣，再將瞻對案內在事人員通行核實，分別定擬。」原來念你是一品大員，只是軟禁，監視居住，現在就吃牢飯去吧！

皇帝認為，大金川土司所以作亂，全是因為瞻對戰事草率完結。所以，要等大金川凱旋班師再來宣判。

不久，金川一帶地震，再接著，打箭爐地震，在那時，這些都是不祥之兆。乾隆皇帝自然警醒異常。

而張廣泗還在拿瞻對說事，上奏，「已遣游擊羅于朝、土目甘松結等誘班滾離伊巢穴，然後用計擒拏」。

羅于朝參加過瞻對之戰，也有罪在身。那位甘松結，大家更該記得，此人原在瞻對犯事，被下到打箭爐獄中，被慶復釋放，派往班滾寨中臥底，戰後被封為土千戶。這時，應該也是在隨征大金川軍中。

皇帝再問，結果如何。

尋奏，羅于朝業經調回。也就是說此計也無果而終。

皇帝命令：「且此二人，皆慶復所信用，伊等既有確供，即可服慶復之心。著將羅于朝、甘松結密行拏解來京，以憑訊結此案。」後羅于朝被斬，甘松結「絞罪正法」。

又過了數月，前線將領們面對只有幾千丁壯的大金川土司一籌莫展。皇帝終於失去耐心，下旨將張廣泗、訥親法辦。小事沒有辦好還可以馬虎過去。但如此軍國大事，擁兵三、四萬人，差不多以十敵一，戰事一無進展不說，己方還傷亡慘重，相關人員得承擔責任了。

張廣泗「著革職拏交刑部治罪，令侍衛富成押解來京」。

大學士訥親，「始終不忍令其拘繫囹圄，訥親著革職，赴北路軍營，自備鞍馬，效力贖罪」。

另調大學士傅恒前往軍前節制籌畫。

乾隆十三年十一月，原川陝總督這一大行政區分設。劃為四川、陝甘兩個行政區，分設四川總督和陝甘總督。這次行政區的重新規劃，相繼而起的川屬瞻對與大金川土司地面的戰事，正是最直接的誘因。

朝廷授策楞為四川總督。

值得一說的是，策楞是剛在大金川前線被革職的訥親的兄長。前一月，他曾為弟弟的事上奏皇帝，可不是代為求情：「訥親於國家軍旅大事如此負恩，為國法所不容，請拏交刑部嚴加治罪。」皇帝說，「策楞因伊弟身罹重譴慚憤極為誠切。夫父子罪不相及，何況兄弟，策楞自屬可用。」

十二月，乾隆皇帝不想等金川平定才來了結瞻對一案了：「懸案不決，終非了局，慶復、李質粹等著軍機大臣會同該部，即按律定擬具題。並將此旨令諸王、滿漢文武大臣公同閱看。」

軍機大臣與刑部隨即拿出處置意見：「總督慶復、提督李質粹、總兵宋宗璋均斬監候，秋後處決。」

「從之。」

前面已經懲處了總兵袁士弼，這回又辦了這三位。川陝總督慶復還被革了職，在牢中等待皇帝最後處置。瞻對一役的高級指揮官，就剩一位馬良柱得以全身而退。

馬良柱征瞻對時，在統領南路漢、土官兵，沒有參與中、北兩路的陰謀，到大金川戰事中，張廣泗告他臨陣撤退。後又查清是因為斷糧半月，事出有因，審明事實後，又回到了金川軍中，繼續領兵。後大金川事平，又因功復任總兵。

「張廣泗現會同刑部按律擬斬立決」，就是判處死刑，立即執行。並「著德保、勒爾森前往監視行刑」。

訥親由在金川前線的大學士傅恒等拿出處置意見。

乾隆十四年正月，從黑龍江、湖北、貴州各地新調的精兵，歷經數月跋涉，一部分到達前線加入戰事，還有幾千兵馬尚在途中，大金川戰事卻突然了結。原因是作亂的大金川土司莎羅奔原來也曾替朝廷出力，率所屬土兵於康熙年間隨名將岳鍾琪出征羊峒，立有功績。後來，又是由岳鍾琪保舉，清廷於雍正元年授予他金川安撫司職。金川戰事艱難之時，乾隆皇帝重新起用被奪爵削職的老將岳鍾琪，領兵進剿金川，重振軍威。最後，岳鍾琪只帶少數親兵，輕騎入大金川土司高牆深壘的勒烏圍，說服莎羅奔在軍前請降。大金川戰事結束。

乾隆十四年二月，皇帝降旨：「莎羅奔、郎卡屢遣親信頭人致詞獻幣，稟稱果貸其死，當為經略大學士建祠頂祝。所約六條，如不許再犯鄰封，退還各土司侵地，獻馬邦凶首，繳出槍砲，送還內地民人，與眾土司一體當差，一一如命，且稱願較各土司分外出力。是乃所謂革面革心。而其所求望風稽顙，不敢遽赴軍門者，螻蟻貪生之本念耳。如此而必加誅戮，豈朕覆載包容之量所忍出耶！王師不戰，止戈為武，威既伸矣，功既成矣，班師振旅允合機宜……」

皇帝從寬赦免了莎羅奔，大軍班師回朝。

此前，張廣泗已斬，訥親如何處置一定也讓皇帝頗為躊躇。先是將訥親就地革職，令他效力軍前。訥親倒臺後，下面反映上來的情況讓皇帝越來越生氣。金川勝利遽然來到之前的乾隆十三年正月，便已下旨：「將訥親帶往軍前，會同經略大學士傅恒審明，於軍門正法。」關於訥親此時的情狀，下面奏文還記有一筆，「訥親不進飲食，臥床不起」。我本以為，勝利消息到來，皇帝連叛首莎羅奔都已赦免，必定也會留訥親一條性命。但訥親未等到這一天。

侍衛鄂實奏報：「正月二十九日行至奔欄山，接奉諭旨，將訥親正法訖。」

同時，乾隆皇帝對於叛首大金川土司莎羅奔可謂恩情隆重，不但赦免其死罪，還降下諭旨：「爾等蕞爾番夷，本不足當皇帝親降諭旨，因爾等實心向化，欲親赴闕謝罪，是以特加曉諭，並交總督酌量獎賞。爾等其敬謹遵奉，安分守法，勉力向善，皈依佛教，各守封疆，永遠侵軼。向化各土司，亦斷無侵擾爾等之理。設各土司有欺凌爾眾者，許控告總督、提督，為爾等分別剖曲直，不得輒肆爭鬥。」

此後，莎羅奔的確沒有再行不法之事。

但二十多年後，乾隆三十六年，莎羅奔身後，其襲任土司職的侄孫僧格桑再反。乾隆第二次用兵金川，此一戰歷時五年。最後剿平大小金川。此是後話。

班滾現身，瞻對案結

當時，大金川土司莎羅奔投降被赦的消息傳到瞻對，班滾也尋找門路，把歸降之意上達天聽。四川總督策楞上奏：「據惠遠寺喇嘛達爾罕堪布具稟：班滾前於莎羅奔投誠，荷皇上赦宥之後，即遣人來寺求其代為乞恩。今班滾又來懇求，並將伊子羅藏丁得到寺出家悔罪，頗為真切，因遣弁員前往泰寧，班滾率弟兄土目頭人等出界跪迎，誓死明心。因未經出痘，不敢身入內地，具有夷稟，實屬悔罪輸誠。」

皇帝下旨：「且班滾之歸誠，實由見莎羅奔之向化，為所感動，則知前金川之蠢動，實由班滾之肆逆，相率效尤，前事不臧，更貽後害，身其事者，罪不容誅。」也就是說，班滾也可以保全性命了。此時，皇帝又想起了尚在獄中的那個人，「慶復見在朝審已入情實，本欲於勾到之日明正典刑，但念伊勛戚世舊，皇考時即已簡用為大臣，且與訥親、張廣泗之負恩僨事老師辱國者，尚稍有間，不忍令赴市曹，著御前侍衛德保、會同來保、阿克敦將策楞原摺，令慶復閱看後，加恩……」那麼，皇帝也要如赦免莎羅奔、班滾一般加恩於他了嗎？不。「加恩賜令自盡」。

瞻對一案終於如此了結。

昨夜寫完瞻對一案的了結，不覺已是深夜三點，睡不著，發了一條微博。「寫一本新書，所謂現實題材，都是正在發生的事情，開寫的時候有新鮮感，但寫著寫著，發現這些所謂新事情，裡子都很舊，舊得讓人傷心。索性又鑽到舊書堆裡，來蹤跡寫舊事。又發現，這些過去一百年兩百年的事，其實還很新。只不過主角們化了時髦的現代妝，還用舊套路在舞臺上表演著。」

一星期前，我開始動筆寫一部新長篇，現實題材，關涉到漢藏文化衝突的新表現。真覺得新事情也都是舊套路，乾脆停了書房的電腦，搬到餐廳的大桌子上，在手提電腦上，憑藉著堆了一桌子的舊書，來蹤跡瞻對舊事。諸多陳年舊事，映照今天現實，卻讓人感到新鮮警醒。看來，文學之新舊，並不像以新的零碎理論包裹的文評家們所說，要以題材劃分。

發了微博，洗澡上床，還是睡不著。

又在枕上看舊書中的地理材料。這本舊書叫《西藏志》，民國十四年，四川省籌畫編修《四川通志》延聘專人所撰。以此可以知道，四川一省官員，清代以來，把藏區事務視為大事，已是成例了。《西藏志》中有「西藏道路交通考」一章，詳說了舊時未有公路時各路通藏驛道上的情況，開篇就說四川雅安經打箭爐到拉薩的川藏大道。

路從雅安算起。今天在雅安城邊，川藏公路邊，有一組雕塑，都是過去時代背著茶葉和雜貨來往於川藏驛路上的窮苦背夫的形象。這組雕塑的意思，是標示出所謂茶馬古道，也即過去川藏大道由此起點。今天，從此開汽車，四、五個小時可到康定，即舊時的打箭爐。那時，卻要走很多天。《西藏志》詳細標注了站名與里程。雅安至滎經，九十里；滎經至漢源，一百一十里；漢源至泥頭，八十里；泥頭至化林坪，七十五里；化林坪到瀘定橋，七十五里；瀘定橋至頭道水，七十里；頭道水至打箭爐，六十里；最快要一周時間。

自打箭爐出南門謂之出關，直到今天，當地人還把康定以西的地面，叫做關外。「走拱竹橋，沿山而上，約二十餘里達其頂，曰折多，山高而不甚險，秋冬則積雪如山。山下二十里，有人戶柴草。五十里至堤茹塘，有人戶柴草。五十里到納哇，路不險，有居夷，有煙瘴，順溝而進，四十里至阿娘壩，地方頗為富庶。由是經瓦七土司密宗，經俄松多橋，到東俄洛，有碉房柴草。」東俄洛，熟悉的地名。瞻對戰事之初，四川提督李質粹就駐紮此地，節制調度深入瞻對高山深谷的三路兵馬。

從此地，川藏大道又經過高日寺、臥龍石、八角樓、中渡汛、麻蓋中、剪子灣、西俄洛、咱瑪拉洞、亂石窯、火竹卡、火燒坡十二站，才到達里塘。再從里塘經二十一站到江卡汛。江卡也是熟悉的名字。被搶的張鳳把總帶兵就是從那裡來的。瞻對戰事進行時，西藏方面曾從那裡派兵支援，只是後來，那位叫冷宗鼐的藏兵軍官，竟擅自離開前線，那些藏兵也就自行散去了。乾隆把冷宗鼐交給西藏郡王頗羅鼐法辦，卻再未見資料說其結果如何，大概是大事化小，小事化了，最後不了了之了。

里塘，是清史中的寫法，今天寫作理塘。也是一個已在本書中多次出現的名字，以後還會在書中更多次出現。

故事開始，這是三十多個清兵被瞻對人「夾壩」的地方。

也是那位先被乾隆皇帝視為私通班滾的奸細，後又為他洗去冤屈的汪結，做過一年宣撫司的地方。

有心的讀者會問，這一路怎麼沒有瞻對？是的，沒有瞻對。瞻對在里塘北方的深山之中。我在瞻對，今天已更名為新龍的地面尋訪時，在縣城邊看到公路指示牌上標記，南去里塘的盤桓山路是二百一十多公里。也就是說，瞻對並不在川藏大道上。那時，瞻對夾壩出掠川藏道上的商旅，那是要好馬快刀，長途奔襲數百里到別的土司地面。所以，瞻對之戰，里塘也是南路進兵的地方。

川藏大道，一向分為南北路。里塘是南路上的重要節點。川藏北路也是從打箭爐南門出發，過折多山後，便與南路分手，過泰寧、道孚、爐霍、甘孜，再過玉隆、德格過金沙江，離開川屬土司境，入於西藏地面。瞻對也不在這北線大道上。今天的甘孜縣城邊，有一條大河浩浩流過，這條河是雅礱江。甘孜縣城南邊，參差著一列錯落的雪峰。過縣城不遠，雅礱江便折而向南，一頭扎入雪山之下的幽深峽谷之中，流向瞻對境內。我第一次去瞻對，就是從這條公路順江南下，在深峽中穿行一百多公里而達新龍縣城如龍鎮。

也就是說，瞻對深陷在川藏大道南北兩線的群山中間，即便在今天看來，也相當偏遠。所以，清代以前，只有模糊不清的傳說，清代以來，漸多文字記載。所以見之於記載，大多是因為瞻對人或南下，或北上，對於川藏大道南北兩路商旅與當地百姓的劫掠襲擾。外人看來，瞻對確實遙遠。但對嫻於弓馬，將夾壩視為一種生產方式的瞻對人來說，外面的世界卻並不遙遠。因此，我們便要在這本書中，與他們頻頻相逢了。

閒話岳鍾琪

出太陽了！

成都的冬天難見如此明亮的陽光，乾脆就停了寫作，上街走走。這麼多天扎在故紙堆裡，正好用陽光去去黴氣。便棄車步行到公安局辦理去香港講學的出境簽注。簽注畢，再去郵局取點小文章掙來的稿酬。中間，經過一條街，岳府街。正是有清一代，曾為安定藏區建有勛績的名將岳鍾琪府第所在。今天，岳府的深宅大院早已蕩然不存，空留一個街名。各色人等來來往往，各謀或好或壞的生計，各懷或明或暗的心思，沒幾個人知道這條街名所為何來。

乾脆再說說岳鍾琪，讓此書暫告一段落。因為瞻對一地於史書中再興波瀾，要等到清代的嘉慶年間了。時間還要很久。瞻對戰事結束後，乾隆還做了三十多年的大皇帝，然後才輪到嘉慶頭上。

岳鍾琪出生於三朝武臣之家。其父隨康熙遠征噶爾丹蒙古有功，升任四川提督。岳鍾琪二十歲從軍，二十四歲時隨父從甘肅入四川。七年後，康熙五十六年，西元一七一七年，準噶爾蒙古汗王策妄阿拉布坦據有天山南北，發兵攻入西藏，陷拉薩，圍攻布達拉宮，殺死藏王拉藏汗。康熙五十八年，康熙皇帝派都統法喇統兵出打箭爐援助西藏。法喇即以時任永寧協副將岳鍾琪為先鋒官，命他先期攻取里塘、巴塘等川藏大道上的要點，打通進藏大道。岳鍾琪一舉殲滅了拒不投降的里塘第巴，「擒首逆七人從而使巴塘第巴懼，獻戶籍」。後又使藏兵首領為前導，沿途招降，長驅直入，千里奔襲，直逼拉薩，準噶爾蒙古軍一觸即潰，狼狽逃回伊犁。

戰事結束，岳鍾琪升任四川提督。

不幾年，蒙古部落首領羅卜藏丹津又在青海起兵抗清，清廷授岳鍾琪「奮威將軍」率軍征討。岳鍾琪抓住春草未長，叛軍人畜乏糧，分散屯駐牧養的時機，奇兵奔襲羅卜藏丹津駐地，所率五千精兵，均是一人兩騎，星夜兼程，快速抵達前線，猛撲羅卜藏丹津營帳，叛軍頓時潰不成軍，羅卜藏丹津乘亂換上蒙古婦女的衣飾，帶了二百多人投奔準噶爾去了。其母、弟、妹、妹夫一併被俘。岳鍾琪以少勝多，再一鼓作氣乘勝追擊，「一晝夜馳三百里，不見虜乃還，出師十五日，斬八萬級」。岳鍾琪只用了十五天時間，就把面積數十萬平方公里的青海土地完全收復。

後來，岳鍾琪又率兵平伏今甘肅省武威境內幾個藏人部落，並先後出任甘肅提督，後又兼任甘肅巡撫。一個人獨掌一省軍事行政大權。這時岳鍾琪才四十歲出頭。正可謂春風得意，風光占盡。

除了極少數的幸運兒，官場是從不允許一個人如此順風順水，於是，各種流言蜚語便日漸傳入皇帝的耳裡，雍正皇帝就說，「數年以來，讒鍾琪者不止謗書一篋，甚且謂鍾琪為岳飛後裔，欲報宋、金之仇。鍾琪懋著勛績，朕故任以要地，付之重兵，川陝軍民尊君親上，眾共聞之。」而其間，確實有漢人勸岳鍾琪謀反，但被岳鍾琪拒絕。雍正並不像其父康熙那樣是個有大胸懷的人，那些流言在他心中也漸漸生根發芽。

雍正九年，西元一七三一年，雍正皇帝終於藉岳鍾琪再次率兵遠征蒙古準噶爾部過程中小有失利，以「誤國負恩」之名，免官拘禁。忌恨他的大臣將軍們正好落井下石，大上參劾。後來因金川戰事不順而被斬的張廣泗也參岳鍾琪「調兵籌餉，統馭將士種種失宜」。大學士們商議的結果是「奏擬岳鍾琪斬立決」，雍正皇帝改為「斬監候」，也就是死刑改了死緩。再三年雍正皇帝駕崩，岳鍾琪還在獄中活著。乾隆繼位的第二年，將岳鍾琪釋放，削職為民，在成都岳府中閒居十年。

乾隆十三年，大金川戰事不順，張廣泗、訥親將被問罪，真槍實彈的戰爭中，滿朝文武，卻沒有幾個真堪任用之人。乾隆這才想起被自己放歸閒居的老將軍，將其重新起用，以總兵之職派往前線，再後來又提升為四川提督。岳鍾琪到了前線，統率數萬漢、土官兵，節節逼近大金川土司的核心勒烏圍。莎羅奔支撐不住，在降與不降間躊躇不定時，岳鍾琪帶少數兵勇親赴敵營，迫降大金川土司莎羅奔。那時，他已經六十二歲了。因功加封太子太保，復其三等公爵位。愛寫詩的皇帝還有詩褒揚他：「劍佩歸朝矍鑠翁，番巢單騎志何雄」。

岳鍾琪於清廷確也忠心耿耿，後又兩次帶兵到藏區平亂。最後，於六十八歲上，帶兵到重慶平亂。班師凱旋之時，病逝於返回成都途中。

我在岳府街上，在暖陽下徘徊，遙想這位殞落於兩百多年前的將星種種傳奇。不遠處施工工地堵了一條街道，身邊車行擁擠，人流紊亂。倒不能影響我平心靜氣，遙想當年。

回到家中，再讀《清實錄》中岳鍾琪在奏摺中以平靜語氣說他受降莎羅奔的經過：「臣帶兵四、五十人進抵賊巢，迎謁甚恭。是夜即宿勒烏圍。明日至其經堂，令綽尊權吉同莎羅奔、郎卡依番禮誓於佛前。隨赴卡撒，告知經略。復至巴郎，帶領該土司、土舍膝行叩降。」

第三章

番酋洛布七力

瞻對又出事了。

大清朝又要對瞻對用兵了。

新戰爭，同時又是老故事。或者說，新故事按著老套路再次上演。

這時，距乾隆年間第二次征剿瞻對的戰事已經過去了五十九年。大清朝已經換了新主子：嘉慶皇帝。

時間是嘉慶十九年。西元一八一四年。

瞻對這個消匿於寬廣時空中的名字，又一次出現在奏摺中，放在了皇帝的面前。故事的主角也換過了：「中瞻對番酋洛布七力。」我們記得，上一次征討的對象是下瞻對土司班滾，這回換成了中瞻對番酋洛布七力。

上奏人叫常明，時任成都將軍。這是一個新職務。前番瞻對戰事時，川省還沒有這樣的機構設置。乾隆三十六年，大金川土司地面再起戰亂。乾隆皇帝又派大軍進剿，是為第二次大金川之役。乾隆四十一年，第二次大金川之役結束。清廷因四川少數民族地區一向多事，戰亂頻繁，特設成都將軍府。全稱「鎮守成都等處地方將軍」。規定其職權範圍為「其管理番地之文武各員並聽將軍統轄」。今天的成都，還有將軍街和將軍衙門的地名。

瞻對地面出了事，自然是在成都將軍常明的責任區內了。

差一年就是一個甲子的時光流逝，瞻對地面上地方豪酋們的勢力消長也有了變化。我們該記得，乾隆年間瞻對善後，朝廷新封的是上、下瞻對兩員土司。但那時的川屬藏區，朝廷為當地土司豪酋們劃定的勢力範圍從來得不到真正的遵守。地方越偏遠，越是弱肉強食的世界。所以，幾十年後，在瞻對地面上橫行無忌的已是中瞻對的洛布七力了。在官寫史書中，找不到瞻對地面這種勢力此消彼長的記載。走訪民間，大多數情況下，民間傳說往往時空錯亂，神祕模糊，難以定奪真偽。但洛布七力在中瞻對的崛起，卻見於當地藏文文獻記載。

這位洛布七力，祖上和下瞻對土司本是一家。後來，其曾祖小班格為爭奪土司位，被其兄長所殺。其曾祖母與孤子貢布登被逐出下瞻對土司官寨，遷往中瞻對地方。

貢布登從小便有復仇之志，但勢單力孤，對其勢大力雄的伯父自然無可奈何。唯一的辦法就是忍辱負重，在中瞻對地面小心經營，培植力量，漸圖發展。這是中瞻對勢力崛起的開始。貢布登在中瞻對苦心經營，引起下瞻對土司——其伯父的警惕，於是拉攏貢布登的親信，設計將其暗殺。貢布登死後，其兒子貢布扎西似乎無所作為，但其兒媳沙格瑪卻不肯屈服，便東出瞻對到打箭爐官府告狀。官府置之不問。復又北上請求鄰近瞻對的朱倭、章谷兩家土司支援，也無結果。為避下瞻對土司進一步迫害，沙格瑪只好舉家遷往其娘家附近的村子，以求庇護。

貢布扎西和沙格瑪的兒子就是洛布七力。他成年後，便以聯姻的方式壯大自家勢力。先娶了在當地頗有勢力的阿呷家女兒為妻，生有一男四女。兒子早死。四個女兒，都嫁與當地各頭人，其家族勢力迅速壯大。羽翼漸豐後，便在瓦達地方修建官寨，名叫瓦達波絨。其間，瞻對地面上兩個頭人互相仇殺，一個頭人被殺後，洛布七力又娶了其寡妻，生下三男二女，兩個女兒依然嫁與當地頭人。這一來，洛布七力便有了六個頭人出身的女婿，三個兒子又任勇使氣，依瞻對舊習，時常糾合所管地面上的年輕男子，四出夾壩搶掠。從此，便在中瞻對地面上雄踞一方了。

某年——藏文文書未曾紀年——其長子羅布率人出掠爐霍，被借住的人家出賣，爐霍章谷土司將其下於獄中。這個羅布是個亡命之徒，當地有一個故事流傳，說爐霍章谷土司親往獄中探看這個傳說中凶蠻無比的瞻對夾壩頭領，希望他哀求活命。羅布卻大笑不止，絕不投降。被激怒的章谷土司親手將羅布刺死於牢中。

就此，爐霍與中瞻對結下了血仇，爐霍地面更要不得安寧了。

導火線，還是一個低級軍官

嘉慶十九年，洛布七力又北出於今川藏北線，即今國道三一七線上爐霍縣境內，與章谷土司「挾仇爭疆」。兩土司爭戰之中，洛布七力竟將前往調處的清軍外委叫鄧啟龍的擊傷。這一線與爐霍章谷土司地脈相望，昬亡齒寒的朱倭、麻書、孔薩、白利諸土司便聯名上告，呈請清廷派大軍剿辦洛布七力。

外委是清軍中的低級軍官名目，大者相當於千總，小者也就是個把總，他出現在瞻對和章谷爭戰之地，一不小心，便成為有清一代第三次征剿瞻對的導火線了。

我們應該記得，第二次進兵瞻對，也是一位低級軍官被劫而引起的。土司間相互爭鬥，本是常事，政府方面想管也管不過來。但你傷了官軍，哪怕是一個低級軍官，甚至是無心之失，那就掃了朝廷的體面，有損國威，想不出兵宣威，也很困難了。「中瞻對番酋洛布七力連歲侵擾各部落，並敢拒傷官兵，情罪重大，必須剿辦示懲」。

那就出兵進剿吧。那時的清朝盛世已過，但對付瞻對這樣地不過千里、人不過數萬的小地面，倒也不在話下。

於是出兵。

派松潘鎮總兵羅聲皋率清軍及各土司兵萬餘人進剿瞻對。

羅總兵擅自收兵

一出兵又是老故事。

出兵之初真是空前順利：「官兵已克宗木多山梁，進擊河東碉寨」，「乘勝直前，揚兵威而寒賊膽」。

然後，「洛布七力畏懼兵威，縛獻凶夷郎吉七力等十一名」，並央求上瞻對土司等鄰近有聲望有勢力的當地豪酋作保，來到羅總兵帳前，「願以土司印信號紙給伊子阿更承襲」。而他自己則願被流放在五百里外其他土司地面上去過尋常百姓的日子。

羅總兵不待上報，居然准了！

這時，自己所管轄地面起了戰事的四川將軍常明正打算靠前指揮，從成都衙門來到打箭爐，剛好接到羅聲皋的稟報。羅總兵不是請示是否可以如此辦理，而是說：「本鎮已允其所請，遣令回巢，一面撤退官兵」，而且，「兩路官兵均已經撤出數程之外」。也就是說，兩路兵馬都撤到遠離前線好幾天路程的地方了。隨征的各土司兵也「皆散而歸巢」。

這倒是老故事中的新問題。

常明心懷怒火，便將此情形上奏皇帝。這奏摺其實是一封告狀信。

常明奏中，還拿出了具體的處理意見：「請將羅聲皋革職作為兵丁。」

嘉慶皇帝批覆：常明的處理意見「未足示儆」，「羅聲皋著革職拏問，交該督嚴審定擬，奏明請旨」。

常明到了基層，又見到不好的事情，同樣上奏皇帝。

也是一個下級軍官都司圖棠阿，要去青海境內查辦「西寧賊番搶劫之案」。也就是說，那邊也有「夾壩」。但走到德格土司境內走不了了，「該土司帶領頭人在阿隆溝駐紮阻止不令前進」。於是，這位圖棠阿就把狀告到了正親臨前線，到了德格附近的常明那裡。

常明便「親抵該處，查知德格土司調派土兵，協同官軍進剿中瞻對，備辦牛馬糧食甚多，極為恭順出力。訪查前次並無阻攔圖棠阿之事。該都司因入境後，未經遠迎，捏詞妄稟」。

這便是此一時在邊地的軍隊情形，真的是「內裡都已盡上來了」。土司未經遠迎，前往的官員就生氣。這在今天的藏區，也是一個普遍現象。稍有權位的官員，到一地，到一縣，當地官員都要迎到本縣與鄰縣的交界之處。只是現在不大擾民，大多僅是官員迎接官員。當然，有更重要的官員駕到，那動員民眾、學生上路夾道歡迎，獻歌獻舞，則是另一回事了。

所以，讀到此則史料，我不禁想，原來這樣的官場習氣，打大清朝時就開始養成了？

閒話少說，還是說嘉慶皇帝看了這樣有細節的摺子，更有感想，定要多說幾句：「撫馭土司番部，全在稟公勸懲，以服其心。若圖棠阿之妄稟洩憤，止圖快其私意，罔顧國事，甚屬可惡。圖棠阿著革職拏問，交該督嚴行審訊，恐尚有需索不遂，騷擾恐嚇事。著即從重定擬具奏，毋稍徇縱。」

成都將軍再次進剿

處理過這些事情，常明將軍又整頓兵馬，制定計畫，重新發兵進剿。

五月，高原上已是地暖春回，冰消雪融。草木萌發後，空氣中氧氣也較前增多，正宜行軍打仗。

不久皇帝就得到奏報：「此次剿辦中瞻對，參將曹興邦帶領下瞻對土司頭人等搶占藏多山梁，先後殲斃賊番二百餘名，生擒阿甲降錯折力等三十餘名，番夷投降者二百餘人，又續報投出三百餘戶，搶獲刀械、牛羊、馬匹甚多。洛布七力竄領餘黨逃入熱籠地方竄匿。」

這一回兩番抗拒官兵的下瞻對土司是為清軍助戰了。

皇帝在跟軍機大臣們會商前線戰況時又聽到新情況：「該督等現在已飛飭總兵羅思舉由下瞻對如郎橋過河，從熱籠後面與曹興邦合力夾攻。」

六月，常明上奏：「官兵進抵河西。洛布七力自奔竄河西後，與大頭人巴耳甲在卻至寨率眾固守，抗拒官兵。總兵羅思舉等督率弁兵擒殲賊番達那太等二百數十名。上瞻對頭人格格絨太帶領中瞻對夷人郎卡次力等數人來軍前投誠。該提督等准其投誠，並傳令各旁寨頭人出見，扣留在營，飭令呈繳刀槍、器械。」

皇帝說：「所辦是。此時番眾投誠，無不准彼之理。但夷情多詐，山路險竣，四處皆賊番碉寨，我兵深入夷地，該夷目等未必不心懷觀望。若我兵連得勝仗，彼自畏威助順；如大兵稍不得力，彼或仍附賊酋，阻我後路，則所關匪細。」

皇帝還親自出謀畫策：「應曉諭投降番目，令其作為前敵，而以我兵為繼其後，一則以賊攻賊，可資其力，再則該番目已經與賊接仗，則一離不可復合，並可絕其反覆。」看此言，嘉慶舉兵瞻對，都沒有調閱一下其父皇征瞻對一戰的案卷。所以不知道，當今這些請求大皇帝出兵的眾土司當年也派土兵隨軍效力，而清軍剛退，班滾復出，「且日與附近土司如德格、霍爾甘孜、章谷、孔撒、麻書、朱窩等往來贈遺不絕」的故事了。

不知歷史的人，往往天真地認為自己前所未有地高明。

不知歷史的人，往往行著舊事，卻以為自己做著開天闢地的全新事業。

突然之間，瞻對戰事就結束了。

與上次瞻對戰事一樣，作亂的番酋洛布七力也是被燒斃於寨中。

也是死不見屍：「洛布七力焚斃之處，止有該酋常用之鐵馬鞍、鳥槍及手帶之鑲珊瑚金戒指為憑，其中賊體焦爛，無從辨認。」只是「番眾」都稱洛布七力確實是燒死了。

於是，朝廷下令將中瞻對土地、人民分給上、下瞻對土司，大軍班師凱旋。參與戰事的漢、土官兵俱論功行賞。成都將軍常明，皇帝「詔以未生得逆首，不予議敘」。

提督多隆武、總兵官羅思舉下部議敘。還有隨征的土兵首領郎爾結、阿思甲等得賞巴圖魯名號。巴圖魯，滿語的意思就是勇士，是一種榮譽稱號。隨征的德格土司策旺多爾濟賞二品頂戴、花翎。

又是重複的老故事

嘉慶二十二年十二月，一位四川華陽籍的御史上奏川省積弊四條。其中一條便與剛結束不久的瞻對戰事有關。

這位御史狀告成都將軍常明謊報軍功：「訪聞中瞻對逆酋洛布七力前剿辦時並未燒斃，因與上瞻對頭人格格絨太素有仇隙，本年將格格絨太戕害。該酋膂力強悍，如根株未絕，恐致滋蔓。」也就是說，洛布七力不但沒有被燒死，而且又在瞻對尋釁殺仇了。

又是重複的老故事，最該要斃殺的那個人未被燒斃。上次這個人叫班滾，這次不過換了個名字，叫做洛布七力。這個未被燒斃的人，比之班滾更加囂張。大軍退後，回頭就把陣前投誠清軍的頭人格格絨太殺掉了。

嘉慶並未天威震怒，或者是他比他父皇脾氣好，又或者，他對自己所駕馭的這個體制的弊端更加了然於心，所以覺得因此生氣傷肝頗為不值，只是下旨四川總督蔣攸銛「必須察訪真確」。

就在這時，常明死了，病死的。

蔣攸銛回覆皇帝：「奉旨飭查中瞻對逆酋洛布七力未經焚斃一事，密派員弁前往查訪。該處距省遼遠，派去員弁須約二月底方能旋省，統俟查明奏請訓示。」

皇帝又問曾任過四川將軍、後回京任職的賽沖阿。賽沖阿告訴皇帝，不僅是他，就是常明本人，也聽說過洛布七力未被燒死而復出的傳聞。傳說，洛布七力在官軍進攻前就已潛逃。這下，皇帝生氣了。常明已死，無可究辦，但還有別人可擔責任。「一面將原辦此事之總兵羅思舉革職拏問，並將多隆武截回四川，一併革職拏問，究明從前捏飾情蔽，按律定擬具奏。」

嘉慶二十三年四月間，調查有了結果。蔣攸銛上奏：「現據派往道員密訪得剿平中瞻對，將地土分予上、下瞻對，復有洛布七力之婿七力滾一支野番揚言洛布七力尚存，向上瞻對索還地方，彼此忿爭而去。此後七力滾亦未再來滋事，上瞻對則恐其復回尋釁，時常準備。逐細查訪，不能得洛布七力實在蹤跡。至格格絨太其人現存，並未被戕。」

皇帝再降旨意：「該督仍當遵照諭旨，再行訪查。此事必須將七力滾拏獲訊明，始終能辨別真偽。七力滾雖屬野番，往來無定，但前既然有向上瞻對尋釁之事，亦難保其不再前來，蔣攸銛當設法偵伺購索。如能將七力滾擒拏到案，確切供明洛布七力實已焚斃，再將七力滾治其妄索土地之罪，則群疑盡釋，方能杜傳訛之口。該督務勉力辦理，不可顢頇了事。」

我所據的《清實錄藏族史料》九冊和《清代藏事輯要》兩冊中，再也沒有關於此事如何了局的記載。似乎就這樣不了了之。

查看其他材料，皇帝諭令要革職拏問的多隆武與羅思舉也未因此事而受什麼大的影響。

多隆武出身旗人，為武將，道光年間出任葉爾羌幫辦大臣，道光六年，戰死於新疆葉城。

羅思舉的身世頗為傳奇。四川漢人，貧民出身。「為盜秦、豫、川、楚間」，也就是說，他當過土匪，後來才當兵吃糧。他作戰勇敢有謀，到嘉慶年間已升任總兵。其生平材料說，「二十年，中瞻對番酋洛布七力叛，夾河築碉。總兵羅聲皋不能克，許其降，以專擅遣戍。命思舉進剿，克四砦，洛布七力就殲，請分其地以賞上、下瞻對諸出力頭目，事乃定。」道光元年，又升任貴州提督。再過二十年，羅思舉死於官任之上。

這個人有三個小故事值得一說。

第一個，湖南寨瑤趙金龍作亂，提督海凌阿戰死，羅思舉領兵再往征討。將趙金龍合圍而大破之。之前，皇帝不放心，派尚書禧恩前往監軍。羅思舉卻在尚書到達前三天將趙金龍打死，平定了瑤亂。這一來惹得中央大員很不高興，你怎麼不等老子到了，再來打這勝仗呢？這位中央大員「貴寵用事，怒其不待，盛氣凌之」，想不到羅思舉卻不買這個賬，「諸公貴人多顧忌」，但他不怕：「思舉一無賴，受國厚恩至提督，惟以死報，不知其他！」我羅思舉就是一個無賴出身，受了國家的恩典都當了提督這麼大的官，只知道拚死報效，其他亂七八糟的，老子就不曉得了！

那京城來的尚書老爺又說，這趙金龍是不是真死了。與上回征瞻對不同，這回他有趙金龍的屍體、印章、劍給尚書驗看，遇到這樣的橫角色就是欽差也沒有什麼辦法。

第二個，羅思舉當了大官後，並不忌諱人說他當過土匪的事情，甚至自己也常常在人前提起，並不遮掩。甚至還給川、陝、湖北等省各州縣衙門寫信：「所捕盜羅思舉，今為國宣勞，可銷案矣。」這意思是說，你們以前不是下過追捕土匪羅思舉的通緝令嗎？現在他已經為國效勞，你們就銷案了吧！

第三個，他去北京，受到嘉慶皇帝接見。

皇帝問他，哪個省的兵最精。

他答：「將良兵自精。」

後來，換了皇帝，又接見他，又問怎麼做到賞罰分明。

他的回答也很簡明：「進一步，賞。退一步，罰。」

兩任皇帝都說，回答很好。

大清國第三次用兵瞻對，就這樣完結。

那麼，洛布七力到底燒死沒有？羅思舉這樣的表現，讓我也相信是燒死了。

民間傳說，迷亂的時空

但據《甘孜州文史資料選輯》第三輯載當地學者昔饒俄熱所著〈新龍貢布郎加興亡史〉一文，洛布七力真的沒有燒死。文中說，清軍進剿時，自甘孜南下，從大蓋地方過雅礱江橋，猛撲切依，包圍瓦達波絨官寨。其時，洛布七力的一個兒子攻打爐霍未歸，洛布七力也不在寨中，只有一個兒子布拉馬在寨固守。布拉馬曾假意提出要向清軍投降，並派出代表談判，還在寨前鋪上氈毯，堆滿茶葉、酥油等物，聲稱要迎接並犒勞官軍。清軍派一位郭姓軍官帶兵前往受降，甫一就座，就被布拉馬伏兵盡數殺害。清軍大怒，向其發起攻擊，並於當晚焚燒波絨官寨，布拉馬燒死寨中。

我在新龍，又訪得過去時代一個僧人所著記瞻對史事藏文文書一件，到康定央人翻譯，其中又說，那在官寨內被殺死的洛布七力之子是位喇嘛。而且，其中並無詐降一節：「洛布七力的二兒子溫布喇嘛奮起抵抗，朝官寨四周的圍兵亂箭齊發，清兵郭大老爺被利箭射死。圍兵們不懼生死，向官寨內投擲火藥，在熊熊的大火和爆炸之中，溫布喇嘛戰死，官寨被夷為平地。洛布七力一開始就藏身在村邊的一處房子裡，後逃進深山，據傳好幾年間，都有甲日家和阿色家四姪八舅提供飲食。」

洛布七力以後下落如何，我接觸到的口傳或書面材料，也再無交代了。

十一月的陽光下，我站在雅礱江邊，聽一位當地朋友指著對岸一座碉樓的隱約廢墟，講述過去的故事。這個故事說，一個作亂的土酋被官軍和民兵重重圍困於寨中。江東這邊，押了已投誠的部下喊話勸降。這位投誠的部下喊話時完全是惡毒的咒罵：你這個罪該萬死的傢伙，死期終於到了！大砲轟你，你就和你的官寨一起灰飛煙滅吧！大火燒你，你就和你的官寨一起成為獻給護法神的火祭吧！你這個惡貫滿盈的傢伙，敢不敢伸頭看看，大兵重重圍困，你想突圍是痴心妄想！只有河上沒有兵，你要怕燒死，就自己投江餵魚吧！那位當地朋友說，這位用惡毒語言喊話者，其實是暗示被困的土酋，在四面合圍之中，從官寨陡峭岸壁下的江上逃跑，或可一試。當然，江水冰涼湍急，從那裡泭水逃走，也自是九死一生。這一番喊話中隱藏的暗示，真還被對方聽明白了。於是，那位土酋真的就乘夜跳江，而且，真的就逃出生天。

但這個人是誰呢？有清一代，瞻對已經與政府有過三次戰事，以後，還有一番兩番三番。這些故事的主角，在當地傳說中已相當混淆，有說是班滾的，有說是洛布七力的，更多地是說接下來就要出場的主角貢布郎加。還有一個人就更近了，那是解放後於一九五六年反對民主改革的叛亂首領。這個人也真的是逃脫了性命，後來追隨達賴喇嘛流亡印度了。

在今天的新龍縣，在過去的瞻對尋訪舊事時，我常常陷入民間傳說如此這般的敘事迷宮之中，不時有時空交錯的魔幻之感。

如果不為考究史實，只從敘事學的意義來聽這些傳說，倒給我這個寫小說的許多如何處理時間空間的特別啟發。

第四章

在西藏的琦善

清朝皇帝，嘉慶過後是道光。

道光年間的大清朝，王氣，已經一天緊似一天。境內少數民族地方依然變亂不斷，漢人地區則教亂蜂起；這是從清代開國就一直此起彼伏的老問題。前所未有的新情況是，外國人也打上門來了，而且一來就把大清國的軍隊打得一敗塗地。一場為禁止鴉片貿易而起的戰爭打敗了，簡單的歷史教科書中只說主戰派首領林則徐如何被革職流放。卻不說被作為投降派代表人物的琦善也沒有好果子吃，「革職鎖拏，查抄家產」。這說明，強敵當前，皇帝也不曉得該戰還是該和。只是戰和均告失敗時，自己不用負責，用主辦大臣代過罷了。

皇帝對此自然也心知肚明，所以過些年，又重新起用了琦善。於是，琦善出現在拉薩，出任駐藏大臣，這是大多數中國人並不知道的。史籍上說，琦善在任上「依然恭敬勤勉」。他到任後，就大力整肅西藏地方政府吏治，查處噶廈主要官員貪贖營私案件。時在道光二十四年，西元一八四四年，距第一次鴉片戰爭爆發過四年。

前面說過，乾隆年間，西藏郡王勾結準噶爾蒙古作亂，傅清誅殺該郡王，自己也被亂兵所殺，死於任上。乾隆皇帝派軍隊入藏彈壓，平亂後，制定西藏善後章程二十九條，永遠廢除郡王制，結束了當時世俗貴族掌握政治權力、達賴喇嘛掌握宗教權力的政教分離的局面。將過去由郡王所掌握的世俗權力也歸於達賴喇嘛。從此，達賴喇嘛作為西藏宗教領袖同時掌握西藏地方政府行政大權，影響近現代西藏以至整個藏區治亂的政教合一制度正式形成。雖然駐藏大臣的設置對政教權力集於一身的達賴喇嘛有所節制，但琦善到西藏任職時，隨著清朝國勢衰弱，駐藏大臣對西藏地方政府的影響力嚴重下降。噶廈政府官員保守顢頇，不知世界大勢，弄權貪腐，結黨內鬥，內部統治糜爛不堪。琦善面對這樣的情形，還思對藏政有所振作，籌畫對藏政進行改革，推出《酌擬裁禁商上積弊二十八條》。「商上」，原是達賴喇嘛個人的一個管理機構，達賴喇嘛全面掌握西藏政教大權後，漸漸也成為噶廈政府的代稱。琦善改革的重點，著意重申駐藏大臣地位與達賴、班禪平等，強調西藏地方外事交涉權由駐藏大臣掌管。

琦善又查辦了因達賴喇嘛年幼不能親政，控制噶廈政府實權達二十六年之久的攝政王策墨林二世，將其革職，並查抄家產。

接下來，他又著手整頓駐藏清軍。

道光二十四年八月，琦善上奏：「西藏駐防弁兵原係三年一換，例准雇傭番婦代司縫紉樵汲。」也就是說，駐紮的清兵可以雇請當地藏民婦女縫補衣服，砍柴背水。但後來，三年一換的制度也不能正常實行了，「迨後留防過多，更換日少，該弁兵奸生之子在營食糧者，現已十居二三。」你老不換防，這些兵就跟當地「番婦」有了「奸生之子」。而且，這些兵二代一天天長大，只好就在軍營中張口吃飯，那兵營就很不像兵營了，「且恐在營弁兵漸成唐古特族類矣」。擔心長此以往，駐藏清軍官兵都藏化了。

再解釋一個名詞「唐古特」，清代時，對於青藏高原的世居民族，尚沒有統一的「藏族」這個稱呼。有些人被稱為唐古特，有些人被稱為「番」，比如瞻對人，在以前我們所見的奏文中，就都被稱為「番」。而征金川前，當地人又有另外的稱謂「苗蠻」。

皇帝當然同意琦善的措施：「嗣後遇換防之期，即行照例更換，少准留防。」但能不能實行，就不知道了。因這些兵長留駐地，一則是無兵來換，二則是因為被拖欠軍餉，拿不到工資，就只好賴在兵營等待欠薪發放。

同年同月，琦善又上奏：「前藏應存火藥、鉛子等項因濫行借支不敷操演。」濫行借支造成軍火庫的虧空數目不小，奏摺中有具體數字：「火藥四千一百六十斤，火繩一千六百盤，鉛子三萬三千粒，砲子二百顆。」怎麼辦呢？「將前歷任駐藏大臣交部議處」，辦了一干大員。但體制弊壞，大小官員貪腐，從來是前赴後繼，遠比戰場上的士兵勇敢。

川藏道上，還有專管轉運和儲備軍糧的官員叫「糧員」。琦善又奏報皇帝，好多糧員卸職回川時，也不搞離任審計，以至「交款未清，請飭來藏質算」。皇帝下旨，便有兩位糧員回川做了知縣的，被勒令回藏「質算明確」。

事有湊巧，當琦善在西藏任上大肆整頓時，道光二十六年，鴉片戰爭中因主戰被流放伊犁的林則徐也被重新起用，署陝甘總督。但他離開新疆還沒有到任所，又遇青海一帶番人「作亂」，便先派他去「搜捕番賊」，「以三品頂戴署陝甘總督林則徐為陝西巡撫，命籌辦番務事竣再赴新任。」

道光二十六年，琦善到西藏剛兩年，所辦藏事剛有些眉目，又接到新任。「賞駐藏辦事大臣琦善二品頂戴，為四川總督。」

新總督沒到任，琦善只好在西藏繼續辦事；等新總督到了，琦善才欣然束裝就道。那已是一年多後的道光二十八年間了。

里塘，琦大人遇到「夾壩」

琦善回程赴任的路上，遇到了很不愉快的事情。

又是在里塘一帶的官道之上。琦善大人被人告訴前路不通，走不動路了。道路不通的原因，又是夾壩出掠，使得官道斷絕。夾壩從何而來？當地土司報告，從瞻對而來。

因川藏大道又被夾壩阻斷，琦善大人竟被困在當地土司官寨中十多天，裹足不前。

琦善大人不知理不理前朝舊事。如果有所理會的話，瞻對這個地方，在他耳中就該是個熟悉的名字。即便以前沒有理會過，這些狂妄姿肆、不知天高地厚的「狂番」自也會讓他印象深刻。我又想起了在康定讀到的另一首〈游俠歌〉：

風翅馬騎在我的胯下，
穿越大草原我需要牠。
背挎上五霹靂五冰雹，
刺穿仇敵頭顱需要它。
不沾露水的腰刀掛腰間，
害取仇敵頭顱需要它。

總督四川的琦善，就在四川所屬的康巴草原上遇到這樣的人了。那時，上瞻對土司在內部爭鬥中失敗，被逐出了家鄉，在里塘土司地面暫住，正好乘機向琦善報告瞻對地面的情況。

原來，嘉慶二十年征剿中瞻對草草收兵。三十多年後，中瞻對在洛布七力之子貢布郎加的經營下，再度崛起。琦善到達里塘之時，貢布郎加已經徹底擊敗了上瞻對和下瞻對兩土司，將瞻對全境納入自己治下，接著又頻繁出兵鄰近各土司地面。這位貢布郎加，不像過去瞻對人出境，其意只在搶掠牛馬財物，他是意在兼併，長期占領。琦善認為，上、下瞻對土司都是清廷冊封，貢布郎加據其封地，奪其印信，完全是無視皇命，大逆不道，理當派兵鎮壓。但他此時還身在漫長驛路，山高水長，只好等就了新任，再圖辦理。不一日，琦善到了打箭爐，又有瞻對北面的章谷、麻書、孔薩等五土司和轄地就在打箭爐四周地面的明正土司前來控告貢布郎加侵占土地，掠奪百姓。

琦善還未到達任所正式接任，見此情形，便鼓動土司們先行動起來。他在打箭爐一面上奏瞻對地面情形，一面命令瞻對北面的章谷、麻書、朱倭等五土司，東面的明正土司，西北面的德格土司，和瞻對南面的里塘、巴塘土司，乃至更南面的中甸土司聚集兵力糧草，合力進攻瞻對。

這個過程，官書中幾無記載。

我在今天的新龍，舊時的瞻對，看舊戰場遺跡，聽民間故事，訪求當地藏文史料。想知道的，是清代至民國這幾百年瞻對的全部歷史，貢布郎加只是我考察的一個方面。但在當地種種傳說中，主角都只有一個貢布郎加。有清一代，幾番用兵瞻對，戰火連綿，但當地民間記憶卻只存貢布郎加所燃這場戰火，其他的已被遺忘。或者，那些敢於對抗皇命的豪強的事跡，都加諸於貢布郎加身上了。

看來這是個值得重點關注的歷史人物。

誰是布魯曼

更為可笑的是，未去新龍之前，凡與人說瞻對舊事，對方都會說瞻對地方出過一個豪傑，名喚布魯曼。如果遇到一個新龍人，提起此人，自豪之情更是溢於言表。我查閱官方史料，卻從未見過這個名字。便常常自慚淺薄，很長時間以來，在舊書堆裡蹤跡瞻對舊事，卻從來不知此人是誰。

我家鄉馬爾康，鄰近大金川，舊時也是四個土司統治的地面。我去新龍前兩天，一群在成都經商的老家人，成立馬爾康成都商會，邀我參加。成立會上，見到一位在阿壩、甘孜兩州都當過行政首長的老領導，問我行蹤，我說後天去新龍，他就問，是不是要寫布魯曼？而且，不待我回答，老人自己當即陷入遐想，感歎說，布魯曼是個有意思的人啊。我也不好意思動問，這布魯曼到底是何方神聖。

到了新龍，縣裡安排住宿，賓館的名字就叫做布魯曼酒店。終於，就在這布魯曼酒店的茶室裡，與當地文史愛好者座談，布魯曼的名字又頻頻閃現。我終於把遍翻清史不得答案的問題提出來，布魯曼是誰？

答說，布魯曼的意思就是瞎子，獨眼。

原來，這是一個獨眼人。但問題依然，布魯曼是誰？

當地朋友明白過來，說，就是貢布郎加啊！

原來如此，我大笑。大家相視大笑。

民間傳說豐富多采，雖然增加考證歷史的難度，但細節飽滿，敘述生動，自是顧盼生姿。光是布魯曼如何是獨眼，便有不同說法。

一種，我最為相信的。

那是貢布郎加年輕還未成大器前，他挑唆瞻對兩個有勢力的家族互鬥，自己樂觀他們兩敗俱傷。戰鬥中，他隱身在一座寨樓上。從窗口偷窺戰事進展。結果，一顆流彈打在窗戶上，他便被崩起的窗框碎片刺瞎了一隻眼睛。

哪一隻？據說是左眼。

一天，就在貢布郎加官寨舊址近旁，我面前坐了一位活佛，講布魯曼的傳說。活佛年輕，四十上下，整好袈裟，用雙手抹抹臉，講一段，兀自感歎，又抹抹臉，再講一段。說，貢布郎加出生時，一位高僧看見他有三隻眼睛，因此知道他是惡魔降世，便伸手輕撫其臉，使其一眼關閉，也是減其魔力的意思。而凡俗人等看不到他的第三隻眼，便以為他是獨眼——布魯曼。

此類說法還有，但都深染藏傳佛教的神祕與天命感，就不必一一道來了。

但無論如何，我深入新龍，還是大有收穫。一來，所得材料可補官書之不足，更重要的是，得以用本地人的視角，來看瞻對的人與事。這樣多角度交替觀察，可能更接近客觀事實。以瞻對人的視角說瞻對，首先是其歷史更為久遠，當然，也更像傳奇。那麼，我們就從瞻對的源頭說起。剛一開篇，就是斜刺裡殺出一股夾壩，然後引起一場突兀戰事，現在，也真該從源頭說起了。

瞻對——鐵疙瘩

到瞻對，問當地人，瞻對一詞是什麼意思。

答覆頗有自豪感：鐵疙瘩！

話說早在十三世紀時，建都北京城的王朝叫元。正是從那時開始，因為一個叫做喜饒降澤的僧人，這個地方有了瞻對之名。

瞻對地方，有一座叫做扎嘎的神山，一座雄獅狀的山峰，頂部沒有樹木花草，全是陡峭嶙峋的岩石，直刺藍天。我去攀爬過這座神山。從山上往下俯瞰，山腰的杉林草甸間，有兩座規模不大的寺院，再往下，是一個開敞的山間小盆地。盆地中溪流蜿蜒，水流兩邊的緩坡上，層層農田。田野之間，村落中，寨子參差錯落，安謐寧靜。村莊後面更高處，是茂密的叢林。這個地方叫雄龍西，如今的行政建置是新龍縣下的一個鄉。

那個叫做喜饒降澤的高僧，就出生於雄龍西地方。他出家為僧，並於西元一二五三年，隨西藏薩迦派高僧八思巴進京覲見忽必烈。傳說，這位喜饒降澤在後來的皇帝忽必烈面前顯示法力，將一把劍徒手挽成了一個鐵疙瘩。忽必烈因此賜他官印，令他回家鄉為官。喜饒降澤回到家鄉，卻無心世俗生活，繼續入寺修行。其從元朝領得的管理地方之權，任由其姊姊行使。從此，這片地面上便興起一個地位尊貴的家族。藏語名叫「瞻對本沖」，意為因挽鐵疙瘩而得到官位的家族。此家族管轄之地，也漸漸換了過去的名字，從此叫了瞻對。

瞻對地處康巴。康巴人向稱強悍，而瞻對在康巴人中更以強悍著稱。當地人也以此自豪：瞻對就是一塊鐵疙瘩！

到了清代，我們幾次戰爭故事裡的瞻對土司豪酋，在當地傳說與藏文文書中，都說是喜饒降澤這一家族的血脈相傳。事實果真如此，還是後來者替自己構造高貴血統，已經難以考究。

瞻對家族得到元朝封賜後，便離開偏在瞻對西南一隅的雄龍西，到了瞻對中心地帶的熱魯地方，即今天新龍縣城的所在地，於一二七〇年修成熱魯官寨。由於熱魯伸向雅礱江邊的山梁像一條龍形，官寨恰好建在這龍頭之上，加上又是喜饒降澤的姊姊代為執政，所以此寨藏語稱「卓莫卡」，意思就是母龍寨。

其後三百多年，這個家族事跡杳不可考。到了前面已經涉筆的雍正、乾隆年間，上、下瞻對兩家土司都聲稱自家血統高貴，都是由那個手挽鐵疙瘩的「瞻對本沖」一脈相傳。只是因為後來家族日漸壯大，才分為兩支，分別統治著上、下瞻對。也就是被清朝冊封的上、下瞻對兩家土司。

洛布七力一族，由下瞻對土司家析出，從我獲得的當地口傳與書面史料分析，倒是千真萬確的。

雖然上、中、下瞻對都聲稱出於同一高貴血緣，但所處的川邊藏區，從來便是一個弱肉強食的世界，即便出自同一血緣，也免不了因為擴張或自保而彼此血腥爭戰。他們勢力此消彼長，相互爭戰時，並不把清朝以封賜土司而劃定的勢力範圍視為天經地義，行事時的思維方式，還是遵照傳之久遠的叢林法則。為爭奪人口與地盤，稍有勢力的豪酋間合縱連橫，分合不定，血親之間也從來不吝刀兵相向。

數百年來，靠武力與陰謀爭奪人口與地盤，就是這些地方豪尊增長自身實力的唯一方法。除此之外，他們似乎從來不知道興辦教育，改進生產技術，扶持工商，也有富厚地方人民，積聚自身實力之效。於是，都是在密室中陰謀暗算，光天化日下劫財奪命，歷史就這樣陷入一種可悲的循環。更可悲的是置身其間的人並不覺得可悲，反而在傳統文化中培植出一種特別的英雄崇拜。崇拜豪傑，膺服強梁。在這樣的風氣中，全民都被驅從在一條家族間結仇、復仇，再結下新仇的不歸路上。有清一代，這些行為都被簡單地認為是不聽皇命，犯上作亂，而沒有人從文化經濟的原因上加以研究梳理，也沒有嘗試過用軍事強力以外的手段對藏區土司地面實施計之長久的治理，唯一的手段就是興兵征討。但川邊藏區地域遼闊，部族眾多，即使大清朝國力最盛時，也只是選擇一些典型，重點打擊。大面上的事情，還是只能聽其舊習相沿，當地豪門各自擁兵割據，彼此征殺的情況並無大的改觀。即以瞻對為例，清代雍正、乾隆朝兩次用兵進剿，也只是致使下瞻對土司勢力衰弱，一直被上、下瞻對壓制的中瞻對便乘勢而起。到洛布七力羽翼豐滿，四出攻掠時，又出大兵進剿。但這已不是乾隆時國力強盛的景象了。於是，這次進兵更像是一次示威遊行。中瞻對勢力並未受到大的損傷。洛布七力銷聲匿跡不幾年，他的第三個兒子貢布郎加復又橫行於瞻對地面。

護法轉世的貢布郎加

貢布郎加一出生，就被一位高僧目為惡魔降世。藏文史料中說：「雪山神而生貢布郎加，貢布郎加生而神力絕人，兼有膽智，自幼嬉戲，兒童多受其指揮，既長而馳馬、試劍無虛日，每顧盼自雄曰：『天何生我在蠻夷之中！』」也有高僧說他是護法神的化身。其名中的「貢布」，在藏語中就是護法神之意。在藏傳佛教所構造的神靈世界裡，護法神大多是些出自本土的惡魔凶神，佛教自印度傳入藏地後，這些凶神惡煞都被藏傳佛教中的密法大師相繼收伏，成為佛教的護法。在藏區，大多數佛教徒並不是因為熟讀佛典，洞明佛學而生出對佛法僧三寶的敬信崇拜，因此，很多人往往對於具有各種法術魔力的護法神相當崇拜。

貢布郎加既被視為護法神的化身，傳說中的他從小時候起，其行為就頗不一般。傳說他皮膚黝黑，眼睛發紅，身強力壯，但凡遇到禽鳥蟲蟻，必置之死地而後快。

青年時，貢布郎加身邊更聚集一幫青少年，打架鬥毆，偷盜搶掠。更喜歡攛掇離間，待他人彼此動刀弄棒，他於一邊旁觀，感到其中樂趣無窮。對於跟隨他的這一眾精力過剩、尋求發洩的年輕人，順著他的，施予財物毫不吝惜，不順從的，都要遭他毒打。

他還不是一味地任勇使氣，遇到強敵，也知隱忍退讓，事後再圖謀報復。

一個故事說，有一個叫充翁達吉的人，力大無窮，而且為人正直，對貢布郎加所做所為頗為不屑，尤其對他偷盜搶劫的行為多有指責，這就在兩人間播下了仇恨的種子。那時的瞻對地面，解決仇恨的最終方式，便是殺身奪命。一次，貢布郎加帶著幾個嘍囉恰好在山道上與充翁達吉狹路相逢，充翁達吉拔了佩刀，就要與其廝殺，貢布郎加轉身就逃，因此被跟隨他的那些人嘲笑。這種逃避行為，對一個瞻對男子來說，是相當可恥的行為。貢布郎加卻不以為恥，反而哈哈大笑。他說：「對付敵人，有時用力，有時用智。就是偷竊人家財物，也得先摸清對方看家狗的脾氣。我體力不如他充翁達吉，打鬥起來，兩個人都死，那也是我的失敗，如果我一個人死，那就更不划算。我還有許多仇要報，不能像你們一樣頭腦簡單。」從此之後，這位充翁達吉便再無寧日，處處被貢布郎加設計暗算。最後，無法在瞻對地面安身，便遠走他鄉了。

又一個故事說，中瞻對有兩戶人家。一戶叫壩格，一戶家阿珠。兩家在當地都頗有勢力，被貢布郎加視為自己家族重新崛起的障礙，便挑撥兩家關係，終於使他們刀兵相向。兩家相互攻殺時，他有時悄悄幫助壩格家，有時又悄悄幫助阿珠家。一次，兩家又互相攻殺，他就躲在壩格家的樓上，看著阿珠家被打敗。也就是那一次，他被子彈射在窗框上濺起的碎片打瞎了一隻眼睛。

貢布郎加也很諳熟當地豪酋們用婚姻關係壯大勢力的傳統辦法。成年後，他先娶了在瞻對頗具實力的一位大頭人的女兒知瑪，繼而以同樣原因娶了第二個妻子牙西。知瑪為他生下三男四女，牙西生有一男三女。他又以兒女姻親，廣結瞻對和瞻對四周的實力家族。他與知瑪所生四個女兒，長女嫁到里塘，二女嫁給瞻對本地頭人，三女嫁到瞻對東北面的道孚，也是有錢有勢的人家，四女嫁到瞻對北面的靈蔥土司家。與牙西所生三個女兒，一個嫁給自己屬下頭人，一個嫁與瞻對東北面的朱倭土司，一個嫁給一位有相當財勢的喇嘛。

傳說貢布郎加還有兩個私生子，後來都做了喇嘛。

一則藏文史料中說，當年其父洛布七力被清軍圍剿時，十六歲的貢布郎正在爐霍一帶地方夾壩未歸。清兵退後，他便回到中瞻對，潛藏於卡娘地方，窺探形勢。那些年，上、下瞻對土司被新起的中瞻對洛布七力欺凌壓榨，見他大敗於清軍，正好報仇雪恨，便相約出動武裝，捕殺貢布郎加。下瞻對土司兵直撲他的潛藏地卡娘，貢布郎加逃脫，他母親卻被擒獲。本來上瞻對土司約好和下瞻對同時直取卡娘，卻在路上繞了一個彎，先去取切依寨，奪取貢布郎加家的財產，然後才驅兵卡娘。就因上、下瞻對兩土司內心裡各有自己的算盤，配合不好，貢布郎加才得以逃出生天。下瞻對土司雖然暫時取勝，內心還是對貢布郎加心存畏懼，便將擒獲的貢布郎加之母轉交給上瞻對土司收押，意圖將貢布郎加的注意力轉移到上瞻對土司身上。上瞻對土司則以為，將貢布郎加母親作為人質，便可以避免貢布郎加的攻擊。上瞻對土司還派出頭人管理新攻下的切依寨落原本屬於貢布郎加家的土地與百姓。藏文文書中記載說：「清兵走後，之前被清兵攆到山上的洛布七力一家大小落腳在卡娘甲納村，上方上瞻對土司鄧珠翁加打下來，下方的下瞻對土司如龍家攻上來，八十戶人的村子落入了上瞻對手中。」

上瞻對土司此番盤算自然是大錯特錯了。

不久，貢布郎加就於一個夜晚突襲切依寨，將上瞻對土司所派頭人等全部俘虜。並致信上瞻對土司，我已重新掌管了自己的土地與百姓，我這裡有幾頭牛（也就是上瞻對土司的頭人等），準備宰殺了送還給你。你應該把我母親送還，否則，我發誓定會將你家消滅乾淨！」傳說，貢布郎加還故意在信中，把上瞻對土司的名字錯寫為女人的名字，以示侮辱。

上瞻對土司只好將其母送回，換取被俘的頭人，並與貢布郎加締結以後互不侵犯、各安其境的條約。

從此後，中瞻對的聲威又復高漲。

隨即，貢布郎加又重新奪回自己前番狼狽逃走的卡娘地方，將其重新納入自己的管轄範圍，並將他在此潛藏時，向下瞻對土司密報他行蹤的奸人處死。他還對此地被下瞻對土司短暫統治時親近新主子的人施以鞭刑，處以很重的罰款。

在瞻對地面，還有一些獨立於上、下瞻對土司之外的部落頭人。其中有一個地方，名叫滂熱，位於雅礱江東岸，江岸上一塊平地，平地後山勢陡峭，一道清溪從山上直瀉而下，流過那小平地旁邊。這個地方的部落，由一位名叫四郎澤仁的頭人統領。貢布郎加早把他這個地方盯上了。不久，四郎澤仁就收到貢布郎加傳來的信息：「如交不出土地便殺你全家。」

四郎澤仁自知無力抵抗，只好棄了土地百姓，舉家逃亡。

貢布郎加迅即派兵占領滂熱，接收別人的土地與百姓。他拆毀舊頭人的寨子，徵調百姓，伐木取石，修造了一座雄傳的新官寨，取名「滂熱達莫卡」，意思是滂熱虎寨，舉家遷往居住。此地遂成為他新的統治中心。

布魯曼統一瞻對

瞻對地面因為社會長期動盪，出產不豐，因而久有四出夾壩之風習，所以養成輕生死、重名聲的強悍民風。這樣的社會中，貢布郎加征掠四方自然也會遇到一些強勁對手。一份藏文文書中有這樣的記載：

「麥久地方的窪學色威同中瞻對兩方以往就有糾紛，貢布郎加便帶領人馬到路上設伏。中了埋伏的窪學色威雖然年高體弱，卻高喊著『不把這些絨巴（農民）當成羊腿啃光的話寧願去死！』並騎馬衝在最前面。衝鋒的路上被打斷了一條腿，他就對著兒子們高喊：『把我的屍體當成掩體向敵人開槍！』經激戰，窪學色威的兒子丹巴達杰中彈身亡；另一個兒子阿索打死了貢布郎加方面阿格貢布和仁青、松甲、阿扎四人，覺木羅布和巴登兩人被打傷，損失慘重，貢布郎加和隨從們急忙逃跑。此事被後人形容為，『貢布郎加逃跑的路上不長草。』」

貢布郎加擴張勢力時，強力征服外，以姻親壯大勢力是一個重要手段，但如果某個姻親阻礙了他的擴張，他下手對付也毫不手軟。這樣的事例也見於藏文文書的記載：「雖說嶺達村的鄧珠崩是貢布郎加的妹夫，但他藉口說自己丟了許多馬，故此前來尋找。他帶手下來到嶺達村，村裡的人剛給他把茶倒上，他的人就占據了所有房屋，村民們只好歸降於他，鄧珠崩等不在寨中，而遠在高山牧場，聽說這件事後，知道自己已經無家可歸，便逃往西藏昌都方向。」

如此兼併完瞻對境內那些獨立的小部落後，貢布郎加便要直接面對瞻對境內的兩個勁敵：上、下瞻對土司了。

此時的上瞻對土司鄧珠翁加懦弱無能，大小事務均決於其妻班珍。班珍性情強悍暴戾，待下刻薄。她本是下瞻對土司女兒，有此背景，行事更加囂張。她嫁與上瞻對土司，生有二男一女。貢布郎加前來求親，上瞻對土司便將女兒嫁給貢布郎加的兒子其米貢布。因此事，班珍受到娘家下瞻對土司的指責，班珍便遷怒於丈夫，爭吵中，班珍竟動手打了丈夫。這樣的事情，在男尊女卑的當地社會中可說是絕無僅有，上瞻對土司鄧珠翁加因此羞憤自殺。

這個事件，給了貢布郎加插手上瞻對事務的機會。

鄧珠翁加自殺後，上瞻對土司境內有實力的頭人們便來實行集體領導，暫時代行土司職權。面對咄咄逼人的貢布郎加，他們決議將土司兩個尚未成人的兒子，一個送到一位叫丹珍的活佛處求其保護，一個送往下瞻對土司家暫避。丹珍活佛本是鄧珠翁加的弟弟，不甘土司權力就此落入頭人們手中，便拉攏其嫂，以圖奪回權力。其嫂班珍卻打算夥同情夫先殺了丹珍活佛，再翦除幾大頭人，奪回土司大權。

貢布郎加也沒有閒著，他勸班珍將送到其娘家的兒子接回來，到他的官寨中居住。說這樣便可以兩家合為一家，奪回上瞻對土司職權。其真實用意是用軟的手法，不戰而獲取上瞻對土司的權力與地盤。這個建議，上瞻對眾頭人自然一致反對。貢布郎加見軟的不行，便對上瞻對下了最後通牒：一、將班珍及其兒子送到他的官寨；二、不許諸頭人長駐上瞻對土司官寨；三、不許諸頭人代行上瞻對土司職權。上瞻對土司由清廷冊封，照理說貢布郎加根本無權過問。再說，先土司故去，新土司年幼，土司境內諸頭人代為攝政也是一種慣例。上瞻對諸頭人當然拒絕了貢布郎加的無理要求。

貢布郎加便出動武裝，包圍了上瞻對土司官寨和寺廟。連續戰鬥十天，又斷了官寨和寺廟的水道，上瞻對眾頭人力戰不支，只好投降。貢布郎加一改凶殘的習慣，對投降的頭人們不殺不拘，只是嚴責他們不准再代行土司職權，要他們以後規規矩矩，聽他號令。同時委派早前已依附他的上瞻對頭人阿熱格登巴回到上瞻對，代他號令一方。

貢布郎加叫來土婦班珍，指責她逼死丈夫，與人私通，還與下瞻對娘家勾結，與他抗拒。貢布郎加還想起，上瞻對土司還曾夥同爐霍章谷土司攻打過他，更是怒從心起：「你這個毒婦，本不應該留在人間，但念你是個女人，才留你一條活命。」

班珍這個悍婦，卻並不畏懼，對他唾罵不已：「你這個瞎娃娃，六親不認，當面叫土司叔叔，卻做夢都想著占領我家地盤，今天你陰謀得逞，就把我殺了吧！」

貢布郎加便將她軟禁到一個偏僻小村之中。

班珍的女兒是貢布郎加的兒媳，幾次請求要將母親接到身邊供養，貢布郎加都不准許，而且還下令不許她們母女見面。不多久，被囚的班珍便精神失常，小村人無法約束。貢布郎加下令將她丟入雅礱江處死。

原上瞻對土司屬下的十幾個頭人，見了班珍的下場，心想貢布郎加有一天必也會加害於他們，便舉家逃出瞻對地面。他們先是逃往打箭爐方向，在清政府衙門告狀無果，便又轉投往西藏地面，爭取噶廈政府的干預去了。

上瞻對十五家頭人逃走後，貢布郎加便將與他們親近的人，盡數遷往中瞻對各村分散安置，再把自己在中瞻對的親信遷往上瞻對，管理各寨事務。

可見他攻寨掠地，不是逞一時之快，而是有長期打算。

征服了上瞻對，貢布郎加便轉而把兵鋒指向了下瞻對土司。第一步，便是整頓武裝，修葺火槍刀矛，備下充足彈藥，並組織了青年丁壯的敢死隊，演習用雲梯攻取碉寨的戰法。

這時的下瞻對土司普巴貢布年紀還小，由其母親和奶奶兩個婦人輔助，共同執政。她們面對公開備戰的貢布郎加無計可施，只好請了活佛高僧來寨中念經卜卦，同時也把屬下的武裝集中起來拱衛官寨。

面對此情況，貢布郎加手下頭人勒烏瑪主張先發制人，主動向下瞻對發起進攻。貢布郎加表示贊同，說：「滅火就要滅在最小的時候，等到火燃大了，再去撲滅，就不容易了。」意思是，現在不下手，等到下瞻對土司成年後，就不好對付了。當即發兵將下瞻對官寨包圍起來，連續攻擊。下瞻對土司雖然年幼，但手下武裝也都英勇善戰，貢布郎加連續攻擊十五天也不能得手。

頭人勒烏瑪又獻一計，將在官寨中領兵據守的下瞻對頭人們的親屬從各處搜捕，押到陣前，向寨內喊話，問他們是要保自己親人的性命，還是保土司的官寨。同時，又斷了通往官寨的暗渠。相持之下，還故意網開一面，給寨中人留出逃生的缺口。此計一施，立見效果，馬上就有頭人潛出官寨向貢布郎加投降。也有人從這個缺口逃出瞻對，去了里塘土司地面。

剩下的人，在斷水後的官寨又堅持了五天。最後也只好派出兩個喇嘛，與貢布郎加談判。他們只有一個條件，要貢布郎加保證不殺害下瞻對土司全家。

貢布郎加向佛祖、向護法神頂禮發誓要保全土司全家性命。在瞻對當地人看來，這樣的誓言是沒有人敢於違反的。

於是，寨門大開，乾渴難耐的寨中人拚命奔向雅礱江邊，俯身痛飲。

貢布郎加卻不怕違背在佛前和護法神前立下誓言而遭到報應，不久，即將下瞻對少土司普巴貢布拋入雅礱江激流中處死，將其母親和奶奶押往不同的偏僻村莊監視居住。瞻對舊習，人死後，將其屍體乾燥處理後依然留在寨中。貢布郎加將下瞻對歷代土司的乾屍也全部拋入雅礱江中。

他還將所得財物，於大宴之上，盡數分賞所屬官兵。

征服下瞻對後，他將其子東登貢布派為下瞻對長官，原下瞻對土司地面，全歸其統轄。

至此，貢布郎加統一瞻對全境，清廷所封的上、下瞻對土司都被其消滅。清朝皇帝頒給的土司印信、號紙、官服、頂戴被他一併拋入江中。他說：「我既不做漢官，也不做藏官，靠自己的力量壯大起來，這才是我要做的官。」

貢布郎加對外橫強無忌，整肅內部也毫不手軟。

貢布郎加有一屬下頭人鄧珠莫，是他的二姊夫。平時，鄧珠莫對貢布郎加的所作所為頗不贊同。貢布郎加內心十分不滿，更擔心日久生患，說：「壞人放在地方上，地方不安；獐子放在森林裡，森林不安；內衣爛了最不好，內部出奸最危險。」下令部下，找機會設法把此人除掉。消息走漏，鄧珠莫連夜攜家逃往西藏。

貢布郎加的妹夫，也是一個頭人。好飲酒，酒後常失言。因此毛病走漏過貢布郎加的行動消息，使其行動失利。貢布郎加認為留著此人，將來會造成更大損害，派人將其推下懸崖摔死了事。

我在新龍縣訪問，拿這些故事求證於當地人。都點頭稱是，還補充一條。

也是一個頭人，也是貢布郎加的親姊夫。此人叫貢布汪加，稍有駝背，生性多疑，見貢布郎加已經下手整治了一個姊夫一個妹夫，就想這樣的不幸也會降臨到自己頭上。越想越擔心，便派了其妻前往貢布郎加處試探消息。他讓其妻在貢布郎加面前哭訴自己遭丈夫虐待，看貢布郎加做何反應。貢布郎加對其姊說：「這個駝子這樣做是對我不滿。如今的瞻對地面，我是最大的頭人，任何人都歸我管轄。我與他雖是親戚，但官是官，私了私，姊姊不必難受，我整他易如反掌！」

這位駝子頭人無事生事，其妻回到家，轉說貢布郎加此話，嚇得他帶著家小與屬下一些人家，從爐霍章谷土司處借道逃往他鄉去了。

十土司征瞻對

貢布郎加掠定瞻對地面之時，正是琦善從西藏駐藏大臣任上轉赴成都新任四川總督的時候。琦善行到里塘地方，一面因瞻對夾壩騷擾進而被阻於官道之上，又有逃到里塘土司地盤上的上瞻對土司家人前來告狀，訴說中瞻對之前被官兵剿過的洛布七力之後貢布郎加如何橫行不法，藐視朝廷，滅了北京大皇帝欽命冊封的上、下瞻對土司。

到了打箭爐，瞻對相鄰諸土司又來控告，貢布郎加越界侵擾，琦善自然也認為，上、下瞻對兩土司都是由朝廷敕封，貢布郎加竟敢妄行殄滅，就是對抗朝廷，大逆不道，理應征剿鎮壓。

琦善當即上奏道光皇帝：「中瞻對野番貢布郎加，負固不法，出巢滋事，先後搶去上瞻對、下瞻對各土司等印信號紙，占去有號紙俗納、撒墩土千戶地方二處，並無號紙頭目地方九處。……前督臣，以外番狡詐，未經理論，乃該野番竟恃其凶頑，夜郎自大，又欲侵占里塘。查里塘係通藏大道，該野番逞其強梁，一經占據，大路梗塞，所關匪細，適明正、德格等土司，因被該番欺凌難堪，公同於上年稟請剿辦，臣琦再四思維，與其養癰貽患，舍易就難，不若及早攔截。」

奏准，琦善便命與瞻對南北相鄰的十家土司合兵征討。

各土司便互通聲氣，聚集兵力，準備進攻瞻對。

貢布郎加得到消息，並不驚慌，而是從容備戰。

先是進一步整肅內部，將那些與自己存有異心的頭人遷離本寨，加以監視控制，防備大兵壓境時，內部生亂。

其次，將境內十八歲至六十歲的男丁全部徵集。從中抽出精壯，組成一支三百人的敢死隊。其餘男丁都編為三部。有馬、有槍者編為馬隊。無馬，但有槍、有刀者，編為步隊。其餘無馬、無槍，只有刀斧者，編為守軍，防衛村寨、要道、隘口。各要道隘口設置大量滾木礧石，各山頭關隘，還設哨兵瞭望，遇有敵情，熏煙或倒樹為號。

他還將能偷善盜、慣為夾壩之人，派往境外各土司地面，規定搶掠所得一律歸己。貢布郎加所要的，只是他們在搶掠的同時偵察敵情，遇有情況，立即返境報告。

他還實行堅壁清野，百姓財物，人口，一律密藏，寨中只留少數老弱看守房屋。

並明確宣布，在戰爭中，斃敵頭領一名，獎馬一匹。生俘敵頭領一名，獎馬一匹，槍一支。斃敵士兵一名，獎犏牛一頭。以斬斃之敵報功，必須以敵人的頭顱，或手、足、耳朵為證。

這在那個土司們相互爭雄的時代，算是前所未有、高度嚴密的組織了。

而環伺於瞻對四周的十個土司行動卻並不一致。

戰爭開始，就有巴塘、吉塘土司因並不與瞻對接壤，距離較遠而未曾出兵。

但其餘八個土司還是集合起兵馬，分三路從南面的里塘、北面的甘孜和東北面的道孚向瞻對合圍而來。

從東北面由道孚進兵的一路，由朱倭、章谷和明正三土司武裝組成。他們首先在瞻對地面的麥科牧場與貢布郎加的武裝展開激戰。三土司兵第一次進攻被貢布郎加親率部下苦戰擊退。明正土司的作戰參謀是一位活佛，名叫傾則。第二次進攻便由這位傾則活佛親自指揮。戰鬥中，貢布郎加的火槍炸膛，其座下戰馬受驚奔竄，於是，貢布郎加指揮失靈，使得所屬武裝驚慌混亂，傷亡慘重。

瞻對本地一位僧人根據傳說記錄了此次戰事：

「農曆四月，戰火四起，傾則活佛當上了指揮官，從道孚攻來的朱倭、章谷、明正三土司的士兵在麥堆村安營紮寨時，貢布郎加等瞻對人馬也來到這裡，他們很遠就看見了敵軍，在一陣陣格嗦的叫喊聲中快速衝進村子，占據了村中高地，明正等土司兵從軍營右側轉移到左側，傾則活佛把袈裟切成小布條分發給士兵，當作護身符，士兵們一一進入陣地，雙方展開激烈槍戰。死傷多人後，瞻對兵馬丟失陣地倉惶敗逃，明正等土司兵緊追不捨，真是子彈如雨、刀劍如風，章谷土司兵像狼追趕綿羊一樣把瞻對兵馬追得很遠。

「這時，貢布郎加的槍膛突然爆炸，戰馬受驚亂竄，只找到一匹小馬當作戰馬。他的部下沙布塔里和窪波沙刀澤仁等六十餘人陣亡，其他人在混亂中各自逃回家鄉，瞻對兵馬遭受挫折，章谷方無一人陣亡，大獲全勝。

「這樣，章谷土司人馬占領了娘曲河兩岸的崩日、卡索上下全部地盤，德格和里塘的兵馬也攻到切依崗。戰前，貢布郎加立過獎賞殺敵勇士很多錢財的規定，因此，德格等土司都笑話他，『殺一隻山羊就獎賞一匹馬、念嘛呢一個嗡字就罰一頭牛。』

「之後雙方多次交戰、均死傷無數。這些交戰從農曆四月到九月分，交戰五個月來，還是不能消滅瞻對，最後還是退了回去。」

也就是說，八土司起初進兵順利，後來，情況便漸漸反轉。

原因當然還是瞻對人全民皆兵。還是這部藏文文書有這樣的記載：「貢布郎加在有可能出現德格等土司兵馬的地方，首先讓婦女們全方位搜索，發現情況就在山崗上以熏煙為號，報告敵情；讓驍勇善戰的青壯年分別到各處衝鋒陷陣；讓中年人固守險要村寨、隘口，讓老年人都身著鎧甲手持武器看家守戶。」

參戰的不止平民，瞻對境內僧人大都參與戰爭。

那位名叫葉列初稱的瞻對僧人如此記載：「這個時期，開始出現這樣的現象，除個別僧侶外，絕大多數僧人心中充滿貪嗔痴三毒，所作所為不分善惡、沒有不敢做的惡行，惡劣本質暴露無遺；俗人們更是只做惡行，由於只有嫉妒、嗔恨，人人相互爭搶著幹盡惡事，不殺人的人不算好漢，沒有地位，膽怯的人們也把敗逃的傷者或是投降求饒的敵人殺掉，拿著頭、手和耳朵等來到貢布郎加前面請賞，還向別人宣揚他一人殺了多少多少敵人，只殺了一個人也有許多人來搶功，都紛紛發誓說是我殺的，為了一點惡行的獎賞毫不顧忌違背了佛前的誓言。」

在大兵圍剿的危急關頭，貢布郎加身先士卒，鎮定指揮，終於穩住了陣勢。率部撤退的途中，他就重新聚集兵力，向進犯的土司武裝實施側翼攻擊，又不斷騷擾其後路，劫取對方後勤糧草，致使對方逐漸陷入被動狀態。加上各土司兵並不是正規武裝，平時都是或事農耕、或事游牧的普通百姓，並無嚴格軍紀約束。一群烏合之眾，攻入瞻對境內便搶掠財物，奸污婦女，所作所為反倒促使全瞻對上下團結一心，一致堅決抗禦敵兵。

貢布郎加面對數倍於自己的各土司兵力，能戰則聚兵力戰，不能戰便分成小股隱入深山密林。待敵兵稍有鬆懈，又乘勢偷襲。面對貢布郎加此種戰法，八土司大軍深入瞻對境內數月，除了得了些空蕩蕩的寨落，並沒有真正損傷到貢布郎加的有生力量。半年之後，冬季到來，氣候寒冷，大雪封道，各土司兵後勤供應困難，士氣便日漸低落，便只好分道撤兵。貢布郎加乘此良機，一路追殺。將所斬敵首懸掛於各要道路口，讓敵軍見之膽寒，又鼓舞己方士氣，終將八家土司的兵馬全部逐出境外。戰後，貢布郎加還派人將陣亡士兵的部分人頭，送到各土司領地，以此宣示兵威。

各土司付出重大傷亡，最後慘敗而歸。只好再次控告到四川總督衙門。

而在瞻對境內，經此勝利，貢布郎加的威信更加高漲。

琦善總督親征瞻對

道光二十九年初，西元一八四九年，四川總督琦善再次上奏，請求派遣官軍和各土司土兵一起攻剿瞻對。

二月，道光皇帝下旨：「四川中瞻對野番貢布郎加膽敢出巢滋事，各土司俱被搶掠，並殺斃民人，殊屬目無法紀。外番狡詐，自相蠶食，原可置之不問。惟恃其凶頑，不惟占去各土司地方，並欲侵占里塘為梗塞大路之計。經該督（即四川總督琦善）出示曉諭，該野番仍負固不服。似此凶頑，自應及早撲滅，勿令養癰貽患。琦善現在馳往中瞻對，督率弁兵相機妥辦，務當迅速剿滅，殲厥渠魁，勿令蔓延肆擾。」

此處有一點需要注意。

皇帝旨意只說「各土司俱被搶掠」，「占去各土司地方」，並未提及八土司進剿瞻對失敗，是因為下面未曾奏報而不知道？

不報也好，這時的清朝，早不是康乾盛世時的模樣了，內憂外患接踵而至，皇帝要操心的事還多著呢。

想必琦善也是對皇帝心存體恤，不想讓他太勞心費神，兩個月後，便上奏出征瞻對「大獲全勝」。皇帝當然很高興。大清國軍隊，打不過船堅砲利的紅毛英吉利國，中瞻對「蕞爾小番」還不在話下？琦善奏曰：「琦善統帥官兵，該野番頭目膽敢帶領賊番前來衝突，我兵開砲轟擊，槍矛齊施，傷斃頭目二名，及群匪二百餘人，餘匪逃竄，復追殺無數，並奪獲牛馬甚多，賊目噶羅布、恰必阿索均落崖身死。現仍詳探路徑，籌充糧餉，以期搗穴窮塞。」

皇帝見奏，下旨：「所辦尚好。琦善調度有方，著交部議敘。」皇上，戰事剛剛開始，即便取勝，也只是初戰告捷呀！看看前幾次的瞻對戰事，就知道開初的勝利是很不可靠的啊！清及其以前的王朝，都有史官，都有專門管理歷史文檔的機關。琦善這次出兵，已是清廷第四次用兵瞻對。難道皇上和身邊的大臣們都不去看看過去的檔案。如果不看，那治史又有什麼用處呢？但皇上就是不能記取歷史上的教訓，仍然要讓歷史那最失敗的部分，在自已身上重新搬演一遍。出兵初勝，他就不但要獎琦善，旨意還惠及「所有此次進剿之將弁等」。

琦善此次進剿瞻對，也是志在必得，事先的確也做了充足的準備。

他先調集數千官兵，從成都進至打箭爐，又率官兵和明正土司與傾則活佛所屬土兵前進至瞻對東北面的爐霍。到了爐霍，又在此接見瞻對北境和西北境的章谷、麻書、朱倭、孔薩、甘孜和德格六個土司，以及在川藏北道上勢力強盛的竹慶寺活佛，雲集各土司兵力。

琦善也並不敢輕視貢布郎加，知道進剿瞻對不能速戰速決，因此採用分段設防、步步進逼的戰術，動員民兵，修築道路，以保證補給和運輸。先出其不意，派出一支先遣隊攻進上瞻對達拉松布地方，並命令他們修築工事，深挖戰壕，同時修建營房，種植蔬菜，做長期戰事的準備。

之後，將所部五千清兵，和土司武裝配合，分由甘孜、爐霍、道孚三路向瞻對進攻。爐霍進攻的一路，由爐霍土司的武裝配合，先進入瞻對境內的麥科牧場。

瞻對全境，大部分人口寨落都集中在雅礱江河谷兩岸海拔較低適於農耕的河谷地帶。大致說來，河谷農耕的大小臺地後是密布的森林，森林上方的一些高曠地帶，才是牧場。麥科牧場，便是瞻對和爐霍間的一處高曠牧場。琦善指揮的漢、土官兵占領了此處，便可從高往低，順勢壓向雅礱江河谷，也就是瞻對的腹心地帶。貢布郎加當然也把麥科牧場視為瞻對的重要門戶，在此與清軍展開激戰。

相對於貢布郎加的土兵，清軍自是兵多將廣，武器精良。尤其是清軍的開花大砲，轟擊之處，貢布郎加和其所率土兵，無論怎樣亡命強橫，但血肉之軀，終難抵擋。加上其餘兩路漢、土官兵，也分別從甘孜與道孚進兵，配合中路大軍的進攻，貢布郎加也只好重重阻擊，節節後退。

不幾日，遠在京城的皇帝，又接到抵前指揮的琦善發自爐霍的奏報：「本月初二日子時，復遴選精卒分路攻擊，數日之內，攻獲碉卡十餘處，奪占隘口四處，殲斃賊番數百人。」

皇帝當然要說：「所辦甚好。」

同時指示：「乘此兵力精銳，正可一鼓作氣，搗穴擒渠。」而且，這時皇帝也知道了一些瞻對的情況，才有更具體的指示：「惟賊巢周圍，皆係戰牆堵塞，且碉寨堅固，必須預度砲力，足以相及，方期施放有準，奪隘攻堅。」皇帝還是操心了，不然不會連大砲要推進到距離賊碉足夠近，打得準這樣的細節都想到了，並且還進一步指示，「該督惟當審度形勢，妥協辦理，務將糧餉軍械籌備齊全，並詳探路徑，克日進攻，掃除群醜。」

皇帝還操心到後勤工作，而在旨意中細細囑咐。因為琦善上奏過後勤供應艱難的狀態：「此次剿辦中瞻對野番，口外十餘站，均係崇岡疊嶺，老林密箐，且風雪彌漫，道路崎嶇，糧運萬分艱難，而沿途或百十餘里，或二、三百里，寂無人煙，士卒晝則攀藤附葛，裹糧前追，夜則掃雪紮營，藉草臥冰。」這也是出兵進剿道上的實在情形。

琦善除了盡力做好準備外，也試圖從神佛處獲得護佑。他上給皇帝的奏書中還提及這樣的事情：「臣行至打箭爐，詢悉口外各廟咸供護法為扶翼黃教正神，其神一名乃迥，一名多吉迅塟，自打箭爐至前、後藏以及口外各土司，俱極敬奉，素昭靈驗。……臣經打箭爐時，即探知此情形。深恐內地兵丁，致有疾病。又慮瞻酋抗拒，曠日持久，親詣兩位護法神前祈禱護佑。」皇帝因此應該可以從中看去琦善此次出兵，並不十分自信。換成以前的皇帝，比如乾隆，或贊許，或質疑，定會大發議論。對此，道光皇帝卻什麼也沒說。

老故事再三重演

還好，年初進兵，五月，也就是還不到半年，京城就得到了中瞻對野番「悔罪投誠」的消息。「經琦善督兵征剿，疊獲勝仗，直抵巢穴。該野番貢布郎加等震懾兵威，遞結投誠，情願將所得地土、人民退還各土司，照舊各安住牧，自應寬待既往，俾得向化輸忱。著仍賞給貢布郎加六品長官司虛銜，以昭勸勉。」

皇帝自然不會追問此前一直頑固囂張的野番貢布郎加怎麼一下子又歸化投順了。想想前番的征瞻故事，要是乾隆，那一定是要問一問的。不知到底是因為道光比乾隆老實，還是他知道國勢如此，問也白問，便裝聾作啞，這就不得而知了。

琦善不止替貢布郎加請封，還要替他拜過的神靈請皇上「頒給匾額」。

皇帝說：「該督虔禱該處各廟所供護法神，軍行得無阻滯，自應酌加酬錫，以昭靈應，著發去御書二方，敬謹懸掛，用答神庥。」

史書上有載，這兩方道光皇帝的御筆。一為「靈昭遠徼」，賜箭頭寺。一為「綏邊敷福」，賜博底岡擦寺。

大軍班師，不僅官軍中將領得到封賞。格宗達爾結、四郎汪結、工布俄珠郎結等出土兵相助的土司也獲賞頂戴花翎。

問題是：戰爭真的勝利了嗎？

答案是：戰爭沒有勝利。

但與乾隆年間清朝正逢盛世時大兵征討瞻對卻不得全勝的情形相比還是情有可原。此時的大清朝已經在內憂外患中走在了下坡路上，琦善征瞻對這一年也是多事之秋。

這一年，駐澳門葡萄牙官員亞馬勒以兩廣總督拒絕其裁撤澳門海關，在廣州設立領事館的要求為藉口，驅逐清朝駐澳門官員，停止交納「借居」澳門以來按年向中國政府交納的租稅。七月間，清軍刺殺了亞馬勒。事後，英國兵艦開到澳門，英、法、美三國駐華公使聯合向清政府提出抗議，公開支持葡萄牙殖民者的侵略行徑。於是，葡萄牙遂出兵將中國領土澳門強行霸占。

外患之外還有內憂。

也是這一年，湖南爆發天地會首領李沅發領導的農民起義。

當年湖南發生水災，地主豪紳乘機抬高糧價，重利盤剝，官府也以「平糶」為名搜刮百姓。李沅發遂以「劫富濟貧」為號召，發動群眾，又聯合廣西全州一帶農民共舉義旗，攻城破獄，殺死清朝官員。也像是征討瞻對的故事，清軍進剿不利，將湖南提督英俊等革職，再命湖廣總督裕泰率湘、鄂、桂、黔四省清兵全力進剿。歷時一年，才將起義鎮壓下去。

再過兩年，使清王朝國力大損，以致其統治根基徹底被撼動的太平天國戰爭就要爆發了。

在新龍民間流傳的貢布郎加的故事中，琦善是一個被嘲笑的對象。

民間傳說中說，戰爭到了後期，戰事膠著，清兵中開小差的兵丁日漸增多。加上這時京城的皇帝又死了太后，用「箭令」催琦善早日撤兵。本來做了長期作戰準備的琦大人沒有辦法，只好派人跟貢布郎加談判。

琦大人捎信給貢布郎加說：「你是一個有福氣的人，我還是讓你當瞻對的首領。」

貢布郎加並不是真要投降，但正好借此為緩兵之計，派出手下頭人甲瑪崩前去談判。談判中，清軍只要求瞻對方面退回繳獲的兩門大砲，即承認貢布郎加對瞻對的實際控制。琦善在賜給貢布郎加委任狀、官服、頂戴之外，還給了不少綢緞和茶葉作為獎賞。

談判過後，進剿漢、土官兵便陸續撤出瞻對全境。

談判歸來的甲瑪崩帶回了琦大人所賜的清朝官服、頂戴，貢布郎加卻說：「我不做漢官，也不做藏官，不需要這樣的蒙古帽子！這些東西你要是喜歡，你就拿去，不想要就給我丟到河裡！」

甲瑪崩一再勸說，貢布郎加說：「俗話說，甘丹寺喇嘛是從臺階上一步一步走上法臺的，有本事的人就是要這樣，一步一步自己走上最高的坐臺！」

甲瑪崩見狀，自然也不敢收藏這些東西，真的就把這些官服頂戴都拋入了雅礱江中。

我在瞻對，許多發生過重大事情的地方因地名變化、房屋毀壞等原因，已難以準確考究，卻有人能為我準確指出當年拋棄清廷官服頂戴入雅礱江水的地方。

戰後，一首由一個當地喇嘛用偈語體寫的諷刺詩到處流傳：「總督親自到康區，土司受寵應領情；貢布郎加命不絕，坐等你們來孝敬。」

得勝之後，貢布郎加還編了一首山歌，命百姓傳唱：「幾個女土司，嫁給清總督，漢人掃興回內地，女土司自嘆薄命！」

查這次隨同清軍進兵瞻對的各土司都是男的，貢布郎加把他們說成女人，是對他們表示極度的輕蔑。

大軍退後，貢布郎加立即對內部加以整肅。下瞻對邊境的拉堆部落接濟過清軍，貢布郎加便加以殘酷的懲罰。

藏文資料記載：「圍住瞻對的拉堆部落，趕走了他們的牛馬牲畜，大多數人被殺，收繳了所有財物，毀壞了帳篷，他們來到古魯寺，抓來該寺喇嘛孔澤堆鳩及其家人，堆鳩關在一處破房裡幾個月後被殺，其妻被分屍，其子被埋在牛糞堆下悶死。」

還有人說，貢布郎加還把他派去與清朝官員談判的頭人甲瑪崩貶為了平民。貢布郎加所以如此的原因就更為複雜。一說，是他不滿甲瑪崩主張對清廷妥協。一說，他以為談判是一件非常艱難的事情，才派甲瑪崩前往，而談判如此順利，使他對甲瑪崩心生嫉妒。

但此後，貢布郎加四處征戰時，這位甲瑪崩的身影仍然時時閃現。或者此傳說不確，又或者，戰事吃緊時，他又被主子重新起用了。

第五章

瞻對征服霍爾章谷

清軍撤退後，貢布郎加對瞻對全境的控制更加牢固。

從此，基於復仇的心理，也基於擴張地盤的野心，貢布郎加開始對周圍土司發起了攻勢。首當其衝，自然是爐霍地面的章谷土司。

從軍事上考慮，北面的章谷土司地面歷來是進攻瞻對的要道。從爐霍南下，占領瞻對的麥科牧場一帶高地，便能居高臨下，對中瞻對和上瞻對形成巨大威脅。清朝歷次進兵瞻對，章谷土司都曾派出土兵助戰。

更何況，前面說過，貢布郎加的大哥就死在章谷土司手上。雖然，是他們出掠爐霍土司地面而造成此結果，這筆賬貢布郎加還是完全算在了章谷土司頭上。復仇，正是那個時代康巴人的核心價值觀的一個重要方面。

清兵撤退不久，瞻對人就頻頻向爐霍發動進攻。

只是爐霍人也不是那麼好對付的。

瞻對北方的朱倭、麻書、孔薩、白利和爐霍的章谷土司，有一個共同的名號「霍爾」。霍爾這個詞，是蒙古的意思。也就是說，這幾家土司都有好戰善戰的蒙古人血統，是元初時進據此地的蒙古人後代，也都是強悍好戰之輩。作為霍爾五土司之一的章谷土司自然也不例外。貢布郎加連續出兵七、八次攻擊章谷土司，也未能討得便宜。自然，這樣的攻擊也不是什麼大規模的戰爭。川邊土司地帶，地廣人稀，戰事一起，通常也就數百兵力，動員到上千或幾千人丁，那就是超大規模了。

貢布郎加全面進攻不行，便改弦更張，變換策略，各個擊破。

頭一個目標便是章谷土司屬下的一個頭人吉沙大吉。

這次，貢布郎加沒有派出大軍。只派了兩個小頭領帶著十幾個人，悄然潛入吉沙大吉寨中，直取腹心，將吉沙大吉刺死。這十多個人輕易得手後，還將他兒子擄回瞻對。不幾日，在瞻對的新中心滂熱官寨，貢布郎加就看見手下呈上吉沙大吉的首級。貢布郎加親自把吉沙大吉的兒子剖腹挖心，以報兄仇。又把這父子兩人的首級懸於路口，宣威於眾。

不久，他又派人偷襲章谷土司屬下的區角牧場。生俘區角頭人後，脅迫他派其子前去暗殺同為章谷土司屬下的另一頭人吉絨拉柯。因為走漏消息，那位頭人逃走，但他的家人卻都丟了性命。章谷土司設計誘捕了殺手，投入獄中，準備將其處死，但監獄看守收了賄賂，縱其逃走了。

連番得手後，貢布郎加又鎖定章谷土司的管家杜柏所轄的村寨。杜柏與其子逃得性命，但其村寨被瞻對人占領，財產自然也被擄掠一空。我是一個以寫故事為生的人，開初，覺得貢布郎加比起別的土司，自是心懷大志，所以，自己對這個故事已經產生了不一樣的期待。但接下來，聽多了這樣的小故事，又漸漸覺得老套，漸漸就心生悲涼，原來，歷史就這樣在原地踏步。原來，一代梟雄貢布郎加不過就是重複著老套的故事。原來，被人們津津有味傳說的故事，卻是如此陳陳相因。這片土地上，不過是老故事換了新的主人公，而背後的布景卻沒有任何改變。人的認知與智慧也未見增長。

故事繼續往下，還是老得不能再老的套子。

不過是摻雜上了一點情色的因素。

是該守戒律的僧侶也加入其間。

只不過，在藏區故事中，僧侶的稱謂要換為一個特定的稱呼：喇嘛。

話說貢布郎加的部下攻破了章谷土司管家的寨子，管家父子逃走，不想，他們卻在那裡擄獲了一個喇嘛。這個喇嘛可以作法使神靈附體，因此人們可以通過借他的肉體向神靈問卜休咎。

這個喇嘛是章谷地面最大寺院壽寧寺的喇嘛。

這個壽靈寺的「發神喇嘛」，當地百姓都說他與章谷土司的妻子有染。

得知此消息，貢布郎加如獲至寶，親自主持對這個喇嘛的審訊，證實此事屬實，並非空穴來風。審訊後貢布郎加一面將這位喇嘛釋放，一面令人將他與土司妻子通奸之事四處傳揚。一份當地流傳的藏文文書說，「醜聞傳遍爐霍，引起百姓與下屬和土司分崩離析，為貢布郎加攻打爐霍打下了心戰基礎。」

老套的故事要成就一個英雄，就要將另一個豪酋作為犧牲。在這個故事中，這個犧牲者就是祖先是英勇善戰的蒙古人的章谷土司。當他倚為股肱的一個管家失去自己的寨落狼狽逃竄時，他的另一個管家也出事了。

出事的地方，就在那個有喇嘛與他妻子通奸的壽寧寺。

當時，章谷土司派他另一個管家管理轄地內的壽寧寺。壽寧寺是一個大寺，這個大寺屬於藏傳佛教中的格魯派，奉在西藏掌握政教大權的達賴為最高宗師。最高宗師在西藏的特別地位也使他們不甘久居於掌握世俗大權的土司控制之下。他們便乘貢布郎加步步進逼，章谷土司疲於應付之時，驅逐了章谷土司派來專門管理控制寺院的管家。藉口是這位管家管理寺院過於嚴苛，土司不能對付勢力強大的寺院，便遷怒他人，將這位管家從其所轄的村寨中逐出。章谷土司屬下的另一個頭人楚洛便乘機占據了這位管家的地盤與全部家產。

這位名叫占登的管家無處可去，便逃奔瞻對投靠了氣焰正熾的貢布郎加。

對貢布郎加來說，這真是天賜良機，他當即派出一干勇猛的手下隨同占登這位失意人潛回章谷土司境內。傳說中，這些人是在一個夜晚潛入占登過去統轄的村寨的。他們依靠占登這位熟悉該村寨地形的前管家在黎明前於寨中各處埋伏好人槍，然後，在天亮時，由一人化裝成乞丐，到新的頭人家——也就是過去的占登管家的家門前討飯，幾個槍手尾隨其後，得以一同潛入官寨。此時，那個剛剛得了新地盤與百姓的楚洛頭人正在經堂的佛像前虔誠叩拜。不承想，卻與家人一起被潛入的槍手，刀刺槍擊，喋血於新到手不久的官寨之中。

經過如此幾番手腳，章谷土司在損失了不少地盤的同時，也失去了手下一些頗具實力的人手。現在對貢布郎加來說，是他大張旗鼓，重新發動進攻的時候了。機不可失，貢布郎加便集結人馬，發動了正面進攻。爐霍土司的地界中央有鮮水河流貫，鮮水河兩岸的高原低地，正是其財富與人口輳集之地。瞻對的人馬便沿鮮水河兩岸擺開陣勢，齊頭並進，一路所向披靡，直抵土司官寨，展開進攻。章谷土司地面並不廣大，知道退無可退，自然竭盡全力拚死抵抗。瞻對兵馬連攻數日，一時不能得手，貢布郎加便命暫時後撤。

不久，他又集中了更大的兵力，兵分多路，向章谷土司官寨合圍而來。這時的章谷土司自料不敵，攜家人先期逃離。留下管家代理土司職權，指揮兵丁百姓保衛官寨。此番一戰十六天，官寨仍未攻下。而寨內兵丁，特別是一些喇嘛，於百般困窘之中，還亡命向寨外衝殺，給瞻對人造成不少傷亡，但這畢竟已是強弩之末。因為土司事先逃離，強攻之下，寨內人心浮動，調集到寨中防守的各大小頭人紛紛出寨向瞻對人投降。

最後，是壽寧寺活佛出面調停，章谷土司官寨中的抵抗者出寨投降。

貢布郎加將出降者中有名望的頭人、喇嘛和英勇善戰者押往瞻對，其餘降者全釋放回家。

至此，瞻對人終於占領爐霍章谷土司全境。貢布郎加委派自己的得力手下名叫洛古澤仁者長駐爐霍，建立一個堅固雄偉的新官寨，鎮守管理章谷土司全境。

瞻對征服北方土司之戰

拿下章谷土司全境後，瞻對北方還有另外幾家蒙古人血統的土司。除了朱倭土司早前娶了貢布郎加的女兒為妻，心中稍感安定外，各土司地面早已風聲鶴唳，一夕數驚了。善於占卜的喇嘛們的加入，更使種種流言四處流傳。

「德格土司轄地昌臺地方的昌格寺喇嘛白瑪木杰溫波預言：『德格將來會起內訌，豬年時不知去何方，鼠年時全域被火覆，牛年時魔幫將失敗，此後大家共享安樂，薩迦的太陽照樣升，噶丹的太陽照樣升，列慶神山的太陽照樣升。』」

「扎科的喇嘛洛珠也有預言，把鼠年以後的甘孜失陷、扎堆背叛等清楚地寫了下來。」

這些土司更北面的色達地區，是朝廷未設土司管轄的所謂「野番」地面，向來也是強橫不羈，此時也被這些流言所震撼：「一位喇嘛在色機根塘地方夢見了裝滿鐵杵的一牛皮口袋，這事一經傳開，都說瞻對兵馬必來無疑，寺院、村寨人們紛紛逃離，寺院內空無一人，由於無人看管，這些寺院大都因漏雨等原因而破敗。」

貢布郎加看到這樣的情形自然喜不自勝，他要好好利用土司們人人自危的心理，再添一把火。

這一把火就是挑撥離間。

一段時間，他與地理上距瞻對相對較遠的德格，以及白利土司頻繁來往，故意疏遠緊靠瞻對的孔薩與麻書土司，造成土司間彼此猜忌。然後舉兵攻打孔薩與麻書兩家土司。貢布郎加吸取了征服章谷土司前期一味硬攻而不能得手的教訓，在戰事前期，令他的兵馬稍事進攻後便佯裝敗退，讓他的對手認為瞻對人並不如傳說中那樣英勇無敵。接下來數次戰鬥，貢布郎加的兵馬依然稍戰則退，有時甚至還佯裝敗逃，使對手的隊伍漸漸滋生了輕敵情緒，除了土司官寨外，分散在雅礱江兩岸的村寨都放鬆了戒備。這正是貢布郎加耐心等待的大好時機。一個夜晚，瞻對人出動大兵，同時偷襲孔薩和麻書兩土司全境，一夜之間，便幾乎將其全境占領，並向兩土司官寨合圍而來。見此情形，孔薩與麻書兩土司自知再也無從抵抗，便收拾金銀財寶和清廷頒發的印信，拋下土地百姓，舉家向西逃亡，渡過金沙江，進入西藏地面去了。

如此一來，瞻對北境有蒙古血統的霍爾五土司，便只剩下白利與朱倭兩家。朱倭土司本是貢布郎加的女婿，見此情形，自然立即歸附。這白利土司一家，自知無力抵抗，也只好向貢布郎加稱臣投降。

戰勝了霍爾五土司，今天甘孜和爐霍兩縣的地面幾乎被貢布郎加全部占據，所轄人口與地盤都增加了一倍以上。戰勝之後，他做了三件事，我還是引藏文文書中的原話吧：

「在甘孜建了一座前所未有的官寨，派索郎翁扎、扎西鄧珠為頭人。」

「古曲達官寨讓夏古喇嘛當頭人，所有險要之處都建了城堡。此外還任命了很多頭領。把原來有權有勢的人攆走他鄉。」

這兩件事情，都是題中應有之義，但接下來的第三件事，卻能見出貢布郎加比之於過去那些互相頻頻爭戰的地方豪酋們有著更大的野心。

他移民。

「貢布郎加在他所收伏的村寨中抽一兩戶到瞻對，從瞻對抽一兩戶上來補上，新舊部屬混合在一起。」

混合在一起後又該幹什麼？發展生產？新舊移民的彼此交融與認同？除了整個青藏高原短暫統一的吐蕃時期，當時的統治者在青藏高原上做過這樣的事情。自吐蕃王朝分崩離析以後，這片高原上的地方豪酋們，彼此爭戰不休，都只為有限的人口、財富與地盤。但奪得人口與地盤，似乎也僅僅是為了以此為本錢壯大實力，以期可以奪得更多財富、人口與地盤。土司豪酋間其實是可以通過商業交換彼此獲利的，但所有那些高貴的腦子裡似乎從來就沒有出現過這樣的念頭。是的，歷史本身正常前進的腳步就這樣非常奇怪地在青藏高原上停頓下來。就這樣，直到今天也以強悍自詡的藏民族其實是在頻繁的爭戰中日漸衰弱：人口日漸稀少，財富日漸損耗，最後導致的是生產力與精神的雙重枯竭。

占領了新的地方，貢布郎加比別人多做了一件事情，移民，但效果並不好。當地藏文記載中說：「自從歸順瞻對以後，這裡大小頭人，平民百姓無心勞作，整日惶恐不安，沒有一個人能安居樂業。」

因為他的移民是為了監視新征服的人口，而不是有意於以此方式促成民間更有意義的種種交流。

瞻對征服康巴最大土司

貢布郎加這位瞻對人的英雄，依然逃不出這片土地上演了千年之久的故事路徑。他征服了霍爾五土司後，屬下的人口與地盤都擴大了不止一倍，這樣的空間中，足夠他做很多事情。但上千年的故事路徑，決定他腦子裡能想到的，只是掠奪更多的人口，獲得更大的地盤。

更大的地盤，更多的人口在瞻對的西北方向，那就是德格土司。

德格土司是康巴地區最大的土司。一是品級高：是清廷冊封的從三品的宣慰司。二是地盤廣大。通常，清代冊封土司的策略是「多封眾建以分其勢」，今天藏區行政建制中的一個縣，當時通常有幾家土司，互相依止，也相互牽制。但德格土司一家卻控制著今天屬於四川省和西藏自治區境內幾個縣數萬平方公里的地盤。有這麼大的地盤，人口兵力也數倍於一般的土司。更何況，其境內還有不同教派勢力強大的寺院集團，更增加了德格土司的威望。

今天到德格，說起過往的陳年舊事，當地人都會驕傲地提起一句流傳了幾百年的話：「郎德格，沙德格。」意思就是，天德格，地德格，極言德格土司強盛時地面的廣大與威望的崇高。在那個時代，即便是向稱強悍無敵的瞻對人也不得不屈從德格土司的威勢，在邊界牧場糾紛中低頭讓步。一度，瞻對土司每年還要向德格土司進獻厚禮，表示臣服。有材料說，即便狂傲強橫如貢布郎加，未得勢時，對德格土司也要施長輩禮，以示尊崇。

對貢布郎加這樣性情的人來說，曾經被迫的謙卑都轉化成了心中的仇恨。只等機會一到，便要施行加倍的報復。

某一天，在要道上巡行的瞻對兵丁拿獲了一位德格土司的信差。這信差正從瞻對西北方的德格土司境往瞻對南方里塘一帶的毛埡土司地面上去。從這信差身上搜出一信，是德格土司寫給毛埡土司，約他發兵和德格土司南北夾攻瞻對。有文字記錄了這封信的原文。

信件有濃郁的藏文書面語風格：「瞻對出現了魔鬼的化身，瞎子威脅著周圍的土司，希望我們能團結一致，在敵人較弱小的時候把他消滅。否則，小火蔓延成大火，小禍釀成大禍，到頭來我們都會追悔莫及。」

這封信被截獲後，貢布郎加隱忍不發，將抓獲信差的事和德格土司信件的內容都隱匿起來。德格土司只知信差失蹤，並不知貢布郎加已經得獲信件的全部內容。而收信人毛埡土司，竟連有人致信於他這件事情都毫無知曉。

這下，貢布郎加更不會放過德格了。他也深知，在瞻對四周的土司中，以德格土司勢力最大，不容輕視，調兵備戰之時，明明兵鋒所指是西北方的勁敵德格，卻故意走漏消息，說是要南下攻打里塘土司，以此麻痺對手。

這時，道光皇帝已經去世。清廷的龍椅之上，坐的是咸豐皇帝。

西元一八五二年，也就是咸豐二年，貢布郎加將集結的兵馬分為上中下三路步兵，和南北兩路騎兵，分頭向德格發起了進攻。五路兵馬都是祕密出行，利用地勢地形，白天全部人馬隱藏於密林之中，夜晚才銜枚疾進，快速行軍。

大軍行抵德格土司的門戶玉隆地方，替德格土司鎮守東部邊境的玉隆頭人一槍未放，一刀未動就投降了。因為貢布郎加允諾，他仍然可以保持他對玉隆地方的統治權。玉隆頭人投降後，以大量的牛羊、金銀犒勞瞻對兵馬。

與此同時，瞻對南路騎兵已經撲入德格土司領地的腹心地帶，到達離德格土司官寨很近的歐普隆村。貢布郎加派人送信給德格土司，除了告訴他已被瞻對大軍包圍外，還把前次繳獲的邀約毛埡土司夾攻瞻對的信件一併附上，以示自己師出有名。

此時德格土司切麥打比多吉只有十一歲，土司職權由其母親和管家共同行使，眼見瞻對人已經深入領地腹心，大股兵馬四圍而來，既無法調集人馬抵抗，更無高人獻出退兵之計，只好全家逃亡。而這一手，也早在貢布郎加的意料之中，當他們一行人西逃渡過金沙江，長舒一口氣，以為脫了困厄之時，卻在一個叫汪布堆的地方，被瞻對兵馬追上，土司母子被俘。

貢布郎加指揮兵馬長途奔襲，兵不血刃，俘虜了德格土司母子，占據了其統治中心，其廣大轄地上的下屬頭人和主要寺院裡的部分喇嘛看到大局已去，也紛紛四散潛逃。不及逃跑的，就都作了瞻對人的俘虜。

如此輕易，川邊地區最強大的德格土司便被瞻對兵馬擊敗，其領地大多被瞻對人占領了。得勝後，貢布郎加便委派手下強將勒吾瑪為駐德格的大頭人，甲日喇嘛澤仁、杰吾達吉為駐德格屬地頭人，並修築堅固城堡，意在長期鎮守。

當地史料中說：「收服德格以後，貢布郎加威信倍增，甚至德格境外的大小頭人，昌都喇章的頭人全部敬獻哈達並向其交納稅賦，連青海境內的頭人們也向貢布郎加表示臣服，從各地通向瞻對的大道上，前往貢布郎加表示拜服和主動上貢納稅的人馬絡繹不絕。」

貢布郎加故技重施，把俘虜的當地僧俗上層人士全部押往瞻對境內，有民間資料記載：「貢布郎加把扎溪卡地方的頭人等許多戶人家，昌臺地方的多戶人家，窪學地方的多戶人家，以及玉科地方的多戶人家集中到瞻對境內的麥科地方。還把德格境內寺院一些有影響的喇嘛活佛分別安置在覺寺、尼古寺和吳瓦寺三個寺院，貢布郎加把這些人作為人質。」

此前貢布郎加說過：「不聽話的人，可能造反的人，不殺肯定不行。我想的是除了殺人，還有沒有把他們捏在手心的其他辦法，我現在已經想到了一個辦法。」

甘孜州政協所編《甘孜州文史資料選輯》第三輯有昔饒俄熱先生所撰〈新龍貢布郎加興亡史〉一文，梳理貢布郎加事件脈絡最為清晰，此文如此記述貢布郎加占領德格土司領地後的處置手段甚詳：

「德格既平，貢布郎加將俘獲來的德格土司及其部屬分別進行了如下安置和處理：

「將德格土司關押在瞻對甲日村，將土司的母親關押在滂熱官寨。將八幫寺的溫雲活佛和到德格講經的後藏薩迦派果瑪活佛送至昔瓦寺，將呷拖寺的知麥吉空活佛送至竹德寺，格澤活佛送至略空寺，將竹慶寺的奔洛活佛送至嗳枉寺。由於德格土司的管家更呷約勒夥同部分頭人逃跑到西藏去了，貢布郎加對已向他投降的原德格土司下屬頭人很不放心，因而把甲考司郎、索莫聶巴、普瑪布結、達本扎西格勒和汪堆澤仁多吉等分別關押在瞻對的絨洛、大蓋、葛扎、切依、滂熱等地。

「貢布郎加兵到德格時就已投降的頭人曲登澤巴和喇嘛澤仁，他們曾當著貢布郎加的面咒罵德格土司統治無道。後德格土司在汪布堆被俘，送去瞻對時，兩人又在途中私下在少土司面前詛咒貢布郎加是魔鬼。貢布郎加認為這種兩面派的人不能留用，遂將二人拋入雅礱江處死。

「原德格土司下屬頭人中，只有最先投降的玉隆頭人一人，由於迎逢勒吾瑪和貢布郎加的女婿靈蔥土司，沒有被關押。」

一個僧人留下的回憶文字中說，「這一年的德格一點也不寧靜，是個多事之秋。」一千多年裡，藏區社會中不變的重要人物，就是寺院的活佛喇嘛與世俗的頭人兩類，也就是說，這個社會結構其實相當原始而簡單。控制了這兩類人，就算控制了這個社會。貢布郎加深諳此理，於是，要把新征服地域的這兩類人物都押解到瞻對加以控制。

民間傳說中的多面布魯曼

在昔日的瞻對，今天的新龍縣，凡是民間傳說，人們很少提及貢布郎加的本名，都用他的綽號布魯曼。

布魯曼，是瞻對人的英雄。

他的事跡也日漸引起當地藏、漢兩族文化人的關注，不斷被書寫。不止是民間傳說，這些書寫也為我提示了很多線索。特別是或明或顯地隱藏於這些書寫中的觀點，給我很多啟發。這些書寫者對這個歷史人物的種種現代解讀與定位，讓我得以有更多的視角來觀察這個特殊的人物。

我對從這幕大戲中發掘出一些新的意義充滿希望。

希望從這一事件，或者從這個被傳誦了近兩百年的瞻對英雄身上發現一點能突破藏民族上千年夢魘般歷史因循的東西。但是，不得不承認結果讓我終於失望。

英雄如布魯曼，終於也未能超越時代與文化，所以，最終也只是那種社會氛圍所能產生出來的一代豪酋——當然，是最傑出的豪酋。在這片土地上，他比此前的所有豪酋更蠻橫，更頑強，更勇敢，更有計謀，更殘酷，卻也一樣不知天下大勢，一樣不曾有半點改變社會面貌的願望，最終，一樣地要在歷史的因循中重蹈覆轍。

在新龍地面上行走，隨處都可以聽到他的種種奇異傳聞。

有這樣的故事說他的殘暴：

貢布郎加待在官寨裡閒來無事時，有一種特別的娛樂，就是命人隨便從周圍的村莊找來一個嬰兒，往其肚子裡灌滿奶汁，然後，他親手將嬰兒從官寨樓上摔下，看著那小生命摔在樓下的石頭上，鼓脹的肚子炸開，牛奶飛濺。貢布郎加會撫掌大笑，說，人死去時也可以不流血，而流出雪白的牛奶。

有這樣的故事說他的強橫：

貢布郎加不喜歡烏鴉，特別是烏鴉煩人的聒噪。

那時，在滂熱地方，他嫌新修沒有幾年的官寨不夠雄偉，又調集百姓，替他重修官寨。新修的官寨樓高七層，牆厚近丈。伐木採石，夯土築牆，都是百姓被強服無償勞役。新官寨修成後，貢布郎加決定，官寨上方的天空中不能出現烏鴉的影子。

十月分，瞻對已入初冬時節，一個下霜的早晨，在雅礱江岸並不寬闊的臺地上，過去滂熱的官寨舊址上，收割後的莊稼地裡有一層薄霜。人們指給我看江對岸山梁上的一座碉房，說，那是和貢布郎加新官寨同時修築的建築。貢布郎加在那裡安置了一戶人家。這家人唯一的工作，就是整天用火槍對著天空，如果有烏鴉膽敢飛過，就對牠們開槍。然後，我們轉過身，是江這邊的山梁，參差的樹影後，又是一座同樣的碉房的廢墟。貢布郎加特意在那裡安置了另一戶人家，其職責也是防止烏鴉從官寨上方的天空中飛過。夾江相對的這兩座碉房直線距離應該不到一公里，形成的交叉火力足以控制這片天空。替我引導的鄉政府幹部說，迄今為止，這個地方都沒有烏鴉出現。我幾次往來此地，最長一次，在這個地方待了半天時間，似乎真的沒有看到烏鴉出現。

但貢布郎加的官寨早已不復存在，已經闢為耕地的寬大地基旁，還有一兩處低矮的殘牆。緊靠著這塊莊稼地，是一所小學校，和新落成不久的鄉政府。

這個鄉政府很簡樸，鄉黨委書記和鄉長兩人共用一間七、八個平方米的辦公室。我們擠在這間辦公室裡，聽一個僧人講貢布郎加的故事。

講他對僧人，也就是佛法的大不敬，同時也講他的狂妄。

這個故事也發生在眼下這個地方。

話說那個時候，流經此地的雅礱江水發出大聲的喧譁，這也引起了貢布郎加的憤怒。在傳說中，貢布郎加也是一個不敬僧人的人，他常常要那些宣稱自己有種種神通的喇嘛當著他的面顯示神通。自然，很多聲稱有神通的僧人都是假的，被揭發出來的沒有神通的僧人都會受到他無情的嘲弄。而他考察僧人有無神通的一種辦法，就是要他們制止雅礱江水在這段江流上發出的喧譁。一直以來，沒有僧人可以做到這一點。但是，終於有一個僧人做到了，這是一位苦修得道的紅教僧人，在瞻對地面上，這位名叫白瑪鄧登的僧人是唯一一個幾乎與貢布郎加齊名的人物。是他顯示神通，使得從貢布郎加官寨旁流過的雅礱江水不再發出巨大的喧譁。不止是講這個故事的僧人，大多數新龍本地人都會說，從此，慣於呵佛辱僧的貢布郎加，在瞻對地面上，有了唯一一個真心崇奉的僧人。講到白瑪鄧登這位聖僧使喧騰的江水頓時喑啞時，給我講故事的僧人伸出雙手，口中發出由衷的嘖嘖讚歎。

他豎起耳朵，說，你聽，江水確實很安靜啊！

其實，雅礱江奔流到此，恰好進入一段相對平緩寬闊的河道，比在上游狹窄的河道奔流時，顯得波寬浪緩，聲音是小多了，但也不是一點聲音都沒有啊。

我是一個來聽種種奇異故事的人，所以，我並不想客觀地指出這一點。

我只是不想在這些魔幻故事中讓自己也陷入魔幻的迷狂。所以這麼說，是因為在藏區，很多聽故事找故事的人原本也是清醒的，聽多了這些傳說，也會深深陷入這樣的魔幻迷狂。

這位僧人離開了。我看著他走在狹窄的山道上，走過那些枯黃的秋草，走過那些正在飄零落葉的灌木叢，回到他在山上的寺廟。他是那座寺廟的住持。

我們也驅車離開。車上，陪同的人又給我講一個故事。

還是那位高僧白瑪鄧登。說，貢布郎加重修的雄偉官寨落成時，這位高僧騎著匹瘦馬突然出現了。他從馬背上卸下來一塊石頭，這塊石頭來自他苦修的神山頂上。他要貢布郎加把這塊石頭放在官寨頂上的某個地方。貢布郎加看看自己雄偉堅固的新官寨，驕傲地拒絕了。這時，那塊石頭便從地上自己飛起來，呼嘯著回到了所來的神山。講故事的人說，要是貢布郎加接受了這塊石頭，他的事業就不會失敗，可惜他沒有接受。於是，就要讓今天的人們嘆息他的宿命了。

中午，我們回到新龍縣城的布魯曼酒店午餐。

又有人要講貢布郎加的故事。講故事的先生鄭重地請女人回避，說因為這個故事不夠雅致，在座的唯一女性就迴避了。

故事說，貢布郎加有時會看人做愛。

大家笑起來。看人做愛！

講故事的人一本正經，說真的，就是看人做愛。他就是讓兩個年輕男女在他面前做愛。上上下下，前前後後仔細端詳後，貢布郎加撫掌大笑，說男人在女人身體裡進進出出，就像一頭羊吃一根胡蘿蔔一樣！紅的嘴巴吃一根紅的蘿蔔！

依我的知識，那時，這片地面上還未曾種植紅蘿蔔這種植物。但我只是一個來聽故事的人，而且，一個人的英名隨著故事四處流傳時，這個故事中便自然會時時刻刻增加點什麼，增加一個羊吃胡蘿蔔的比喻也不算是離題太遠。

另外一天，也是在布魯曼酒店，同一個用餐的房間，一位我認識多年的高僧給我講了另一個故事。這個故事也是說，貢布郎加這個狂妄的人，一生只服膺一位高僧。但這位高僧不在瞻對地面，而是德格地面的竹慶寺土登活佛。

話說征服德格後，貢布郎加在那裡盤桓了很長時間。

他幾乎把德格土司的地面都巡遊了一遍。所到之處，除了重新任命各處大小頭人，貢布郎加還巡遊了許多寺院。每到一個寺院，見到來迎的活佛，或者寺院裡的住持，他第一句話就是問：「你說我死後是去佛國淨土，還是下地獄？」

在這些僧人看來，這位惡魔降世的人必定是該下地獄的，但他氣焰正熾，而且，這個人對佛法僧三寶並不敬信的惡名他們也早有耳聞，所以不敢說出心裡的實話。最後還是違心回答：貢布郎加大頭領肯定是要上佛國淨土的。這樣，他們就已經觸犯不妄語這樣的基本戒條了。

問題是，貢布郎加聽了他們這樣的話，卻不領情：你們這些徒有虛名的傢伙，只曉得騙老百姓的財物，兩條舌頭的人不配待在寺院裡！他告訴這些僧人，擺在你們面前有兩條路，走哪一條自己選。第一條，離開寺院去瞻對地方，到那裡依然有房子住，有吃有喝，就是不能隨意走動。第二條，脫了袈裟回家，原先是牧民的就去放牛，原先是農民的就去種莊稼，不要再待在廟裡丟人現眼。驅散了僧人，貢布郎加又命手下搗毀佛像，放火燒了這些寺院。

某一日，貢布郎加巡遊到了著名的竹慶寺。這座寺院坐落在一個山彎的小盆地裡，背靠高山，左右是淺山環抱。寺院正殿背靠的雪山高大巍峨，冰川在陽光下閃爍銀光，冰川下方是靜默幽深的森林。遠遠地，貢布郎加就聽見廟裡鐘鼓齊鳴，長號聲聲。僧人們的誦經聲有如歌吟，不像他此前到過的寺院，寺院住持趕緊帶著眾僧出迎。貢布郎加心中不禁暗暗稱奇，想明知是我這位搗毀佛像、火焚寺院的大魔頭來了，居然還從容不迫地做著法事。他便下令將這廟包圍起來，然後，自己騎馬傲然走進廟裡。

竹慶寺的土登活佛這才出殿前來迎接，卻也只是站在他馬前，並不言語。馬背上的貢布郎加高聲發問：你就是人們所說的土登活佛了？

活佛淡然一笑，手持念珠，並未說話。

貢布郎加又提出了他的問題：我死了以後是去佛國淨土，還是要下地獄？

土登活佛並不答話。

貢布郎加說，以前遇到的那些高僧大德，遇到這個問題，都說要念念經、打打卦才能回答，你也是這樣的嗎？

土登活佛說：我不知道你是想聽實話，還是假話？

貢布郎加說，實話！

土登活佛點點頭，朗聲說：你是個不敬神，不禮佛，奪走了無數生命的惡人。你這樣的人怎能去到佛國淨土？最好連這個念頭也不要有。從生下來的時候就注定了，你死後要下地獄！你在此生犯下的罪惡，使你沒有變身為人的機會！

周圍人想，貢布郎加這回肯定要拔出刀來，取活佛的性命了。不想，他卻從馬背上跳下來，摘下帽子，說：我今天算是碰上了一個真正的活佛了。尊敬的土登活佛，只有你以敏銳的目光看見了我的過去和未來。我的夢曾經告訴過我，說我只能是到地獄裡去，這個我早就知道了！

說完，貢布郎加便倒退著朝寺外走去，出了寺門才上馬，發出撤離的命令。同時，又下達了一條任何人不得騷擾此寺和打攪土登活佛的命令。

近三年裡，我兩度去過那個寺院。

第一次去，正當該寺舉辦法會，真是盛況空前。信眾不止是當地藏民，有許多人來自內地，來自沿海各地，甚至港澳地區。給我留下最深印象的有兩點，一是一次可以供應數千份快餐的臨時廚房，還有就是寺中滿院的蓮花。剛看見那些蓮花點點浮在院中的水盆之中時，我相當吃驚，因為這樣的花朵不可能開放在這海拔三千多米的地方。難道真有奇跡湧現？仔細看後，才感到釋然。原來那些紅蓮白蓮都是製作得維妙維肖的塑料製品。第二次去，未到寺院我就下了車，待在寺院前方的小山梁上，遠遠觀看。這回寺院很安靜，背後是深綠的針葉林，再背後，雪山頂下，是在太陽輝耀下熠熠閃光的冰川。

繼續進行的老故事

講這些零星得來的故事，我倒覺得比依據史料敘說貢布郎加征服一個又一個土司的過程更有意思。

征服過程中的那些故事，在歷史中已經無數次上演過了。陰謀、進攻、對神盟誓然後又違背誓言、殺戮……種種手段都是老而又老的橋段，都在舊框架中習慣性運行。這不應該是津津有味的故事，起碼對我自己不是。那我如何要來記錄它們？我看電視裡新當選的中共中央核心領導人建議大家讀一本法國人的書。這個人叫托克維爾，我喜歡他的書，不止讀過一本。因為他的書探討歷史如何進步，呼喚社會進化，而且還深入關心社會如何向好的方向進化。中央領導人推薦的這本書叫《舊制度與大革命》，討論的是已經過去的法國大革命，出版於一八五六年。在中國，這是清朝咸豐年間。在瞻對，正是貢布郎加勢力如日中天的時候。那時，法國人知道了中國，而且打到了中國的門上。清朝人也漸漸知道了法國，但瞻對人不知道。不但瞻對人不知道，青藏高原上我們的前輩們都不知道。不要說我們這樣普通平民的先輩們不知道，那些生而高貴的世俗貴族不知道，那些號稱先知般的宗教領袖也不知道。外國人革過命了，反過來又來討論怎麼樣的革命對人民與社會有更好的效果。但是，在藏族人祖祖輩輩生活的青藏高原上，自吐蕃帝國崩潰以來，對世界的識見不是在擴大，而是在縮小。身在中國，連中國有多大也不知道。經過了那麼多代人的生物學意義的傳宗接代，但思維還停留在原處，在一千年前。

貢布郎加的崛起，也無非是老故事的重複。

但是，還是讓我們繼續講述他悲劇性的英雄故事吧。

數年之間，瞻對北方的霍爾五土司和地域更為廣大的德格土司都被他打敗，數倍於瞻對的地盤與人口都歸於貢布郎加麾下。

該是他把眼光轉向南方的時候了。

首當其衝自然是里塘土司地界。那裡是清初開闢的川藏大道上的重要節點，設有糧臺儲備軍糧，還設有塘汛駐紮綠營兵，維持交通。清朝強盛時，土司間小打小鬧，清廷皇帝可以假裝不知，不予理睬。但一個土司接連拿下幾個土司地盤的情形，那是絕不允許出現的情形。早幾年，他剛剛有所動作，便有四川總督琦善親自率兵進剿。但大軍剛撤，他又馬上起兵，連續拿下幾個土司的地盤。

這期間，還發生一件事情，我在搜訪瞻對故事時曾多方打聽，卻未得任何線索，那就是前番來征討貢布郎加的琦善大人後來又出了事，不知那時的貢布郎加之流知不知道。琦善從瞻對退兵後，又從四川總督任上轉任陝甘總督，在新任上的他依然遇到少數民族問題。黃河上游河谷的撒拉人作亂，回民作亂，青海境內別一支藏族人，清史中叫做雍沙番族的也出來作亂。這也是老故事，對待這種事情，無論朝廷還是地方官，無非也是剿撫兩手。能剿則痛剿，剿不動，才撫。長此以往，所謂「用德以服遠人」，對雙方都是一句空話。

事在道光皇帝死的那一年，咸豐皇帝登基那一年，也是貢布郎加出兵德格的那一年，陝甘總督出兵平了雍沙番族之亂。殺了一些人，還抓了一些人，關在獄中。新皇帝一上任，就收到參劾琦善的奏本，說他「將雍沙番族殺斃多名，實係妄加誅戮」。新皇帝立即下旨調查。一年後，調查有了結論：「陝甘總督琦善辦理雍沙番族，並無搶劫確據，輒行調兵剿洗，已屬妄謬，且並未先期奏明，尤屬專擅。著放往吉林，效力贖罪。」

這個事情貢布郎加不知道，但他們都聽聞說，「清大人」的地盤上出了大事，正打著大仗，那是太平天國起義爆發了。那真是大仗，清人入關後，康熙年間打過大仗，那是平藩引起的吳三桂之亂。以其波及之廣，破壞之大，就數這次太平天國的戰事可以與之相比了。那個戰場上，一次戰鬥造成的傷亡數量可能就超過瞻對的全部人口。「清大人」陷於這場惡戰中，自顧不暇，貢布郎加知道自己可以放手一搏了。

里塘的「細菌戰」

貢布郎加調集大軍南下，直逼里塘土司地界，也就是往清廷聯繫內地與西藏的川藏大道要害處去了。

他以兩個勇猛的兒子為前鋒，還帶了十三歲的孫子隨他前往督戰。

這一回，本就狂妄的貢布郎加更加狂妄，號稱「瞻對八萬」。一說其意是屬下已有八萬戶人家；一說是他號稱自己擁有八萬亦兵亦民的勇猛壯丁。就這樣，他帶領兵馬殺奔里塘土司地界而去。一路上所向披靡，不長時間，便將里塘土司官寨重重圍困。一篇當地史料中有兩句當時人形容貢布郎加貪婪的話：「喝乾了海水也不滿足，吃下大山也不嫌飽。」里塘土司自然也明白這一點，當他聽到貢布郎加攻下德格後，就知道這個瞻對人在北方已無對手，接下來就要轉身來對付自己了。因此早就積極備戰，深溝高壘，廣儲火藥糧草，還在官寨內掘井，防備被圍時被斷了水源。

貢布郎加沒有想到，在征服了勢力強大的德格土司後，康巴地面上還會有如此強勁的對手。每次對里塘土司官寨的進攻，結果都是己方人員在開闊地上，在護寨的深壕前被不斷殺傷，躲在堅固堡壘中的對方卻毫髮無傷。好在貢布郎加此時正兵多將廣，這批隊伍受損後，又有新的隊伍前來輪換。但如此這般換過了三輪，里塘土司的官寨依然堅不可摧。不時，乘瞻對兵馬不備，還有外圍頭人率眾殺入官寨，送去補給。

見此情景，貢布郎加只好改變戰法，派一部分人繼續緊圍官寨，分兵到四鄉清剿，意圖將其外圍清理乾淨，中心官寨也就不攻自破了。但是，里塘地處高寒的草原地帶，和主要從事農耕的瞻對不同，四鄉百姓並無什麼固定居住的寨子，牧人們都是一頂帳幕，一群牛羊，追逐水草，隨時移動。這些牧人部落，見瞻對兵馬襲來，一邊抵抗，一邊把捲起的帳幕放在犛牛背上，趕著牛羊迅速避往他處，擺脫追兵後，又紮下營盤，繼續日常的游牧生活。定居的農民遇到遊動的牧民，一時間也無可如何。

就這樣，戰局僵持，轉眼就過去七個月之久。瞻對人剛到里塘時，草地剛剛返青，七個月之後，已是寒風陣陣，大雪漫天，瞻對兵馬已是進退兩難。這時，里塘土司的妻子想出了一條退敵妙計。她向土司提出，可用傳染天花的辦法退卻強敵。

里塘土司當即命人搜集患過天花的人的結痂。他們將這含有病菌的結痂研為細末，分別摻入糌粑麵和鼻煙末中，差人送到貢布郎加帳前，號稱他們已經精疲力竭，彈藥糧食將盡，無力再戰，願意向瞻對稱臣投降，先送來糌粑鼻煙慰勞，以示誠意。貢布郎加不知是計，下令將這些慰問品分散下發，鼓舞士氣。結果，不幾日天花就在瞻對人的軍營中發作起來，並日漸擴散，連貢布郎加帶到前線觀戰的孫子也染病而亡。瞻對人的隊伍因這疫病流行而失去戰鬥能力，貢布郎加只好含恨撤兵而去。

這是一場細菌戰，沒有科學的地面上出現了一場細菌戰。

第二年，貢布郎加又派一支隊伍殺向里塘。

這支隊伍的主力都是前一年染過天花而得以倖存的人，一來，不怕里塘土司再施天花病毒，二來，心中都對里塘人切齒痛恨。這一次殺來，一路上便不分貧富老幼，放手擄掠，大開殺戒。

貢布郎加動員部屬的話就是：「為死者報仇，從里塘人身上找回我們失去的東西！」他說：「里塘是個大草壩子，我們要讓它變成一個無水無草的空壩子！」

這一回，里塘土司料自己難以抵敵，乘瞻對兵馬尚未對官寨形成合圍之勢，便攜家帶口，循以往那些失勢土司的老路，渡過金沙江，逃往西藏地面去了。

里塘附近一個小土司毛埡，當初德格土司曾想聯絡他夾攻貢布郎加的，這時見大勢如此，面對瞻對兵馬，也就不戰而降了。

攻占里塘後，進藏大道就被他掐斷了。他燒毀糧臺塘汛，甚至敢於拆閱驛道上往來投遞的官方文書，連新上任的駐藏大臣也被阻於半途，不能前往拉薩上任。

不是每個藏人都心向拉薩

在清朝已處於風雨飄搖的境地時，貢布郎加對「清大人」的蔑視似是意料中事。但與其他敢於對抗朝命作亂的地方豪酋大異其趣的是，他也不把以達賴喇嘛為首的西藏地方政府放在眼裡。所以這麼說，直到今天，在習慣性的非此即彼的政治思維中，藏區地面一旦有事，就必是離棄中央而心向拉薩，這也是今天所謂大藏區說法的一個心理根源。部分藏人內部自然有這樣的狂想，外界也將此視為所有藏人必然的選擇。但我們假想中的必然，未必就是真正的現實。貢布郎加這個例子，或許能將這種迷思來一次小小的破除。

至今，新龍縣地面上還有很多貢布郎加有趣的言論在流傳。

他譏諷西藏地方政府軍隊穿著黃軍服的帶兵官是「布色則吉馬」——「牛糞上的黃包蟲」。他說，用根草棍輕捅一下，這種蟲就會把腳飛快地縮回去，喻指藏軍貪生怕死，沒有戰鬥力。

他說：「印度王子是人，清朝皇帝也是人，瞻對的我也是人！」此話已經流露出他更大的野心。

他更著名的話是：「我們瞻對很多人跑到西藏去朝佛，山高路遠，千辛萬苦，我們為什麼不把拉薩大昭寺中的釋迦牟尼佛搬到我們的地方來，使瞻對人在當地就可以修成佛？」

藏文史料中明確記載，貢布郎加授意屬下德格頭人勒烏瑪致信拉薩的達賴喇嘛和攝政王：「拉薩的釋迦牟尼佛是我們共有的菩薩，不應當僅讓你們供在拉薩，我們要迎請到瞻對來。如若不然，我瞻對的兵馬如菜籽一樣多，武器如針一樣鋒利。」

並且隨信還寄了菜籽、針和狗屎三樣實物。瞻對人都懂得這三樣東西的喻意，菜籽表示兵多，針表示武器銳利，狗屎則表示如果說話不算數，貢布郎加和我勒烏瑪就如同狗屎。

當然，也有另外的說法，說貢布郎加對於達賴佛爺怎會如此不敬，那封信是被人使了奸計，冒用他的名義發往西藏的。使此奸計的是正是原德格土司手下的玉隆頭人。貢布郎加剛剛發兵征討時，鎮守德格東大門的他便投順了貢布郎加。此後，他一直趨奉在德格的新頭人勒烏瑪左右言聽計從，心裡卻無時不在意圖恢復德格土司的霸業。當他看到貢布郎加志得意滿，勒烏瑪等一干部眾都漸漸萌生攻打西藏之地的想法時，認為這正是促使其走向敗亡的大好機會，便趕緊用計添油加火。

傳說此人先假冒噶廈政府的名義給貢布郎加寫信。

信中說，德格土司、霍爾五土司、里塘土司都是西藏各大寺廟的施主，其所屬地區是西藏三大寺喇嘛的主要來源地之一，絕不容許你貢布郎加任意征服。現在勒令你立即撤兵，恢復各土司的統治。

這封假信到了勒烏瑪手中，他拆看後，大罵噶廈政府無視貢布郎加的實力與威嚴，並即刻讓這位昔日的玉隆頭人代為覆信。這正中玉隆頭人下懷，便提筆寫下前面已經提到的那封信。信中還聲稱：「噶廈政府及其所屬百姓，只有向我們投降，才是唯一的出路，否則我就要出動大軍開赴西藏。那時候我們會強行迎走釋迦牟尼佛像，將三大寺的大殿作為馬廄，大昭寺前的石碑作為拴馬樁。我還要使印度的王子害怕，清朝的皇帝發抖，你們那些『金包蟲』更要喪魂落魄。這絕不是一句空話。如果我做不到，我勒烏瑪可以充當你們的家狗。」

大昭寺前的石碑就是至今猶存的唐朝與吐蕃的會盟碑。有僧人留下的藏文文書說，其實，那時早就有僧人對此不詳之事作了預言。這個預言說，「壞人勒烏瑪當官，會將狗頭放在盤中。」

西藏方面當時如何反應，我沒掌握相關資料。

但查清代史料，卻有新任駐藏大臣景紋行進到打箭爐，便因進藏大道被瞻對兵馬阻斷，不得前行的記載。這時，天下又換了皇帝和年號，時在同治二年，即西元一八六二年。

「景紋行抵爐城，土目構釁撤站，阻滯不能前進。」

清廷所以要換景紋新任駐藏大臣，是因為西藏地面也並不安定。「西藏喇嘛啟釁」，駐藏大臣滿慶處置失當，同治皇帝才派出新的駐藏大臣接替滿慶，「於抵西藏後，將喇嘛啟釁情由切實查明，秉公辦理。倘滿慶有辦理偏私受賄情事，即行據實參奏，候旨懲辦，以服眾心」。

但景紋在路上去不了啊。

此時，貢布郎加得了里塘後，又向東面的明正土司境內發起了進攻。這一來，不但里塘一帶驛道上的臺站，連各土司中一向傾心內附的明正土司也窮於應付貢布郎加的進攻，無心保障其境內的臺站正常運行了。對此情形，景紋也是清楚的，他在奏報中說，「中瞻對貢布郎加帶領番眾於土司所屬各處滋擾，明正土司甲木參與貢布郎加等構怨，動即撤站，往來各差多有阻滯」。

同治皇帝似乎對此時川邊藏區的嚴重形勢並不確切知道，下來的旨令也是官樣文章：「前據駱秉章奏該野酋擾及明正邊界，當經諭令該督等剴切開導，並飭土司兵弁嚴扼邊隘。」

駱秉章是此時的四川總督。

貢布郎加的兵馬正向明正土司大舉進攻，豈是可以「剴切開導」的。而明正土司兵正節節敗退，好在其轄地寬廣，有回旋餘地，可以退往腹地縱深繼續戰鬥，但此時又如何可以令「土司兵弁嚴扼邊隘」。

在明正土司寬廣的地面上，瞻對兵馬漸漸陷於困境，這個困境也是前幾次進剿瞻對的清軍時常遭遇的。由於不熟悉路線地形，瞻對兵馬常遭伏擊，付出越來越大的傷亡。因此遠征的首領便向貢布郎加報告說：「敵人已退到『樹子抓人』、『石頭吃飯』的地方了，請求進軍辦法。」

所謂「樹子抓人」，是指部隊已進入原始森林地帶，由於當地樹木茂密，藤蔓牽絆，荊棘叢生，使瞻對兵馬行進十分不便。至於「石頭吃飯」，是指他們到達的地方，人們在野外，支上三塊石頭就可架鍋熬茶做飯。茶燒好了，飯做好了，按習俗先在支鍋的三塊石頭上各撒一點茶和食物，表示敬神。貢布郎加的部屬用這樣兩句話向他報告，意思是他們到了一個非常不適應的地方，遭遇到了很大的困難。

貢布郎加只好罷兵撤退。

貢布郎加又派兵對里塘以西的巴塘土司地面發起進攻，因遭到頑強抵抗，也無功而返。

據當地史料說，瞻對兵馬進兵巴塘失敗又是因為作戰地區天花流行。其實，更重要的是，貢布郎加弄出如此巨大的動靜，不止引起清廷中樞的重視，也讓西藏地方政府高度重視，開始配合動作，以遏止貢布郎加勢力的進一步擴張。同治二年三月，皇帝接到了駐藏大臣滿慶的奏報：「瞻對夷酋貢布郎加糾合德格土司擾及霍爾章谷等土司地方，不日由巴塘、江卡即到乍丫、官覺等處。其子東登工布糾眾圍困里塘正土司官寨，大路橋梁俱被拆毀，拆閱文報，捆縛通事。」從這奏報來看，滿慶這樣的駐藏大員並不真正清楚已經轟轟烈烈鬧騰了十多年的瞻對和康巴藏區的事實真相。因為貢布郎加早就征服了霍爾章谷等土司地盤，然後又占據了德格土司地面，而不是糾合德格土司

「擾及」霍爾章谷等土司地方。或者，他們清楚事情的嚴重，但本著大事化小的一貫原則，故意輕描淡寫，但被人斷了川藏大道，這個後果卻無從掩飾，只好將貢布郎加兵馬破壞進藏大道上的橋梁，並擅自拆閱來往的官家文報，還把通事（翻譯）扣押控制的事情具實上報。

貢布郎加進攻巴塘，更是引起西藏地方政府的警惕。如果巴塘不保，噶廈政府直接控制的地區，也就在他兵鋒威脅之下了。所以，滿慶奏報同治皇帝：「現經達賴喇嘛等已派往番員多帶土兵前往乍丫、官覺、江卡等處分投堵禦隘口，並飭三十九族酋帶土兵一千五百人馳赴巴塘駐紮，及令戴本期美多吉馳赴江卡，以為聲援。」

解釋一個詞，「戴本」，西藏地方軍隊官職名，也是一級軍事單位，今通常寫作「代本」。每代本有兵五百名。從古以來，漢文文書用漢字寫藏語官職、人名、地名的對音，直到今天，也沒有統一規範，所以，同一藏語名在不同時期，不同地域，甚至不同人筆下出現多種譯法，以至造成不通藏語和不懂得西藏文史人的誤會。比如德格土司，清代的奏報中就有德爾格特，德爾格、德爾格忒等不同寫法。貢布郎加的名字，更有工布朗結，貢布郎杰、貢布郎階等不同寫法。

同治皇帝下旨：「該酋貢布郎加任意滋擾，亟宜及早辦理。」

貢布郎加道光年間起事，經琦善兩度用土、漢官兵進剿失敗，貢布郎加再起事，又經過咸豐一朝，到同治年間，已是三朝舊事，這時再來謀畫剿辦，只是亡羊補牢，實在算不得什麼「及早辦理」。

但辦理起來，困難太大。這時，清朝已不復康、雍、乾三朝時的盛世景象。一方有事，立即就能調糧派餉，集合大軍，前往鎮壓。同治皇帝此時下旨辦理，同時也深知，「川省兵餉不敷分撥」，好在還有「土兵尚屬可用」，也就是還有藏區各土司及噶廈政府軍隊可以調用。

皇帝還不忘總結貢布郎加造反造到如此規模的原因：「該逆前於道光年間滋事，前任川督琦善帶兵往辦，並未力攻，僅以敷衍了事，以致該酋毫無畏懼，將附近各土司任意蠶食。」

皇帝這一邊，與駐藏大臣和四川總督驛報往還，準備著再剿瞻對，但貢布郎加並不以為意，繼續四出動兵擾亂。

同治三年四月間，皇帝又接到奏報：「該酋貢布郎加復令期美工布大股逆賊行抵三壩地方，劫去糧員行李，搶奪由藏發出摺報公文，其格吉地方現有告急夷信。……現在川藏商賈不通，兵餉轉運維艱，漢番均有饑饉之虞。設若巴塘再為吞併，則江卡亦難堅守。」

江卡不保，那就意味貢布郎加可以直接進攻噶廈政府控制的地盤了。

西藏出兵攻擊瞻對

過去，噶廈政府對於各土司反抗清廷的戰事，都樂得作壁上觀。更因為與各土司同種同教的原因，抱有同情，甚至暗中相助的事例也自有之。但這一回，這個貢布郎加與之前的土司大不相同，不但對西藏的宗教領袖缺少應有的尊重，而且早就口吐狂言，要征服西藏。在康區得勢後，並沒有揮兵東向出掠漢地，而意圖將兵鋒轉指西藏。這在噶廈政府中自然引起震動。結果便是與清廷合議，出兵會攻瞻對。

這一回，行事遲緩的雙方，會攻瞻對的具體方案很快產生。

這個方案是四路進兵。

「派委番員徵兵借餉，並約會三十九族調集各處土兵防剿瞻逆西、北兩面。」也就是說，西、北兩路由西藏地方政府軍隊和在西藏青海間游牧的三十九族負責。三十九族，不是說那裡還有三十九個不同民族。這個族是部落的意思。甘孜州學者得榮·澤仁鄧珠著《藏族通史·吉祥寶瓶》說，有清一代，噶廈政府直接控制的地方，下屬行政區名為「宗」，約略相當於縣。四川、甘肅、雲南等地藏區，是土司制。另外在四川、青海、西藏境內也有未明確建制者，那些部落便稱之為「族」。是部落之謂，而非今天通行的民族的意思。

東、南兩路「必須由川省派員調集土兵」。這裡的土兵來源，來自原川屬土司地面，「明正土司及大小金川等處」。

藏軍尚未出動，已提出要求：「至藏中調集各處土兵已有一萬三百餘名之多，止能備辦四個月口糧，該處庫款既竭，火藥、鉛彈尤缺，亟須川中接濟。」

皇帝下旨：「速撥餉銀四、五萬兩並火藥三、四萬斤。」因為川藏大道已被貢布郎加阻斷，這些餉銀火藥又怎麼送到藏軍手中？繞道。這個道繞起來，真是非常遙遠。「由會理州繞道滇省之維西廳至藏巴交界之南墩，或至察木多所屬之擦瓦岡地區，相繼前進。」用今天的話來說，從四川盆地南下，穿越今天四川涼山彝族自治州，從會理這個地方過金沙江，到達雲南省境內，然後西北行，到今天雲南省所屬香格里拉地方，再折而沿金沙江峽谷北行，先到西藏和川屬巴塘土司交界地南墩，繼續溯江而上，至察木多，即今天西藏自治區昌都地方。那時，噶廈政府設有昌都基巧，管理與川屬土司地面相接的藏東各宗事務。

得到餉銀彈藥的藏軍大舉出動，往剿瞻對。

六月間，皇帝接報，藏軍已經抵達巴塘。也就是說，馬上就可以向貢布郎加占據的里塘發動進攻，打通川藏大道了。同時，皇帝也得到另外的消息，四川總督駱秉章奏：「藏中所派土兵已到巴塘，甫經入境即肆搶掠，將火藥局側民房及橋梁並行拆毀，遞送公文塘兵皆被剝衣奪食，又因需索夫馬圍攻巴塘土司住寨，開放槍砲傷斃人命，且防剿甚不得力。」

這支隊伍中，還有一位駐藏大臣派出的叫李玉圃的監軍。其實，這個監軍一定有名無實，並不能真正節制藏兵。但皇帝拿藏軍無可如何，只好遷怒這位漢官，傳令駐藏大臣，先是要將其依法嚴辦，後又改為命其「來京質對」。

其實，這時征不征瞻對，清朝地方大員們也有爭議。四川總督駱秉章就比較消極。他認為土司之間相互構釁爭雄，「本係蠻觸相爭，無煩勞師遠征，惟有派員開導，使之斂兵歸巢。」

駱秉章總督真是太天真了。

但我們也知道，封建官僚體制的運行機制，一個天真的人要做個縣官恐怕都困難，哪裡還能做到總督這般位高權重的封疆大吏？只不過，這時四川本省，前有石達開一支太平軍入川，剛剛平定不久，相繼又有本地民變發生，本身財政已經支絀，現在又要進兵藏邊，還要替藏軍支付糧餉，力不能逮，心中自是十二分的不情不願。

同治皇帝見出征瞻對的藏兵未對貢布郎加開戰，卻先在巴塘搗亂，怕藏兵即便戰勝了，瞻對地面恐怕同樣不得安寧，又改變了心思，於七月初下了新的諭令：「本日已諭令將土兵撤回，保守藏地。如瞻對夷酋入境，即為剿辦，不得滋擾內地。」也就是說，要藏兵撤回噶廈政府實際控制的地面，只有當瞻對兵馬攻入西藏地面，才能防守作戰，而土司地面屬於「內地」，就不請他們代勞了。

之後，四川總督駱秉章還派出道員史致康等去瞻對「前往開導」。

小半年後的十一月，似乎同治皇帝並未得到瞻對前線來自川、藏兩方面大員的情況報告。便找來軍機大臣等商議：「迄今數月之久，土兵曾否撤回？瞻對情形若何？道員史致康等前往開導，能否遵命解散？未據該將軍等復奏。」

但藏兵一經出動，西路到達巴塘的同時，北路也向德格發動了進攻。

這時清廷早已進入多事之秋，中央政府的威權降低到極點，企圖號令四方時，早已不能令行禁止了。同治四年初，皇帝自己就列數當時國內大的動亂。一是「上年石達開巨逆竄擾川省」；二是「甘省回氛急切」；三是「新疆賊勢蔓延」。清軍四處彈壓撲火，再也無力用兵瞻對，但同治皇帝也深知一旦藏軍深入川屬土司地界，恐怕將來會有更大麻煩。他唯一良好的願望，就是藏軍退回西藏本境，而靠川省各土司土兵進剿平定瞻對之亂。

皇帝還與軍機大臣等回憶起各土司兵在他上位後立下的功勞，「咸豐年間向榮督師江南，曾檄調四川屯兵，臨陣衝鋒向稱驍勇。嗣以南方水土不服，該屯兵等均多物故。」這是說，第二次鴉片戰爭時，川屬大、小金川、雜谷和瓦寺土司屬下土兵，奉調遠赴浙江定海、鎮海前線力戰英軍，付出慘重傷亡，加上氣候不適，數千遠征官兵，大多未能再回故鄉。其中最靠近內地的瓦寺土司境內曾有一座巨大的墳塋，當地人稱「辮子墳」，其來歷就是當地土兵遠征浙江參加抗英之戰時，戰死病死者，只能割下他們的髮辮，帶回家集中安葬。這個地名至今猶存。

皇帝還想起，石達開竄擾川省，「為各土司兵誘入絕地，官軍卒獲殲擒」。他是想用這些早經內屬的土司兵來平定瞻對。

但是和他的祖先乾隆皇帝大不相同的是，同治皇帝本人似乎對這些土司及其土兵的情形所知無多。所以，對軍機大臣等提出很多個關於這些土兵的問題。

先問，遠征浙江與參與平定石達開的，「是否即係此種？」也就是說，他們是同一個地面上同一種族的土兵嗎？

再問：「如調派千名出關剿賊，一應軍裝器械需要費如何？其按月支放口糧，較之內地兵勇贏絀奚似？」其實，清朝徵用川省土司兵助戰官軍，非止一例。而且，口糧餉銀軍械等支項早有成例，翻翻前朝檔案就可一目了然。

同治皇帝不僅想他們參與平定瞻對，而且，還想調這些土兵遠赴甘肅新疆幫助平亂。所以，他還問：「又此兵調赴他省是否同於雇募？須先給身價銀兩若干？」

川內助剿作亂土司不下十餘戰，出到省外，遠征西藏、貴州、江浙等省也有多次，這些成例都有前朝檔案詳細記載，但這樣的問題，皇帝不查舊檔，卻去問遠在千里之外的四川總督。要「駱秉章查明從前檄調屯兵成案及現在應如何辦理情形，詳細具奏。」「將此由五百里各諭令知之」。

這邊，還在商量著如何出動川屬各土司兵進剿瞻對。

那邊，藏兵卻不聽皇帝在本境駐防的命令，早東渡金沙江，不止西路占了巴塘，北路也早發兵深入川屬土司境內，到了道塢地方。在瞻對北面，從西向東一路排開，先是德格土司，然後是孔薩、麻書、朱倭等霍爾五土司。霍爾五土司，最東面是爐霍章谷，過了此地，才是道塢——今寫作道孚，此處距打箭爐不過幾百里地了，四川總督駱秉章上奏：「藏兵已至道塢，將近明正土司地方，聲言欲攻瞻對老巢，其為藉圖需索、騷擾內地已屬無疑。」

皇帝再下旨，重申前令，要藏軍撤回西藏。因為四川總督駱秉章報告：「瞻對已與明正土司具結息爭，現未出巢。」這固然是一方面的事實，還有另一方面的事實，駱秉章卻隱匿未報，那就是貢布郎加與明正土司停戰媾和實在是迫不得已。因為他的人馬正與萬餘藏軍在西北兩線激烈交戰，再也無力東顧了。過去，淺嘗輒止接觸這段歷史，那些書寫都是粗線條的，說是川、藏兩方聯合進剿瞻對，現在深入歷史細部，才看到當時的真實情形。過於粗疏的歷史，總是把複雜的情形簡單化。因襲相沿，以至造成後來思維和決策中一廂情願的簡單化。

後來，還是已經被阻於川省地面一年有餘不能到任的駐藏大臣景紋在奏摺中說明實情：「瞻酋侵占各土司邊界，擾塞川藏大道，久為邊患。今經被害難夷約會藏兵，收復土司各地，圍攻瞻酋老巢，剿辦正在得手，礙難遽行撤回。」

皇帝接到此奏報，已是同治四年的七月間了。這時，藏軍出兵瞻對已經一年有餘。

所以皇帝又下旨動問：「駱秉章前奏瞻對已與明正土司具結息爭，景紋又稱藏兵攻打瞻匪正在得手，不日可以剿滅，所奏情形互異。」所以，皇帝特別想知道真相：「現在瞻對究竟是否尚在構兵？」

其實，這時候藏軍已經快要攻下瞻對了。

藏軍剿滅瞻對英雄貢布郎加

這也算是一宗咄咄怪事。

和過去的吐蕃軍隊不同，政教合一的噶廈政府轄下的藏軍其實沒有什麼戰鬥力，也沒有太強的戰鬥意志與求戰欲望。有清一代，西藏境內發生的一些重要戰事，比如準噶爾蒙古入侵藏北並直下拉薩，尼泊爾廓爾喀人兩次入侵後藏，搶掠格魯派重要寺院扎什倫布等重大危機，藏軍都無法抵禦，最後都是靠清廷派出官兵和川屬各土司的土兵馳援西藏，才將入侵者盡數驅除。加上西藏地瘠民貧，有限的財力除了維持地方政府運行，還要優先用於數量眾多的僧人與寺院的供養，維持一點有限的兵力，財力上已是捉襟見肘，訓練與裝備都原始低劣，再要參與戰事，更要花費大筆銀子，所以西藏有事，都不積極作戰，等待朝廷大軍來援。

這一回瞻對用兵，藏方卻一反常態，非常積極主動。根本原因還是清朝這時在內憂外患中，風雨飄搖，西藏地方不論宗教首領還是世俗貴族對此自然心知肚明，日漸顯出不服清廷號令的疏遠之心。瞻對亂事起來，剛剛在歷次對外戰爭中敗北，又經歷了太平天國戰爭和甘肅回民起義等內部戰事的清廷，實力大損，國庫空虛，無力再對已經四度用兵的瞻對再舉大兵征討。只好以藏軍為主力並動員川屬土司合圍瞻對。但戰事剛起，藏軍不聽節制，又讓同治皇帝改變了主意，要求藏軍撤回西藏本境。他只好將希望寄予原本一向能征善戰的明正、大小金川、雜谷和瓦寺等處土兵，可此時四川總督駱秉章又在剿撫之間猶豫不決，以至於所謂東南西北的四路進剿，只有西北兩路藏軍積極進攻，而東南兩路川屬土兵開到前線便裹足不前，陷入了奇怪的沉寂。

藏軍這次一反常態，積極作戰，其實暴露出西藏地方政府也暗懷野心，要乘清廷衰弱之時，乘機擴大在藏區的影響。

在今天的新龍民間，關於藏軍如此主動向瞻對進攻，卻有自己的說法。

貢布郎加對佛、對佛法、對僧人都不是一個虔敬之人。民間傳說他曾致信噶廈政府，威脅要把供奉在拉薩大昭寺的釋迦牟尼十二歲的等身像搬到瞻對。這尊佛像是文成公主和親吐蕃時從大唐長安帶往西藏的，藏區信眾相信，這尊佛像是釋迦牟尼駐世時親自監造。

貢布郎加如此聲言，以達賴喇嘛為首領的噶廈政府自然認為是對教法尊嚴的狂妄冒犯，為了維護教法尊嚴自然要興兵討伐。

只是民間傳說中，已經沒有藏軍中還有清廷官員監軍這一事實了。

只說，噶廈政府在舉兵之前曾卜卦降神，看神意是不是同意討伐瞻對。

傳說西藏方面還專門製作了一個貢布郎加的偶像，立於拉薩城中某寺院，集中了許多擅長密法的喇嘛，對著貢布郎加偶像施咒作法。在密集的詛咒下，那個立著的偶像轟然倒下了，這被視為貢布郎加必然敗亡的預兆。

今天的新龍人都相信，這事真的發生過。

他們言之鑿鑿，說這些年去拉薩朝佛或做生意的新龍人，在拉薩的廟裡就看到過這座貢布郎加的偶像。他們說，這座像至今還被鐵鍊緊鎖。

我問過不下十個人，這座像被鎖在拉薩哪座廟裡，卻沒有人能答得上來。他們說回來的人沒有說過這像到底在哪座廟裡，但肯定是在拉薩的某座廟裡。

他們笑說，大概是西藏人直到今天還害怕，要是打開鐵鍊，瞻對兵馬就會殺到拉薩。

藏文文書《瞻對．娘絨史》如此記載：

「由於貢布郎加占據了康區的許多地方，加上勒烏瑪多次去信威脅等原因，西藏甘丹頗章政府問神打卦，要求甘丹、色拉、哲蚌三大寺念經詛咒，都顯示了收服瞻對的好兆頭，因此，藏曆木雞年，便派兵馬來到了德格和呷杰（今白玉縣境）。」

藏曆木鼠年，即同治三年，西元一八六四年。

甘孜當地學者昔饒俄熱撰寫的〈新龍貢布郎加興亡史〉如此記載：

「那些被貢布郎加侵犯、威脅而逃到西藏的土司和頭人們，更從中煽動，請求噶廈政府出兵，清政府也提出願同噶廈政府共同出兵。於是噶廈政府經過商討和問神打卦，決定：一方面由三大寺僧眾對貢布郎加進行念經詛咒；一方面從後藏增調部隊，集結大軍；再從康區逃亡的頭人中選出嚮導，擇吉出兵。

「一八六四年噶廈政府的軍隊到達金沙江邊。貢布郎加見狀，也趕緊集結兵力，構築工事，加強防禦。同時，對原德格和霍爾五土司轄區內較為富裕和有影響的人，以及對貢布郎加有過不滿言行的人，分別移地監管，集中關押，防止他們策應藏軍，造成混亂。不料藏軍一發動進攻，瞻對武裝即在江達、白玉戰鬥中遭到失敗。其主要原因，除了藏軍熟悉地形和有當地知情人帶路，當地群眾由於信仰關係，認為西藏來的軍隊是『佛爺』派來的神兵而不敢抵抗外，最重要的一點，就是瞻對駐軍平時欺壓百姓，引起百姓對貢布郎加的不滿。因此，藏軍一到，有的暗中接應，有的公開支援。」

此時，一個人的背叛動搖了德格防線。

這個人就是前文已經提到的德格土司屬下的玉隆頭人，瞻對兵馬幾路圍攻德格時，玉隆頭人率先投降。其時，他隨奉在貢布郎加派駐德格的大將勒烏瑪左右，卻一直用計在瞻對和西藏間煽風點火。此時，這位原德格土司屬下的玉隆頭人，見藏軍大兵進攻德格，再次叛變，率兵從瞻對守軍背後發動偷襲，動搖了瞻對守軍的防線。

瞻對駐德格頭人勒烏瑪節節敗退，只好向貢布郎加告急，請求援兵。

貢布郎加立即派另一得力戰將普雄占堆帶領騎兵三百前往增援。普雄占堆追隨貢布郎加多年東征西討，富有作戰經驗。前往德格救援途中，他偵知藏軍首領赤滿率兵駐紮在德格附近的汪布堆地方，即率所部向石渠開進，並施放煙幕，說是要去保護他家的親戚靈蔥土司。實際目的卻是採取迂迴包抄戰術，意圖從北方南下，會同保衛德格的勒烏瑪守軍，將藏軍包圍，加以聚殲。但他並不像在瞻對本土那樣熟悉地理情況，在翻越拿納瑪大山時便迷失方向，未能與勒烏瑪如期會攻藏軍。反而在行蹤暴露後，被藏軍識破陰謀，避開了他的兵鋒。普雄占堆在汪布堆地方撲了空，只好退回石渠。

此計不成，普雄占堆不檢討自己如何失策，反而遷怒於防守金沙江的當地武裝，責備他們抵抗不力，並將領兵頭人扣押，解送去甘孜一帶看管。這些當地武裝，本是懾於貢布郎加的威勢，暫時屈從，見普雄占堆如此行事，自然大為不滿。現在不惟不思如何抵禦藏軍，反而期盼藏兵早日到來。

瞻對一地素有四處「夾壩」的傳統習性，長此以往，養成強悍民風。貢布郎加自然深知這點，只在瞻對本境嚴厲約束部屬不得滋擾百姓、隨意搶掠；但一出瞻對之境，便縱容他們大肆搶掠，並明確規定，搶掠所得，都歸個人所有，不用上繳充公。這也是瞻對兵馬作戰積極勇猛的一個重要原因。這回，普雄占堆騎兵退回德格北部石渠的草原地帶，復又大肆搶劫，連當地著名的色須寺、莎西寺等寺廟也不能倖免。當地人怨聲載道，面對藏軍進攻時，人心向背，已一目了然。普雄占堆對此卻並不覺察，重新踏上南下回歸之路時，他和他的騎兵人人得意洋洋，滿載而歸。

普雄占堆率兵回到德格東面，率部翻越雀兒山與勒烏瑪會合。此時，藏軍已占領德格南山，直逼德格。普雄占堆便從德格北山發起進攻，與藏軍激戰。普雄占堆不支，隊伍潰退。他想率兵進駐德格的中心，勒烏瑪駐守的更慶地方。不想，同是瞻對兵馬，勒烏瑪卻不許他進入更慶寨中，普雄占堆也無可如何。

第二天，普雄占堆又利用有利地形，居高臨下再次向藏軍發起衝擊，終於擊退了藏軍，暫時解除了對德格中心更慶的威脅。

勒烏瑪駐守更慶，卻不許前來援助的普雄占堆部屬進寨，造成雙方互不相助的分裂局面。勒烏瑪如此對待長途奔襲前來救援的普雄占堆，的確匪夷所思。我一直努力為此尋求答案，但民間傳說，熱中的是貢布郎加本人的種種傳奇，對於具體戰事的經過並不關心，而我搜集到的幾份書面記載，均大同小異，並未說明勒烏瑪此舉的原因所在。荒誕的事實已然發生，原因卻晦暗不明，我也不能妄加推斷。

問題是，藏軍敗走後，勒烏瑪自己也面臨很大困境。普雄占堆擊退藏軍，同時也把他的隊伍截為兩段，使其首尾不能相顧。在藏軍大兵壓境的情況下，本已歸順的德格本地武裝也起而反抗，頻繁向勒烏瑪部屬發動襲擊，使得勒烏瑪部屬窮於應付，日夜不安。

在此情形下，勒烏瑪依然恣意妄為，面對藏軍進攻，不得已收縮防地時，將他棄守的那些地區村寨盡行燒毀。他對待抓獲的藏軍俘虜也相當殘忍，有當地史料記載：

「俘虜許多藏兵，有的被投江處死，有的被關押虐待。將每十八名俘虜的手掌戳孔，貫以毛繩，彼此串聯為一組。在扒光他們身上的衣服後，在空房中關押一夜，每次只有一、兩個人活著，以外的人全部死去。」

甚至對於俘虜的藏軍戰馬也不放過：「他們把藏軍的戰馬關入空房，不准出來。這些馬匹由於饑渴啃食屋內柱子和泥土垃圾後全部死去。他們用大砲轟擊城堡房屋，使之成為一片焦土，打死很多人馬。寺院周圍全是人和馬的屍體，腐臭使人透不過氣來。」

勒烏瑪此舉除了激發更大的仇恨與反抗，並不能改善其不利的戰爭態勢。不久藏兵再次將他駐守的更慶地方包圍起來。勒烏瑪多次突圍，沒有成功。

來自瞻對的援軍普雄占堆就在近旁，卻沒有出兵助戰。倒不是因為他忌恨勒烏瑪，而是因為另外一件事情。

普雄占堆病了，竟至臥床不起。

按那時的習慣，有病不是尋醫問藥，而是找喇嘛打卦。喇嘛說：「你打了拉薩來的神兵，所以得了惡報。西藏三大寺念的咒經，在你身上得到了應驗。你要免除災難，只有快向神兵認罪。」對此，普雄占堆半信半疑，便按兵不動。觀望之際，他病情好轉，身體漸漸復原。普雄占堆便以為喇嘛所言不虛，決定再不和藏軍對抗。不僅如此，他又暗中通過此前歸附瞻對、後又投向了藏軍的玉隆頭人與藏軍取得聯繫，立誓不再與藏軍作戰。對方自然求之不得，說要報請噶廈政府在戰後對他委以官職。

如此一來，貢布郎加失去占據不過幾年的德格的時候就來到了。

勒烏瑪在德格力戰不支，致信貢布郎加請求退回瞻對。

貢布郎加見此情形，只好允准。而且命令勒烏瑪撤退前，要將更慶地方的官寨、村落、寺廟和馳名整個藏區的德格印經院全部燒毀。

貢布郎加的兒子松達貢布，並不像其父親那樣藐視佛法，聽說其父下了這樣的命令，馬上也給即將從德格退兵的勒烏瑪去信一封，口吻嚴厲：「不准你燒毀更慶寺和印經院，否則你我一定不會再有主僕關係，絕不會饒恕你！」

因此，勒烏瑪撤離德格時，才沒有燒毀德格印經院。

因此，我們有理由感謝松達貢布。一百多年後，更慶已是川藏邊界上一個繁榮的城鎮，是今天的德格縣城所在。縣城旁邊，那座印經院依然靜靜聳立。我到更慶鎮的第一個清晨，便前往探看。出了縣城的大街，古老的白楊樹和高原柳叢中可以聽見溪流的聲響。山腰一塊臺地上，便是四方形的印經院建築，當地百姓繞著印經院赭紅高牆轉經祈禱。早飯後，我又在當地朋友導引下前往參觀。四方形的建築中央是四方形的天井，一個個幽深寧靜房間的門窗都開向這個天井。和藏區那些彌漫著陳年酥油味和濃烈藏香味的宗教建築不同，這座古老建築中氤氳著墨香與紙香，打開一個個房間，架子上整齊排列著手工刻製的藏文印版，這些印版是全部《大藏經》和藏族文化史上有名的文獻經典，所以，人們說這裡是藏文化的寶庫。在朝向天井的迴廊中，匠人們在研磨新墨，把這些新墨刷在古老的印版上，鋪上新紙，碾壓拍打，揭開後，那些古老的智慧就化成文字，清晰地落在紙上。把這些字紙晾乾，裝訂一番後，便走出這座寶庫，去往藏區的四面八方。

印經院的天頂上，陽光明亮，我向當地朋友提起那個名字：貢布郎加。不像在新龍地面，這個名字無人不知。在這裡，人們眨眨眼，相互望望，為不熟悉這個名字而對我露出抱歉的笑容。

我說松達貢布，他們就更不知道了。

我們只是在陽光下相視微笑。

當地朋友指給我看對面的山崖上一些隱祕的山洞，上千年來，那裡都是一些出世僧人閉關隱修之地。

印經院下方，河流正在兩山間奔流不息，西流幾十里地，注入金沙江，然後再浩浩蕩蕩，往東南方向，奔流入海。

也是民間傳說，勒烏瑪接到松達貢布信後，還是要堅持焚毀印經院。並說，撤離之時，他要望見德格印經院燃燒的火光。

但他派出去的人，並未敢對印經院舉火，只是點燃了旁邊幾座民房。用那煙霧障眼，把勒烏瑪矇騙過去了。

離開更慶時，勒烏瑪在馬背上頻頻回望，果然望見了印經院方向燃起了沖天的煙霧，這才揮鞭東去。

還是傳說，勒烏瑪率兵向東翻越屏障德格的雀兒山時，玉隆頭人率當地武裝處處攔截，使他的兵馬受到巨大傷亡。

「撤退的路上因為沒有馬，全部徒步而行。用槍和劍當作拐杖，像乞丐一樣狼狽不堪。藏曆木牛年一月他們才回到瞻對。」

勒烏瑪撤走後，普雄占堆也相繼撤離。

藏軍隨即兵不血刃，占領德格。

所向披靡的「神兵」

貢布郎加失去了德格地面的消息傳開後，其占領的霍爾五土司地面立即騷動起來。

藏文文書《瞻對．娘絨史》記載說：

「前線打了敗仗，後方很快就混亂起來。

「原來被貢布郎加關押在霍爾五土司地面的人紛紛組織越獄逃跑。其中，被關押在甘孜絨壩岔地方的人犯，在越獄逃跑時，被頭人扎西鄧珠發覺，以致全部被殺，或被投河處死，引起人犯和群眾的憤恨，相繼起來反抗。頭人扎西鄧珠被憤怒的群眾肢解洩憤。

「由於以前頭人扎西鄧珠多次欺壓大金寺和四周村寨，大金寺喇嘛抓了扎西鄧珠父子，被憤怒的人們肢解後當作槍靶洩憤。在這裡的所有瞻對守衛和從瞻對搬來的住戶都被攆了回去。」

關押在瞻對地面的人也在組織逃跑。

「從前，自爐霍章谷土司管轄地向德格方向去的一百五十個士兵，被貢布郎加搶了武器後當作人質關押在尼古寺，幾個月後一半的人質準備逃跑，因走漏消息，四人被殺，其餘逃跑者，被跟蹤追趕有三十餘人被抓回，砍了腳，四人被殺後將頭掛在橋上，沒有出逃的都放回各自的家鄉。」

勒烏瑪和普雄占堆回到瞻對後，藏軍在北線向今天的甘孜縣地面，即霍爾五土司地方發起進攻。而瞻對南面的里塘，同時受到另一路藏軍的攻擊。面對這樣的嚴竣形勢，貢布郎加召集幾個倚為股肱的大將商議對策。其中兩個，即勒烏瑪和普雄占堆我們已相當熟悉。另外兩位，一個是鎮守里塘的頭人尤布澤丁，一個是做了貢布郎加手下大頭人的澤仁喇嘛。

面對藏軍的凌厲攻勢，是戰是和，貢布郎加手下四位幹將分為兩派。勒烏瑪和鎮守里塘的尤布澤丁主戰，普雄占堆和澤仁喇嘛主和。

「貢布郎加在娘絨雪塘召集普雄占堆、勒烏瑪等大將商議對策。

「普雄占堆建議說：『您可以暫時放棄爐霍章谷等五土司的地盤，最好想一個保住瞻對的萬全之策，分散兵力對我們不利，會使我們一事無成。』

「勒烏瑪聽完哈哈大笑著說：『只要阿貢（貢布郎加）給我多補充點兵員，藏軍根本不算什麼，我會將他們擊敗。』並狂妄地說，『如果不能把達科以下土地收復的話，阿貢你所有殺人的罪過由我來承受。』

「貢布郎加十分讚賞勒烏瑪的勇氣，說：『你是一位無懼的勇士，你所說的很有道理。』當場獎給他布匹和獸皮，補充了兵員後將他派往甘孜。同時，貢布郎加對普雄占堆說：『你這木匠、孬種、膽小鬼，靈魂是否被嚇走了？』說完還吐了普雄占堆一臉口水，給了一條茶後趕到了麥科。」

從種種傳說看，貢布郎加十分信任的勒烏瑪是個有勇無謀之人。他在德格已經敗於藏軍，卻依然輕敵狂妄，說：「金包蟲膽小怕死，德格兵是吃圓根的蛆，霍爾五土司的兵吃的是豌豆糌粑，打仗都是不行的。和這些人打仗，心裡不要有一點畏懼。」

圓根，是川屬土司地面普遍種植的一種蔬菜，根、莖、葉都可食用。糌粑，是藏族人的主糧之一，其實就是一種炒麵，上等原料是青稞，豌豆是很次的東西。這樣說，是出於藏語修辭習慣。以譏諷敵人吃得很差，來暗喻其人也低劣不堪。金包蟲則是一種依靠分解牛糞為生的甲蟲，喻指穿黃色制服的藏軍。

於是，普雄占堆被奪去頭人職務，發配到麥科地方。貢布郎加此舉大為失當，既然已不信任普雄占堆，便不該奪其職務後，又讓他去到麥科地方。這個地方，與霍爾五土司之一的爐霍章谷土司交界，是瞻對東北邊境的一片高地，戰略位置相當重要。

貢布郎加厚賞勒烏瑪，並為他補充兵力，要他率兵北上甘孜，鎮守霍爾五土司地面，並伺機收復德格。

同樣主戰的尤布澤丁則重返里塘前線。

可惜，這邊勒烏瑪的瞻對兵馬還未出動，藏軍已經進駐甘孜。

當地史料記載：「當地群眾像迎接菩薩一樣，熏煙迎接藏軍。勒烏瑪曾多次試圖向藏軍反擊，都沒有成功。」

看看南邊的里塘：

「藏軍占據德格後，分兵向里塘攻擊。貢布郎加命令派駐里塘的頭人尤布澤丁進行抵抗。激戰下來，藏軍大敗，瞻對部隊取得勝利。他們將俘虜的藏軍，全部投入勒曲（里塘河）。但是貢布郎加認為：里塘地域開闊，難以固守，為集中兵力，保衛瞻對，他命令撤退。因此，藏軍又占據了里塘。」

梗阻經年的川藏大道又打通了。

同治四年，即西元一八六五年十月間，皇帝得到奏報：「里塘夷案辦理完竣，所轄臺站均已安設，並飭藏兵暫緩折回。」在川省境內盤桓經年的駐藏大臣景紋才得以上路前往西藏任所。

里塘善後舉措是：

「招回各土司所管百姓復業」；

「飭令里塘正土司與堪布格桑喇嘛等，公舉頭人另充副土司……並將勾結瞻酋之副土司拉旺策里發往前藏充當苦差。」

對於深入川屬土司地面的藏軍，同治皇帝此前嚴令撤回西藏，但眼見並不能令行禁止，也只好聽之任之了。下旨說，「藏兵如由該將軍飭令會同眾土司剿滅瞻對，則藏兵藉口向內地索餉自是意中之事，誠不可不預為之防……」，「與各土司現已逼近瞻酋老巢，若即行撤離，瞻酋恐又鴟張。」真是糾結不堪啊！所以，還命令川督駱秉章，派員「馳赴瞻對境內體察情形，妥為駕馭，毋令別滋事端。」

瞻對戰事雖然發生在川屬土司地面，但四川方面卻消極避戰，進攻瞻對，從始至終，差不多都是藏軍獨立進行，事情到了如此境地，哪還有四川方面派員插手的餘地？但皇帝高高在上，並不知道前線的真實情形。而在中央集權的政體之下，上級對上級，地方對中央，報喜不報憂，幾乎是各級官員一種本能，盛世時尚且謊話連篇，更何況中央政權日益衰微之時，地方大員捏報事實，更是肆無忌憚。皇帝也許不知道地方上的具體情形，但必也深知奏報中所言一定「捏飾甚多」，但國勢如此，只好睜一隻眼閉一隻眼，權當不知，下些這種不著四六的旨意，自也不足為怪了。

這些奏報中，只有一件事情是真的，貢布郎加多年征戰占據的南北兩路各土司地面幾乎被藏軍攻占殆盡，此時貢布郎加能控制的只剩下瞻對本境和最早攻占的章谷土司地面。

風聲鶴唳之中，一夕數驚。

一個地方梟雄走向敗亡時，故事也就又回到老套路上。少數人忠心耿耿，卻無力再挽狂瀾，更多人本是趨炎附勢，危機來臨時便注定眾叛親離。

在故事的結尾處，對兩位主戰的大將勒烏瑪和尤布澤丁，各種版本的書面與口傳史料都未敘及他們在接下來的戰事中有何積極舉動。最後，主戰最力的勒烏瑪也投向了藏軍。他幻想著保住性命之外，或許還能得個一官半職，但他在瞻對境內外多行不義，民怨洶洶，投降後被藏軍砍頭示眾。

故事中說，「忠於貢布郎加，並同藏軍像從前一樣抗爭的只有幾個人」。

更多的卻是通敵與背叛。

第一位便是因主和被貢布郎加罷奪兵權的普雄占堆。

甘孜被藏軍占領後，普雄占堆便從麥科潛往章谷，與藏軍聯絡，希望藏軍東向攻取章谷地面。這事被貢布郎加知悉，派一名叫次登羅布的前去命令普雄占堆將可能通敵的人清查後集中關押，然後帶領妻子回瞻對接受新的任命。普雄占堆一眼就看穿了貢布郎加這拙劣的計策。一面與次登羅布虛與周旋，表示依然忠於貢布郎加，願意服從命令，並派其兒子隨同次登羅布先回瞻對；一面派人在半路設伏將次登羅布殺死，救出其子，隨後便率一干人眾投向了藏軍。

「獨有將領阿曲羅科堅守章谷一帶，後來全軍覆滅。」

於是，貢布郎加占據的最後一個土司地面也被藏軍攻占。

藏軍隨即從麥科地方進兵，居高臨下威脅瞻對。

「瞻對人心動盪，大蓋頭人格然滾投靠藏軍，喇嘛仁真假裝得了腿腫症，並到處宣揚，說自己是個不知明天死還是後天死的人了。」

貢布郎加氣焰正熾時，不止是大大小小的地方豪強前來投靠，就是各個寺院也懾於聲威歸附於他。此時，也紛紛棄他而去。其間有一個寺院的遭遇值得一說。

某天，那位裝病的喇嘛仁真和另一個同夥帶上錢財逃跑了，半道遇到一個頭人家女傭，問他們去哪？兩個人說，事到如今，也沒什麼可隱瞞的，我倆去投降藏軍。女傭多嘴，向人說了此事，又有人把此事傳到貢布郎加耳朵裡。聽到此消息，貢布郎加十分氣憤，說：「這些人，有好吃的給他們吃，有好用的給他們用，當我最需要他們為我出力的時候，他們卻投降了敵人，這些無情的寺廟和喇嘛，我要堅決清除。」

他馬上派兵追捕，卻已經晚了，喇嘛仁真早已逃得無影無蹤，寺僧們也四散逃散，追兵們就把他所住的降空寺搶了個一乾二淨，還殺了寺中一個小僧人。

喇嘛仁真逃出生天，半道上遇著藏軍，便獻上錢財，返身引導他們潛往瞻對。藏軍接近降空寺，不想卻在這裡受到瞻對伏兵襲擊，傷亡很大，藏軍懷疑喇嘛仁真投降是假，一把火燒了降空寺，還將喇嘛仁真捆打監禁，後來查證他的確是真投降，方才將其釋放。

就這樣，當藏兵分三路攻入瞻對腹心地帶，合圍而來時，貢布郎加身邊只剩下他的幾個兒子，一位是松達貢布，一位其米貢布，還有一位叫鄧登貢布。

貢布郎加的另一個兒子東登貢布，是他手下的得力大將，當初南下攻擊里塘土司的戰鬥就由他親自指揮。但到後來，他覺得父親在統治新征服的地方時過於嚴苛，貢布郎加又不聽進言，便帶領屬下單獨居住在另一官寨。當地史料說，當藏兵四圍而來，他眼見得父親眾叛親離，勢力迅速土崩瓦解時，禁不住對他人嘆息：「那是我父親做事太過分了，以至眾叛親離，連百姓都站到了敵人一邊。」所以，當他的官寨陷入藏軍包圍，東登貢布感到繼續死戰已失去了意義，便派一位喇嘛前去藏軍營中談判。這位喇嘛對他說：「看來，眼下的確只剩下這一條路了，但談判結果如果對你不利怎麼辦？」他回答說，「不必考慮我個人的安危，只要妻子兒女和百姓能得到安全，什麼條件我都可以接受。」

對東登貢布的事跡，《清實錄》也有記載：「藏兵攻剿瞻逆，迭次獲勝，生擒瞻逆長子東登貢布父子，次子僧人四郎生格等。東登貢布等自願寄信予貢布郎加，（敦促）帶領番眾投降，先將薩迦喇嘛、德格土婦母子等放回。貢布郎加得信後，將德格長子長女等放回，將薩迦喇嘛、德格土婦等仍留在寨，亦未率眾投誠，是其怙惡不悛，即准投誠，難保不意存反覆，著即飭令史致康督催藏兵，即速進攻。」

史載，投降後的東登貢布還獻出全部家財，被藏軍充為軍費。

這時的景紋，已經從新近開通的川藏大道，過里塘、巴塘，到了西藏境內的察木多，並在那裡暫駐，一面慰問藏軍，一面督促他們繼續進攻。《清代藏事輯要》中載：「業經景紋犒賞茶包等件，並籌款添補軍火，俾番兵等踴躍進攻，迅圖剿滅。」

一代梟雄的最後時刻

藏、漢文史料，對貢布郎加最後時刻的表現有更詳細的記載。說他面對重圍而來的藏軍，常常仰天長嘆，為了此時的眾叛親離。松達貢布對父親說：「現在後悔已經晚了。我們曾一再勸你不能過分信任勒烏瑪，可你卻把他當成唯一的知心人。有人說真誠的話，你感到刺耳；花言巧語吹捧你的人，你卻十分偏愛。我們占領了很多地方，但沒有得到人心。我們把那麼多活佛頭人抓到瞻對來充作人質，結果壓而不服。」這樣的話，貢布郎加現在可以入耳了，兒子們也敢講了，但講了也沒有什麼用處了。

貢布郎加嘆道：「事到如今只好跟藏軍談判了！」

關於談判條件，貢布郎加依然不明大勢，心存幻想，他說：「我們是住在自己家鄉，必須要保住我家管轄百姓八萬戶的地位和權利，這是憑我們自己的力量得來的，他們沒有理由從我們手中奪走。」

其實，瞻對地面那時至多就五、六千戶人口，所謂八萬戶云云，都是從暫時占據了別的土司地盤時得來的人口，這時不要說這八萬戶，連瞻對境內的幾千戶，他也已經失去控制了。

貢布郎加的官寨地處雅礱江東邊陡峭的江岸之上，地勢險要，樓高七層，牆厚近丈，糧食儲備甚為充足，還有水道暗通寨內。藏兵雖然重兵圍困，輪番進攻，一時間卻很難得手。

在此情形下，藏軍前線帶兵官赤滿也願意談判，但他其實是要設計生擒貢布郎加。松達貢布願替父親前往，但貢布郎加堅持要自己親自出馬。藏軍帶兵官赤滿在雙方約定的談判地點，搭起帳篷，並選了三十名武士埋伏下來，自己高坐帳中，等候貢布郎加到來。

在民間故事中，瞻對的布魯曼，也就是一隻眼的貢布郎加此時依然充滿了英雄氣。當地史料一說他生於一七九九年，一說他生於一八〇〇年。有此兩說，想來應是藏曆與公曆換算上產生的歧義。也就是說，這一年貢布郎加已在六十五歲以上，卻依然雄風不減。

那一天，他只帶一個隨從，辭別家人，飛身上馬而去。

這時的貢布郎加，又顯得有勇有謀了，快到談判的帳篷跟前時，貢布郎加從容下馬，並悄悄吩咐隨從：「我下馬後，你要把馬掉頭牽好，等我出來。」

說畢，便隻身進了帳篷，還未坐定，見帳篷周圍有人影晃動，知道對方設了埋伏，便出其不意，一手將藏官赤滿脖子捏住，一手拔出腰刀喝道：「今天你敢動我一根毫毛，就沒有你的活命！」

赤滿慌忙說：「我賭咒，不會殺你。」

貢布郎加並不鬆手：「說你的條件？」

「你要釋放德格土司母子。」

「可以！」

「你扣押的薩迦活佛等也要一起釋放！」

「好！」貢布郎加問：「你不是想抓我嗎？」

說完，貢布郎加撒開手，飛步衝出帳篷，等到埋伏的三十名武士回過神來，貢布郎加已經上了馬，口中發出尖嘯飛馬而去了。

貢布郎加回到寨中，遵照諾言，將德格土司母子和其他押在寨中人質共二百餘人，予以釋放。藏軍卻並未撤除包圍，貢布郎加告訴兩個兒子：「我們和藏軍的談判還沒有結果。雖然赤滿已賭過咒了，人不吃咒，正如狗不吃鐵。現在，我們和藏軍傷亡都很大。也許還可以再去談判。」

兒子松達貢布雖然知道如此情形下，談判不會有什麼用處，但還是願意代父親前往。臨行時，他和全家人告別：「我此去肯定回不來了。現在的局勢很不好，我做夢也預示不祥。但我並不後悔，請放心，我不會給我們家丟臉。」

貢布郎加的女婿，霍爾土司之一的朱倭土司洛色願與松達貢布同行，並說：「我們要走一同走，死一起死，回一起回！」

赤滿前番談判沒有能生擒貢布郎加，十分氣惱。他責備那三十名武士沒有盡到職責，致使藏軍蒙受恥辱，將那三十名武士用皮鞭抽打後，另換了三十名武士，布置在帳篷四周，定要在談判時，將貢布郎加生擒。

當地民間傳說，這位赤滿命人在地面上鋪滿新剝下十分滑溜的杉樹皮，這樣，前來談判的人站都站不穩，更不要說持械反抗了。

但赤滿等來的不是貢布郎加，而是他的兒子松達貢布和女婿洛色兩人。

談判並不艱難，因為赤滿同意了松達貢布提出的一切條件。但當松達貢布起身告辭時，埋伏的藏軍一擁而上，先將洛色制伏。松達貢布拔刀拚殺，當場砍死幾個藏兵，想趁勢衝出帳篷時，卻在滑溜的杉樹皮上滑倒了。他見帳篷門被嚴嚴實實地堵住，便想從帳篷側面逃走，不料剛一伸頭即被藏軍將他的髮辮揪住，當下便被五花大綁。

赤滿押了松達貢布去官寨誘勸其父投降。

這時，貢布郎加已將全家撤到官寨中心，將其餘的附屬建築一把火點燃。故事中說，當松達貢布到了官寨前，看到濃煙時，哈哈大笑說：「財物不予敵人，飲食不給魔鬼，這就遂了我的心了！」

到了寨前，他連喊三聲「阿爸」。

貢布郎加從窗口探出頭來。

松達貢布對父親喊道：「我落到這種地步，您已經看見了！接下來怎麼辦，由您自己拿主意吧！」說罷，回頭對洛色說：「我們現在該念六字真言了！」

兩人便高聲齊誦「唵、嘛、呢、叭、咪、吽。」

赤滿見狀，下令將兩人刀劈於官寨跟前。

貢布郎加一家見二人慘死，痛恨萬分。

「當晚，官寨頂上太陽落下之後，他們在樓下埋置火種，到了半夜整個官寨樓房開始燃燒，連同一切財寶被大火吞噬。大火過後在廢墟之中發現貢布郎加兒子其米貢布和妻子等人的遺骸。貢布郎加和兒子鄧登貢布等人，活不見人、死不見屍，不知去向。正如空中漂浮的雲朵，消失的彩虹一樣。」

另一則當地史料說：

「當晚整個官寨燃起大火，外面只聽見貢布郎加的兒子其米貢布大吼一聲，打了一槍，就沒有動靜了。第二天，大火熄滅，官寨已經燒毀。藏軍在廢墟上只發現其米貢布和他的妻兒的遺骸。據說當大火燃燒起來後，貢布郎加和鄧登貢布便帶著妻兒和隨從逃出了官寨。後來貢布郎加在雪山背後氣憤而死，鄧登貢布則經玉樹潛逃往蒙古去了。這些都是傳說，沒有得到證實。」

這則史料又說：「最近聽說，青海有貢布郎加的後裔，尚待查證。」

《景紋駐藏奏稿》中所載略有不同：「迨我兵進攻之時，該酋父子三人子嗣，家丁三十餘名，人財房屋，全行燒滅，只有其米貢布及伊女三人從窗內飛繩下地，亦已擒獲。」

至此，瞻對幾百年來強悍民風所養育成的一代梟雄貢布郎加和他稱雄一時的霸業與他的官寨一起灰飛煙滅。

英雄故事餘韻悠長

在大清朝內外多事、風雨飄搖之時，貢布郎加於一八四九年起事。逐步控制瞻對全境，又相繼外侵相鄰各土司地面，其間琦善組織漢、土兵進剿又無攻而返，更助長了他的野心，官軍退去後，更是放開手腳，大肆進攻，先後侵占和攻打擄掠霍爾五土司、德格、里塘、崇喜、明正等十三家土司，和當時青海西寧和西藏所屬的數十個游牧部落，其勢力「迤東至打箭爐地界，南至西藏察木多，北至理番廳，西至西寧所屬二十五族，橫亙萬餘里，無不遭其荼毒。同治元年，又復圍攻里塘，擾害川藏大道，阻塞茶路，各土司及康巴西藏一帶，動盪不寧」。

最後，野心勃發，宣稱要做「漢、藏、蒙古人的王」，終至覆亡。

其失敗的原因，除了中央政府和西藏政府的合力進攻，重要的還是民心向背。我所以對有清一代瞻對的地方史產生興趣，是因為察覺到這部地方史正是整個川屬藏族地區，幾百上千年歷史的一個縮影，一個典型樣本。

川屬各土司地盤不大，人口稀少，平時沒有常備兵力。沒有戰事時，人們都在家農牧，或為土司頭人無條件驅使，應付各種差役。一有戰端，凡十八歲到六十歲的男子都在應徵之列。以村寨為單位編伍，各村寨頭人充任領兵官。遇到激烈戰事，又從一般兵丁中挑選年輕力壯、勇猛強悍者編為先鋒隊，在戰鬥中衝鋒陷陣。先鋒隊兵丁被稱為「打生」，意為可以吃老虎的兵。獲得這一稱號的人，有戰功後被提拔為軍官和頭人。除當喇嘛出家，這是土司社會中下層百姓進入權貴階級的僅有通道。

土司武裝的訓練並無一定之規，瞻對的士兵訓練項目有摔跤、賽跑、賽馬、打靶、拔河、爬樹、拚刺、射箭、刀劈草人等。

作戰所用的武器，每戶人家都要自備。在貢布郎加時代，瞻對地面家有男丁者，富裕戶自備火槍一支，好馬一匹，長刀一把，火藥一百瓶，鉛彈一百個；一般戶自備長刀一把，長矛一支，馬一匹。貧困戶自備斧頭一把，俄多（用牛毛繩編成的投石器）一具。此外，幾戶人家要共造雲梯一架，作為攻克寨樓之器。出征時，還要每人自備一月口糧。

軍紀也簡單，主要是以下四條：不准投降，特別是「打生」，如有投降行為，除本人處死，沒收其乘馬、槍彈，家屬也要受到處罰；不許失馬掉槍；不許私藏繳獲和搶劫所得財物；不許遺棄陣亡屍體及輕重傷員。

不許私藏繳獲和搶劫所得一條，在瞻對武裝中，從未執行。甚至，貢布郎加為了提高士兵作戰的積極性，明確宣布搶劫所得都可以為個人所有，不必上繳。以至造成瞻對兵馬出征，便四出擄掠，以致其新征服的地面百姓不安於室，四出逃亡。

更重要的是，每當新征服了地方，統治方式也只是老方法的簡單複製，征服此地立下戰功者即為當地頭人，依然向百姓收稅納貢，派支差役，其勢正盛時，能維持表面的安定，但一有風吹草動，當地百姓與頭人便起而反抗。

受到把一部中國史改造為農民起義史的學風影響，一段時間裡，一些學人也將貢布郎加指認為藏族農民起義的領袖，追蹤這段史實時，我感到這也過於一廂情願了。

在貢布郎加被燒毀的官寨遺址，有這樣的傳說，官寨被燒毀前，已經積累了大量財物。光是其中儲藏的酥油數量，就超過一般人的想像。人們傳說，官寨被燒毀後，那些融化的酥油，從山坡上漫流下去，經過上百米的河岸，一直流入雅礱江水之中。

與這種用今天的意識形態解讀歷史大異其趣的是，當地民間，今天更盛行的卻是以宗教的宿命論來解釋貢布郎加的敗亡。藏文文書《瞻對．娘絨史》在結尾如此感歎：

「貢布郎加及他所擁有的名譽、地位、權力和財寶等等，得而復失，僅幾個月就應驗了因果報應和世事無常。」

世事無常是講人的宿命。

因果報應指他的失敗最大的原因，是不敬佛法。

新龍人說貢布郎加一生只信奉一個叫做白瑪鄧登的隱修密法的僧人。我去了高僧白瑪鄧登當年的隱修地，新龍縣城西南方雄龍西鄉境內的扎尕神山。這座神山的峰頂，是寸草不生的赤裸裸的陡峭懸崖。崖下洞窟向來被視為修煉密法的聖地。這座高峻陡峭山峰的懸崖上，有兩處遺跡，在當地傳說中，和貢布郎加與白瑪鄧登有關。

人們說，這裡就是白瑪鄧登尊者讓狂妄的貢布郎加對自己生出敬信之心的地方。

貢布郎加在這裡遇到正在山洞中隱修的白瑪鄧登，他說，都說你有許多神通，但我不相信，因為我遇到那麼多僧人喇嘛聲稱自己有種種神通，我要他們顯示給我看，他們都不敢。

白瑪鄧登鎮定自若，問他要看什麼樣的神通。

貢布郎加抬頭看看直刺藍天的懸崖，把登山時用為拐杖的木棍交到白瑪鄧登手上：真有本事，把這棍子給我插到崖頂之上吧。

白瑪鄧登接過木棍，騰身而上，越爬越高，看得抬頭仰望的貢布郎加頭暈目眩，呼喚白瑪鄧登趕緊下來。

這時白瑪鄧登剛剛攀到懸崖的半中央，隔峰頂還有一段距離。聽到呼喊，便把那木棍插入石縫之中，化身為一隻猛虎，從半空中一躍而下。今天，這山峰下的岩石上，還有幾個形如虎掌的印跡，傳說就是白瑪鄧登化為老虎躍下石壁時留在岩石上的。山崖上的石縫中也真斜插著一根木棍，人們相信那就是貢布郎加的拐杖。

在那面懸崖下，我用相機的長焦鏡頭仔細搜尋，果然看見那根傳說中的木棍，上面還繫著彩色的經幡。

傳說白瑪鄧登又從老虎化身為人，使得貢布郎加當即便拜伏在地。白瑪鄧登對他說，看來你最終難成大事。貢布郎加詢問緣故。白瑪鄧登告訴他，要是你不一驚一乍，讓我把木棍子帶上峰頂，你的事業就會成功。而現在這種情形，說明你的事業會中途敗亡。

聽到這個故事，我並不吃驚。這是在藏區常常遇到的情形。

不幾天，我找到一本已譯為漢語正式出版的《白瑪鄧登尊者傳》。書中第十六章《調伏土司》，將此傳說作為信史記載。

「大土司貢布郎加被部落頭領和奴僕們簇擁著，來到雄龍西神山朝拜。這位腆胸疊肚的大土司站在一塊石板上，向四處張望著。忽然，他驕橫傲慢的目光發現了凝神靜坐的尊者。貢布郎加捋著鬍鬚向身邊的人問道：『聽說在這座神山上，有一位懂得法術的瑜伽行者，是不是坐在遠處那個人？』

「有個小頭目俯身湊了過來：『土司老爺，他正是遠近聞名的大修行者白瑪鄧登尊者。』

「貢布郎加聽罷，帶著眾人向尊者修行的地方走去。

「這時，尊者已經發現來到自己面前的人群。貢布郎加抬起頭，喘著粗氣對尊者說：『人家都說你是個出了名的大修行者，而且還懂得法術。我倒覺得別人替你吹牛吹得太過火了。今天我想親眼見識一下，什麼叫做神通變化。如果你不能讓事實證明那些草包們所說的謊言，那你就是徒有虛名的成就者，而且我們以後再也不相信修行者會有什麼成就和神通。』」

書中說：「為了讓傲慢驕橫的土司放棄邪見，也讓他們明白萬物是法性中顯現的幻相，尊者在鏡子般光滑的峭壁上，如履平地走了二十五臂丈（長度單位，相當於四十三米）遠。

「貢布郎加和周圍的人被眼前發生的奇跡驚得目瞪口呆，一個個像木雕一樣站著發楞。這時，貢布郎加仰面對尊者喊道：『太嚇人了，求您快點下來吧！』尊者將一條白色的哈達和一尊銅質佛像放在岩石上，走回原處。他對貢布郎加說：『土司啊，由於你剛才叫我下來的緣起，將來在你事業達到頂峰的時候，會遭遇突然的失敗。』

「由於貢布郎加對尊者產生邪念並說了一些惡語，霎時間，空中堆起了厚厚的烏雲，貢布郎加面前的平地上頓時響起了震耳欲聾的霹靂聲。從呆滯中驚醒的貢布郎加驚慌失措地匍匐在尊者腳下：『大慈大悲的聖者，在我離開神山以前，您可千萬不能讓雷聲繼續下去啊！我從小到大最害怕的莫過於該死的雷聲啊！』

「尊者對情、器世間已達到了隨心所欲控制的境界。他將半空中盤雲繞霧、飛騰閃爍的小龍伸手抱在懷裡。貢布郎加等人眼睜睜地看到尊者懷中的小龍，銀色的鱗片亮光閃閃，明珠般的雙眼令人膽寒……貢布郎加結結巴巴地仰面對尊者說：『尊者，您是我這一輩子應當五體投地的聖人，名副其實的大成就者。』」

說明一下，土司是由朝廷冊封的，貢布郎加起事的時候不是土司。我們該記得，琦善後來要封他，但他沒有接受。

是的，在藏區，現實的世界之外還有一個神異的世界。

無論在今天的新龍，還是在藏區的其他地方，一個人常會感到自己生活在兩個世界。

一個世界是那些縣城、鄉鎮，人們說著與北京一樣的話語，貫徹著自上而下的種種指令。人們住上了樓房，看著電視，談論著種種世俗的話題，焦慮著種種世俗的焦慮。那些天，我所住的新龍縣城布魯曼酒店，縣裡各級各部門幹部，正忙於應對上級派來的檢查組、項目驗收組。其中一個驗收組要驗收的是這些年藏區各級政府花了大氣力正在實施的「牧民定居計畫」。我遇到的縣裡領導很高興，說驗收組為新龍縣的這一項目打了九十多的高分。

在新龍，人們還在興奮地傳說，從新龍通往甘孜和理塘的公路改造工程，即將開工，屆時，公路等級將再次提高，從新龍往甘孜、理塘、康定和成都，所用時間將再次縮短。

在貢布郎加的官寨遺址旁，是一座新修的小學校，校舍寬敞整潔，一面國旗在藍空下飄揚。學校旁邊，是新修的鄉政府，一樓一底的建築辦公加住宿，比起旁邊的小學來，稍嫌局促。但鄉里幹部們都很滿意，說學校應該好過政府。

新龍地面，傳統的碉樓式建築，往往是黃泥築成平頂。這些年，普遍加蓋了斜坡形的屋頂。這些屋頂顏色各異，卻都非常鮮豔奪目。聽當地朋友說，有領導把這叫做屋頂革命。

如果革命是指種種新的變化，那我更期待人心內部的革命。

新龍的另一個世界是廣闊的鄉野，人們的精神世界似乎依然停留在古老的時代。到處都有寺院，好多寺院都在大興土木。人們仍然在傳說種種神奇之極的故事，關於高僧的法力，關於因果報應，關於人的宿命。

我去往新龍，人還在半道，還未進入新龍縣境，就聽人們說扎尕神山又出了神跡。

傳說扎尕山神屬龍，今年是龍年，所以，今年去繞行扎尕神山比平常轉山有十二倍的功德。更神奇的是，人們都傳說神山的懸崖上出現了兩頭雪獅。青藏高原上沒有獅子這種動物，藏人崇奉的這種動物其實源於印度的佛教經典。但這種本土沒有的動物，卻在海拔四千米的懸崖上神祕出現了，而且，傳言者都不懷疑，都言之鑿鑿。我在那赤裸的岩石山峰下待了兩、三個小時，反覆觀察，卻什麼也沒有看見。但人們仍然說，雪獅就是出現了，就在那懸崖之上。

關於雪山獅子這樣的杜撰或宗教狂想，在西藏被斥為「瘋僧」而身陷囹圄的更敦群培大師早有辯駁。他在論〈喜瑪拉雅山〉一文中說，「所謂雪域並非僅指雪山」，「再看看印度以雪域為題材的詩歌，很多都是描寫雪域境內的森林、鮮花盛開的草原和犛牛的。所以說，被雪域的名稱所迷惑，認為雪域山區一切均生存於冰雪之中的觀點，與認為薩迦的一切均生存於灰色泥土當中的觀點別無二致」，「所謂『雪山獅子』的名稱的由來亦與此同一道理」，「通常，幼稚者因喜聽奇聞，對任何缺少虛構誇飾的直陳表現冷漠。聽到雪獅這一名稱，本應如上所述，知曉雪獅與雪域大象一樣生存於雪域林莽當中，但卻被說成『鬃毛碧雲綠、全身雪白的獅子棲息在潔白晶瑩的雪山之上』。正如榜崗大譯師所指出的那樣，這一說法純屬藏人所臆造」。我想補充兩點。一、這個臆造肯定不是出於全體藏人，臆造而傳播者，是那些食印度經典不化的喇嘛；二、大師所說「雪域林莽」也不在西藏本土內部，而是指喜瑪拉雅山脈南坡那些傾斜向印度的熱帶、亞熱帶森林。可惜，這樣道出真相的拳拳之言，還未被今天的人所記取，尤其沒有被受過比大師更現代教育的族人所記取。

我以為，觀察宗教的存在方式與影響力，就可以知道這個社會正不正常。藏區社會不正常，寺院太多，僧人太多，宗教影響力太過強大。內地社會也不正常，寺院都開發成旅遊景點，俗人去廟裡上香祈求，都只為滿足現實中一些過於實在的願望。官員和商人面對僧人神佛，內心的企求更是不可告人。

關於宗教生活的最新現實，是那些心中不安的官員商人不去廟裡，而有僧人們上門服務。如今好多藏區僧人遠走官員富商密集的京城與東南沿海，廣納信徒，傳說一個這樣的信徒一次布施都是幾十萬上百萬。我在新龍，去一個待開發的風景區，本是去看看風景，看看那裡的良好生態，看到的卻是寺廟正在大興土木。不止是雄偉的大殿和護法神殿等主體建築，還有若干僧舍，都修得如別墅一般。可惜在那麼漂亮的地方，隨意破土動工，漂亮的房子卻把漂亮的風景給破壞了。中午，我們在草地上坐下來，吃攜帶的乾糧，幾張餅，一些熟牛肉，幾只蘋果。我奇怪那麼多宗教建築卻看不見幾個僧人，替我做嚮導的新龍本地人士說，他們都很忙，都在內地作法化緣，不然哪有這麼多錢蓋這麼多漂亮的房子。飯後，那位當地朋友又笑說，先是有名的活佛高僧出去化緣，現在，什麼學問沒有的人穿上袈裟就敢出去雲游，而且，都賺了大錢回來。他還對我說，你走的地方多，見的漢族人也多，他們笑我們信教是愚昧，可是他們連真假喇嘛都分不清楚，就給那麼多錢，不是比我們這些人還愚昧嗎？

我回答不上來這樣的問題。或者，不用我回答，人家心裡也自有答案。

所以，我還是回來，繼續講述我所知悉的瞻對故事。

瞻對善後不善

貢布郎加被剿滅了。

他兒子東登貢布投降藏軍後，便被押往西藏。「達賴喇嘛及藏屬僧俗人等」通過景紋上奏皇帝，說東登貢布在藏兵進攻時，多次勸說其父退出所侵占的各土司土地人口，「並獻家資，充作兵餉，不無一線可原」，「著從寬貸其一死，由景紋發交一千里外，嚴飭營官照例圈禁，以示朝廷法外之仁」。

但瞻對的事情並未就此完結，同治皇帝此前曾擔心過的事情發生了。

藏兵占據瞻對後不願退兵。理由是索要軍餉。「出師瞻對，給發兵丁錢糧軍火，並撫恤陣亡番官頭目家屬各款，共用銀三十餘萬兩，均由商上墊辦，現經達賴喇嘛認捐十五萬兩，所餘虧項尚多……」

認真說來，這要求也真很奇怪。

清朝幾次用兵西藏，調派官兵和川屬土司土兵前去西藏幫助驅逐準噶爾人和廓爾喀人入侵，一樣有兵丁錢糧軍火的開銷，一樣要撫恤陣中傷亡，沒見有記載說，曾向噶廈政府收取兵餉，怎麼他出兵助戰一次，就要開價索要軍費，而且顯得理直氣壯。想必這就是僧人心理，我這裡是一方福田，你是施主。不幫忙你要拿錢給我用，幫了忙自然更要拿錢。

皇帝當慣了施主，見此要求也不為怪，中央財政不想拿錢，下旨由四川省來負擔這些涉藏費用：「著崇實、駱秉章即由川省籌撥銀數萬兩，解赴景紋處交納。」

成都將軍崇實、四川總督駱秉章不幹，回奏皇帝說，不該我出錢：「藏兵進剿瞻對，本非川省調派」，何況戰後，還發給茶葉總共一萬包，作為對藏軍的慰勞與獎賞。現在，我們四川實在是拿不出那麼多銀子了。

這時國內變亂四起：「現陝、甘逆氛未靖；滇、黔賊勢正熾」，一個四川省，東南北三面就沒有一個安靜的地方。中央指令四川派兵援助貴州平亂，自備彈藥口糧，加上剛剛結束的瞻對戰事，雖不如藏軍深入瞻對，但屯漢、土官兵上萬人在東、南兩路，糧餉花費也是不小，以至四川一省，「庫項支絀，積欠各路軍餉臺費等項，數已百萬有奇，尚不知如何支持」，所以說啊，皇上您還叫我們付那麼多銀子給藏軍，實在是手長袖子短，沒有法子可想了。

皇上還是堅持：「仍著量為籌撥。」這已不像是皇命，而像是討價還價：「多少還是出一點吧。」

於是，成都將軍和四川總督就給皇帝出主意了：「請旨將瞻對地方賞給達賴喇嘛掌管。」這樣一來，一方面是「藏兵不為徒勞」，沒有白幹；一方面四川省也不必為籌措銀子費心了。

不僅付藏軍兵費沒有銀子，就是把貢布郎加兒子東登貢布一行人犯押往西藏地面的差旅費用也付不出來了，這有駐藏大臣景紋的奏摺為證。他報告皇帝說，理藩院的一名官員叫恩承的從里塘起程，把東登貢布等人犯押到了西藏。但路上這麼多人吃喝拉撒的費用，「均係自行墊給，並未在各臺支領」。怎麼辦呢？提拔一下吧，「可否將恩承賞加知府銜，以示獎勵。」

清朝晚期，國家財政困難，乾脆就出賣官銜。得了知府銜，只是得了個可以當知府的資格，真要當知府，還得排隊等候。可惜官銜越賣越多，排隊時間越來越長，好多人等到死，都是個虛銜。那時的川藏道上，辛苦奔走的低級官員中，許多人頭上都頂著候補知縣之類的頭銜。

光景敗落到如此田地，皇帝自也沒有不准的道理。

這時景紋在西藏又查出藏軍代本期美多吉和其下級工卻丹巴，這兩人在瞻對戰後，「將逆產財帛牛馬等物，全行侵吞入己」，事情敗露後，又受到噶廈政府四位噶倫之一的彭措策旺多吉包庇。稍加調查，發現這位噶倫和期美多吉是兄弟關係。景紋上奏請求將其革職回籍，並把兩位侵占戰勝品的藏軍軍官革職監禁。

皇帝「著照所請」，就按你說的辦。

這景紋，後來連達賴喇嘛從布達拉宮山上下來，參加拉薩一年一度有四萬五千僧人參加的傳召法會，「開壇誦經，發放布施」這樣的日常事務也上奏文。要皇帝知道「奴才妥為照料達賴喇嘛回山」，「地方照常安靜」，完全是表功的意思了。

皇帝口氣平淡，說：「知道了。」

地方官們常常都是聰明絕頂的人物，但表達的衝動在他們心裡永遠是無從遏止的。其實景紋也沒有揣摩一下，皇帝這時會不會想，川藏大道阻塞時你待在打箭爐裹足不前，真有問題時也沒見你有什麼奏報，現在，天下太平了，你卻把這些日常事務頻繁奏報。

這樣的摺子太多，皇帝是會不耐煩的呀！

景紋這位駐藏大臣，因為貢布郎加之亂，待在路上的時間比在拉薩任所的時間還多。轉眼間，任期到了，新任駐藏大臣前往接任。景紋覺得剿平瞻對，自己沒有功勞也有苦勞，卻未得恩賞，便心生一計，又上了一個摺子。這個摺子是轉述達賴喇嘛的意見。他告訴皇帝，達賴喇嘛他們說，瞻對戰事結束後，有功的人，無論是藏官漢官，都得到了皇帝的獎賞，只有駐藏大臣沒有得到優敘，現在，我們大家共同請皇帝給景紋應得的獎賞。

皇帝終於生氣了，「覽奏甚為詫異」。

並斥責：「景紋身為駐藏大臣，辦理藏務，本屬分內之事，乃以俯順番情為辭，自行乞恩，向來無此體制。」而且，皇帝說，你也可以做得高明一些啊！眼看新的駐藏大臣就要到任了，要是達賴喇嘛他們真認為你該升官得賞，那也該等到新的駐藏大臣到了由他上奏也不遲呀！混了這麼多年官場，連官場起碼的規矩都不明白嗎?!如此「自行呈請，實屬卑鄙無恥！」結果，兵部拿出處理意見，將景紋連降四級，還挨了「杖八十」的刑罰。

第六章

新形勢下的族與國

有清一代，川屬土司所轄藏區或安定或動盪，一直是主政四川的地方大員工作重心所在。乾隆朝前後，大清國力強盛，土司叛服不定，都是內亂，期間清廷出重兵鎮壓瞻對土司班滾，和大小金川土司等戰事，在皇帝看來，主要還是關係「國家體面」，除此之外，並沒有什麼特別的政治意味。但鴉片戰爭後，情勢巨變之下，少數民族地區的動盪便漸漸帶上了別樣的色彩。

當時，不止海疆在洋人的堅船利砲下大門洞開，本不平靜的內陸地區此時就更加動盪。無論西藏、新疆、蒙古，本來就是「化外之地」，當地少數民族首領不時起而反抗朝廷，當此之時，更有英、俄、法等列強環伺，從南、從西、從北各個方面，要求通商，要求傳教，要求遊歷，進而要求割地，影響甚至煽動邊疆民族與中央王朝間漸生離心，造成亂局後又恃強插手干預清朝中央和少數民族間各種糾紛衝突，使得邊疆地帶的問題日益複雜化。

藏區的情形也是如此。

一八七五年，英國一支小部隊從緬甸侵入雲南，被當地民兵阻擊，打死了軍中一名英國駐京使館的翻譯馬嘉理。這麼一個小小事件，卻導致中英間簽訂了又一個不平等的《煙臺條約》。條約主要內容是開放雲南和一些新的通商口岸。同時，《煙臺條約》正文之外，還附有一個專門的涉藏條款。該條款規定，英國人為了探訪印度和西藏間的道路，可以派員自北京出發，遍歷甘肅、青海等地的藏族地方，也可由內地四川等處自由出入西藏。

丁寶楨到了四川總督任上剛剛兩個月，經川藏大道去西藏「遊歷」的英國人就到了。《煙臺條約》規定他們是探求印度到西藏的道路，那麼，四川藏區便只是他們的途經之地，但各地漢、土官員紛紛來報，發現這些人沿途繪製地圖，「遍訪要隘」，不像是一般遊客的簡單路過。

這個時期，一向作為西藏屏障的哲孟雄（錫金）和不丹等與英屬印度相鄰的小國，已相繼被英國人控制。英國人又進而試圖越過西藏和哲孟雄的邊界隆吐山修築道路驛站。在此之前，西藏地方與哲孟雄及不丹等鄰國間，並不曾設立邊防。西藏噶廈政府面對如此情形，於一八八六年在隆吐山建立關卡。這樣一件事情，卻引起英國駐北京公使的抗議，說藏軍設卡之地是哲孟雄地界，意在阻止通商，要清廷制止西藏噶廈政府這一捍衛領土的舉措。

清廷又一位新任的駐藏大臣文碩，人還在川藏大道上的里塘就接到命令，要他趕緊赴藏處理這一事件。上面的意思是要他答應英國人的要求：「英國正議邊界通商，而藏眾反設卡禁絕通商之路，是顯與定約背馳。」所以「飛咨」文碩，要他「傳齊各番官，將此旨嚴切宣示，飭令迅將卡兵撤回，慎毋再有違延，自貽罪悔」。

文碩卻不是個惟命是從之徒，到拉薩後召集漢藏官員弄清情況後上奏朝廷：「查藏番並無越界戍守，隆吐山卡兵礙難撤回。」

「地為藏地，民為藏民，退無可退」。

他還把藏南地形繪圖寄往京城，以證明噶廈政府是在自己領土上設置營壘關卡。

文碩在奏報中指出，如果朝廷強要藏軍棄卡撤退，會使藏人覺得被清廷出賣，因而對中央政府生出背離之心。應該說，文碩這個分析是有預見性的，此後英國人步步進逼，噶廈政府動兵抵抗。

但這時，卻不是雍正乾隆年間，他們抵禦外侮的戰爭再也不能得到清朝中央的支持。以至於一致仇外的西藏僧俗內部漸漸生出對英國人強力的傾慕之心，加上中央朝廷一路走弱。到上世紀初，一部分上層人士的親英傾向又最終演變為謀求「藏獨」的思想與實踐。

自然，此是後話。

對於此點，英國人也看得明白。後來於一九〇四年率英軍一路攻擊打到拉薩的英國人榮赫鵬所著《印度與西藏》（中文譯本名《英國侵略西藏史》）中就說：「……條約已證明毫無效用，西藏人民從未承認之，而中國當局又完全無力強制藏人也。」

「中國當局自認為無力控御藏人。藏人既不聽命，彼等亦未敢命令之。中國之統治西藏，僅擁虛名……蓋中國當局盡可同意於任何建議，然不能代藏人負責承諾，如向藏方交涉，則或一切諉之中國當局，或稱未奉拉薩訓令，彼等不敢擅自承諾，只能轉達一切云爾。」

你有空子，就被人看見。被人看見，而自己看不見，或者看見了卻未能彌補，這空子就要被人大鑽特鑽了。

自然，這也是後話。

清廷重視藏區問題，但晚了一點

到了光緒年間，危機重重的大清國迴光返照，那因循怠惰成為習慣的官僚系統中，出現了一些心憂國運，殫精竭慮，希圖有所作為的地方大員。

新上任的四川總督丁寶楨便是其中一位。

丁寶楨就任四川總督後，充分注意到無論是噶廈政府直轄的西藏，還是川屬土司地面，無論地理還是文化，都是一個聯繫緊密的整體。西藏面臨危機，四川也不得安定，所以到任不久便上奏說，「川省與藏衛唇齒相依，不能稍分畛域」。因此，西藏和川藏問題，「實與海防相為表裡」，「頗有更重於海疆者」。

有此認識，丁寶楨上任伊始便下手整頓川屬各土司事務。那時川屬各土司地界，戰亂頻繁，究其禍源，從來就是各土司勢力此消彼長時，互相爭奪地盤，並不是後來基於國家民族層面的清晰訴求而實施反抗。為消弭此種衝突，丁寶禎派員會同各土司勘定邊界，立碑標記。光緒十年，丁寶楨有一摺上奏，就是為勘定邊界有功的官員請賞：「瞻對、里塘劃界立案，請將出力道員丁士彬等獎勵。」

多年來，我頻繁出入當年的各土司地面，曾尋訪過何處有無當年標出各土司邊界的石碑或碑文，都不可得。不想，今年去新龍訪瞻對舊事時路過甘孜縣，即當年的霍爾五土司地面，縣裡領導請我吃四川火鍋，並請了地方志辦公室主任和文化局長作陪，飯間自然聊起土司時代舊事。文化局長說，前些年他們局新修宿舍，於院中挖出石碑一通，請成都大學的博士看過，說是土司間的界碑。我大為興奮，馬上提出要看此碑。

第二天早上，我便被引到縣文化局。在一個單元門裡，樓梯拐角下，那石碑橫著靠在牆邊。拂去塵土，上面碑文清晰可見。當即伏在地上讀過。正是當年丁寶楨主政四川時，勘定各土司邊界時所立界碑。

我問他們得到此碑的經過。說是二十世紀五〇年代，縣文化館的人在新龍與甘孜交界處的山梁上發現，便移到山下，存放在文化館。「文化大革命」時期，有人把石碑無字的一面刻上毛主席語錄，立在院中，後來荒草蔓生，人事更迭，這石碑再無人過問，倒下後埋在土中多年，前些年修建樓房，才又重見天日。

石碑上文字申明，此次「劃清界址，分立界碑」，「如有彼此越界滋事，即惟所轄之番官、土司是問，以息紛爭。」

因此知道，丁寶楨任內勘定各土司邊界，以防紛爭不是虛文。

丁寶楨任上，還在四川設立機器局，製造新式槍砲，並以西洋方法編組與訓練新軍。英國人從緬甸進入雲南，從哲孟雄威脅西藏時，他便調派新練成的軍隊三千人進駐里塘、巴塘。在這個位置上，南下可以攻防雲南，西進可以馳援西藏。丁寶楨自信這樣的軍隊，只要朝廷一聲令下，「足成一戰，不至甘心讓人」。

可惜天不假年，疾病纏身的丁寶楨力漸不支。史載，病逝之前，他還寫成《叩謝天恩遺摺》，其中念念不忘的還是西南邊疆。「英人俄人又均有入藏之議，將來必肇兵端」，他認為，不久的將來，和英人在西藏必有一戰。因為「外洋和約，萬不足恃」。最後，他還懇請清政府千萬不要裁撤四川等地編練的新式軍隊，製造新式槍砲、壯大武備的機器局也要繼續開辦。

後人感嘆，這樣的能臣天不假年，「後任庸碌之輩，無一能逮其志者。非獨西藏之不幸，亦中國之大不幸也」。

其實，清廷「大局已敗，大廈將傾」，縱有一二能臣也不能挽狂瀾於既倒了。

文碩和前任一味壓制藏方、向外敵妥協不同，他一到任，就積極支持噶廈政府備戰。京城裡因此下旨斥責他「不識大局」，命令他「現在總以撤卡為第一要義」。從實際情形上講，清中央政府的說法也不無道理，藏人想以一己之力抗禦英國人，勇氣可嘉，但真正打起來，「強弱殊勢」，唯一的結局就是失敗。那時再喪土失地，「將來難於轉圜」。不是不想打，而是打不過啊！

但文碩在西藏，感動於西藏軍民抗英保土的決心與勇氣，上奏抗辯不能讓藏軍從隆吐山撤離。

西元一八八八年二月，失去清廷支持的藏軍仍獨立與英軍開戰。其間，支持西藏兵民抗英的文碩以「不顧大局」的罪名，被朝廷下旨革職。換上服從旨意的升泰接任駐藏大臣，堅決貫徹清廷「嚴束藏兵，不准妄動」的旨意，在此情形下，以原始武裝的藏軍於當年八月，屢敗屢戰，在付出了一千多軍民的犧牲後，終敗於隆吐山之役。

結果是簽訂《中英會議印藏條約》和《中英續訂藏印條約》，無非是割地通商。

條約簽定了，但還賴藏方執行，但他們總是以種種方式抗不遵行。你隨便割他的地，他怎麼遵行？他不想通商，你一定要前去強開商埠，他怎麼會遵行？整個中世紀，藏傳佛教各派不同時期執政西藏政教大權，靠的就是地理與人文上的重門深鎖，現在有人想用強力撞開這個大門，掌權者當然會感到危機來臨，怎麼會遵從？前面所引榮赫鵬的話，就是針對此時的情勢而言。

從此，西藏方面懾於英國人聲威同時，對清廷駐藏官員日益怨恨又輕視，對中央政府日漸離心，噶廈政府的僧俗官員也就越來越難以節制了。

清廷在這重重危機前，也較前更重視西藏或藏區問題。光緒年間甚至在科舉考試中，把西藏問題列入了策試內容。

光緒十六年，「策試天下貢士夏曾佑等三百八人於保和殿」，策試內容就是關於歷朝與西藏茶馬互市的政策：「茶稅之徵起於唐代，其初稅商錢在於何時？獨開茶稅在於何時？茶官之設在於何時？稅茶之法其後增減若何？茶馬之法始於唐，宋有茶馬司專官，元明因之。宋之三稅法、貼射法何法為便？明之茶馬司批驗茶引所設於何地？遠番重茶，以資其生，茶市之通濟及海外，能極言其利弊歟？」

這個策試題今天也可以用來考考那些熱中於開發茶馬古道為旅遊資源的官員和商人。不要求他們作出正確答案，能讀懂這題目就阿彌陀佛了。

光緒十八年，策試題又是關於藏區或西藏，這回是關於藏區行政沿革及地理。

「西藏屏蔽川滇，為古吐蕃地，何時始通朝貢？地分四部，由中國入藏有三路，幅員廣狹奚若？試詳言之。元置吐蕃宣慰司及碉門等處宣撫司，復置烏斯藏郡縣，以八思巴領之，其沿革若何？唐時吐蕃建牙何地？阿耨達當今何山？其相近大山有幾？雅魯藏布江為藏中巨川，而瀾滄江、潞江之屬亦發源藏境，能究竟其原委歟？」

這樣的問題，也可以用來問問在藏區行政、維穩、建設的各級幹部官員。今天，很多漢藏官員都是學士、碩士、博士，但有多少人能讀懂這道考題？又有多少人能得出正確答案？

或可反駁，說這不過是死的知識，但死的知識都不能知曉，更何況藏區那多樣的文化，多變的現實？無識而言治，難免虛應故事，欺上罔下。

說回當時，光緒年間這種對西藏和整個藏區問題的重視，實在是來得晚了一點。

川邊藏區土司制的前世今生

到此，有必要回顧一下四川康區各土司分據的歷史由來。

明代已經在藏區初步實行土司制度，清人入關後，便沿襲了這種羈縻重於治理的制度。順治五年，西元一六四八年，就作出決定：「各處土司，原應世守地方，不得輕聽叛逆招誘，自外王化。凡未經歸順，今來投誠者，開具原管地方部落，准予照舊襲封；有擒執叛逆來獻者，仍厚加升賞；已歸順土司官，曾立功績及未經授職者……論功升授。」

康熙三十九年，西元一七〇〇年，清廷派四川提督率兵到打箭爐和周圍地區，鎮撫大小部落，置明正土司，轄地包括今天甘孜州康定、九龍、道孚、雅江、丹巴、爐定等縣全部或一部，轄民六千餘戶。

康熙五十八年，西元一七一九年，準噶爾蒙古入侵西藏，清廷派軍入藏平亂，名將岳鍾琪進藏途中，到達里塘、巴塘。藏方派駐里塘營官與里塘長青春科爾寺堪布，阻止清軍進藏。岳鍾琪將營官革職，堪布就地處決。並在里塘、巴塘等地建立驛站，設兵鎮守，轉運軍需，開闢自打箭爐至拉薩的川藏大道，同時在平伏的各藏族部落地設置里塘正副土司，轄地為今甘孜州里塘、鄉城、稻城、雅江和新龍幾縣的全境或一部。往西再置巴塘正副土司，轄有今甘孜州巴塘、德榮、白玉、今西藏自治區鹽井，和今雲南維西、德欽、中甸全境或一部。

雍正六年，西元一七二八年，德格歸附，置從四品銜的德格宣撫司，一七七三年，因德格土兵從征有功，升德格為從三品宣慰司。轄有今甘孜州德格、白玉、石渠、甘孜等縣及今西藏境內江達等縣全境或一部，和今青海境內玉樹地區一部。

同年，今甘孜、爐霍和道孚縣境內的霍爾孔薩、霍爾麻書、霍爾咱、霍爾朱倭、霍爾章谷等幾大部落投順清朝，被授從四品安撫司職銜，並頒布印信號紙。這幾個土司都在瞻對北境，也就是前文中常說的霍爾五土司。甘孜州本地學者洛吾志麥和丹增澤翁所撰《霍爾章谷土司史》說：霍爾五土司為同一個祖先。元初，成吉思汗之孫西涼王闊端，與薩迦法王涼州會盟後，派他的護衛軍進入康區，打敗當地信奉藏族原始宗教本教的白利王，又令人護送薩迦派高僧八思巴入康區傳教。霍爾五土司之祖，就是那時護送八思巴入康後留在當地的蒙古貴族。後來，子孫繁衍，成為各部落首領，並與當地藏文化融為一體，是為霍爾五土司來源。

所有受封土司，都頒給印信號紙。印信，大家都知道是什麼。號紙，其實就是由清朝中央下達給某某新任土司的一紙批文。

受封的土司，要編造戶口清冊，以此為基礎，確定向清廷繳納貢賦的數目。土司給朝廷的貢賦一般都是地方特產，這地方出名馬，則貢馬；出珍貴藥材，則貢賦藥材。數量不大，象徵性的。也就是說，送點東西，多少不論，朝廷要的，就是個俯首稱臣的意思。後來，因收受實物貢賦麻煩，就折成銀兩。以本書的主角瞻對為例，雍正六年，上瞻對土司所轄戶數四百二十八，納賦額折銀十六兩。乾隆年間，中瞻對土司因戶數稀少，不納貢賦，也頒給印信號紙。

里塘土司轄地廣闊，戶口眾多，雍正年間勘定其轄有百姓六千五百餘戶，納賦折銀「三千三百六十二兩四錢七釐九毫八絲」。還不用全上，因為地處川藏大道之上，官差甚多，朝廷還要頒給土司養廉銀、口糧銀四百四十三兩，「准由在賦糧折銀中自行扣除」。

土司社會內部，除德格等地面廣大、人口眾多的土司有稍為複雜成熟的管理體制外，大多數土司管理都很簡單。大土司是大豪酋，大豪酋下面還有很多小豪酋。大豪酋當了土司，各村寨小豪酋就是隸屬土司的大小頭人。這些大小頭人，有一部分也受到清廷冊封，是為比土司層級更低的土百戶、土千戶，仍受所在地域的土司管轄。

土司轄下百姓，主要的負擔，是各種無償的兵役與勞役。因為生產還停留在粗放的自給自足階段，即便有商業貿易，也為寺院或土司頭人壟斷，農牧民除了農牧生產的原始產品，並無其他收入。所以，對土司頭人的貢賦，也是呈繳糧食或畜產品等實物。

土司們被隔絕了，在一塊塊不規則的，犬牙交錯的領地上。

他們作為至高無上的王被隔絕。

實物稅，無償差役，對幾千口子人生殺予奪的特權。

而這時，哥倫布之流開啟的大航海時代以後的世界，正在越來越快地前行、越來越多地發生著聯繫。但土司們仍然被拘束在一塊小小的土地上，不知今世何世。每天升起的太陽和五百年來每天升起的一模一樣。每天，土司腦子裡冒出的念頭，和幾輩之前，坐在這個位置上的那位土司的念頭一模一樣。無論是憂慮還是歡樂，都一模一樣。

他們是貴族？是的——在某種程度上是的。貴族是精英階級，但他們只是權貴階級，而不是精英。不要說精神生活，即便是物質生活也粗糲而貧乏。在精神領域，他們也只是跟屬下的所有百姓一樣，被喇嘛們引導到宗教世界。那個世界，非關現世，遙遠而又晦暗不明。能期望這樣的貴族階層所領導的社會有所進步？沒有絲毫指望。

在瞻對，貢布郎加統治期間，百姓負擔主要是兵役與勞役，除了出兵打仗，還要服無償勞役替其耕種土地。此外，有土地的自耕農民每戶向貢布郎加家族交納烤酒用青稞四批。批，藏式計量單位，相當於二市斤，由各村寨頭人收齊上繳。牧民每年以所養牛群一天的產奶量，製成酥油、乾酪經頭人上交。如果不是長年對外用兵，瞻對地方這樣的負擔還可以承受。但一旦戰爭發動，每戶都要出人、出馬、出槍，自帶口糧，遠離家鄉四出征戰，因而負擔沉重，以至破產逃亡。

藏軍占據瞻對後，由拉薩派來的官員，並不顧瞻對經過十幾年戰爭，當地人口，尤其是丁壯人口銳減，民生凋敝的現實，一面在現今新龍縣城所在地新修官衙和寺廟，都由當地百姓支應勞役，一面攤派各種苛捐雜稅，將所得銀兩，押解西藏。既然「清大人」的皇上不給銀子，拿瞻對地面充抵軍費，那他自然要想盡辦法，把花掉的軍費加倍收回。

當年，駐藏大臣和川藏大道上塘汛糧臺等費用，每年六萬兩白銀由四川省撥付。所以朝廷要四川再出藏軍征瞻軍費，自是很不情願。中央不願拿或拿不出這筆銀錢，便將瞻對地面「賞給達賴喇嘛」，噶廈政府在這裡徵收各種捐稅，用以抵還兵費。問題是，瞻對地面到底能有多少捐稅，並無統計。藏軍該占據瞻對多久，也就難有確切期限。我看到的資料，多說是三十年，也有一說是十年。

有資料說，以當時瞻對地面的人口與生產情形，每年可收的銀子每年不過萬兩。

藏軍大兵撤退後，還留下小部隊鎮守瞻對，並迅速派出官員管理地方事務。對當地百姓來說，無非是新換一個土司，基層社會結構並未有觸動。藏官到任後，也未謀畫生產方式與生產組織方式的改變，原來各村寨有勢力的家族，搖身一變，又成為噶廈政府的基層官員。對百姓來說，變化的只是捐稅一項。過去只要一些實物上納土司，現在則必須真金白銀，自是苦不堪言。加上噶廈政府和所有封建集權的政治一樣腐敗無度，送禮納賄，都是公開行為。

這個腐敗政府委派的官員，在瞻對這個深入川屬土司、遠離西藏的飛地上，天高皇帝遠，手握對百姓生殺予奪的重權，便是得了一塊寶地，除了完成應上繳拉薩的指標外，自己為官一方宦囊也得裝得滿滿當當，自然更加需索無度。當地百姓一旦不能滿足其貪欲，或者表露不滿，駐瞻對藏官便濫用刑罰。瞻對地面民不聊生，怨聲載道，這樣的情形，一下子就持續了二十多年。只要地方豪強不犯上作亂，百姓生活如何，無論清廷中央還是噶廈政府都無人關心。於是，當地百姓忍無可忍，最後只得起而反抗了。

階級鬥爭觀念盛行的年代，貢布郎加作亂一方，被視為農奴起義的領導者。在我看來，下一回瞻對人起事才稱得上真正的農奴起義。

當時，距西藏邊界終歸失敗的隆吐山之戰硝煙散盡不到兩年。

一次真正的農奴起義

這次瞻對起義的領導者，名叫撒拉雍珠。

光緒十五年，西元一八九〇年，藏兵占據瞻對後的二十六年，駐藏大臣升泰上奏瞻對番民謀叛。

當時派駐瞻對的藏官青饒策批無比貪婪，對當地百姓勒索無度，而且殘暴異常，百姓怨聲載道。加上其兒子堅參扎巴和瞻對本地頭人四郎旺堆橫行四鄉，百姓負擔沉重，稍有不滿便動輒得咎。

瞻對地面情形如此不堪，西藏方面也有所了解，卻依然聽之任之，並不打算出手整頓。一八八九年，駐藏大臣就把瞻對情形上奏朝廷：

「唐古特（西藏）派來大小番官，不理公事，只知貪詐銀錢，近來苛索愈眾，視百姓如牛馬，鞭笞索取，無所不至。」

而且，不是青饒策批這一個派駐此地的藏官才如此行事。「唐古特自有瞻對以來，所有派來番官，惟以剝削為事。近來新派之番官青饒策批刻酷尤甚，視百姓若馬牛，橫徵苛斂，殆無已時。」

不僅如此，瞻對藏官還插手相鄰土司事務。青饒策批到瞻對後，鄰近的土司地面發生民變反抗土司統治，青饒策批立即驅使瞻對壯丁出境援助，「替土司攻其百姓」。戰爭中，瞻對百姓耗去生命和財產，藏官非但不加體恤，還要乘亂漁利。史料有載，僅其中一次助戰，青饒策批「其子與隨員扎阿色、奪結扎對及傳號等互相為惡，殺人抄家，總計賺銀二萬數千」。

瞻對百姓見藏官行如此苛政，便派人到西藏申訴苦情，同時也派代表前往打箭爐向清政府衙門投遞「夷稟」，要求瞻對脫離西藏管轄，再歸四川。但「清大人」高高在上，說這些事由都屬「蠻觸相爭」，些許小事，非關國體而不予置問。又十多年後，有新任清廷駐藏官員路過康區前往西藏，在打箭爐查閱舊檔，才發現光緒年間那番官「肆為無道，民不聊生，因而叛藏歸川，訴呈至百餘件之多」。但那些訴呈積壓在清朝的地方衙門中十多年，無人過問。

康巴地區人民一方面號稱強悍，但經過上千年佛教思想的薰染，深信天命，對於封建等級制度從來逆來順受，不思反抗。此時，投訴苦情的「夷稟」都如石沉大海，忍無可忍，才由一個叫撒拉雍珠的鐵匠帶領，起而反抗。

撒拉雍珠的身世，在瞻對人上給清朝官府的「夷稟」中保存下來。

他本不是窮苦人，出身於一個小頭人家庭。

他父親叫做阿噶，「在前任藏官彭饒巴任內小心當差，並無過錯。後任藏官索康色因與彭饒巴不睦，遷怒於阿噶。又因阿噶之兄松郎覺美手摹藏官圖記，被索康色拋河溺死，抄沒全家」，並將小頭人阿噶帶同兒子撒拉雍珠拘囚三年。

這位索康色任滿回西藏前，才把他們父子從牢中提出來，令他們在神前賭咒發誓，此後不准到漢藏官員面前申訴冤情，又詐取銀錢若干，才將撒拉雍珠和其父親釋放。到此，全家人一貧如洗，形同乞丐。

撒拉雍珠做了一個身分低賤的鐵匠。

在我心目中，這位撒拉雍珠才是真正的瞻對英雄。他心懷深仇，除打造些日用器具出售謀生之外，「每一刀成，不售，擇其親戚之有才藝者予之，囑其好好收藏。即使有以重價購買者，也不理會」。他其實是心懷大志，藉此集聚反抗的力量。

一八八九年秋天，撒拉雍珠和本地僧人巴宗喇嘛等領導的反抗藏官的暴動全面爆發。暴動前夕，撒拉雍珠集眾宣誓：「我欲為民除害，勿殺好人，勿擄財物，封其府庫，以待漢官。有違者吃吾刀！」

瞻對全境，參加暴動者達六千餘眾，藏兵各駐紮地和藏官官寨都受到攻擊。很快，駐瞻對藏兵即被擊敗，或死或逃。被圍困於官寨中的藏官青饒策批這時只好哀求說，既然你們不願歸我西藏管轄，我回西藏好了。

暴動百姓要他先交還搜刮的銀錢，可是大部分錢財早已運回西藏。只剩下新搜刮而不及運走的很少部分重歸義軍手中。

暴動百姓本欲將此藏官殺之而後快，這時，瞻對境內各寺院有頭臉的喇嘛出面調解，說殺了藏官，就是違犯王法，只須將他留下姓名，准其回藏，還給以盤纏、鞍馬並槍刀，往西北方禮送到德格土司地面。

這位青饒策批並未老實回藏，而是南下潛逃到里塘土司境內，伺機反撲。

撒拉雍珠和巴宗喇嘛領導瞻對百姓暴動勝利後，「上、中、下瞻對均各動兵」，分頭把守出入瞻對的各個隘口關卡，「無論何人不容進出」。

同時，撒拉雍珠等繼續向清廷呈遞「夷稟」，控訴藏官，要求內附。

時任成都將軍歧元，在所上奏摺中說：「臣等前接該暴動首領的信折，陳述藏官種種貪虐，不願隸藏之意，尚無悖謬之詞，其派兵守隘，亦在瞻境，並未擾及鄰界。」

駐藏大臣的奏文中，雖然也承認此次民變起因是「番官苛斂」，卻誣衊撒拉雍珠等「勾結野番謀叛西藏，並圍困官寨，肆行焚掠」。

其實撒拉雍珠只是激於義憤，率眾起事，消滅了駐瞻對藏兵，驅逐了藏官後，就迭次上書清廷，請求脫藏內附。而且也沒有像從班滾到貢布郎加等暴亂首領那樣要做瞻對乃至更大地域的「王」的野心。

他們起事成功後，聽說貢布郎加的一個兒子鄧登貢布，兵敗後潛逃到了果洛地方的游牧部落中，便和大家商議要迎他回瞻對，擁立為義軍領袖。並派義軍二號人物巴宗喇嘛親自前去果洛迎請。

巴宗喇嘛果然在果洛游牧部落中找到了鄧登貢布。這時的鄧登貢布已經鬚髮半白，在當地也能號召數千人眾。而且，鄧登貢布經過二十多年前的慘敗，知道無論如何不能與清廷為敵，便對巴宗喇嘛說，他要「奉大皇帝諭旨，賞給翎頂，准回瞻對」，有「字樣可憑」，才敢率其屬下「野番」回歸瞻對。他轉而推薦其兄弟東登貢布之子，也就是貢布郎加之孫貢布確邛出山。「彼在山中牧羊，先將此人迎回瞻對，暫立為主」。

於是，巴宗喇嘛便先帶了貢布確邛回到瞻對，撒拉雍珠等便將其擁立為主。《清季外交史料》中載有撒拉雍珠等上呈清廷的「夷稟」譯文：「現經瞻民迎回貢布確邛為瞻對頭目，誓不歸西藏管轄，願歸大皇上為良民，不能滋事，求照各土司例歸內屬。」

其實，這位新主貢布確邛就是一個象徵性的存在，撒拉雍珠和巴宗喇嘛還是暴動民眾的實際領導者。

這時的清廷當然已經清楚知道瞻對暴動的發生，只是反對貪官苛政，和此前幾次反抗朝廷統治性質大不相同，卻不顧瞻對方面的一再申訴，一面命令駐藏大臣要噶廈政府將「辦理不善之代本青饒策批革職查辦」，一面又諭令四川將軍歧元、總督劉秉璋，「派兵鎮撫，設法解散」，「亟應查明為首各犯擒拿懲辦」。

川督劉秉璋奉旨後，立即派試用通判王延齡、候補知縣張炳華、巴塘都司李登山等「密帶兵勇」進剿瞻對。

清廷第五次用兵瞻對

是為有清一朝，第五次對瞻對用兵征討。

於是，清廷調派的漢、土官兵又一次向瞻對地面合圍而來。

和前幾次用兵瞻對時，那些欺下瞞上的清朝官員不同，這次領命的幾位，官位不高，對於清廷來說，倒確實是幾位「實心任事」的幹練之員。

他們率清軍由章谷土司地面到達瞻對邊界，陳兵此地，一面防備鄧登貢布率果洛「野番」從北方草原南下；一面徵調瞻對東面的明正土司，瞻對南面的里塘、巴塘等土司「率土兵嚴堵要隘」。

做好這些準備後，張炳華和李登山也深知瞻對此次民變並不是反抗朝廷，所以敢輕騎簡從，藉勘查瞻對和各土司界線為名，深入瞻對各地，大作分化瓦解的工作。而撒拉雍珠和瞻對百姓，終於盼到朝廷命官，對他們並不戒備，任其在瞻對全境自由行動。張炳華和李登山等在瞻對民眾中聲言「有大皇帝作主」，定要廢除藏官苛政，欺騙起事群眾放下武器，以此孤立暴動首領。很多群眾果然中計，便收起刀槍，回家生產。

張炳華還通過一名叫李朝的通事（翻譯）收買了撒拉雍珠的姪兒，也是暴動領導人之一的撒拉阿噶，和一些大小頭人，利用這些叛逆之人「與以機宜，自相勸解，俾其藩籬自開，自釋眾惑，繼解脅從，黨羽散去，瞻目勢孤無助。」

做好這些準備後，一八九〇年三月間，駐防打箭爐的阜和協副將徐聯魁率漢、土官兵急行軍潛入瞻對，將撒拉雍珠及所率民兵重重包圍。至此，撒拉雍珠才明白「清大人」不是來替瞻對百姓作主的，反而要對他們痛下殺手。他知道自己上了大當，便率眾拚死突圍。戰鬥中，撒拉雍珠奮勇作戰，不想卻在衝鋒時讓已被清軍收買的親侄子撒拉阿噶從背後放槍擊中，死於突圍戰中。

突圍不成，巴宗喇嘛接過指揮權，率眾在寨中堅守。

後來，又一任駐藏大臣長庚在《瞻番就撫首惡次第殲擒摺》中，這樣追述當時的戰鬥情形：「寨外牆高數仞，圍房數層，中有大碉高插空際，寨外小碉迴環相應，巴宗喇嘛分布脅從，在內持槍死拒。」這樣，戰鬥持續了半月有餘，清軍終於攻抵寨前，「命精銳各頂方板，掘挖寨牆，用柴薪堵塞寨門」，準備放火攻寨。

孤立無援的巴宗喇嘛見寨破在即，只好率眾突圍，力戰被俘。從果洛迎回的貢布郎加之孫貢布確邛也於突圍時被槍擊而死。

於是，瞻對地面這次真正意義的民眾起義被清廷鎮壓了。

到此為止，清軍已經是第五次用兵瞻對。對於那些真正反抗朝廷的戰鬥，每一次都代價巨大，虎頭蛇尾，不得善果。倒是這回鎮壓一心要歸附朝廷的瞻對起事百姓，如此迅速就得了完勝。這是瞻對百姓的悲哀，在一直聲稱要「用德以服遠人」的清廷，則是一個荒誕無比的巨大諷刺。

清廷此次用兵，不是不明白民變情有可原，而是出於所謂「大局」的考慮。這個大局，就是清朝中央與噶廈政府之間此時已相當微妙的關係。鎮壓瞻對起事百姓，意在安撫西藏上層。所以，事後對俘虜的巴宗喇嘛毫不容情。「瞻對叛番巴宗喇嘛首先造意煽亂，勾結野番奪寨逐官，情罪重大。現經長庚等審訊明確，即著正法梟示，以昭炯戒。」這個炯戒是什麼呢？那就是噶廈政府官員，無論僧俗，無論如何以一己之貪殘，虐民於水火，老百姓都得各安天命，不得反抗。歷朝歷代，所謂治藏安疆，都是籠絡上層僧俗權貴，而於民意民情則無所體恤。這樣的治藏政策，於今思之，仍不無教訓的意義！

有此指導思想，瞻對第五次亂平後，清廷一些善後措施，比如列出所謂「應禁苛政酌議八條」，「以安地方」等，也都是官樣文章。

兩年後，駐藏大臣升泰上奏，是關於那位促成了瞻對撒拉雍珠事變的藏官青饒策批的處理意見：「訊明已革瞻對番官青饒策批參案苛虐情狀，皆其頭人四郎旺堆勾同其子堅參扎巴所為」，也就是說，這個人回到西藏後，不知又使了多少從瞻對勒索而來的銀子，大事化小，終於申明自己沒有苛虐之罪，至多是失察之過，所以，駐藏大員要上奏「請免治罪」。

得旨：「允之。」

此時，新的藏官已經在瞻對上任，重演舊事了。

哀哉，鐵匠撒拉雍珠！

哀哉，巴宗喇嘛！

嗚呼，瞻對百姓！

可以補充一點的是，這段歷史事實也被西方人以他們的方式加以獨特的關注。在義大利人畢達克著《西藏的貴族和政府》一書中，對這件事情是這樣記載的：「一八八九年，那個地方爆發了動亂，驅趕首席西藏地方長官……形勢要求四川總督再次加強漢人的直接統治。面對這一困難局勢，拉薩政府派霍爾康賽和堪布洛桑扎西前去調查。不久，霍爾康賽接任高級地方長官職務，成功地平息了這場叛亂。四川總督將一位首領——巴宗喇嘛當眾處死，並依法對他主要的追隨者起訴。」

需要指出一點，這時的中國，是清朝滿族皇帝的江山，不是「漢人的直接統治」。

這是一本很有權威的學術書，那樣的血雨腥風在優雅的學術文體中是多麼平靜啊！但傾向性還是難於掩飾的，只是同情沒有落在最該得到同情的撒拉雍珠和巴宗喇嘛身上！

第七章

養癰者貽患

清廷如此息事寧人，聽之任之的結果，是六年後，瞻對地面又有事情發生了。

光緒二十一年，西元一八九六年，朝中又接到上奏：「瞻對番官對堆多吉等以追逐瓦述三村百姓為由，起意吞併明正土司，膽敢率兵一千餘人長驅深入，互相殺傷，商上多方袒護。」前文說過，「商上」，藏語譯音。本為管理達賴喇嘛財務和行政事務的專門機構，清代史書中有時用來稱代噶廈政府。

瞻對藏兵越界，當朝者自然感到憤怒：「……率兵越界，意圖吞併明正土司地方，實屬橫惡異常，肆無忌憚。」下旨將番官對堆多吉，僧官夷喜吐布丹均著革職，並令駐藏大臣將此諭令譯為藏文，交予噶廈政府，要他們「另派賢員接管」。後來，這命令噶廈政府撤換駐瞻對官員的命令也不了了之，因為這時恰好新任駐藏幫辦大臣訥欽從四川往西藏赴任，正要路過番官出界滋擾的地方，番官聽聞，也怕事情鬧大了不好收拾，「遂即退兵」。於是，京城又下旨說：「該番官等尚有畏懼之心，即可相機開導。」

還是在西方人所寫的《西藏的貴族和政府》一書中，這場衝突被這樣描述：「一八九五年後期，明正土司侵犯瞻對。西藏高級地方長官對堆多吉……提出抗議，抵抗、反擊明正土司。四川總督鹿傳霖將此視為對中國領土的侵犯，因他的請求，駐藏大臣奎煥要求達賴喇嘛將對堆多吉和他的僧官同事堪窮夷喜吐布丹召回，並提出起訴。達賴喇嘛拒絕執行。兩位官員仍留在瞻對，組織抵抗，並任命孜仲則忠扎霸為他們武裝力量的指揮。」

這時，洋務運動和清末新政一些舉措也開始及於藏區。

先是四川總督鹿傳霖主張開辦四川礦務，但「川省礦產皆在番夷土司之地」，那些「距省較近，土司馴良之區，即著派員詳細履勘，認真舉辦」。至於「打箭爐毗連藏地，甫經開導土司試辦，即有糾眾鬧哄之事」。而這些地方，沿河金礦都極易開採，正好補充清朝空虛的財力，所以，清廷還是要求四川方面「體察情形，酌量開採」。

光緒二十二年，考慮到「川藏文報遲緩，擬由成都至打箭爐先接電線」。電線架好了，可以打電報了，但乘電報到京城來的幾乎還是壞消息。煩人的消息，只是來得更快。

隨便摘引幾段。

「廓、藏失和，派員航海取道印度前往查探解散，請寬給公費。」

「據堪布巴勒黨吹木巴勒呈稱，近年貢使到京，屢被白塔寺等處居住之喇嘛、商人等串同誆騙銀兩，請飭傳訊。」

「鹿傳霖奏瞻對番官現復帶兵出巢越界侵擾，不服開導。」

「瞻對番官上年與明正土司越界構兵，經鹿傳霖等將駐瞻僧俗番官先後撤參，均經降旨允准。乃該革番官並不遵照撤換，近復帶兵越界滋事，干預章谷土司案件，勒令書立投瞻字樣。」事情比原來更大了。不僅是出兵侵略明正土司，還干預章谷土司案件。

地處爐霍的章谷土司我們已經很熟悉了。

貢布郎加為亂康區時，首當其衝的就是章谷土司。清史記載，藏兵平定瞻對後，章谷第九代土司又回到轄地，官復原職。這時，藏軍不僅占領瞻對，也占據著章谷土司地面。甘孜當地史料《霍爾章谷土司概況》記載，瞻對事平後，藏軍恢復了章谷土司權力。第九世章谷土司去世後，扎西汪加出任第十代章谷土司。藏方同時委任一名僧官擔任章谷宗本，掌控章谷地面。當地史料說，扎西汪加自幼身處戰亂之中，缺少教養，沒有執政能力，加之藏方宗本的節制，繼位後基本不問政事。一八九六年，扎西汪加去世。因沒有子女，章谷土司絕嗣。土司的空位，引起章谷內部各實力頭人相互爭鬥。而鄰近的朱倭土司和麻書土司等，也覬覦章谷地盤與人口，介入圍繞土司權位的明爭暗鬥。

而據《清代藏事輯要》記載，第九世章谷土司死於光緒十八年，死後無子繼位。繼位第十世章谷土司的是麻書土司扎西汪加，入主章谷為「兼祧」。在封建宗法制度下，這是一個男子同時承擔兩個家族的傳承。有考證說，「一子兩祧，為乾隆間特制之條」。

麻書土司「兼祧」了章谷土司，引起了直接與章谷接界的朱倭土司不滿。朱倭與麻書兩家，傳說中本是同一個蒙古祖先。這時又是翁婿關係——麻書土司之妻為朱倭土司之女。第九世章谷土司病故後，朱倭土司就唆使他女兒把章谷土司的印信號紙「攜回朱倭收藏」。麻書土司不滿，把官司打到打箭爐的清朝衙門，「打箭爐文武屢次催交，朱倭土司不特不肯交出，且敢聲稱往投瞻對番官理論」。光緒二十二年，朱倭土司調集土兵，「勾結瞻番添兵相助攻打章谷土司地方」。其實是瞻對藏軍出境，幫助朱倭土司攻擊麻書土司。

這就是四川總督和駐藏大臣上奏中所說的「干預章谷土司案件」。

與此同時，瞻對藏官還在干預霍爾孔薩土司家族的內部紛爭。那時，第七代孔薩土司與妻子感情不和，以致手下大小頭人也分裂為兩派。兩派互相爭鬥，造成好幾起血案。最後是土婦一方圍攻官寨，土司逃亡，土婦擁金掌握了土司大權。孔薩土司地面，本是藏軍從貢布郎加手中收復的，復位後的土司自然便疏遠清廷，而尊崇瞻對藏官，有事都是向瞻對藏官報告。孔薩土司家族內部的這場爭鬥，也由駐瞻對藏官出面調解，調解的結果：土婦與土司結束婚姻關係，土司土婦雙雙退位，傳位給第八代孔薩土司。

這些土司家族，在其先輩之時，還能保境安民，聚眾農耕住牧，以原始部落而接受佛教文化，並助其傳播，在歷史上起過進步作用。但從此陳陳相因，因循守舊，想要厚積財富，增加實力，卻不能通過革新生產方式與生產組織形式，發展工商來加以實現。其唯一的手段無非就是爭奪地盤人口，結果卻是內爭外鬥之下，民生凋敝，人口萎縮，土司家族自身也日漸衰弱。

光緒二十二年夏，瞻對藏官則忠扎霸直接領兵到章谷，插手土司間的衝突。鹿傳霖派督辦夷務知府羅以禮率兵前往彈壓。清軍與瞻對藏軍發生武裝衝突，則忠扎霸戰敗，退回瞻對。接到奏報後，光緒二十二年秋，清廷下令向瞻對開戰。「瞻番既迭經開導，抗不遵從……竟敢開槍轟擊官兵，釁端已開，自非大加撻伐不可」。

這是清朝在如今只是一縣之地的瞻對第六次用兵。

清廷第六次用兵瞻對

一直主張收復瞻對的鹿傳霖早已做好準備，得了命令馬上進攻。「將朱倭逆寨、瞻番新寨攻破，唯瞻逆則忠扎霸乘間逃遁。」鹿傳霖隨即下令提督周萬順率軍追擊，同時調集明正、里塘各土司兵馬，「聽候調遣，以為後繼」。

這時，下了進剿命令的清廷又擔心起來，好在有了電報，消息傳遞就快多了。三天後清廷又「電寄鹿傳霖，瞻對之事干涉達賴，恐掣動藏中全域。現在添營進剿能否得手？著鹿傳霖隨時電聞」。

而鹿傳霖思考的已是瞻對的善後事宜，主張「保川圖藏」：「擬俟收復三瞻後議設流官」。也就是說，這位勵精圖治的四川總督已經在籌畫戰後驅逐藏官，在瞻對等地「改土歸流」，建立由朝廷委派流官的行政機構。

此時的清廷對鹿的主張是欣賞與支持的，表揚他「總期自固藩籬，消弭隱患」。

清軍攻進瞻對後發現，一年前已由清廷下令革職的駐瞻對藏官對堆多吉和夷喜吐布丹仍留在當地，正帶領藏軍抗拒清軍，但在提督周萬順三路齊攻面前迅速敗退。而在章谷，奪了章谷土司印信的朱倭土司也戰敗了，帶著章谷土司和自己的印信潛逃。

戰事進行順利。鹿傳霖直接向朝廷提出：「統籌川藏情形，瞻對亟宜改設漢官。」

朝廷此時卻又猶豫起來，電告鹿傳霖：「瞻對用兵係暫時辦法，事定之後應否仍設番官，當再斟酌妥辦」，「不能因此嚴責喇嘛，轉生他釁也。藏事棘手，該督等當通盤籌計，切勿魯莽」。

奏報往還之間，周萬順所帶漢、土官兵正一路苦戰，逼近了如今新龍縣城所在的中瞻對，藏官官寨所在之地。此地在雅礱江西岸，東岸一山壁立，直逼江邊，有一座跨江橋梁通往對岸。我到當年這爆發惡戰的舊地，與昔日不同的是，當年的藏式木橋，已被一座可以對駛卡車的水泥拱橋所代替。橋變了，地理狀況並未改變。江西岸山勢稍緩，江岸邊一片傾斜臺地，藏官衙門和藏軍堡壘就位於這片臺地之上。藏軍深溝高壘，要在此與清軍決戰。戰事是新的，對手也是新的，情勢卻與此前幾番攻瞻過程幾乎雷同。「逆巢有新舊大寨兩座，形勢毗連，均極高峻險固，新舊大寨之外，三面環列小碉十七座，賊自焚其三，其餘棋布星羅，互為犄角」。除此之外，寨之右山有哨碉三座，形如品字，為新寨之屏蔽。其新舊兩寨之前，復有水碉四座，相為犄角，真是易守難攻之地。更困難的是，清軍在東岸，藏軍敗退時，已撤毀了通向對岸的橋梁。前線清軍一面趕造牛皮船，「以洋槍沿岸轟擊」，掩護強渡，一面從上游距中瞻對近百里處的波日橋渡河迂迴，終於將中瞻對藏軍圍困起來。

在前線領兵的周萬順戰術嫻熟，「趕造極厚木牌以禦槍石」，並開挖地道，深抵寨牆後，才激勵將士發起進攻。鹿傳霖在其奏章中詳細記載了戰爭過程，給我們留下了彼時戰爭活生生的細節。

光緒二十二年八月二十八日黎明，攻擊駐瞻對藏軍中心據點的戰鬥正式開始。

「周萬順新督各營開隊前進，直攻第一水寨，賊用槍石轟擊，我軍以木牌自衛，鼓勇直前。旋前旋卻，直至昏夜，始抵寨根。」鹿傳霖還留下了那些低層軍官的名字：「曹懷甲、朱蘭亭、馬驤、李朝富、鄢明慶等，各率所部勇丁四面攻擊，哨弁陳有珍督率勇丁、礦夫開挖寨牆，寨上槍石如雨，繼以沸湯，附近賊寨復以槍砲環擊，我軍頗有傷亡。新大寨復出悍賊數十，直前援救，陳有珍揮戈陷陣，奮勇抵禦，陣斬悍賊多人，賊始敗退。」但清軍挖掘地道卻沒有成功，因為遇到了巨石。「時天已將明，我軍始退避坎下，朱蘭亭及哨弁張玉林均受石傷，並陣亡勇丁一名，受傷者十一名。」

白天休息，二十九日夜，又對這個水寨發起進攻。同時佯攻其他寨子作為牽制。換了一個叫李飛龍的軍官帶領繼續開挖地道。「大寨復來援賊數十，直犯我軍，經馬驥與哨弁艾榮華、馬象乾等分兵迎擊，斬賊三人，賊乃遁去。惟寨上砲石如雨，鄢明慶、陳有珍均各受傷，迨至四鼓，始將地道掘成，哨弁陳長信急負洋藥二桶裝入洞中，燃火轟發，寨牆立圮，我軍乘勢攻入，立將寨賊焚殺無遺，擒獲逃出番婦一名，工曲大頭人一名，朱倭大頭人一名，乍丫大頭人二名，我軍亦陣亡一名，勇丁五名。」

這才攻克外圍四座水碉中的第一座。

三十日夜，又如法泡製，攻擊第二座水碉。不同的是，直到水寨再次被地道中的洋藥轟毀，大寨裡再無兵出援了。

九月初一，清兵見瞻對藏軍注意力都集中在剩餘兩座水碉的防守上，便出其不意，籌畫攻擊大寨右山上的哨碉。當天晚上，「令鄢明慶等乘夜率隊前往攻撲，曹懷甲、李飛龍及明正土兵同往埋伏接應，是夜二鼓，銜枚急進，直抵賊巢，賊以長矛飛石，直犯我軍，李飛龍所部哨弁陳守信伏兵突出，賊不得逞，我軍亦多受傷。此碉直立岩際，路極陡險，與新寨互為犄角，時以銅砲轟斃我軍，猝難前進，正在相持，忽聞新寨銅砲炸裂，哭聲震天，哨弁楊蔭棠急放大砲轟擊，我軍一擁而前挖成地道，急以洋藥填入，轟塌碉牆，乘勢攻入，將碉內悍賊殲除淨盡。哨弁丁玉堂、劉長勝奮勇先登，均受重傷，陣亡勇丁三名，受傷十二名。」而右山三座哨碉這才去了一座。

以後，藏軍「守禦愈嚴」，戰事陷入膠著，僵持了差不多半月時間，再也未有新的進展。

九月十三日，又有副將陳立綱率援軍兩營到達，清軍士氣高漲。周萬順當即命令於白天大舉進攻。「分派壽字後營、長勝中營、長勝副中營、新健營分路猛撲，碉內放槍轟擊，哨長余鳳鼎勇丁一名當時陣亡，游擊丁玉堂、龍迎廷均受重傷，眾欲退避，哨弁陳有珍，躬冒槍石，奔赴牆下，鄢明慶復自後督隊，眾始奮勇撲攏，力挖牆腳，各營槍砲環施，他寨之賊不敢出援。相持兩時之久，碉壁挖穿。陳有珍急負洋藥安放洞內，滾岩而下，俄頃火發，碉牆齊摧，守碉悍賊數十人無一脫者。」

周萬順又轉而命令攻擊水碉。

「此碉本為鎮橋而設，極為高厚，左築深池，右築圍牆，牆外掘有深濠。濠外梅花樁密布，雜以荊棘，韓國秀親督弁兵，將梅花樁奮力拔去，而牆內伏賊槍石如雨，相持時許，陣亡守備王勝美、把總張仁臣、六品軍功馬才品三人，勇丁亦多有傷亡，勢且不支。周萬順急令外委梁長泰用開花砲轟擊，時已亥刻，賊復出隊救援。各軍奮勇接戰，斃賊甚多，紛紛敗退碉內，逃出六人請降，餘為砲火轟斃，槍砲漸稀。陳有珍即督率勇丁乘勢猛撲，躍登圍牆，復督令急挖碉牆，大寨之賊迭出救援，均經擊退。時至五鼓，碉牆挖至八尺，尚未洞穿，急以洋藥轟放，僅去碉牆一角，我軍乘勢攻入，斬殺殆盡。」

清軍暫停進攻，勸藏兵投降。

九月十六日，藏兵放棄外圍剩餘哨碉和小碉，相繼撤入中心大寨。周萬順見勸降無果，「復飭各營進兵取其附近之碉，各營遂率所部四面包抄，齊聲吶喊，賊眾驚惶無措，堅守老巢。鄢明慶遂率奮勇數十人傍山而行，撲入一碉，始知悍賊逃入大寨，僅餘婦孺三人，此碉即為我有。韓國秀、李飛龍各率所部猛撲大寨，寨內槍石如雨，時陣亡把總王懷三並勇丁一名，猝難逼近。李飛龍見附近一碉，槍聲稀少，諒無多賊，即率健勇數十人破門直入，碉內僅有數人，跳窗而下，立為我兵轟斃，此碉亦即奪得，正擬進圖大寨，適大雨如注，當即收隊。計先後奪取五碉，共陣亡弁勇十七人，受傷七十三人，攻瞻之役，此次最為惡戰。」

統計戰果：「合圍兩月有餘，先後攻破賊碉八座，現僅存逆巢新舊大寨兩座，小碉五座。」

藏兵方面，帶兵官則忠扎霸兵敗章谷後，並沒有回到瞻對，失去蹤跡。駐守瞻對的是前一年已由清廷下旨噶廈政府要求予以革職的原駐瞻對俗官對堆多吉和僧官夷喜吐布丹。俗官對堆多吉在清軍渡雅礱江形成包圍前已經逃走，留下其子楞殊與僧官夷喜吐布丹堅守官寨。

楞殊於十三日戰死。只剩僧官夷喜吐布丹一人率殘兵頑強抵抗。

鹿傳霖見此情形，命令周萬順「開導招降，剿撫並施」。

周萬順得令，「派令降番屢次入寨開導，令其獻寨投誠免死，賊尚負固不服。」同時還在積極備戰，於是「開挖曲折明濠，為攻取逆巢舊寨之計」。

「九月十七日，濠已開成，寨內之賊倍形惶懼，將舊寨器物移入新寨，猶抗不出降。周萬順知其已無固志，十八日清晨，傳令各營四面進攻。一面仍派降番入寨，切實開導，曉以利害禍福，許以獻寨乞降，准予免死，如敢抗拒不服，即當進攻，破寨定在今日。逆番夷喜吐布丹見事機已急，始派二等番官洽桑巴出寨求見漢官，周萬順當令彭鶴年、周啟藩、張志琦及李飛龍、鄢明慶、李朝福與之相見，洽桑巴初猶狡辯無罪，詞尚倔強。彭鶴年等歷數其苛虐瞻民，蠶食土司，參撤不遵，而復敢帶兵越界滋事，拒傷官兵種種罪狀，嚴詞詰責，並諭以事已到此，利害禍福，惟其自取，洽桑巴始懼罪戰慄。謂以前之事，皆係對堆多吉、則忠扎霸所為，兩人早已在逃，夷喜吐布丹不敢抗拒官兵，近日守禦，亦係對堆多吉之子楞殊之謀。其人已中砲斃命，夷喜吐布丹現知悔罪，懇求罷兵。彭鶴年等復勒令限三日之內，陸續獻出碉寨，不准遷延，可從寬貸。

「洽桑巴往返數回，始於午後大開寨門，將舊大寨獻出，寨內番眾均已逃亡新寨，財物器械搬運一空，韓國秀一軍，當即入居寨內。」

其間，還發生一件事情，清軍抓獲前來送信的藏兵，搜出一紙「傳牌」。內中聲稱增援瞻對的藏兵一千五百名正在向瞻對進發。但這紙「傳牌」印文模糊，也未說明這援軍是何人帶領，又是從何處而來。清軍判斷這是偽造，「希以虛聲搖惑軍心」。後來，這支紙上援兵直到瞻對戰事結束，也未見蹤影。

閒話表過，再說中瞻對戰事。

雙方談判，本來說定十九日藏軍要獻出五座碉堡，但時限到了，「五碉仍復固守如前」。周萬順立即命令韓國秀、曹懷甲兩營兵排隊列陣，擺開進攻架勢。再派已降番目分赴各碉繼續開導勸降。這時，「守碉各番懾於兵威，知難相抗，亦即陸續繳出器械，先後投誠。即派勇弁分往各碉，共計招降番眾男女一百餘人，分別資遣散去。」

二十一日，洽桑巴再次出寨到清軍營中，稱遷延不降，是害怕被清軍誘殺，並且「因結怨瞻民，深慮報復，懇求酌派兵勇護送回藏」，「周萬順當即宣布皇仁，概為允許」。

「而夷性多疑，終畏誘殺，遷延乞緩，至二十六日夷喜吐布丹率同喇嘛番眾婦孺三百餘人開門而去，呈繳大砲五尊，放出羈押明正、革什咱、德格、霍爾五土司番眾七十六人，當即訊明分別資遣，分派各營移駐寨內，三瞻地面一律肅清。」

不久，朝中就收到前線傳來的好消息：「電奏瞻對碉寨全克，逆目遁逃。」後來又得到消息，逃出的番官則忠扎霸已病死於察木多地方。

關於瞻對如何善後，鹿傳霖先後上奏十數次，力主改土歸流，設立漢官。並具體提議將瞻對改設為「瞻對直隸廳」，同時，在章谷土司和朱倭土司地設立屯官兩員。

此時，清廷又擔心在中央政府與噶廈政府關係已經相當緊張的情形下，瞻對改土歸流勢必將使局面進一步惡化。「三瞻雖已全克，或收回內屬，或賞還達賴，均於大局頗形窒礙，實屬勢處兩難。……倘達賴因此觖望，諸事掣肘，將來印藏勘界一事，更難著手，是收回一說，談何容易。」但是賞還達賴，清廷也不甘心，「又恐藏番生心，威脅鄰境各土司，以致入藏路阻，將來駝隻無人供應如何入藏？」

此時新任駐藏大臣文海尚未到達任所，清廷命令駐藏幫辦大臣訥欽說服達賴，讓藏方退出瞻對，由清廷給予賞銀，也就是付清原來所欠征瞻軍費，但藏方堅不同意。

於是，瞻對戰勝後，善後事宜卻成為一件懸案，久拖不決。

鹿傳霖再奏文催促，上面就不耐煩了：「總之，保川固要，保藏尤要，籌善後，設流官，此保川之計，非保藏之計也。」

鹿傳霖只好耐下性子，等待清廷決斷。等了一年多，清廷還是舉棋不定，難下決斷。

駐藏幫辦大臣訥欽，雖不能說服達賴喇嘛放棄瞻對，但還是支持鹿傳霖的主張，專門上了一摺，說「瞻對撤歸川屬無可疑慮」。時在光緒二十三年九月。此後不到一月時間，清朝中央專門管理蒙藏事務的理藩院報告，達賴喇嘛派人到京游說，請求代為上奏，「懇求賞還瞻對」。

此間周萬順所領征瞻對清軍，「先派攻剿之四營，弁勇既多傷亡，亦甚疲乏，關外嚴寒，軍士思歸」，而瞻對地面「瞻民歡欣聽命，從前逃亡者多已歸來，惟紛紛控訴番官之凶暴苛斂，民不聊生，求歸內屬」。在此情形下，鹿傳霖以為瞻對地面並不需要留下太多兵力，便奏請把先到瞻對的四營撤回，臨時委任張繼為瞻對彈壓委員，統帶後來進援瞻對的四營清軍，留三營「駐紮瞻對，籌辦善後。韓國秀一營駐紮道塢，兼顧章谷、朱倭善後」。

等待清廷決斷之時，德格土司派人來到瞻對，向瞻對彈壓委員張繼陳述冤情。當地史料說，「切麥打比多吉在位期間，與下屬頭人發生矛盾，不能行使土司職權，曾請求四川總督派喬姓統領帶兵剿辦。」

《清代藏事輯要》載有鹿傳霖當時上達清廷的奏報，因為記於當時，應該更為確切。「查該宣慰司側旺多爾濟羅追彭錯克，其婦本西藏之女，生子昂翁降白仁青，向與瞻對番官對堆多吉交通，因而婦禁其夫而別居，子廢其父而自立……苛虐土民，一如對堆多吉所為。」也就是說，清廷冊封的老土司，已被由瞻對藏官支持的妻子和兒子奪位，失去土司大權了。清軍瞻對戰勝後，老土司又聽說藏官死於察木多，於是「該老土司迭次派人赴瞻彈壓委員張繼行營訴陳冤苦，而所部頭人等亦均紛紛詣營懇求」。

又查《德格土司世系》，前去告狀的應該是德格第十九代土司切麥打比多吉。十一歲時，他和其母被貢布郎加擄到瞻對南面扣為人質多年，貢布郎加兵敗後，才被藏軍解救回德格復職。切麥打比多吉被擄往瞻對的時間是一八五二年，派人到瞻對彈壓委員處告狀應是一八九七年。也就是說，這一年，切麥打比多吉才五十六歲。如此壯年，就被其妻、其子奪了大權，心裡自是不甘。

鹿傳霖接報，命令張繼前往「相機妥辦」。

「張繼即率師深入險阻，土民牛酒迎勞，因宣布朝廷恩惠，復感激涕零。惟小土司昂翁降白仁青，梗頑如故，尚欲奮其螳臂，糾謀抗拒，不意張繼已派營據其腹心。」光緒二十三年四月十一日，「該員輕騎馳抵土寨，遂將其母子一併縛獲。」

鹿傳霖早有在川屬土司地面改土歸流的設想，此時見德格土司家族因爭權內訌，正好藉機把德格土司地面也納入改土歸流的範疇。隨即上奏：「該老土司自揣衰病之軀，情甘乞退。請將悍妻逆子盡法懲辦，謹率全部獻地歸誠，並將印信賦稅冊籍等項呈繳。」這到底是事實，還是鹿傳霖為實現自己抱負而杜撰的一面之詞，已經難以考證。或者他保川固藏心切，虛構老土司情願獻土繳印、自廢為民的事實也未可知。但他看川藏大勢卻清楚明晰，一定要將川康地區北部各土司改土歸流，也確實是從國家利益著想。「打箭爐關外諸土司，以德格為最大……袤延於川藏之交，南北五百餘里，壤接西寧，東西約二千餘里，界連三十九族，乃茶商入藏之北路，路途較捷而地勢極要，又據金沙江上游，若扼險設防，則邊疆愈固。」「該老土司獻地歸誠，自應俯從所請，由川揀派文武改設流官，措置周詳，深有裨益於全域。現在朱倭、章谷兩土司亦係改設屯員，辦理已有規模，與此事同一律，而壤地之廣大，邊防之吃重，尤為過之。」

清廷也同意：「德格小土司昂翁降白仁青母子，恣行不義，業經委員張繼擒獲押解爐廳收禁，該老土司頭目人等獻地歸誠，現擬改流設官。」

反對變革的成都將軍

鹿傳霖征瞻對，又收德格，雄心勃勃，風頭正健。便引起同為一方大員的成都將軍恭壽的不滿。成都將軍一職，是因為川屬土司地面向來多事，乾隆朝平定大小金川土司之戰後專門設置。其職責明文規定：成都將軍不管內地州縣營汛，專門負責川屬各族土司，尤其是川屬藏區各土司軍政事務。成都將軍設置以來，都由滿、蒙大員擔任。但滿清貴族集團，統治愈久，腐敗愈深。以致後來出任成都將軍的滿、蒙貴族，越來越名不副實，不能勝任其實際職權。琦善之後，瞻對或川屬土司地面有事，都是由四川總督劉秉璋、丁寶楨、駱秉章和鹿傳霖等出面主持。總督們處理藏區事務時，有時與成都將軍通通聲氣，有時便索性自行處理，只在上奏時署上成都將軍的名銜，這差不多已成慣例。那些成都將軍住在成都滿城之中，吃喝玩樂，也自樂得清閒。

可是，鹿傳霖揮兵瞻對，大獲全勝，風頭正旺，使得時任成都將軍的恭壽越來越不滿意。查騫所著《邊藏風土記》載：「時成都將軍恭壽庸且懦，鹿傳霖藐之。此次夷務改流諸大計，鹿未嘗籌商恭壽同一會銜。恭壽意不解，幕僚咸不平。」

這是說，鹿傳霖看不起恭壽，上奏在瞻對德格等地改土歸流的設想時，並未與恭壽協商，卻署上了他的名銜。恭壽不舒服，他手下的幕僚幫閒們更不高興。

尤其在得知清廷同意德格改流後，恭壽便發作了，責怪鹿傳霖「何以事前並不商知，竟將奴才銜名列入摺內，事後始行移知，從來無此辦法。」自己也向清廷上了一道《密陳德格改流川邊動摺》。其實是封告狀信。說「張繼急於邀功」，鹿傳霖「不查虛實」，並因此明確反對改土歸流，「各路土司聞之，難免不疑慮生心，潛萌異志，利未必得而害恐滋甚」。

一向怠惰的恭壽，身為成都將軍，瞻對一境動盪多年，未見他有什麼動作，這回卻積極起來，連上奏摺，控告鹿傳霖對德格土司家族紛爭處置失當。

駐藏大臣文海也站在了恭壽一邊，上奏說，「鹿傳霖飭令將該土司母子解省審辦，道路傳聞，莫不駭異，以致各土司皆有不安之象。」

鹿傳霖抱負宏大，建功心切，舉措上可能真有失當之處。但從川藏長遠安定穩固著眼，他的做法順應大勢，無疑是符合歷史前進規律的正確之舉。

變，各土司失去世襲數百年的尊貴地位與土地人民，自然要感到「不安」，又豈止是感到「不安」！

不變，有清一代，從盛世到衰微，兩百多年間，各土司地面又何嘗安靜過一天。如果不變就能求得安定，也就沒有這本書中老套故事一再重演了。

變，「不安」後尚可期待社會進步，長治久安。

不變，無非陳陳相應，繼續那些剿撫的老故事，一任土司地面自外於日新月異的世界大勢之外，整個世界步向文明，而土司屬民仍在蒙昧窮困之中，民何以堪，情何以堪！

清廷通過洋務運動和清末新政，雖稍有振作，但終究還是以皇家一族之私，面對任何改革的要求，都瞻前顧後，權衡再三。這也是「大局」。為了這個大局，還是反對變革的保守聲音更對上面的胃口，更容易在中央引起共鳴。恭壽與文海之流幾道奏摺上來，光緒二十三年九月，進剿瞻對勝利後一年，清廷下旨將鹿傳霖革去總督職務，召回京城。不止收瞻對歸川的計畫被中止，在德格、章谷、朱倭三土司地面改土歸流的設想也化為泡影。

同年十一月，清廷下旨：「前據達賴喇嘛在理藩院呈請賞還地方，並覽該署督經次所奏各節，是該番官並無叛逆情事，尚屬可信。朝廷軫念番僧，豈肯以跡近疑似，遽議收回其地，所有三瞻對地方，仍著一律賞給達賴喇嘛收受。」

鹿傳霖不但被罷官，連征剿瞻對都成錯誤了——「該番官並無叛逆情事」，自然是師出無名了。至此，清朝六征瞻對，數這次最乾淨利落。大獲全勝的原因也很簡單，經過洋務運動，清軍有了一些現代化的武器。攻瞻之戰中最厲害的，就是炸藥。但最順利漂亮的戰事，卻導致最荒唐的結果。

西元一八九八年，光緒二十四年，戊戌變法失敗。

一個曾經盛極一時的王朝，一步步走向覆滅而不自知。

進退失據，在瞻對，也在西藏

鹿傳霖去職，清廷再次把清軍收復的瞻對「一律賞給達賴喇嘛收受，毋庸改土歸流」，當然也要做足官樣文章，下旨說：「達賴喇嘛當仰體朝廷覆冒之仁，知感知畏，力圖自新，即著慎選番官，嚴加約束，毋得再有酷虐瞻民侵擾鄰境情事，至干罪戾。」

這也難免太一廂情願、自作多情了。尤其要求噶廈政府「力圖自新」，更是可笑之至。自己放棄改土歸流，就不是力圖自新之舉，怎麼可能以此來要求更為保守以自固的噶廈政府？

失去瞻對，對清廷來說，也許不過是一個小妥協，但對噶廈政府來說，卻是一個大勝利。須知噶廈並不是一個世俗政權。其最高領導同時是所有信奉藏傳佛教、特別是信奉藏傳佛教格魯派的藏區人民的最高宗教領袖。即便在九至十二世達賴沒有機會親政的情形下，也都是由這一教派的著名活佛出任攝政王，所代表的也是達賴喇嘛這個最高領袖。所以，長期以來，噶廈政府一方面在行政上管理西藏事務，一方面通過其宗教上的巨大控制力，特別通過各個寺院系統，長期對西藏之外的藏區發揮著越來越大的影響。在川屬藏區土司地界，這個影響力也同樣是日漸擴大的，以至漸漸發展到一些有影響力的格魯派寺院，插手當地政治經濟事務，從而完全改變了地方政治格局。這種情勢的形成，與清初以來便一力扶持藏傳佛教格魯派勢力的政策有很大關係。乾隆年間，兩征大小金川勝利後，行政上廢除了土司制，宗教上廢禁當地流行的本教，強令當地本教寺院一律改宗藏傳佛教。大金川土司家廟雍忠拉頂就被強制改為格魯派寺院，寺院歷任堪布都由格魯派中心三大寺之一的色拉寺派遣而來。在與瞻對相鄰的霍爾土司地面和打箭爐附近地區，明末清初便逐步建立起屬於格魯派的十三個寺院。這些寺院中的靈雀寺、壽寧寺、大金寺後來都發展成為擁有數千僧人的超大寺院。發展到後來，這些寺院的經濟與軍事實力都遠超於當地土司。這樣的情形，也發生在瞻對南邊的里塘與巴塘地方。分處於這兩地的長青春科爾寺、丁林寺等也都是這種情況。清末，國勢衰微，庸官當道，有治世抱負的大臣屢被革斥。那些傳承了十代、十幾代的各土司家族也日益衰微，寺院勢力更加膨脹。

這些寺院和那些互相孤立的土司不同，他們是一個嚴密的系統，中樞在西藏拉薩，此時的中樞首腦就是第十三世達賴喇嘛。

這個寺院系統與土司勢力的此消彼長，使得川邊藏區發生的事情再也不像過去只是孤立的事件。

其實，清廷這種妥協也並非真的顧念體恤西藏，只是國勢衰弱，腐敗無度的官僚體系中，各級大員因循守舊，不願也不能有所作為的一個結果。對內妥協如此，對外關係中，其妥協的程度就更加荒唐了。

西元一八八八年，光緒十四年，英軍入侵西藏。西藏軍民同仇敵愾，嚴守隆吐山邊防，清廷並不顧念西藏軍民捍衛領土的強烈決心與情感，「體恤西藏」，予以軍事上的支援，反而百般阻撓，並將同情且支持噶廈政府抗英的駐藏大臣文碩解職。藏軍守衛隆吐山兵敗，結果自然是向入侵者妥協，簽訂更加符合英人意圖與利益的《中英會議藏印條約》。

這個條約中，就有關於劃定西藏與哲孟雄邊界的條款。但英國人自己並不打算遵守。

一九〇二年，英國駐哲孟雄行政長官懷特，即率英軍再次入侵西藏。在甲崗地方拆毀定界石堆，驅逐守界藏兵。

次年底，榮赫鵬上校率英軍偷越邊界山口，進駐西藏境內仁進崗，繼而又占領帕里，駐兵於宗政府中，並將噶廈政府的交涉官員無理扣留。帕里當地百姓，激於義憤，闖入宗政府，救出交涉官員，英軍立即向藏族民眾開槍開砲。此時的駐藏大臣，卻嚴禁清軍參與戰鬥。更有甚者，一位清軍軍官，竟收受英國人的金錢賄賂，向英軍洩露藏軍的布防情況。

一九〇四年，英軍繼續在西藏境內挺進，藏軍以原始武器對抗用大砲和機關槍武裝的英軍，先敗於曲米新古，傷亡七百餘人。再敗於骨魯，又傷亡七百餘人。藏族軍民的英勇抵抗，連英軍中也有人在致朋友的信中說，「我佩服他們的勇敢和豪放。希望人們不要因此而認為我是親西藏的。」

在此嚴竣情形下，清廷對西藏軍民卻並未有「顧恤」。駐藏大臣有泰在對榮赫鵬的照會中說：「查前藏代本，不遵約束，竟在骨魯地面，始禍稱戈，大國之威，敗其徒眾，咎由自取。」

有泰在向清廷報告時，說得更加露骨：「倘番眾果再大敗，則此事即有轉機。」也就是說，只有讓藏軍再經歷大敗，他們才肯跟英國人談判，「譬如釜底抽薪，不能從吾號令也。」為了讓藏人聽從他的號令，不但不派駐藏清兵助戰，還要「釜底抽薪」，迫使就範。

西藏軍民繼續拒戰英軍，因武器裝備落後，官兵缺乏訓練，再敗於康馬地方，犧牲三百餘人。

藏方集聚藏軍和各地民兵萬餘人，節節血戰抵抗，於一九〇四年展開江孜保衛戰，再次兵敗後，西藏門戶洞開，英軍直入拉薩。十三世達賴喇嘛逃往蒙古。結果是駐藏大臣有泰和達賴逃亡前指定的攝政和榮赫鵬在布達拉宮會談。

在英國人咄咄逼人的攻勢面前，堅決抗英的噶廈政府方面面對危機又是怎樣的認識與應對呢？

中國社科院民族研究所和西藏檔案館聯合編輯的《西藏社會歷史藏文檔案資料》中一些檔案材料如今讀來對人頗有啟發。

一八八八年，英國人第一次對西藏用兵。戰爭爆發前，西藏方面面對邊界危機已有相當警覺。一八八六年初，便下令備戰。命令中有這樣的話：「宗教之敵——英國，對我西藏佛教聖地圖謀顛覆之企圖，有增無減，對此應有準備。」也就是說，在噶廈政府的當政者眼中，西藏並不是一個「國」，而是一個「佛教聖地」。這道命令接著說，「為使官兵們到達亞東、錫金軍營處時間不延誤，可以徵派乘馬、馱畜，應隨時做準備。凡不明宗教大義之人，若像以前，進行阻止或輕慢，哪怕時間很短，根據蓋有四方印的文告及此地僧俗二者之理由，按軍法處置。」也就是說，對備戰積極與消極，是以明或者不明「宗教大義」來歸咎主觀原因的。也就是說，英軍侵犯邊境，在彼時當政者眼中，遭遇危機的是宗教，而不是「族」與「國」。

「族」或者「國」自然是古已有之的，但作為一個整體概念被清晰表述，並以此主張種種權益，其實是一個現代概念。在英國人圖藏的時代，這樣兩個概念已經越來越成為國際間政治訴求的主體，但在西藏，積極準備的還是衛教之戰。而且，衛教之戰的決心還是非常堅定的，同年一件由噶廈政府下達的文告中就有這樣的表達：「茲有外方心懷叵測之英吉利，欲來我西藏佛地貿易，揚言止須開放商路，不得阻攔，否則將以兵戎相見等等。對此，應予以阻止，不可開例。按以往歷次會議之甘結，即便西藏男丁死盡，婦女亦願堅決抵禦到底，矢志不移。」

那時，西藏地方藏軍的常備兵力才三千多人，而且裝備落後，訓練水平低下。在用現代化武器武裝、並有良好訓練的英軍面前，決心再大也難以抵敵，於是只好動員民兵參戰。臨時召集的民兵裝備之落後，從噶廈下達的徵兵令中便可看得一清二楚。

「七月一日政府頒發蓋有官印之書面命令全文如下：

「為驅逐外國侵略者——英國軍隊，須增加兵力……兵額一定按政府中規定的數目徵派，而且為了打擊民族的敵人，應選派身強力壯之人，不必帶武器，但須要五個人帶一把鐵鍬和一把鋤頭，每十個人帶一把斧子，每人帶一根繩子和一個口袋，除此而外，須自帶兩個月的口糧。」

這份命令有兩點值得注意。

一是文書中出現了「民族」這個字眼。

二是，臨時召集的民兵要自帶口糧，自帶修建工事的工具，這怎麼可能抵擋現代化武裝的職業軍人的進攻？

另一份命令則是向地方徵集武器：「哲康地區出槍三支，得康地區出槍一支，火藥袋一套，子彈二十發，火繩三托。」

這樣才徵集了一萬餘人，去前線抵抗英軍。而那個時候，西藏遍地寺廟，據當時駐藏大臣的統計：「達賴所轄寺三千一百五十座，班禪所轄寺三百二十七座，冊上有食糧喇嘛八萬四千。」真是一個佛教之國啊！其實，說是佛教之國也並不確切，不能說僧人多就是佛教之國吧。還是一個美國藏學家的命名更恰切：喇嘛王國。

西藏問題國際化的開端

戰爭結果自然可想而知。

戰勝的英國軍隊進駐拉薩，拿出早已擬定的條約，這個條約史稱《拉薩條約》，共十條。內容無非還是鴉片戰爭以來外國強制中國簽訂的諸多條約的一個翻版：被侵略者向侵略者賠償軍費，英國人提出賠款額五十萬鎊；開闢新的通商口岸；削平西藏通往印度要道上的一切武備；要求西藏開放，但是只對英國開放。

在英軍大兵壓境的情形下，所謂談判其實就是在別人定好的文本上簽字畫押。榮赫鵬簽了字，達賴喇嘛任命的攝政甘丹赤巴也簽了，駐藏大臣有泰也準備簽字蓋印，但被他的祕書何文孌力阻，理由是沒有清政府外務部批准，他無權簽字蓋印。

有泰這才把條約內容呈報清廷。

清政府認為此條約有辱大清主權，復電有泰，拒絕簽字。「藏約十條，尚須妥酌，第九條尤為窒礙，其有損中國利益。」

英國人自己談到這個條約時說，「條約雖不能使大英帝國確立為西藏的宗主國，至少也居於西藏保護者的特殊地位」。但英國人也知道，這個只有噶廈政府簽字，而沒有清政府代表簽字的條約是一個無效條約。

榮赫鵬《印度與西藏》（中文譯本名《英國侵略西藏史》）對在布達拉宮簽約時的情形有詳細記述：

「駐藏大臣坐於中央，攝政王在其左方，余則坐於右方。就座後，藏人以香茗進客，中英官吏各送一杯，並以矮几羅列乾果，置諸中央官吏之前。茶點畢，余即開始請命駐藏大臣，進行公務。」

這個公務就是條約的簽字儀式。

「余先命人用藏語宣讀條約全文，並詢藏方官吏對於簽字一層有無異議，答云無有。於是出示條約稿本，中英藏三種語言同時繕寫一紙，蓋依藏人之習慣也。余請藏方先簽，藏人遂依次履行手續。當噶布倫、三大寺及國會代表先後用印完畢時，與攝政同趨案前，駐藏大臣及全場官員亦同時起立。攝政遂代蓋達賴喇嘛之印章，余最後簽字蓋印。手續既畢，余將約章遞交攝政，並言今既實行媾和，望能永守弗渝。」

這裡有兩點引起我注意。一個是榮赫鵬提到的「國會」。那時的西藏地方政府遇到一些大事，會召集一個更多僧俗官員參加的擴大會議，有時這個擴大會議也被稱為「民眾大會」，或「擴大的民眾大會」，藏語叫做「春都杰錯」。美國人梅．戈爾斯坦詳考過「民眾大會」是哪些人參加，他指出這個大會分成大小不同的兩種規模。他說，對擴大的民眾大會，外界「可能有些誤解，因為其組成人員並不是來自西藏各地」。他詳列了會議的出席者為：一、格魯派三大寺即甘丹寺、色拉寺和哲蚌寺的全體現任堪布和卸任堪布；二、西藏地方政府管理宗教事務的機構譯倉的四位名叫「仲譯欽莫」的僧官和西藏地方政府管理財政稅收的四位名叫「孜本」的官員；三、召集會議時正在拉薩的全體官員；四、西藏三大寺以外一些重要寺院的代表；五、駐紮拉薩的藏軍代表；六、在拉薩徵收住宅稅和安排差役稅的大約二十名低級官員；七、西藏地方政府一般職員大約三十名。這樣的會議「都是應噶廈的請求而非正式召開的，會議的宗旨是對噶廈所提供的特殊問題進行協商並發表意見。

「最小型的『民眾大會』的固定出席者包括譯倉的四位仲譯欽莫和孜康的四名孜本。通常由噶廈召集，目的在於對達賴喇嘛所提供的特殊問題進行協商並發表意見。」參加這個小型「民眾會議」的人，可不是一般民眾，而是地位僅次於四位政府噶倫的重要辦事機構「譯倉」和「孜康」的行政首領。

想必出席條約簽字儀式的應是這八位官員組成的「民眾大會」。榮氏把這當成「國會」，是別有心裁的有意提升，還是無心之過，就不得而知了。

再一個，駐藏大臣未在條約上簽字，卻出席了簽字儀式。

在清政府的堅持下，關於這個條約的談判改到加爾各答進行。這回，清廷派唐紹儀作為全權代表與英國人直接談判，噶廈政府沒有再參與談判。加爾各答的談判也沒有結果。英國方面其實也清楚單獨與西藏方面簽署的《拉薩條約》是無效的，所以如此重視，按榮赫鵬的話說，是「完成藏印直接交涉」。這個「印」，不是今天的印度，而是那時由英國殖民地總督所統治的印度。榮赫鵬知道接下來就是「進而要求清政府正式承認《拉薩條約》之有效」。

但「唐紹儀奉使印度，毫無結果，未幾因病回國」。直到一九〇六年四月二十七日始在北京簽訂《中英條約》六款。英國應允不占併西藏領土或干涉西藏內政，但有權在西藏各商埠敷設電線，聯絡印度。清廷經過力爭，主要爭得的還是一個條約的簽字權，最重要的意義就是以此方式重申了對西藏的主權。

一九〇四年西藏軍民抗英戰爭失敗，西藏地方政府這次直接與英國人進行的條約談判，成為「藏獨」意識與行動的發端。也是西藏問題國際化的一個開端。

榮赫鵬的書中說：「《拉薩條約》締結後，藏人對我態度和好，逾於尋常。」

至此，西藏地方部分僧俗上層見清朝因國力衰微而無力再如康雍乾時代那樣，有強力保護西藏，便漸漸疏遠清廷，而親近英印。此前藏區地面種種動亂，多是因為藏區社會內部不同宗教派別、不同地方勢力為爭權奪利而發生。他們不聽中央節制，甚至武力反抗，也不過是地方豪強和寺院勢力，為擴張地盤爭奪人口而發生的局部衝突，背後並沒有什麼明晰的政治理念支撐。但從此開始，藏區發生的很多事情，就跟整個世界大勢有了更深廣的關聯。西藏乃至藏區地面發生不安定的事件時，民族、國家等概念開始包含其中，因此便具有了深長的政治意味。

西藏軍民第二次抗英失敗，十三世達賴喇嘛在英軍進入拉薩前，慌忙出逃。其原因與目的，至今各種說法不能達成一致。

比較多的說法，是說達賴此行因為對清廷無力庇護西藏大感失望，企圖從外蒙轉投俄國，尋求沙皇支持，以此抗衡英國。只是因為沙皇俄國和日本在爭奪大清朝「龍興之地」東北的戰爭中失敗，自顧不暇，達賴喇嘛無奈放棄了打算。

據近年發掘整理的藏方史料，達賴離開拉薩前，曾接到正率軍前往拉薩的英軍統帥榮赫鵬信件，言明進兵拉薩是要簽訂新的條約，「一經達賴簽字，即當立即退出拉薩」。

達賴說：「我與洋人的觀點行為截然相異，實不能聚首會談。」這肯定不是虛偽之言。不然，此前就不會有一敗再敗而堅持抗英的舉動。現今談論往事，歷史學家們提倡要抱「同情之理解」，以此知人論事。十三世達賴喇嘛身為西藏宗教與行政的雙重領袖，固然具有很大的事權。但清朝節制西藏地方的權力，除達賴、班禪等宗教領袖的名號封賜與轉世的認定，達賴未成年時攝政與地方政府官員任免外，就體現在軍事與外交方面。過去，清朝國力強勢時，幾次對西藏用兵，多數是為驅除侵略，保衛西藏疆土。戰後條約締結，也是清廷駐藏大臣作為中方的當然代表。榮赫鵬是知道這個定例的，但他偏偏致信達賴，要迫他簽訂城下之盟，自然懷有疏離清廷與西藏關係的打算。而達賴喇嘛既不願與英國人媾和，而且即便願意，也無權在條約上簽字。只有一走了之，才能回避這尷尬的局面。

達賴出走外蒙，或許也有借助俄國力量抗衡英國入侵的打算，但他自己似乎並沒有什麼明確的說法與舉動。駐藏大臣有泰上奏說「該達賴違例遠出，並未咨報，究竟有無狡謀，實難懸揣。」當時，西藏地方的政治現實是複雜的，達賴喇嘛恐怕很難像日本人山口縣君在其《西藏通覽》中所說那樣，一下就做出非此即彼的選擇。日本人這時也開始覬覦西藏，他們這樣說，或許是基於某種事實根據，更大可能還是基於當時日俄關係和日本自身的利益。

近年來，漸漸有西藏當地的藏文史料披露出來，給我們提供新的參考。二〇〇七年，民族出版社《西藏文史資料選輯》中〈第十三世達賴喇嘛年譜〉就屬於這樣的史料。該文長達數萬字，沒有作者或譯者署名，但從行文風格可知是從藏文譯出，或是基於藏文史料整理而成。

該文對達賴喇嘛出走一事也有詳細記載：「入侵英軍到達曲水鐵索吊橋渡口，基巧堪布帕西・阿旺歐珠受達賴喇嘛派遣，帶著六月八日達賴喇嘛簽發並蓋有內府印章的指示前去與英軍軍官榮赫鵬談判，但是英軍堅持要到拉薩與達賴喇嘛直接談判。達賴喇嘛考慮，如果會見英國軍官，談判時只能屈從於英方條件，這樣本人難以承擔由此而給政教大業的現今和未來帶來危害性的責任。於是產生了出走內地、向皇太后和天子以及內臣面奏佛業遭難的念頭。六月十二日，突然中斷修行，直赴布達拉宮，任命甘丹赤巴·洛桑堅贊為攝政王，並對政事詳盡叮囑。十五日後半夜時分，向所依靠和供奉的護法神做囑託後，帶了少量隨從人員離開拉薩。」

六月三十日，在那曲往唐古拉山中的半途，達賴喇嘛又致信給他指定的攝政王甘丹赤巴，其實還是在訴說他內心的委曲：「正如我以前告訴過代噶倫的一樣，對於重要官員的派出和邊境問題，應由全藏大會負責處理。但是，過去我個人為公事竭盡全力，現在又先後收到英國官員要求我親自做出決定的信件，他們仍然把責任推給我一個。」也就是說，他覺得榮赫鵬要和他直接談判並簽約，是他個人不能也不應承擔的責任，所以只能選擇出走。

十一月，外蒙古。

還是〈第十三世達賴喇嘛年譜〉記載，光緒皇帝和慈禧太后「專派一位欽差大臣帶著賜給達賴喇嘛的織有九幅彩雲盤龍圖案的名貴黃緞僧衣和各種禮品以及頌揚冊封敕文來看望達賴喇嘛」。

「達賴喇嘛接受皇帝賞賜後，面朝北京方向行九叩禮。」

「第二天，欽差大臣和滿族大臣前來會見，達賴喇嘛談了此次去京向皇帝面奏政教前途一事。」

同時，達賴喇嘛也接到西藏方面關於「英國官員同駐藏大臣會見並進行蹉商等情」。覆信攝政的甘丹赤巴說，「我抵此地後，皇上和皇太后特派一位欽差大臣帶來皇上問候，同時還恩賜給滿族服裝一套和十匹錦緞及六千兩銀子，目前正請欽差大臣向皇上詳細稟奏西藏情況……待接到聖旨後準備速返拉薩。」達賴此說看起來並不是虛應故事，因為他還要求噶廈政府準備相關材料。他索要的材料計有：一、藏英戰爭期間，噶廈政府各級致英方的信件；二、向駐藏大臣通報的文件副本；

三、全藏大會發表的意見書等。同時，還要求遞送銀票一萬兩，作為「重大活動經費」。由此看來，達賴喇嘛有心與清廷中央政府認真討論西藏問題。

同時，不由噶廈政府管轄的川屬土司情況也在他關注之中。

一九〇七年，達賴喇嘛給霍爾五土司地面上的甘孜寺執事喇嘛覆信，表示知道了「朱倭地區的苦樂情況」，「今後，同樣要保衛本土，安居樂業」。

又有答覆道孚靈雀寺信件。一九〇五年，靈雀寺在地震中毀壞，傷亡僧侶二百餘人。這時正在「上下各部募捐錢財，用於新建寺院、經堂」。其間，為寺院服勞役的「三百腳力馱畜聽信外道人的欺騙，隨其前往，未能追回」，外道人是誰，我們並不知道。

達賴喇嘛沒有表示態度，只答覆說，「已知曉」。

這說明在川屬各土司管轄下的寺院，特別是格魯派寺院，雖然在川屬土司地面，但跟政教合一、以達賴喇嘛為最高領袖的噶廈政府有著非常深廣的聯繫。

然後，達賴喇嘛經五臺山準備轉道北京。在此達賴喇嘛「接見美國駐京外交官主僕二人……美國官員離席告辭時用藏語說：『請達賴喇嘛摸頂』，並表示願意為釋教效勞。達賴喇嘛高興地為他們摸頂加持」。

在這裡，他也與俄國人見了面，「接見了一名俄羅斯巡視軍官，並和他們舉行了友好的會談」。

瞻對藏官也出現在五臺山，這位藏官是「來自多康地區瞻對的扎林巴代本（呈送呈文者），達賴喇嘛為他們摸頂加持。

後來，十三世達賴喇嘛到達北京。

「八月二十日，是最吉祥的日子，達賴身披金紅袈裟，頭戴通人冠，於晨鼓二響時分，乘上黃色大轎，在軍機大臣、理藩院大臣陪同下，到午門下轎，進入紫禁城，在仁壽殿覲見慈禧太后，向慈禧太后獻哈達請安，獻善逝佛像一尊。太后回敬潔白哈達後，賜座。慈禧太后垂詢達賴喇嘛離藏有多久，沿途勞頓否，來京後接待如何等語，達賴一一奏對。慈禧太后賞賜達賴喇嘛寶石念珠一串，達賴喇嘛謝恩告退。」

「然後由理藩院京堂引導達賴喇嘛在別殿休息片刻，再到仁壽殿覲見光緒皇帝。達賴喇嘛獻哈達、佛像，皇上回敬黃色哈達。光緒皇帝詢問了達賴來京途中的起居情況，藏中大事，來京是否安適等，達賴喇嘛均一一奏對。

「六日，皇帝和皇太后在中南海宴請達賴喇嘛。

「宴會設大桌，茶菜豐盛，氣氛歡樂。宴會上數名漢族演員演出蒙古族舞蹈等節目。」

當然，達賴喇嘛此行不是去吃宴會和領禮品的，他向皇帝和皇太后面稟噶廈政府的要求：

一、為了西藏的政教和臣民，應幫助西藏抵抗外道國家的侵犯，保全西藏。

二、西藏一切重要大事，達賴喇嘛自己可向朝廷上奏，也可由駐藏大臣和噶廈政府聯合上奏。

清朝以往定制，達賴喇嘛本人和噶廈政府有文書上達中央，都須經駐藏大臣轉呈，這是強化駐藏大臣權力的一個措施。但到清末，駐藏大臣與噶廈政府官員間關係日漸疏離，互不信任。西藏方面往往懷疑，他們遞呈給駐藏大臣的奏文未被如實轉奏，也懷疑駐藏大臣所施行種種舉措，是不是真的出於皇上、皇太后的諭旨。達賴喇嘛此次流亡途中就曾致信藏區某寺院堪布說：「皇上不會不對我們賜以聖恩。不要害怕漢人大臣播弄是非。」

但是，這一切都太遲了。

皇帝、皇太后賜宴後不及一月，光緒皇帝死去。兩天後，皇太后死去。十月九日，清朝最後一位皇帝宣統登基，達賴喇嘛參加了登基大典後兩月，出京回返西藏。關於他提出有事可以直接上奏中央的要求未獲批准。

一九〇九年十一月九日，失望的達賴喇嘛，真實看到清廷已處於風雨飄搖中，達賴喇嘛回到拉薩，距他一九〇四年六月離開西藏，已是五年多時間。

這份年譜還明確記載，當年十二月，噶廈政府設立外事局，這就意味著，達賴喇嘛與噶廈政府已打算拋開駐藏大臣，自行處理對外事務。

這時，離清王朝覆滅只剩兩年。

而在正史記載中，噶廈政府設立外事局是在一九四二年，這時，十三世達賴喇嘛早已經去世多年了，而意在取得獨立地位的頻繁外交活動，也是這個時候方才出現。但地方史料中既有如此一筆，也寫在這裡，以備專業人員考證。〈第十三世達賴喇嘛年譜〉確實如此記載：「十二月二十七日，從羅布林卡返回布達拉宮，觀看了年終驅魔送祟跳神會。當年新設外事局，任命堪窮堅贊平措和四品官凱墨仁欽旺杰二人負責。」

第八章

終於要革新了

清王朝最後幾年的時光裡，還有幾位地方大員在其將近油盡燈枯時，想在藏區有所作為，而且，其中兩位還都與瞻對地方發生了關聯，所以值得細說一番。

一位叫做鳳全。

先說說鳳全沒有出臺前，清廷這時也逐漸意識到，靠沿襲清代開國之初依靠地方豪酋和扶持宗教勢力，而對社會形態不予任何改變的老方式，要維持川康藏區社會穩定已經沒有任何可能。整個藏區，由清朝著意扶持的宗教勢力尾大不掉，越來越難以節制。在川屬土司地界，特別是與瞻對相鄰的各土司地面，相對土司力量的衰微，宗教勢力，特別是格魯派寺院的力量卻空前增長。一些地方，寺院憑藉其實力和西藏宗教集團的特殊聯繫，其實力與影響已遠超於土司的世俗權力之上。清廷官員中，也有越來越多的人認識到，要改變藏區這種局面，唯一的途徑還是施行新政，發展工商，改造社會。而在川邊藏區，無論是土司還是寺院集團根本沒有自我進行社會改造的任何願望。內部沒有自新的意識，只好由外部力量主張社會改良，以圖挽救藏區社會的危局。

光緒二十九年，一九〇三年，有人向清廷獻策：改變川藏危局的辦法，是在川屬土司地面「因墾為屯，因商開礦」。

朝廷隨即降旨四川總督錫良，要他「察看情形，妥籌具奏」。

不久，錫良上奏說：「川藏急務非屯墾商礦所能解其危迫。」意思是說，無論西藏，還是川屬土司地面上很多火燒眉毛的事，並不是長時間才能見效的墾殖土地開發礦山這樣的舉措可以解決的。也就是說，地方大員對這種不能立竿見影、施行起來又有百般困難的事情沒有積極性。錫良在清末新政中還算是個頗有作為的人物，在四川總督任上，他在漢區積極興辦現代學堂，選派青年學子留學國外，頗有政聲。然而面對川屬土司地面的亂局，卻也缺乏信心。

不久，一個積極的人出現了。這個人就是鳳全。

一九〇四年，鳳全被任命為駐藏幫辦大臣。幾個月前，朝廷面對英國在西藏方式咄咄逼人的攻勢，和西藏地方政府越來越難以有效節制的情形，預見到或許還會有迫不得已對西藏用兵的一天，便下旨將本來和駐藏大臣一起駐在拉薩的幫辦大臣移往川藏間的察木多，以便於在川藏之間「居中策應」。

當年八月底，鳳全前往察木多赴任，到達打箭爐時，又接到清廷的諭旨。大意是說，我大清朝據有藏地已經兩百多年了。近來英軍入侵西藏，意在脅迫我朝訂立分疆裂土、強制通商的條約。形勢發展到這樣的地步，接下來西藏的局面如何已經很難預料。朝廷以為，此時穩定川藏的關鍵只有練兵興武，才能穩固邊疆。但這一切都需要有充足的財力，因此要鳳全到任後對當地土地進行切實勘探，選擇合適的地方屯墾畜牧，所招墾民亦兵亦農，並要他酌情招工開礦，以使軍餉來源充足，並期望他「盡力籌畫，不避艱難，竭力經營」。

那時，正是英軍一路奏凱，進軍拉薩的時候。清廷不知道英軍真實意圖何在，不得不做如果失去西藏而以川屬土司地區為四川、雲南等省屏障的打算。

鳳全接到諭旨很受鼓舞，認為朝廷的決策正與自己的設想一致，下決心要在任上大幹一場。

人還在赴任途中，鳳全就開始組建一支新軍。這支新軍要配備新式武器，以現代訓練方法操練。一來可以此力量制衡地方上土司與寺院勢力，以便專心墾屯等事務；同時，一旦西藏有事，可以就近增援。

打箭爐同知劉廷恕在川屬土司地界任職八年，對當地社會狀況相當熟悉，建議鳳全招募明正土司轄地內的藏民為兵，說他們土生土長，吃苦耐勞，又因靠近內地而比較開化。鳳全當即下令明正土司選送兩百名藏族青年，集中訓練。十一月，鳳全上奏：「行抵爐廳，酌量招募土勇，克期出關。」

得旨：「著即認真訓練，務期得力。」

在打箭爐做了這些準備，鳳全才離開打箭爐，往里塘、巴塘而去。此時，已是青藏高原上橫斷山區的嚴冬，一路隨處可見冰霜寒林，滿目荒涼。只有巴塘在一個小盆地中，氣候溫暖，土地肥沃，地勢寬闊，還有很多未開墾的荒地。此前，四川總督錫良已命人在那裡試墾荒地三百餘畝。鳳全到巴塘時，雖然地裡的小麥已經收割，但蔬菜還一片翠綠。他驅馬察看一番，發現僅此一處，可墾荒地即有五、六千畝。於是上奏朝廷，說他正在巴塘籌備屯墾，如果這時到察木多，路遠很難兼顧，請求先在巴塘留駐半年，「以期辦事應手」。

清廷不同意：「著仍駐察木多妥籌辦理。」

但他還是在巴塘留駐下來。經考察後，請四川總督錫良將駐紮打箭爐以西的清軍兩營中的老弱病羸者裁汰，將餘下的精壯士兵合為一營，加上他招募的新軍，共計一千人，分駐爐霍、巴塘、里塘和察木多四處地方，七分力量用於防務，三分力量用於墾殖。並下達當年開墾荒地一千畝的任務。在他計畫中，這樣逐年增加墾地數量，幾年之後的收入，便可支應這支軍隊的糧餉。

布置完墾務和新軍訓練，鳳全又前往里塘考察。里塘是高原上的高原，川藏大道常被「夾壩」梗阻的地方。當年，朝廷設置的正、副土司二員，此時早已衰弱不堪重任。其中一個原因，就是當地寺院勢力日漸強盛。

那時的里塘全境，總人口才六千五百餘戶，寺院喇嘛數卻達到了三千八百之多。當年里塘繳納給政府糧稅折銀不過四百五十兩，同時，境內百姓卻要供給寺院衣單銀六百兩、糧一千七百五十石、牛四百七十頭、酥油近千斤，平時各種無償勞役差使還不計算在內。在里塘這種氣候嚴寒，生產方式極其原始的游牧之地，這樣的經濟與勞役負擔真使當地百姓到了民不聊生的地步。寺院勢力膨脹後，還干預地方政治，挾制土司，進而包庇縱容「夾壩」，使一度安靜的川藏大道搶案頻發。往來商旅，想安全通過里塘地面，要向寺院上供，尋求保護。官兵追捕「夾壩」，半數都逃往寺院中躲藏。鳳全到任前一年，甚至發展到當地寺院聚眾鬧事，要脅撤去駐守各驛站的官兵，「打箭爐廳同知劉廷恕帶兵剿辦，將為首滋事之堪布殲除，其勢稍斂。」

「其勢稍斂」，也是奏文中的說法，其後不久，這條路上又出事了：「近又有法司鐸蒲德元被劫之案，幸未傷人。」

這回「夾壩」的對象是外國人，在清代就更是了不得的大事了。

早在咸豐年間，法國天主教傳教士就在打箭爐修建天主教堂一座，繼而又深入巴塘，以及與巴塘相鄰的雲南維西一帶活動。同治年間，即已在巴塘地區建成兩座天主教堂，繼而又在與巴塘相鄰雲南藏區的維西、茨中、鹽井等地建起天主教堂。所以，巴塘、里塘一帶川藏大道上常有法國傳教士過往。

鳳全在奏摺中說，「該處黃土崗、干海子一帶，為夾壩出沒之區。」

大家應該記得，我們的瞻對故事就是從這一帶地方的海子塘開始的。一隊換防的官兵在此被「夾壩」搶劫，引起清廷在乾隆年間第二次征剿瞻對的戰事。時在乾隆九年，西元一七四四年。之後，時間已然流逝了一百多年，但社會狀況似乎還停留在原點。時間白白流逝，老套的故事在一個封閉的圓圈中不斷循環。話到此時，當事各方孰對孰錯，是是非非，其實都不是最重要的問題。真正充滿悲劇感的，是歷史的停滯。有宇宙之時，就有了時間，有時間，就有了地球的歷史，有了人類的歷史。時間的意義不在於流逝，時間的意義是其流逝之時，社會的演進與進化。但在我們這個故事中，幾乎充滿人類有史以來所有戲劇要素，但單單缺少一個主題詞：進化。

也許，當初康熙乾隆他們的設想，就是讓這個世界永遠處於社會進化的歷程之外，永遠是落後與荒蠻的狀況，以便於王朝的統治。乾隆在闡述其對藏政策的〈喇嘛說〉一文中說，這種政策的核心叫「修其教不易其俗，齊其政不移其宜」。卻沒有想到，與世界大勢不相諧調的落後封閉局面，也自有一種破壞性，墮而向下的力量。

鳳全上奏：「擬請申明舊制，凡土司地方，大寺喇嘛不得逾三百名，以二十年為期，暫停剃度。嗣後限以披單定額，不准私度一僧，其年在十三歲以內喇嘛，飭令家屬領回還俗。奴才一面嚴諭土司堪布，將大寺喇嘛令其各歸部落，別建小寺散住梵修，以分其勢，請一併飭下理藩院核議施行，如此辦法，二十年後喇嘛日少，百姓日增，何至比戶流離，緇徒坐食，有土有人之效，可立睹也。」

對鳳全此奏，京城裡的皇上、皇太后沒有表示態度，依然不慌不忙，只讓「該衙門議奏」，也就是把這個問題交給相關部委，要他們拿出意見。

皇廟也造反

鳳全在打箭爐停留時，聽說附近惠遠寺旁泰寧地方河流中富有沙金，雍正初年撫邊大將軍年羹堯出兵驅逐入侵西藏的準噶爾人，途經泰寧時就曾在那裡招夫開採，所得頗豐。便與打箭爐同知劉廷恕會商「招工開廠」，採淘黃金。同時，四川總督也催令打箭爐開辦金礦。鳳全到巴塘開始墾殖時，打箭爐廳派員到泰寧踏勘金礦。此舉招致惠遠寺堪布不滿，便以開礦破壞風水為名煽動當地民眾阻止。都司盧鳴揚前往開導，被擊斃。騷亂進一步擴大，亂民燒毀民房三百餘間。清廷派四川提督馬維騏率軍進剿。

這座惠遠寺本是清朝雍正年間所建的皇家寺院，這時卻率民反對朝廷新政。

雍正年間，蒙古準噶爾部入侵西藏，藏區秩序十分混亂。雍正七年，為保障從里塘地方選出的七世達賴喇嘛的安全，清政府專門撥出庫銀，建成該寺。寺院占地五百畝，修建僧舍一千餘間。寺廟建成後，雍正皇帝欽定寺名，親書匾額曰「惠遠寺」，並迎請七世達賴喇嘛來該寺暫時居住。七世達賴喇嘛駐錫該寺達七年之久（西元一七二八～一七三五）。西藏安定後，雍正皇帝才特派其御弟、時任理藩院主事的果親王，和國師章嘉呼圖克圖，將七世達賴喇嘛護送到拉薩。行前，七世達賴喇嘛要求惠遠寺由他繼續管理，得到朝廷允准。七世達賴遂留下堪布一名，喇嘛七十多人禮佛誦經。清廷又從明正土司轄下劃百姓數十戶為寺院差民。此外，清政府每年支付白銀七百七十兩，作為該寺的香火錢。以後歷任惠遠寺堪布都由西藏方面委派。

我們的瞻對故事，也與該寺發生過關聯。乾隆年間，清代第二次用兵瞻對，戰敗的瞻對土司班滾潛逃多年後，就出現在這個寺院。並由該寺堪布代為向清廷表示悔罪，乞罪免死，得到允准。

五年前，我從德格到康定，因公路翻修，阻於道孚縣境的八美鎮。我得暇前往幾公里外的惠遠寺。那一天，風和日麗，草地青碧，寺院安靜無聲，大殿後方的藍空中停著白雲團團。我在寺門前讀碑，是雍正年間該寺落成時的御賜碑文。經歷了一百多年的時間，碑上字跡已經模糊漫漶。然後，又驅車到對面小山崗上，在一片白樺林中享受蔭涼。小山前，一片沃野平疇，麥子正在熟黃。麥地中央是一個寧靜村莊，十一世達賴喇嘛就出生在眼前這個村莊。可惜這位達賴喇嘛活到十八歲，剛到親政年紀就神祕暴亡。歷史沒有假設，但我還是忍不住要想，假如這位出生於皇寺所轄村莊中的達賴喇嘛得以親政，會如何行事，影響所及，西藏乃至川屬土司地界，又會有怎樣的情形。

清廷以扶持藏傳佛教格魯派始，其勢力得以深入西藏以至藏區全境，接下來，維持對藏區的統治，也以扶持格魯派為主要手段，開始階段自然收到了事半功倍的效果，但兩百餘年，世界大勢與社會狀況都發生巨大變化時，後繼者毫無覺察，只知承襲舊規，卻因教派勢力的雄強而漸漸失去對藏區的有效控制。惠遠寺此案，就是一個例子。寺院反對採礦，自有其行事與情感邏輯。但對清廷來說，自家修建的寺廟，使著自家每年頒給的香火錢，而倡民作亂，反對自家開礦，當然是清廷治藏政策失當的一個小小的、但卻是十分清晰的佐證。

而駐藏區清軍，紀律鬆弛，魚肉鄉里，騷擾百姓已非一日，進剿泰寧，戰勝後也在惠遠寺大肆搶掠。所以，亂平後清廷一面下旨賞助戰有功的明正土司以總兵頭銜，一面將「縱兵搶掠之靖邊營管帶已革知縣穆秉文發新疆充當苦差」。

泰寧金礦亂平後，又查得這事不但關涉惠遠寺堪布，還有駐瞻對藏官在背後唆使。這不得不引起清廷的警惕。噶廈政府控制瞻對一地，但其影響所及卻遠遠大於瞻對。此時清廷擔心英軍入侵後，失去西藏的同時，也就失去了瞻對。更有理由擔心，到了那時，瞻對於四周的土司地面，怕是會有更大更壞的影響。於是，為穩固川邊，下旨四川總督錫良、駐藏大臣有泰和駐藏幫辦大臣鳳全三位地方大員：「西藏地方危急，請經營四川各土司，並及時將三瞻對收回內屬。」

鳳全行動迅速，當即派員前往瞻對考察民情，了解當地頭人、百姓和藏官對於改土歸流的態度。調查結論是當地頭人和百姓都情願回歸川屬，藏官則表示去留只聽從噶廈政府命令。也就是說，沒有噶廈政府的命令，他們絕不會撤離瞻對，而噶廈政府是絕對不會下此命令的。想當年清兵征瞻對，藏軍大敗，清軍完勝，噶廈政府都從清廷手中收回了瞻對，重新派官統治。現在清廷危機四現，處於風雨飄搖的境地，噶廈政府豈會甘心將此地拱手送還？

見此情形，鳳全便敦請四川總督錫良，希望他派兵強行收回瞻對。錫良卻並不急著動兵，只是告訴鳳全，正在籌集二十萬兩銀子，準備償付藏軍當年出兵收復瞻對的軍費。

鳳全又致書駐藏大臣有泰，請他在拉薩就近多做工作，說服噶廈政府放棄瞻對。殊不知有泰此時在拉薩正焦頭爛額，面對英國軍隊入侵、十三世達賴喇嘛出走等種種複雜局面無所措手，哪裡還有心管瞻對的事情。所以，有泰回覆鳳全說，他贊同墾荒練兵，以此威懾西藏，卻不贊成收回瞻對，「以大局而論，示以天威則可，失此大信則萬萬不能。」

鳳全並不因為駐藏大臣有泰是正職，而自己只是幫辦而屈從聽命，致信有泰時針鋒相對，說收回瞻對不存在失不失信的問題，因為瞻對劃歸西藏，原是為償還兵費，藏官「歲收瞻民賦稅九千餘兩，迄今三十餘年」，早超過應收軍費了。所以，「瞻對應收不應收，惟問貴大臣。西藏自主之權能終保不能終保？若能終保，則瞻對之收回可緩議也」。也就是說，他和朝廷此時力主收回瞻對，是因英兵已抵西藏，「一經立約，枝節橫生，再議收回瞻對，噬臍之悔無及也。瞻對四旁皆川邊土司，賞還達賴，譬如幅帛抽心，不成片斷，一旦有事，不惟門戶不清，亦且防守無據」。

結論自然是：「藏亡而瞻對亦亡。」

泰寧金礦事件後，四川總督錫良上奏，說到金礦事件的原因，將此事件看成與朝廷欲在瞻對改土歸流有關：「瞻對改土歸流，泰寧寺（即惠遠寺）喇嘛煽亂，槍斃弁兵。」

朝廷下旨卻奇怪，不讓四川總督辦理，而是：「著鳳全就近剿辦。」對鳳全來說，手裡的新軍還沒有練成，朝廷又不派兵，如何就近剿辦。

更嚴重的問題是，不是他去剿辦別人，而是他的改革必然觸動到舊制度的命門，人家要起而反抗，來辦他了。

巴塘死了鳳大人

當時的實際情形是，四川總督觀望不前，駐藏大臣有泰明確反對，鳳全計畫中的新軍還遠在康定編練，他身邊只有一支百餘人的衛隊，自是孤掌難鳴。瞻對改土歸流，事情沒有真正著手，他就把動靜鬧得很大，未免有些操之過急了。

吳光耀《西藏改流本末紀》中說：「當是時，收瞻對改流議傳遍草地，夷人咸憤怒，鳳全不知變計。」

吳光耀清末時也在四川為官，曾任職於四川總督衙門，和鳳全是同時代人。所著《西藏改流本末紀》，雖然態度趨於保守，但所記事實應該還是可信的。他說鳳全「強抗開爽，能吏也。苦不學，好謔侮人。」意思是說，鳳全性格強悍爽快，是個能幹事的人。但學問和修養差，不尊重人。不尊重人的這個缺點，到了藏區，加上他的大漢族主義思想，就更加膨脹。吳光耀記他「在巴塘亦以旱煙桿熱窩擊土司頭，曰：『此頭在爾身能幾時？』土司或受朝廷一品封紅頂花翎，夷人之小君長也。大臣向務柔遠人，恒以均禮。鳳全獨廷辱之，於是夷人益怨憤。」

「明年正月春，夷人流言愈狂悖。」

他要墾地開礦，當地就傳言，「夷人服事大皇帝數百年，大皇帝故愛厚夷人，何來欽差奪我礦地，奪我墾地？」

他在巴塘操演新軍，當地又傳言，「大皇帝兵何來洋裝，是洋欽差，非大皇帝欽差。」並公開揚言：「夷人當為大皇帝殺此人。」

巴塘丁林寺更提出，要他收回每寺只給三百名喇嘛名額等限制寺院的命令。鳳全自然不會聽從。

於是，從一九〇五年，巴塘亂發。三月，「丁林寺始搶墾場兵」，「殺法教士」。丁林寺，是格魯派在巴塘的最大寺院，時有僧人一千五百餘人。

「四月二日，燒截石洞墾場，遂燒教堂。鳳全居糧臺……夷人三千餘圍攻糧臺，槍石如雨，徹夜不絕。知縣秦宗藩知事已不救，獨出糧臺開導，死之。參將吳以忠領砲隊亦死之，衛隊傷亡二十餘，夷人傷亡百餘。」

鳳全退居正土司官寨，「使告夷人解散赦罪」。

鳳全更不知道，巴塘正土司羅進寶和副土司，也怕他在巴塘的種種舉措危及自身利益，見此情形，只是一味勸他離開巴塘。這時鳳全身邊只有一百多名兵丁。事變發生之前，他見巴塘局面一天壞過一天，就多次向四川總督和打箭爐催請調兵，但直到亂發，局面不可收拾，也未見一兵一卒前來增援。鳳全見狀，不得已只好答應離開巴塘。

四月五日，鳳全一行動身離開。行至距巴塘五里處一個叫鸚哥嘴的地方，便中了早已設下的埋伏。「伏發，夷人隆本郎吉槍鳳全中腦後，喇嘛阿澤就而戕之。取其頂珠翎管。巡檢陳式鈺、縣丞王宜麟、趙潼、千總李勝貴衛隊五十餘人同時被戕。」

之後，又上演一番官場故事。

巴塘案發，清軍近在打箭爐等地，鳳全也曾請求援兵，但打箭爐同知劉廷恕因何按兵不動？這一件公案當時就莫衷一是，至今也各有說法。還有一則公案。鳳全到巴塘，無以為居，便駐進糧臺。當地糧員吳錫珍讓出住房後，另擇民房居住。所以事發之時，這位吳糧員匿身於寄住的藏民家中，沒有陷入包圍。這也是情理中事，沒有什麼不正常的地方。但事變之後，死去的鳳全從生前頗有爭議的人物搖身變為一個死於國事的英雄，吳錫珍作為巴塘亂後少數的倖存者，需要出來說明自己在事變中的表現。

大部分記巴塘事變的書都說，鳳全臨離巴塘前，吳錫珍推窗望見鳳全正要離開土司官寨，便不顧房主勸阻，衝出房屋，攔住鳳全的轎子痛哭勸阻，但鳳全不聽。於是吳錫珍要求隨行護送，鳳全見他衣冠不整，命他回去穿戴整齊，戴上官帽再來。等他收拾妥當後，鳳全一行已經去遠，而他又被乘騎的騾子踢傷，以致不能前往追趕。

這個故事中，鳳全要糧員正了衣冠再一同上路一節，在一個英雄故事中正是一個動人的細節。所以，很少有人質疑，而是作為一個傳奇故事中的生動細節一再被人重複提起。

但作為這個事件的見證者，吳光耀在《西藏改流本末紀》對此卻有質疑。他說，「吳糧員實無土司官寨挽留之事」。根據是「予在營務處，見吳糧員報鳳全死事，前後兩稟歧異，皆極力摹寫急迫不及救護之狀」。

初稟曰：「跣一足，提一襪，造欽差之所居挽留，欽差令且著襪。」

後稟易為：「欽差所居，夷人攻毀，痛哭不得往見，派人為欽差請安。」並明言「前數日已為夷人隔絕，漢官不得往來相見。是時夷人巴塘劫殺，橫暴市間，皆睚之怨不能免」。這是說，變亂一起，亂民橫行，不但劫殺漢官，就是平常民間積累的仇怨，也在這時乘亂報復。這樣的情形，吳糧臺孤身一人，怎麼可能跑到被亂民包圍的欽差跟前？

吳光耀說：「吳糧員習氣油滑見於文牘，非赴難之人也。」

中國社會，一個人要成就一番事業，幹一番大事，往往得不到理解與支持，反而時時被吹毛求疵。但這個社會同時又極歡迎別人成為烈士。一旦成為烈士，又惟恐其人格不完美，願意隨時替這個傳奇增添動人的細節。

於是，吳糧員送欽差的故事又有了完美版，從鳳全要求吳糧員穿襪子變成要求他正衣冠。往事已矣，巴塘事件已經過去一百多年了，哪個故事最接近真實的情形呢？我已無力判斷。但吳光耀所批評的現象，在今天卻是愈演愈烈了：「近世公牘，上下相欺如此，未嘗有長官詰責之者。」

不僅如此，染有鳳全那種只求事功，藐視民眾，藐視少數民族作風的，在各級政府官員，恐怕也不是官樣文章中「少數人」一詞可以指代的。

鳳全死難，其在巴塘藏區嘗試實施清末新政的舉措徹底失敗，朝廷收回瞻對的想法也隨之流產。

清廷命新任駐藏幫辦大臣聯豫不再駐巴塘或察木多，仍到拉薩就任，這意味著，朝廷已放棄了由駐藏幫辦大臣在康巴一帶墾殖練兵的打算。

此次巴塘事變中，亂民乘勢燒毀天主教堂，殺死法國傳教士牧守仁和蘇列，此外打死打傷教民多人，並挖了此前死在巴塘的兩位司鐸的墓，棄遺骨於野外。在此前的一九〇〇年，當地人也殺過天主教堂的傳教士，當地有史料說，「將法國神甫捆在河西村木樁上，胸畫黑圈，活靶射死」，有史料說，這是「巴塘人民在義和團反帝運動影響下，聞風而起」，這我就存疑了。

與此疑問相比，我想知道的是，此時逃亡在外的達賴喇嘛是否知道了巴塘事變的情況，他又作何反應。但查〈第十三世達賴喇嘛年譜〉，只說：「四月中，三次會見欽差大臣和庫倫辦事欽差大臣，交談有關西藏苦樂安危等事，增進相互間友誼。」不知道「有關西藏苦樂安危事」是哪些事。這時中英間正在就西藏問題展開艱苦談判，他自然會關心談判的結果，這算是「安危事」。再者，在他逃亡路上，經駐藏大臣有泰上奏，清廷已革去了他達賴喇嘛的名號。這應是他的「苦樂事」之一，但他一直說，這是駐藏大臣的陰謀，不是朝廷的真實旨意。所以，他與皇上和皇太后派來的欽差大臣見面，對此事也定會談及。而巴塘事變，與清政府正面衝突的主要力量是奉他為最高領袖的格魯派寺院，對他，對西藏地方來說，就既是「安危」事，也是「苦樂」事。但年譜中既然未著一字，我也就不能妄加推測了。

凡操心「苦危安樂事」的人，心情都不會輕鬆。在外蒙古，達賴喇嘛還遇到了更不愉快的事情。外蒙古的格魯派最大活佛哲布丹增巴，見宗教地位高於自己的達賴喇嘛久居不走，便一改當初熱情歡迎的態度，時時顯得倨傲無禮，這就讓和自己同一教派的最高領袖感到不愉快了。〈第十三世達賴喇嘛年譜〉明確記載：「哲布丹增巴日漸不愉，逐步產生厭離之感，搗毀了達賴喇嘛法座，當著達賴喇嘛的面吸菸，做了各種有失體統的事情。」幾個月後，達賴喇嘛就離開庫倫，轉往他處。

這也說明，即便是一個教派的最高領袖，身處同一教派中，實力不濟時，其權威也會下降，甚至受到挑戰。

如果說這時清政府已經衰弱不堪，但這個龐大帝國相對於長期積弱的噶廈政府，還是具有相當強大的力量。所以，達賴喇嘛此時更為關注的還是清廷在藏區的種種舉措。

瞻對，也是他關心的事務之一。

一九〇六年，他在途中收到噶廈政府送來的「就條約本事的報告」，同時收到的還有「瞻對總管稟報的漢藏文信函」。達賴做出的指示是：「瞻對總管稟報之事，應根據時局變化，無遺漏地掌握基本事實，爭取毫無過激、毫無推遲地逐步解決為要。」年譜文字沒有涉及瞻對總管具體上報了什麼內容，但達賴在瞻對問題上的態度卻十分清楚，一面要求「毫無過激」，同時又要求「毫不推遲地逐步解決」。

應該說，即便事情到了這樣的地步，川屬藏區包括瞻對局面如何變化，主動權還是在清廷的手裡。土司制度，成形於清朝，但在元明兩朝已經發端。許多土司家族在被清朝冊封前，作為地方豪強已在當地稱雄多年，中央王朝死守陳規時，大體上可以彼此相安。但清末新政也影響到川屬土司地區，改土歸流的呼聲高漲。於是，變與不變，自然就形成難以調和的衝突。

放到歷史大勢中考察，巴塘事變不像過去的瞻對之亂，可視為偶然的孤立事件，而是時勢到達歷史關口時的一種必然。

對於反對變化的一方，這是一次拚死反抗。而事變的發生，對於急欲圖變強國的清廷來說，這種反抗正為變革治藏方略提供了更充足的理由和更大動力，刺激清廷下決心加大變革的步伐。以和平方式求變遭致失敗，就只剩下武力的手段。有清一代，幾乎從無在藏區內部培植進步力量的任何舉措——甚至意願，其所求者只是這片疆域的臣服與平安。一旦有事，無非就是剿撫兩手。剿，花錢，撫，也花錢，所謂花錢保平安。今天中國人喜歡說康雍乾盛世時中國疆域如何廣大，但在所開拓的疆土上，不促進社會進步，沒有新思想的萌生與發展，不在這些疆土上培養起碼的國家認同，朝廷拿不出銀子維穩時，這些廣大疆域，往往便只剩下得而復失一條道路了。中國歷朝歷代，邊界版圖或大或小的變化，都和邊疆民族的認同和背反息息相關。以藏區而論，今天中國領有的藏文化區疆域，較之康乾朝時，其實也已經縮小不少了。

趙爾豐來了

四月五日，鳳全死難。四月二十二日，清廷下旨「委明幹曉事大員，添派得力營伍，飛馳前進，查察情形，會同馬維騏分別剿辦」。和過去的遲緩遷延相比，反應真是夠迅速了。

馬維騏，雲南人，參加過一八八三年的中法戰爭，多有戰功。時任四川提督。得令後，馬率新軍五營出打箭爐，於六月中旬就進到巴塘。

同馬維騏進剿的「明幹曉事大員」，就是建昌道趙爾豐。

此次巴塘戰事，時任成都將軍的綽哈布奏報平定巴塘的奏文描述甚詳：

「維時巴塘喇嘛土司等誓眾祭旗，出而抵禦，節節關隘，扼險設伏，圮橋掘塹，拒我師徒。馬維騏以為殲寇必貴神速也，亟於六月十一、二、三日親率五營，次第開拔，分道前進。十八日師次二郎灣，其山後頭殿喇嘛寺地勢高竣，已有悍匪嘯聚，竟圖橫襲我軍，馬維騏先派中營黃啟文、馬德昌帶隊往攻，砲石雨下，我軍張病奎等受傷。次日，馬維騏親往應援搏戰，軍士攀木猱升而上，斃匪數十名，陣斬首要喀殊達哇、惻忍、吉村三名，而照珠等二名亦屬魁酋，並為槍斃，餘匪始各逃散，奪獲槍械，並有開鑿官物在內。是日，後營馬汝賢，甫至三壩關，諸營會圍兜擊，勇氣百倍，酣戰兩時之久，陣斬逆目日根彭錯、喇嘛因句夾夥等四名，遂奪其關。二十日，副中營馬德，又在喇嘛寺突遇賊隊三百騎劫取官糧，該營奪其精銳以敗之，於是群匪皆退據大所關，並力扼守。

關本石壁峭峙，盛夏猶積冰雪，尚恐仰攻不易，密遣馬德暨幫帶江定邦、馬榮魁等，繞道六十里，以拊其背。馬榮魁於二十三日丑刻，途遇匪糧，奪獲糌粑八馱。是日午刻，諸營前後夾擊，匪等擁眾撲犯，把總陳天恩等，連發巨砲，衝分中道，因各突馳而上，克取雄關，要逆喇嘛工布汪阿那等俱被殲。是役也，斃匪數百名，我軍亦有傷亡。由此迭破要隘，直搗奔察木。二十四日，各營克復巴塘。喇嘛本踞丁林寺為巢穴，及是勢不能支，舉火自燔，率眾渡河，拆橋而遁，我軍追逐江干，槍斃、淹斃者百餘名。」

二十六日，馬維騏抵達巴塘。這時，建昌道趙爾豐還未到前線。馬維騏當即著手調查巴塘事變的前因後果。「詰究倡亂本末，安撫被難商民，解散脅從，分別良莠，立將正土司羅進寶、副土司郭守扎保，一併從嚴拘禁。查知戕害鳳全之喇嘛阿澤、番匪隆本郎吉，並寺中堪布壩哥未格，以及稔惡最著之阿江及格桑洛米、阿松格斗等，猶多竄逸。且肇亂之由，原因溝內七村之番燒毀墾場而起，該番現猶散伏象山一帶，若不痛加懲創，將虞灰盡復燃，馬維騏分派營員，帶隊四出，期於剪巨憝而清餘孽，七月初三至初十等日，馬汝賢搜匪於阿奶西，生擒格桑洛米、羅戎卻本二名，惟林箐深密，馬汝賢搜匪遇伏，受傷甚重，裹創以還。而張鴻聲則於三岔路擒獲阿江，李克昌則於象山擒澤昌汪學，馬德則於河西嗎呢熱山生擒阿澤，與汪定邦、賈廷貴等，均多斬獲。各營搜剿殆遍，日有俘獲，共拿繳九子槍七十餘桿，並在阿江身旁搜獲鳳全頂珠翎管。澤昌汪學身旁，亦有殉難各員衣具。又在土司處，搜獲教堂銀物，兩司鐸屍骸，均經尋獲，辨視無誤。主教倪德隆單開最要之匪玠休硬不，及往鹽井調兵打毀教堂之喇嘛格桑吉村，先後弋致。共有擒到各匪孰為凶逆，悉經當時目擊之糧員吳錫珍等指認的確，緝獲隆本郎吉，供認槍中鳳全腦後不諱，而阿松格斗等亦就獲。」

說到巴塘事變，奏文中說：「伏查鳳全遵旨籌辦邊務，雖欲振興屯墾，亦未嘗以峻急行之，只因擬請限制寺僧人數一疏，喇嘛聞之中懷怨懟，飛誣構謗，鼓惑愚頑。正、副土司初不過潛預逆謀，繼則公然助惡，屢投印文於奴才等署，竟稱鳳全操練洋操，袒護洋人，應即加之誅謬，若川省派兵壓境，惟有糾合臺眾，聯聚邊番以死抗拒等語，狂悖實為至極。」

馬維騏將巴塘正、副土司及丁林寺參亂喇嘛等人在巴塘處決後，「酌留所部，凱旋回省」。「善後諸務暨應歸剿捕匪犯，即飭趙爾豐統兵留駐，詳加審度，妥籌辦理」。

再用文字記錄這個過程，已經很老套了。清軍幾次進兵瞻對不就是這樣嗎？不就是得勝以後，再冊封一個願意聽命於朝廷的地方豪強為土司，事情就結束了嗎？不就是等待下次什麼地方再有同類事情發生，再把同樣的故事重複一遍嗎？

不，歷史是嚴竣的。

歷史的教訓是嚴竣的，歷史提供的選擇也是嚴竣的。

歷史讓你必須做出選擇。

清廷錯過了許多選擇機會，但終於做出了新的選擇。噶廈政府與川屬土司們則放棄了更多的選擇，或者說，在世界格局發生了天翻地覆變化的時候，依然拒絕選擇。土司們、喇嘛們還在人性消極的慣性中繼續下墜著，而不自知。

馬維騏鎮伏了巴塘，得勝回省。

留下趙爾豐善後經營。

趙爾豐上任時，就已胸懷「治邊六策」。其內容為：

一、設官，就是改土歸流；

二、練兵；
三、屯墾；
四、通商，就是開發當地資源，促進商業流通；
五、建學，興辦新式學校，開啟民智，培養建設人才；
六、開礦。

興邊六策中，所有事情，都需要以第一條為基礎。要無意改變現狀的土司們騰出地面來，作他施行藏區新政的舞臺。不止是土司，還有勢力更為強勁的寺院。

巴塘事變發生時，周圍各土司寺院也騷動不寧。「雲南維西廳屬番夷勾結叛亂，焚教堂，戕教士，圍困官軍」。居於打箭爐到巴塘要道上的里塘土司也拒絕為進剿巴塘的馬維騏運送軍糧，供應柴草。而雍正年間岳鍾琪請設里塘土司正是為了保障川藏大道運輸流暢。

任乃強《康藏史地大綱》載：「趙爾豐誅里塘抗差頭人，拘其土司……遂清查戶口糧賦，準備改流。里塘正土司四朗占兌，殺看守兵，逃至稻城貢噶嶺，嘯聚土民作亂。鄉城亂民皆應之。中鄉城桑披寺僧普中扎哇者，怙惡不法，曾叛里塘土司，誘殺守備李朝富。川督鹿傳霖派兵往討，游擊施文明被生擒，剝皮實草，供歲時逐祟刺擊。趙定巴塘，使人招之，回書侮慢。十一月，趙派兵攻鄉，並剿稻城。稻城平，而鄉師無功。三十二年（一九〇六年）正月，趙親攻桑披寺，至閏四月，破之。」

史料之中，說趙爾豐雄才大略，建立勛業者多，同時也說他手段殘暴，嗜殺過度。與趙同時代人吳光耀《西藏改流本末紀》對此就有記載：「趙爾豐報克服桑披寺，盡抄沒所有，令屠降夷七千餘。行刑百人，有墜淚者至於罷極。」就是說，他用百人的劊子手殺幾千人，這些劊子手中，有人殺到後來殺不下去了，流著眼淚而放下屠刀。「富順知縣熊廷權時管糧臺，為夷人請命不得，而出坐石上，見行刑如此。」

不止是對「降夷」殘暴，對自己的士兵也相當酷虐。攻克桑披寺後，自然取得了相當多財物，他下令官兵上繳後，全部擺放一起，對官兵說，可以按自己的功勞大小，隨意拿走與自己功勞相當的財物。「黠者知其性情不敢取，愚者遵令自取物。明日，盡斬自取物者官兵數十人。」

吳光耀說：「張俊生統師歸，為予言暴骸骨遍野。」

桑披寺戰後，趙爾豐即在原巴塘土司和里塘土司地面重新規畫行政區域，請設巴安、定鄉、理化三縣，派出流官，管理民事。

民國年間，一位湖北的中學教員叫賀覺非，於日本侵占東北後入國民黨中央軍校學習，結業後被派往四川，一九四一至一九四四年，出任原里塘土司地面的理化縣長。有《西康紀事詩本事注》一書傳世。其中對清末至民國年間，川邊地面的重大事件及民情風俗多有記錄。他在該書中說：「趙爾豐之治邊也，先之以兵威……而遂其改流大計。」

「邊地既定，趙即從事各種建設。」

賀覺非在理化縣長任上，研讀史志，遍訪高僧老吏，修成該地第一部地方志《理化縣志》。他編縣志時，距趙爾豐主政川邊不過三十多年，由他記敘趙爾豐事跡，應該是比較切實的。賀總結趙爾豐從事邊地各種建設舉措，也頗為精當。

「以言內政：則慎選官吏，改良禮俗，規定支給烏拉章程，頒發百家姓氏，延醫購藥。

「以言教育：則奏派吳嘉謨為學務局總辦，於改流各地，遍設學校，並購印刷機至巴安（巴塘的新名字）印課本。

「以言交通：則修建關外臺站，平治康川道路，敷設川藏電線，雇比利時工程師建河口鋼橋。
「以言實業：則招募墾民，改良農業，踏勘礦藏，購置紡紗機、磨麵機器等。」

這時的清廷，已把川屬土司地面看成一個戰略性的整體。隨著這種新思維的出現，一個新詞出現了：「川邊」。這是一個地理名詞，囊括了康巴地區所有川屬土司地面。從清初開始的土司時代，清廷在這個地面上只求平安無事，所以「多封眾建以分其勢」，從此開始，卻要將這些地方視為一個整體，加以經營開發了。

在此新思維下，一個新官職也隨之出現：「川滇邊務大臣」。為何設置川滇邊務大臣，清廷說得明明白白：「四川、雲南兩省毗連西藏，邊務至為緊要。若於該兩省邊疆開辦屯墾，廣興地利，選練新兵，足以固川滇之門戶，即足以保西藏之藩籬，實為今日不可緩之舉。」

一九〇六年，趙爾豐出任新設的川滇邊務大臣。

清廷有旨：「四川建昌道趙爾豐著開缺，賞給侍郎銜，派充督辦川滇邊務大臣，居中擘畫，將一切開墾防練事宜切實籌辦。」

並撥銀一百萬兩，作為開辦之費。

新政，不止在川邊。

一九〇六年，在印度進行了一年多的關於《拉薩條約》談判沒有結果，又改到北京舉行，終於簽訂《中英續訂藏印條約》。其主要內容除減少了對英賠款數量，主要還是中國對西藏主權的重申：「英國國家允不占併藏境及不干涉西藏一切政治，中國國家亦應允不准他國干涉藏境及其一切內治。英藏所立之約第九款內之第四節所聲明各項權利，除中國獨能享受外，不許他國國家及他國人民享受。惟經與中國商定，在該約第二款指明之各商埠，英國應得設電線通報印度境內之利益。」

同年，清廷任命曾在印度參與《中英續訂藏印條約》談判的張蔭棠從印度直接入藏，任駐藏幫辦大臣。

張蔭棠到西藏就任，第一件事，就是整頓吏治。他十月到達拉薩，十一月十八日便上〈為瀝陳積弊，請旨革除懲辦，以維邊圉人心〉一摺，道出了駐藏官吏的腐敗不堪，對藏人作威作福的情形。

「查駐藏大臣歷任所帶員弁，率皆被議降革之員，鑽營開復，幸得委差，身名既不足惜，益肆無忌憚，魚肉藏民，侵蝕庫款。」時人總結西藏以及朝廷派駐藏區官員的這種情形，叫「賢者不往，往者不賢」。朝廷認為自己對藏人施恩甚多，而彼方卻離心離德，甚至有官員說這是「藏人畏威而不畏德」，其實，這種局面的造成，除了是由清朝國力衰微的大勢所定外，這些貪官酷吏在藏區胡作非為，也是一個非常重要的因素，有時甚至是唯一的因素。

不惟下層官吏如此，駐藏大臣往往就是貪腐之首。

噶廈政府在達賴或攝政王下，有四位噶倫管理全藏政務，每有缺額，都要由達賴喇嘛會同駐藏大臣上奏朝廷提名新人，這就給了駐藏大臣賣官鬻爵的機會。據張蔭棠調查，一噶倫官職「陋規一萬二千兩」是半公開的行市，「額外猶需索不止」，其他官職也明碼實價：「挑補代本、甲本各官，陋規二、三千兩至數百不等」。而這些費用，藏官們並不自己出錢，「皆攤派於民間」。所以，張蔭棠慨嘆，「民之何辜，罹此荼毒！」

駐藏大臣如此作為，致使「一切政權得賄而自甘廢棄」。

英軍第二次入侵西藏，駐藏大臣有泰的作為更是自毀長城。英軍抵拉薩，有泰往見榮赫鵬，「自言無權節制商上，不肯支應夫馬等情，以告無罪，媚外而乞憐，榮赫鵬笑頷之，載入藍皮書，即以為中國在藏無主權確證，庸懦無能，誤國已甚！」

更令人可氣可笑的是，英軍到了拉薩，有泰忙著「犒賞牛羊柴薪」，而且出手大方，用去銀子一千五、六百兩。最後，張蔭棠查出，有泰報銷的這筆接待費用是四萬兩！

首官如此，下屬可知。少支出多報銷有之，向西藏官民索賄受賄者有之，侵吞駐藏清軍兵餉者有之。當時，有泰信任駐藏大臣衙門的門丁劉文通，「以之署理前藏游擊，領帶兩院衛隊，又總辦全藏營務，憑權納賄，賣官鬻差，其門如市，各臺汛員弁，紛紛藉端更調，下至挑補兵丁臺糧，需索銀四、五百不等。」張蔭棠奏書中舉了一個例子，一個叫李福林的都司被撤職，向劉文通行賄五千兩，不降反升，做了游擊。

英軍入侵，前線戰事緊張時，「警報屢至，催赴敵前開議」，有泰不肯去前線處理危機。這時，劉文通便來給主子散心：「購進藏姬五、六人，獻媚固寵，白晝挈隨員等赴柳林子招妓侑酒，跳唱納涼，該大臣醉生夢死，一唯其所愚弄。」

清朝歷代皇帝，對西藏以至整個藏區，恩威並用，但始終提倡的，還是兩個關鍵詞，曰「惠遠」，曰「德化」。而派駐當地官員，行事糜爛驕橫如此，都走向這兩個詞的反面去了。想要因此「以服遠人」，自是痴心妄想。

我沒有統計過有清一朝派駐西藏的大臣和幫辦大臣的準確數字，但肯定已有好幾十位，而對西藏日漸糜爛的吏治大力下手全面整治的似乎只有張蔭棠一位。

他呈報了清朝駐藏官吏種種腐敗情事後，上奏「可否請旨將劉文通、松濤、李夢弼、恩禧、江潮、余釗、范啟榮七員先行革職，歸案審辦，分別監追，以警貪黷。」至於有泰，「係二品大員，應如何示懲之處，聖明自有權衡，非臣所敢擅擬。」

不止中央派出官員貪腐，這個問題也是噶廈政府的痼疾。

張蔭棠也查出：「噶布倫彭錯旺丹，貪黷頑梗，勒索百姓，賞差銀兩，任意苛派。浪仔轄番官陽買，貪酷素著，民怨沸騰，均請先行革職查辦。」

對張蔭棠的處置，清廷一概同意。本來清廷已下令有泰「來京當差」，此時下旨將有泰「先行革職，不准回京，停候查辦」。

張蔭棠此舉，受到西藏各階層的擁護與歡迎，對貪腐成風、怠惰成習的漢藏官場，也震動不小。張蔭棠自己也說，「全藏極為震動，屏息以觀我措施，以為臣係奉旨查辦藏事人員，與尋常駐藏者不同。」這句話反過來說，就是在藏人眼中，尋常駐藏官員都是大同小異。

對清朝駐藏官場稍有整頓後，張蔭棠又提出新治藏政策大綱十餘條，上報清政府外務部。

第一條，就是對達賴喇嘛優加封號，厚給歲俸後，另立俗官為藏王，專管地方政府事務，而以漢官監之。其要義是結束西藏政教合一的政權。

第二條，改革噶廈政府體制，重新設置官職，分理內治、外交、督練、財政、學務、裁判、巡警、農、工、商、礦等局事務。也就是要將舊政府改變為一個現代政府。

第三條，添撥北洋新軍駐藏。

第四條，以現代方式訓練藏兵。

以下若干各條，興學築路，架設電線，教藏民在當地種茶等，都體現開化與強盛西藏的意圖。清廷照准之外，並無具體支持措施。而噶廈政府首先就成為張蔭棠治藏新政的改革對象，自然也是消極應對。英國人柏爾在其《西藏之過去與現在》一書中說：「此最高委員所行改革，不適合拉薩大多數官吏之脾胃……故初甚得人心，其後計畫未有結果。」

更何況，他在西藏查辦貪腐，觸動的豈止是一個二品大員有泰，而是觸動一張大網。正如時人所說：「朝中樞紐腐敗，官員互為攀援，結黨營私，同蝕國本。」不是如此的話，有泰這樣的人，又怎麼可能做到二品大員？張在西藏大張旗鼓行事時，清政府已接到密奏，誣告他在拉薩「有令喇嘛還俗，改換洋裝之事」，以及種種舉措失當，「深恐激成事變」。

一九〇七年五月，張蔭棠奉清政府外務部電示，要他前往印度西姆拉與英國人會商英國在西藏江孜開辦商埠的具體事宜。

有材料顯示，上密奏使得張蔭棠離藏者，是新任駐藏大臣聯豫。但在擠走張蔭棠後，這位出過洋的駐藏大臣還是努力推進張所設計的治藏新政。

他向清廷提出將原有駐各驛站的文武官員全部裁撤，僅留傳遞奏摺、公文和管理驛站的吏卒，每年節約銀十萬兩，以此為經費訓練新軍兩營，「以練兵先行，以樹聲威」，同時，還奏請從廣東、四川撥銀各十萬兩，用以擴練新軍。而朝廷批來的銀子，比他要求的多了一倍有餘，於是，他當即一面在外採買新式武器，一面開辦陸軍學堂，從駐藏清軍中挑選二十餘人，又從駐藏大臣直轄的藏北三十九族中調青年十名，再由噶廈政府調派藏人十名，加上廓爾喀人十名，同入陸軍學堂學習，為將來的新式軍隊培養軍官。

接著，他又在拉薩設立巡警局，訓練了步巡警一百二十名，騎巡警二十四名。

聯豫也與張蔭棠一樣，把興辦教育、開發民智放在極其重要的地位。在西藏開辦兩所初級小學堂，漢、藏人子弟一同授課，一律不收學費。學制六年，計畫這些學生畢業後，送往四川繼續深造。兩年後，全藏辦起了十六所初級小學。

聯豫又籌辦藏文傳習所和漢文傳習所，派漢人學習藏文，藏人學習漢文，為西藏培養翻譯人才。

如此一來，川邊趙爾豐，西藏張蔭棠、聯豫勵精圖治，遙相呼應，便得藏地一改上千年的沉悶鬱閉，局面煥然一新。但這種煥然一新的表像下，卻又動盪不安。除新舊歧見之外，更關涉漢藏間族際關係，稍微操作不當，事情便因治而亂，走向其反面。

一九〇九年十一月，十三世達賴喇嘛率一眾隨從回到拉薩。駐藏大臣聯豫親自到郊外迎接。達賴喇嘛早已獲悉趙爾豐在川邊改土歸流廢除土司世襲權力，限制寺院特權，以及張蔭棠、聯豫在西藏實施治藏新政的種種情狀，心裡自是相當不快。在歸藏途中，更聽說聯豫為穩固治藏新政，上奏朝廷，請調川軍入藏，心中更是極其不滿。遇到親自迎到郊外的清朝駐藏第一命官聯豫，視若無人，不曾有一言一語，惱怒之下，連起碼的表面禮節也不顧了。

聯豫更將此視為奇恥大辱，氣憤難平之際，便失去一個朝廷命官的應有風範，不顧全局，只想施以報復，找回駐藏大臣的顏面。當下就指控達賴喇嘛私購俄國軍火，親自帶人到布達拉宮搜查，結果一無所獲。繼而又派人北上那曲，檢查達賴喇嘛尚未運到拉薩的行李，也沒有搜到所說軍械。

達賴喇嘛也是睚眥必報，馬上命令噶廈政府停止向駐藏大臣衙門供應柴草、糧食、人役和馱畜等。

如此一來，清廷駐藏的第一命官和噶廈政府首腦兩人見面，不要說共商西藏改革大計，見面後連話都沒有說過一句，便互相視為仇敵。西藏局面，因此漸漸失控。看此情形，清廷便委任趙爾豐為新任駐藏大臣，並派出兩千多川軍前往西藏。這支軍隊進軍之初卻不順利，在察木多波密一帶受阻，後趙爾豐親率所編邊軍助戰，擊潰藏軍和地方民兵，才又重新整頓隊伍，前往拉薩。藏方不但反對川軍進藏，更堅決反對在川邊藏區改土歸流而聲名大振的趙爾豐任駐藏大臣。為此，西藏方面除了在藏東武力抗拒，同時上書清廷籲請阻止川軍入藏。在給清政府的信中說：「我們受壓迫的西藏人向你們呈上這封信，儘管表面上看來一切都好，但是內部卻在大魚吃小魚……軍隊已開進了西藏，這正引起西藏人巨大的恐慌。我們已經派了一位信使到加爾各答去詳細電告事情的細節。懇請召回最近到達康區的清朝官員和軍隊，如果你們不這樣做將會帶來不幸。」

同時，西藏方面又致信英國人請求外交斡旋：「雖然大清與西藏親如一家，但是清朝官員趙爾豐和駐藏大臣聯豫卻在策畫共同對付我們的陰謀，他們沒有把我們表示抗議原件副本呈送給大清皇帝，而且他們還加以篡改，俾使其罪惡目的得逞。他們正在派軍進藏，企圖消滅我們信仰的宗教。懇請你們電告清朝皇帝，要求他阻止現在正在進入西藏的軍隊。我們對目前的局勢非常擔心，請求列強們進行干涉，敦促清朝軍隊撤出西藏。」

清廷接受了西藏方面的一半請求，解除了對趙爾豐的新任命，令其繼續留在川邊經營，軍隊則繼續向西藏前進。同時，清廷對英國方面說明，派川軍入藏，是為了強制達賴服從條約，保護新開商埠，維持治安。

一九一〇年二月，這支川軍進抵拉薩。

這時，距達賴結束逃亡返回拉薩不過兩個月時間。見英國人斡旋無效，川軍長驅直入，達賴喇嘛才肯與駐藏大臣衙門洽談。但直到此時，達賴喇嘛仍然不願與聯豫相見，便邀駐藏幫辦大臣溫宗堯相見。答允不再以武力阻止進藏川軍，恢復對駐藏大臣衙門的一切物資供應。溫則許諾：川軍抵達後，不騷擾地方，改革藏政諸事和平辦理，不侵犯達賴喇嘛教權，不危害喇嘛。不過，允諾歸允諾，入藏川軍軍紀鬆馳，剛剛抵達拉薩，即在一個叫琉璃橋的地方槍殺喇嘛，進而在經過布達拉宮時胡亂射擊。達賴喇嘛驚懼不安，乘夜再次出逃。只是出逃方向與前次不同，他一路向南，逃往英國殖民地印度去了。

川邊改土歸流

趙爾豐在川邊的改土歸流，尚稱順利。

康南地方巴塘、里塘改土歸流初具成效。而康北的德格和霍爾五土司及明正土司等，還未著手進行。

此時，德格土司家族內部不和，正好給趙爾豐一個插手的機會。

前面講過，鹿傳霖任四川總督，派軍進擊瞻對藏軍得勝後，曾派委員張繼處理過德格土司家族內部爭奪土司權力而起的糾紛。當時，鹿傳霖有意在瞻對和德格實行改土歸流，便藉機將老土司切麥打比多吉夫婦和兩個兒子先解往打箭爐，再後又解往成都軟禁。鹿傳霖改土歸流未成，德格土司一家被釋放回本土。官方正史中對此事語焉不詳，但地方史料對此過程則有詳細描述。

鹿傳霖去職後，四川方面裁定，由切麥打比多吉的長子多吉僧格隨老土司「襄理政事，如能稱職，則准承襲」。不意切麥打比多吉夫婦在歸途中相繼病逝。經駐藏大臣文海審定，又經成都將軍恭壽允准，由多吉僧格代理土司職務，並頒給印信一枚。

多吉僧格性情柔弱，繼承土司職後，大權落在了負責協理土司日常事務的大頭人手中。

他的同胞兄弟昂翁降白仁青則個性強悍。當年，在其母親和駐瞻對藏官的支持下，曾經實際控制過土司大權。其父不甘心大權旁落，清軍平瞻得勝後才有赴瞻對告狀之舉。有此前因，昂翁降白仁青對其兄承襲土司職位本就不滿，見其大權旁落，便用武力迫其兄退位。川省派章谷屯委員前往調解無果，多吉僧格被迫交出土司印信，逃往西藏出家為僧。時在一九〇三年。昂翁降白仁青上任後，為擺脫忠於多吉僧格的大頭人的控制，另闢官寨居住行使土司權力。一九〇六年正式呈請清廷，准許其正式承襲土司職位。駐瞻對藏官也派出武裝進駐德格，支持昂翁降白仁青。

此舉激起原多吉僧格手下任事頭人的激烈反對，他們派人從西藏迎回多吉僧格，同時組織武裝進攻昂翁降白仁青官寨，殺死和驅逐了部分支持昂翁降白仁青的頭人，多吉僧格重新執政，並將其弟囚禁。後來，昂翁降白仁青逃走，德格土司屬下頭人分成兩派，各擁一方，相互爭戰不止。最終，多吉僧格戰敗逃亡，昂翁降白仁青再次掌握土司大權。

此時，多吉僧格走投無路，眼見在其兄弟相爭中，駐瞻對藏官並不站在自己一邊，而是明明白白地支持其弟弟，所以失敗後便不願也不敢再到西藏，剩下一條路便是從清廷方面得到支持。於是派親信南下巴塘，控告其弟反對「天命皇帝」，要求趙爾豐出兵鎮壓，並情願交出土司印信，在德格改土歸流。

趙爾豐平伏康南後，想在康北地區改土歸流，正愁無從著手，德格土司兄弟相爭誓不兩立，對他而言，正是天賜良機，當即親率大軍分多路自南向北挺進德格，多吉僧格也組織土兵八百餘名以為內應，昂翁降白仁青兵敗逃往西藏。

民間傳說，昂翁降白仁青先是率敗兵逃到青海，經某寺著名活佛介紹，便和正返回拉薩的十三世達賴喇嘛一起到了西藏。他和其追隨者被噶廈政府安置在那曲地方，並給予四品職銜。

戰後多吉僧格「多次要求呈繳印信號紙，自願辭去土司職務」。趙爾豐求之不得，自然允准。西元一九〇九年，清廷下旨，授予多吉僧格世襲都司職，保留二品頂戴花翎，每年發給膳銀三千兩。同時，將多吉僧格遷離德格，安置在巴塘。將巴塘前土司官寨和寨外馬場、水磨及菜園數畝和草場一片，歸其居住使用。也就是說，改土歸流，也不是一味將土司職權剝奪了事，朝廷還是要維持他們較高的地位與生活，地位由有品級的虛銜保證，生活嘛，就是給銀子和一定的生活資源。多吉僧格被遷往巴塘後，向趙爾豐興建的新學堂捐銀二千兩，充作修建男女學堂的經費。為此，多吉僧格受到清廷褒獎，賞給一品頂戴和「急公好義」匾額一道。德格土司被廢，附近一些小土司無力抵抗，也相繼繳出印信，納地改流。趙爾豐便在這片地方設鄧柯府、德化州、麻隴州、石渠縣、同普縣。設置流官之外，又「集百姓議定賦稅，改善差徭」。

一九一一年，趙爾豐接到任命，出任四川總督。他便和其推薦的新任川滇邊務大臣一道率兵繞道康北，一路將孔薩、白利、朱倭等土司繳印歸流。

《西康紀事詩本事注》載有趙爾豐改土歸流時的文書數件。

著者賀覺非說：「茲錄趙在邊文件數則於後，藉見改流情形之一斑。」我將之抄錄於此，想讓大家知道所謂「傳檄而定」是什麼意思。需要說明的是，這是在平巴塘、里塘、德格後的「傳檄而定」。

第一則：《趙和新任邊務大臣傅會銜札》：

「為會札事，照得各省土司地方，現經民政部稟請改流，奉旨允准咨行前來，自應欽遵辦理。本署督部堂大臣已將朱倭、白利、靈蔥、東科、孔薩、麻書六土司印信號紙一併收回，改設漢官管理。除孔薩、麻書兩土司因案革除不議外，其餘各土司擬稟請大皇上天恩，別給漢職世襲，永保其業。爾崇喜、曲登、毛丫各土司，應即將印信號紙呈繳來案，以便繳部銷毀，並為該土司稟請改為漢職，合行札飭。為此，札仰該土司遵照，札到之後，即將印信號紙克期親帶，定於六月二十六日到打箭爐行轅呈繳，聽候分諭，勿得懷疑觀望，遲延干究。切切特札。」

這裡出現了一些前文未有的新土司名字。

我們以前說的都是互不隸屬的大土司或中土司。除此之外，還有一些小土司，清朝的土司制度，更多地狹民少的小土司是由大土司管轄的。任乃強先生《康藏史地大綱》記清代川邊土司頗為詳盡。例如里塘宣撫司，就「外轄長官司三」，分別是瓦述毛丫長官司、瓦述曲登長官司和崇喜長官司。

魚科土司也是一個小土司，接到趙爾豐和新任的邊務大臣傅華封的「會銜札」，不敢反抗也無力反抗，但還是試圖觀望拖延，便上了一個「夷稟」：

「欽差大臣臺前，小的魚科土司具懇稟事，情因小的自先年以來，不比他們牛廠，小的於大皇上屬下，每年上納銀子，大臣均是知道的，哀懇大臣准小的照前一樣居住，賞張執照，沾感不淺，如難允准，要繳印信號紙，懇先飭綽斯甲、革什咱兩土司呈繳印信後，小的亦隨即繳呈。」

趙當即在這稟文上批示：「稟悉。該土司懇求照前居住，賞給執照，均如所請。應繳印信號紙，乃奉旨之件，各處土司一律辦理，豈有綽斯甲、革什咱不令呈繳之理。惟爾懇求先飭該兩土司繳印之後始呈繳等情，定屬荒謬，同是繳印，何分先後？本督部大臣，豈有偏私，如朱倭、白利、靈蔥均已繳案，該土司何不以朱倭等比較，而以綽斯甲、革什咱為衡？似此野蠻無知，本應懲辦，姑從寬宥。」

嚴責之下，魚科土司也只好繳印了事。

川邊土司中也有攜帶印信號紙逃跑，以逃避改土歸流的。霍爾孔薩第七代土司擁金堪珠就以進藏朝佛為名，攜帶土司印信，率領屬下頭人喇嘛等共三百餘人，乘夜出逃，趙爾豐派兵追截，將其阻回，並於一九一一年三月，召開大會，公開收繳印信，宣布廢除世襲數代的土司權力。

鐵疙瘩的融化

然後，趙爾豐又率兵南下去了瞻對，驅逐駐瞻對藏官藏軍，將被噶廈政府占據幾十年的瞻對地方收歸四川。

很容易嗎？

太容易了！前面的那些瞻對故事，都那麼曲折多變，那麼富於戲劇性，那麼枝節橫生，那麼不可思議，那樣轟轟烈烈，那樣以一隅僻地一次次震動朝廷，死傷那麼多士兵百姓，那麼多朝廷命官丟官喪命，就這樣，不費一兵一彈就收回瞻對了？真的收歸了！

瞻對，這個鐵疙瘩就這樣融化了。

如何解釋這一現象？只有一個答案：勢。大勢所趨。

時人和後世對趙爾豐的評價各式各樣，歧義的產生是他過於殘酷的鐵血手段，但沒有人否定他在短短幾年間改土歸流的巨大功業。重要原因，還是在於這是順大勢而為的結果。

只是，變革太晚，幾個能臣即便有所作為，也難挽清朝大廈傾倒。

史料有載，趙爾豐率軍進駐瞻對，一路沒有受到駐瞻對藏軍任何抵抗。趙爾豐到達中瞻對，命令駐瞻對藏官巴登郎加五日內回藏。巴登郎加沒有抗拒，只說五天時間不夠他處理善後事務。趙爾豐允准又展限五日，巴登郎加於宣統三年五月二十二日起程離開瞻對。

西藏地方政府控制瞻對三十餘年，從瞻對地面搜刮的稅賦早已超過當年征服貢布郎加所耗軍費，但此時，清廷還是從四川調白銀十六萬兩作為賠償。

趙爾豐驅逐了駐瞻對藏官，委任米增湘為瞻對委員。將瞻對設為懷柔縣。後因與河北省懷柔縣重名，又改縣名為瞻化。我們記得，瞻對在藏語中是鐵疙瘩的意思，那麼，瞻化這個漢語名字，在趙爾豐心目中，有將這個兩百餘年來在清廷眼中堅硬無比的鐵疙瘩終於融化的意思嗎？

我一直想知道趙爾豐是個什麼樣的形象，但存世的文字中卻很少有他形象的直接描繪。先是看到一則材料，是說他平巴塘後攻鄉城桑披寺，持續了半年之久，戰事最為緊張危急時，趙爾豐一頭半白的頭髮，一夜之間，全數變白了。再後來，想起幾年前讀過陳渠珍《艽野塵夢》中有對趙爾豐形象的描寫。翻出書來，果然有此一段：「是日，余隨隊出迎，候甚久，始見大隊由對河高山疾馳而下。有指最後一乘馬者，衣得勝褂，繫紫戰裙即是趙爾豐。既過橋，全軍敬禮，爾豐飛馳而過，略不瞻顧。諦視之，茲貌與昔在成都時迥殊。蓋爾豐署川督時，鬚髮間白，視之僅五十許人也，今則霜雪盈頭，鬚髮皆白矣。官兵守候久，朔風凜冽，猶戰慄不可支，爾豐年已七旬，戎裝坐馬上，寒風吹衣，肌肉畢現，略無縮瑟之感。」

趙爾豐為一八四五年生。陳渠珍在察木多見到他，時在一九〇九年，這時趙爾豐六十多歲，馬上長途驅馳，矯健如此，其形象躍然紙上。趙爾豐前往收復瞻對，輕騎急進，也該是這樣的形象吧。陳渠珍同文還說，趙爾豐所率邊軍，「雖為舊式軍隊，然隨爾豐轉戰入邊極久，勇敢善戰，其軍官兵體力甚強，日行百二十里以為常。」

回程往成都赴任路上，趙爾豐把歷來忠於清廷的明正土司也廢了。

有清一代，康熙、雍正兩朝設置川邊各土司，將這些土司納入四川管轄。也是自雍正朝起，土司間為擴大實力，互相爭奪村落人口，便時有戰亂。始作俑者中，便有瞻對土司。乾隆一朝，又出兵瞻對，繼而兩次用兵大小金川，從此，改土歸流的改與不改，就成為清朝治理藏區一個重大而糾結不清的問題。直到近兩百年後，方才塵埃落定，由趙氏主導，大刀闊斧，幾年之間，便將川邊各土司改流殆盡。

一九一一年八月二日，趙爾豐回到成都，這時，作為辛亥革命前奏的四川保路運動正如火如荼，局面逐漸失控，不久武昌城頭一聲槍響，辛亥革命爆發，各省紛紛獨立。十一月二十二日趙爾豐與四川諮議局議長、保路運動領袖之一的蒲殿俊等簽訂了《四川獨立條約》。根據該條約，趙爾豐將民政託付諮議局議長蒲殿俊，軍事託付駐軍司令朱慶瀾，他本人則準備帶兵回任川滇邊務大臣。

四川隨即成立「大漢四川軍政府」，都督蒲殿俊，副都督朱慶瀾。

一九一一年十二月八日上午九點，軍政府在成都東校場外進行閱兵。中途發生兵變，檢閱臺上的都督蒲殿俊、副都督朱慶瀾倉皇逃離。亂兵從校場中蜂擁而出，在成都城內四處搶劫，「一時遍地皆盜，草木皆兵。其被劫情形，自一而再，自再而三，甚至有被搶五、六次者。」其慘狀據說自張獻忠屠川以來未曾有過，「錦繡成都，遂變為野蠻世界矣。」

一片混亂中，趙爾豐又被人請出來，以「卸任四川總督」名義出面刊發布告，維持秩序。

一九一一年十二月二十一日，新任四川都督尹昌衡設計捕捉趙爾豐，在都督府前將其斬首。此時攝影術早已發明多年，並進入中國。所以，趙爾豐被處死臨刑前還留下了一張照片。一個鬚髮皆白的清瘦老人，正被人摁住，要他跪下。這是他的生命消失於這個世界前一刻，那張照片模糊不清，但可以看出他的表情並不驚恐，卻顯出無奈與蒼涼。這是為個人？還是為國家？應該是兩者都兼而有之吧。

讀晚清史，不止是趙爾豐這樣的當事人，就是作為讀者的我，也常被這種蒼涼貫透身心。細讀晚清史料，破除了過去讀二手書被灌輸的錯誤印象。

印象之一，是說那時候清廷進行的都是假改革，做樣子給人看的。但看晚清與治藏有關的這些人，趙爾豐、張蔭棠、聯豫，他們是要搞真改革的，而且在短短幾年中，在清朝國力最為衰弱的時候，真還身體力行，做了不少事情。做了從雍正朝以來就想做而一直沒有做到的事情。在國力最孱弱時，做了國力最強盛時未能做到的事情。

只是，這樣的改革來得實在是太晚了一些。

看中國歷史，於國計民生都有利的改革，總是不能在最容易實行時進行，原因無非是官僚機構的怠惰，和利益集團的反對。最後，終於到了不得不改的時候，可是，已經太晚了。嘩啦啦，大廈傾倒了。

趙爾豐這樣的人，事業的高峰卻因清朝的崩潰而人亡政息。接下來的民國時期，川邊藏區經歷了更多的動盪，中央與西藏間的關係一再惡化，兩者間的矛盾也漸次上升為國族矛盾了——至少是被噶廈政府方面的一些人上升為國族矛盾了。

更可惜者，是藏政改革。

本來張蔭棠關於改革西藏政治與社會的構想是很好的，而且，他也頗為細緻地處理著與噶廈政府的關係，種種舉措雖未及施行，但其主張與態度卻受到西藏僧俗貴族的歡迎，或者說，至少沒有引起他們的強烈抵制。但他又很快離任，繼續進行藏政改革的駐藏大臣聯豫，一方面繼承了張氏的改革思路，另一方面，卻以朝廷命官自居，時時流露出高高在上的文化優越感，使得與藏方關係日益緊張。本來是富國強兵的舉措——包括增強噶廈政府與軍隊能力的改革，卻被藏方所抵制，最後與西藏地方政教兩方面的最高領袖十三世達賴喇嘛弄得勢不兩立，不通音問，川軍入藏後，又不知節制，軍紀敗壞，耀武揚威，而致達賴第二次從拉薩出走，從數年前的堅決抗英者一變而投入英國人的懷抱。

應該說，這個教訓非常深刻，至今未有過很好的總結。

這個教訓就是，治藏文略，有好的動機，有好的構想，但實施過程中卻出現種種問題。偏狹的地方主義與民族主義，固然是一個巨大的障礙，但主導的一方本就占著巨大的優勢，故其執行者的行事風格與方法，在很大程度上便成為決定事情成敗與效果優劣的關鍵。

當然，更可嘆者是西藏。時代巨潮的衝擊下，這個閉鎖千年的社會依然沒有覺悟而行動者，仍然意圖以舊的方法維繫其統治，以舊的方法處理周邊種種事態。

事關瞻對一地的歸屬就是一個明顯的例證。

四川總督鹿傳霖用兵瞻對鎮壓了撒拉雍珠等領導的農奴起義後，主張將瞻對收歸川屬。鹿收回瞻對的方案，不是再分封新的土司，而是通過改土歸流，進行社會政治結構的變革。其最終目的，是建立有效的行政體制，發展教育，提高生產力，以防止英國人染指積弱積貧的藏區地方。雖然這個方案最終因為不思進取的滿清大員如恭壽、文海等的反對而流產，但對這種變革的指向，如果噶廈政府對時代大勢稍有敏感，自然會受到足夠的刺激。但從噶廈政府的反應與應對來看，他們的處理方式一如從前，其間透露的新信息，的確是被完全忽略了。

光緒二十三年十一月，清廷將提倡收回瞻對的鹿傳霖開缺，「瞻對地方，仍著賞還達賴喇嘛管理，毋庸改土歸流」。次年三月，駐藏大臣文海代達賴喇嘛上奏，感謝皇上賞還瞻對。奏文中這樣說，「……蒙大皇帝聖明洞悉，將總督鹿傳霖開缺，商上地土差法三項並不更改，仍復賞還」。賞還是一事，更重要的是，地、土、差法這三項並不更改。地是地盤，有地盤就有後面兩項：有土，有人。土即田地，有田地就有糧食與有限的賦稅。有人，就有人支差。差，就是各種勞役。在那個社會結構下，百姓都對官家有著服勞役的義務。幫官家種地，幫官家放牧，幫官家修建那些宏偉碉房，幫官家送信，更要出兵差，幫官家打仗。地、土、差三項，早已達到土地與人民可以承受的極限。如果沒有新的社會結構，沒有新的生產方式與生產組織方式，不要說社會進步，就是簡單的財富積聚，都已無新的可能。

文海替達賴喇嘛代上的謝恩摺中，並沒有包含試圖改變與振作的新內容，只說：「此次奉到諭旨，大眾生靈聽聞之下，莫不歡欣鼓舞。我達賴喇嘛同護法……僧俗番官等，在於布達拉山釋迦佛前擺設供獻，望闕焚香，三跪九叩，敬謝天恩。」

而當時的上諭中，還有這樣的要求：「飭文海就近與達賴約定善後辦法」，摺中卻並未回應。只有送禮是知道的，摺中說：「今備叩謝天恩哈達及佛尊、珊瑚珠一串」，這哈達、佛像和珊瑚珠三樣，是達賴喇嘛的禮物，此外還有以護法名義送的哈達和護心鏡。

清廷接了這樣的摺子，自不滿意。別的不說，起碼得保證一下藏官返回瞻對後不「挾嫌抱怨，愈肆苛虐」吧。文海等又與噶廈政府幾經交涉，兩月後，才「遞來約章一紙，原載五條，譯語間有支離」，其實意思也很簡單，「大意約束番官，不准侵擾苛虐，亦屬遵旨辦理」。也就是說，你要我這樣保證一下，我拗你不過，也就隨你的意思保證一下罷了。

第九章

民國來了

民國了！

我們的瞻對故事似乎到了該結束的時候了。

瞻對終於收回了。

辛亥革命勝利了。

但是，且慢，革命的初衷，按孫中山先生的三民主義講，是民族、民權、民生，而在當時更激動人心也更為響亮的口號，恐怕還是「驅除韃虜，恢復中華」。若以清政府的倒臺為標誌，革命是勝利了。若是用上其他標準，倒可用孫中山後來的話，叫做「革命尚未成功」。因為革命的結果，肯定不是軍閥割據，以及因之產生的頻繁內戰。

而且以民族主義為號召的革命，必然也會激發多民族國家中其他民族的民族主義。所以，一個國家內部，特別是一個多民族構成的國家，還未曾有一種國家意識將所有這些民族有效整合時，民族主義這個武器是需要慎用的。道理很顯明，看看今天的中國現實，就可以看到，我們在並沒有弄清楚民族主義對這個國家到底意味著什麼的時候，就祭起這個武器來對付外部挑戰，卻忽略了這同時會喚起國家內部的民族主義，從而削弱了共同的國家意識，從社會內部產生著動盪與不安。而這個過程，從民國初年，就已經開始了。

從川邊藏區來說，隨著清王朝覆滅，趙爾豐等人的藏區新政也就人亡政息，種種社會改良剛剛初顯效果便煙消雲散。趙爾豐回任四川總督前，推舉自己得力助手傅華封繼任川滇邊務大臣。一九一一年，辛亥革命爆發，趙爾豐密電傅華封率邊軍三營馳援成都。傅率部到達雅州，被新軍彭光烈部擊潰，傅被俘解成都聽處。當局勸降，傅華封不從。監禁期間，寫成《西康建省記》一書，記述清末康區各地改土歸流經過，涉及政治、經濟、軍事、文化、宗教、民情風俗等史實較詳。留在藏區金沙江兩岸的邊軍，也都易幟擁護革命，推顧占文為臨時督軍，駐巴塘。並將邊軍改為三標，分駐察木多、德格和江卡。攻勢改為守勢，各據其地，任務也不再是聲援西藏，防禦英國圖謀西藏，而改為防備藏軍進攻了。

接下來，先是數年前被趙爾豐大兵鎮伏的鄉城變亂，當地武裝占據鄉城後，又攻陷了里塘等地。剛被廢除不到一年的明正土司聚兵於川藏大道上的河口，也就是今天康定和里塘之間的雅江縣。道孚靈雀寺喇嘛拘押設治委員，整個康區陷入大亂。不久前才被趙爾豐廢掉的土司們乘民國初年內地軍閥間頻繁的內戰，驅逐漢官，自行恢復各家對於原來屬地屬民的統治。金沙江以東趙爾豐所設波密等十餘縣，也相繼被藏軍攻陷。

這就是川邊地區的民國元年。

一九一一年六月，尹昌衡得中央電准，將四川都督一職由他人代理，並請得中央接濟軍費四十萬兩，自任西征軍總司令，率大軍西進，加上原駐藏區的邊軍策應，很快將大部失地恢復，領軍到達察木多，雲南都督蔡鍔也出兵，恢復了鹽井等處。這其實只是尹昌衡西征軍的第一步，他真正的目標是拉薩。蔡鍔領導的滇軍也願意與他合兵繼續西進。

這時的西藏是什麼情形呢？

一九一二年二月，清朝皇帝宣布退位，三天後，袁世凱就任中華民國大總統。四月，在拉薩的清軍向藏軍繳械投降，連同清朝駐藏官員被全數驅逐出境。五月，流亡印度三年之久的十三世達賴喇嘛回到拉薩。不久，達賴喇嘛接到了改朝換代後的袁大總統的電報，恢復他被「前清」第二次剝奪的達賴喇嘛封號。

袁世凱的電文中說，「現在中華民國已經牢固地建立起來，五族和如一家，達賴喇嘛自然被一種深厚的依附祖國之情打動。在這種情況下，他從前的過錯應當得到寬恕，他的封號『誠順贊化西天大善自在佛』也因此而得到恢復，以期望他能夠支持黃教，幫助中華民國。」

袁世凱在電文中還對辛亥後在拉薩作亂的清軍的行為表示了歉意。

但達賴喇嘛卻不領這個情了，說他不向中國政府請求原來的官位與封號了，只是「希望履行在西藏的政教統治權」。繼而達賴喇嘛在西藏發表聲明，梅．戈爾斯坦在其巨著《喇嘛王國的覆滅》中說：這是「一個單方面重申他對全藏統治的聲明」。

這個聲明中有這樣的表述：「幾年前，四川和雲南的漢族當局竭力使我們的版圖殖民化，他們藉口保衛商埠，把大批軍隊派進了衛藏。」「這時滿清帝國也已垮臺了。西藏人受到鼓舞，起來驅逐了衛藏地區的中國人，我也安全地回到了我公正而神聖的國家，我現在正著手把東藏朵康的剩餘的中國軍隊趕出去。」

但這時，尹昌衡大軍西進，非但「東藏朵康的剩餘軍隊」不能驅逐，拉薩也將成為他們的進軍目標。

任乃強《康藏史地大綱》中說：「達賴聞川滇軍西征，懼，向英使乞救。英藉口保護商務，派兵進駐江孜，為藏聲援。」

我們記得，宣統年間，川軍進藏，當時的理由也是保護江孜等通商口岸，也是「為藏聲援」。這時，卻一變為英軍進駐，保護西藏了。到此，十多年前藏方堅決抗英時，清廷任用有泰這樣的昏聵大員阻止西藏方面抗英的惡果便顯露無遺了。與此同時，噶廈政府還以鹽池作為抵押，向英國借款四萬英鎊，充作軍費。英國駐中國公使朱爾典向中華民國外交部提出「中國不得干涉西藏內政」，並以不承認中華民國政府相威脅。中華民國中央因此下令尹昌衡停止西征。西征軍司令部撤消，改設川邊鎮撫使府，尹昌衡任川邊鎮撫使。

尹昌衡在此任上時間不長，民國二年秋，即被解職。

影響至今的西姆拉會議

民國二年，西姆拉會議開幕，這回，英國人扮演主角。實際上，談判的雙邊以中華民國政府為一方，英國人和西藏噶廈政府為另一方。中華民國政府做出的最大讓步，就是中國承認西藏自治。但英藏方面，認為這已是一個既成事實，並無討論的必要，而把談判重點確定為邊界問題。邊界問題重點又不是英國殖民地印度與西藏間的邊界，而在於明確所謂中藏邊界。梅．戈爾斯坦在《喇嘛王國的覆滅》一書中說：「西藏最初提交的文件在政治和領土問題方面都劃出了一條非常令人難以接受的界限，不僅要求所有操藏語的人（包括安多以及遠至打箭爐的康區的所有藏族）都重新統一在達賴喇嘛的管理之下，而且還要求獨立的政治地位，漢族官員禁止進入西藏。」

需要說明，「重新」這個詞不對。因為歷史上從來沒有出現過「所有操藏語的人」統一在達賴喇嘛管理之下的局面。

查《元以來西藏地方與中央政府關係檔案史料彙編》第二四五九號〈藏案交涉經過〉中，附有噶廈政府參加西姆拉會議提出的條約草案六條：「民國二年十月十三日藏議開始，藏方要求條款計有六事：（一）西藏獨立；（二）西藏疆域欲包括青海、里塘、巴塘等處，並及打箭爐；（三）光緒十九年暨三十四年之印藏通商章程，由英藏修改，中國不得過問；（四）中國不得派員駐藏；（五）中蒙各處廟宇向認達賴為教主，均由達賴委派主持。」

也就是說，藏獨的主張，在民國初年已經明確提出。而且，這個西藏不僅是噶廈統轄下的那個西藏，而是包括了所有藏族文化區所謂的大西藏，也就是今天所說的大藏區了。

噶廈提出的這個條約草案第六條，即最後一條，與瞻對有關：「中國政府要盡快賠償從西藏政府那裡奪取的錢財和用武力勒索的瞻對稅款。」

這裡說的是兩筆錢，一筆錢是「從西藏政府那裡奪取的錢財」，這實有其事，辛亥革命後，到西藏不久的川軍以革命的名義殺了統帥，指揮權被軍中哥老會控制，在拉薩燒殺搶掠，先劫去駐藏大臣衙門存銀十八萬兩，又勒索噶廈政府白銀八萬兩，聲言是作回川的費用。但得到這兩筆巨款後，他們並未回川，繼續在拉薩肆意作亂，激起藏族僧俗民眾公憤，群起反抗。川軍大敗，被全體解除武裝，遣送出境。這筆錢索之有據，但「用武力勒索的瞻對稅款」就不知所為何來了。

而民國政府在西姆拉會議上提出的川藏邊界，遠到金沙江以西，自然也不會被藏方所接受。最終，英國人操縱談判而拿出的條約，未被民國政府批准，加上第一次世界大戰爆發，英國人自顧不暇，談判中止。以後三十多年的中華民國，多年內戰沒有打完，又打抗日戰爭，抗日戰爭結束，是更大規模的內戰，川藏間邊界既無條約明文規定，那就只得靠雙方實力說話，談談打打，打打談談，雙方實際控制線幾經變化，最後，戰線以金沙江為界，穩定下來，直到今天，還是西藏自治區與四川間的省際邊界線。

某年，我沿國道三一七線從甘孜到德格，抵達金沙邊時，赫然看見對岸江邊一面岩石上，兩個紅色大字西藏。大字下面，江流浩蕩，大字背後，是河岸臺地上正在熟黃的青稞地，倚山臨江，是安靜的土房組成的村莊。書寫這樣的大字，我不知道是不是一種確定邊界的方法。須知行政區劃的邊界也是變動不居的。有清一代，對岸那一帶地方，就是川屬德格土司的屬地。

「五族共和」口號下的邊局糜爛

民國初創，雖說是以「五族共和」為號召，但在內地，各地方實力集團擁兵自重，爭戰不休，並沒有政令、軍令的統一。少數民族所在的邊疆地帶，如蒙古、新疆、西藏，更是各圖自保自立。在此情形下，川邊藏區也亂象叢生。政府方面武裝有趙爾豐時代留下的邊軍，又有民國後新編練的川軍，還有那些被廢除的土司於清代覆亡後自行恢復了在其領地的統治，他們也各自擁有自己的武裝。

民國六年，還有趙爾豐創建的邊軍一營，以趙的舊部彭日升為統領，駐紮在金沙江西岸的察木多，並以此為中心，控制著金沙江以西相當於今天幾個縣的地面。其中一個砲兵連西出駐紮在類烏齊，與藏軍處於對峙局面。類烏齊在察木多西北邊，查清人所撰《西藏志》，對察木多到類烏齊的距離有明確記載。「自察木多五十里至惡（俄）洛藏分路，六十里至杓多，四十里至康平多，五十里至類烏齊。」共四站兩百里地。這個記載應該是準確的，我走過這個地段，並特意用車上計數器測過公路里程，從類烏齊縣城到昌都，顯示數字為一百零五公里。今天，察木多叫昌都，是西藏自治區昌都地區的首府，類烏齊則成為昌都下屬的一個縣。昌都地處瀾滄江邊，再往東兩百多公里，是江達縣。江達縣，清代為川屬德格土司屬地。也就是說，民國初年，金沙江以東，今西藏昌都地區大部，實際上不是由噶廈政府控制。

一九一九年，兩個藏軍士兵越界被邊軍駐類烏齊那個連的士兵俘虜。那兩個藏軍士兵不是故意越界挑釁，只是割馬草不小心越界被擒，但送到昌都後卻被統領彭日升下令斬首。藏軍前來談判索回士兵，得到的卻只是兩個人頭。被激怒的藏軍於是向邊軍開戰。此時的邊軍已不是趙爾豐時代的邊軍了，他們得不到內地新編川軍支援，師老兵疲，勢單力孤，連戰連敗，後被藏軍圍困於察木多，最後向藏軍乞和繳械，彭日升被送往拉薩關押。從此，趙爾豐經營川邊時在金沙江東改土歸流的地區全部喪失。藏軍一發而不可收，越過金沙江繼續進攻。相繼將趙爾豐時代所設德格、白玉等縣攻克，繼而兵分南北兩路進逼甘孜與巴塘。川軍集中九個營，在甘孜地方苦戰四十餘天，才抑制住藏軍攻勢。

後經正在這一帶探險的英國人臺克滿居中調停，邊軍統領劉贊廷與噶廈政府官員降巴登達，在甘孜絨壩岔締結停戰協定。停戰協議共十三條。主要內容是重新劃定了川藏界線。條約承認，清末由邊軍實際控制的類烏齊、恩達、察木多、寧靜、貢覺、德格、白玉、鄧柯、石渠等地都由藏軍占領。

清代的瞻對，這時是民國的瞻化縣，在這份停戰協議中，依然劃歸川省管轄，但如果瞻化人民「安靖如常，無虞出境擾亂之時，漢官應不駐軍於該縣境內」。也就是說，在該協議中，瞻化雖然劃歸川省管轄，卻不能駐軍於該地。瞻化在川藏關係中的特殊地位，也因此得得以顯現。

此協議雖然未得到民國政府批准，而且協議中也寫明「本約及停戰退兵條件，非正式議和條約」，但協議中劃定的川藏兩軍實際控制線，一直維持到二十世紀三〇年代初才有所改變。這一條約的簽訂，使趙爾豐時代改土歸流的地方，又失去十二個縣。

以五族共和為號召的中華民國，開創初期非但未能與別族共和，在驅除了滿族統治者後，內地軍閥間展開混戰，於邊疆地帶的事務早已無暇關注了。那時的川邊鎮守使陳遐齡，當彭日升在察木多率兵陷於苦戰時，非但不從打箭爐派兵西援，反而把駐守川邊的軍隊調進川內，參加軍閥間的內戰。劉贊廷時任巴塘邊軍分統領，他在一九二一年出版《邊藏芻言》中說：「自一九一七年七月至一九一八年四月，邊軍與藏番激戰，中間九閱月，陳遐齡既不發兵，又不濟糧餉，聶幫統死，彭統領俘，邊軍八、九營覆沒，官佐士兵陣亡數千，十二縣失守，知事為敵所擄者，割鼻插耳，為國之玷，稍有血氣，莫不震動。如陳於此時出兵兩、三營，援助邊軍，則前敵士氣百倍，十餘縣疆土，不難一鼓恢復。乃擁兵八營，坐視邊局之糜爛。」

這時的西藏方面，卻因為兩次抗英戰爭失敗，和辛亥革命的刺激，出現了一些意圖改革圖強的官員。一個重要方面，就是對藏軍進行現代化的改造。臺灣學者馮明珠著《中英西藏交涉與川藏邊情》中說，自西姆拉會議以後，藏軍以過去裝備落後的三千零六十二人擴建為由一萬餘人組成的英式武裝的常備兵力。馮明珠的書中還說，英國還在江孜開辦了一所軍官訓練學校，以駐江孜商務委員會署的英籍指揮官擔任教官，以英式戰爭方法，訓練藏軍軍官。噶廈政府自一九一四年起，增收鹽稅和皮革稅，以這兩項新增稅收購入英式現代武器，同時在西藏設立機器廠，製造槍支彈藥。因而藏軍迅速成長為一支準現代武裝，戰鬥力大大增強。

西藏噶廈政府方面為擴軍強軍而增加稅收，還造成近代史上一個重大事件，即九世班禪於一九二三年出走內地。藏文版〈第十三世達賴喇嘛年譜〉中對此事如此記載：「日喀則基宗、四品官穆夏從江孜打來電話向達賴喇嘛稟告，說明班禪大師師徒一行於十一月十五日突然離開扎什倫布寺出走。臨行留有一信。信中說：『下屬官員違背達賴喇嘛意願，不信守前例，攤派四分之一軍餉。因無著落，只好赴漢、蒙各地向信徒募化籌款』云云。」

光緒年間陳觀潯所撰《西藏志》，有專章〈西藏兵制〉，其中說到那一時期藏軍武器裝備，還是一支相當原始的武裝：「藏人兵具，當時仍用古代舊物。一曰大砲。每支重三、四十斤或五、六十斤不等，有銅鑄者，有鐵鑄者。長三、四尺，能容之藥十餘兩，鉛彈三、四十兩。二曰土槍。以熟鐵製造，子藥均由前膛裝入，即內地鳥槍之類。其槍托上有飾以金、銀、珠、玉者。彈用鉛鑄，其形圓。三曰快槍。有獨子、五子、七子、九子、十三子等類。尚有青海購來之俄國式快槍。四曰戈矛。木柄纏以鐵絲，其長不過一丈。五曰鋼刀，其鋒甚利，雖快槍亦能斫斷。六曰弓矢。七曰鐵盔鎧，用以護身者，能禦槍彈。」

又一章記〈西藏人禦敵之法〉。講有深林埋伏、夾谷包圍、高坡滾石、窄路劫糧、黑夜撲營、阻擋關隘、掘險斷路、據守堅碉等，這些都是從古典小說裡常常看到的。

面對這樣的軍隊，先行改善了武裝與戰法的趙爾豐所領邊軍，才能以區區數千兵力便縱橫川邊三十萬平方公里的土地而所向披靡。從趙心愚與秦和平教授所編輯的《清季民康區藏族文獻輯要》中，我讀到一則趙爾豐所領邊軍〈平定德格贈科行軍規則〉，其中詳細規定邊軍的戰法，讓人想起外國影片中的戰爭場面，抄錄幾則，我們便可以想見那時的戰爭場面及細節：

「一、臨陣時，我兵分作四十人一排，共列五排；衛隊四十人，作為第三排；其餘十人，看守兩營械對象，並瞭望後路有無包抄之匪。

「一、臨敵時，如戰地寬，則平列兩排為一行；窄則以一排為一行，餘四排，以次遞列。雖係平列，總宜疏散，不可太擠，免受敵槍。若地方過窄，則以半排為一行，或分兩排為雁翅形，以張兩翼。是在該營官審察地勢、敵情，神而明之。

「一、臨戰時放槍，第一排先放，放畢蹲身；讓第二排接放，以次遞蹲，遞放；放至第五排畢，第一排又復輪放。倘敵人攻撲太急，則前排蹲放，後排立放，敵未攻撲，則不准亂放一槍。

「一、各排放槍時，營官弁長，須留神察看。若打至兩輪，而不能中傷人者，是即毫無準頭及手顫者，必膽已搖。似此者皆勿令再放，尚可節省子彈備用也。

「一、臨敵時，馬隊以四百人，分紮我兵左右，敵如遠一、二里外，令馬隊毋庸開槍擊賊。賊敗則縱馬隊追之，我兵緊隨其後，保護馬隊。若賊退入村內，而我馬隊亦追之入村，我步兵即應緩緩而過，去馬隊兩、三箭遠，防其村內設有埋伏，我兵猶可在後放槍，擊其伏兵救援我馬隊也。村中有無埋伏，臨時一望可知，敵被槍擊死者過多，或戰時已久，彼已慌亂逃竄，此真敗也，可以乘之。若敵死無幾，或少戰即退，或應戰之兵不多，退時復有整齊閒暇之意，是必有詐謀，須謹備之。

「一、馬隊只用四百人，夾我兵而立，馬步相距，須一丈，不可太近。其餘一百人，留在我兵後路，一、二里外逡巡，以防敵人包抄。如遇敵來包抄，該馬隊一面力戰，一面飛報前敵。

「一、敵人如果包抄，即有後路馬隊與戰，復有我瞭哨之十人，可以旁擊。前敵聞信，切勿驚惶，包抄如已在二里之內，只將末尾四、五兩排，轉而向後，賊來則開槍擊之。再撥馬隊一百名，赴後路助戰，其前面之一、二、三排，仍輪流前敵攻打，不必管後路之事，不准擅自移動，賊若撲前漸近，方可令馬隊一同開槍，仍以安閒從容自若為主。

「一、臨敵時，如欲誘匪，則以蠻兵馬隊在前，我兵步隊伏後，勿使匪人望見。該匪與馬隊戰酣之際，我即發號令，馬隊左右分開，我兵從中衝出開槍。不惟斃匪必多，且使匪驟見驚惶，未有不慌亂、敗陣者也。惟此條幾須與馬隊學習熟練，臨陣方不至忙亂。

「一、打散仗，將步隊分散三人一堆，五人一簇，或前或後，或左或右，或藏山坳，或在石後，或站或跑，或蹲或伏，不論行列，不拘先後，人自為戰，對準敵人，發槍而已。」

這是趙爾豐所統邊軍的一次戰鬥所作的戰陣預案，臨戰下達，同時申明：「惟此次敵所，間係山溝，且我馬隊多於步隊，或散隊，則有礙馬隊衝突，或步隊盡在山腳、山腰，馬隊列於平地，庶不相妨，惟地勢未曾目睹，難於遙度，姑備錄之。以待該營官等，臨時相機調度可也。」

為該戰所定行軍規則還有許多條，關於後勤，關於戰勝後的善後等，就不一一抄錄了。

由此可知，趙爾豐改土歸流之時，所有用兵之處，戰無不勝，與所轄邊軍已採用西式火器，並西式戰法有很大關係。而民國以後，藏軍經過英式訓練，並用英式武裝、戰法與武器，如果不在邊軍之上，也該是旗鼓相當，更兼占有地利，形移勢易，孤立無援的邊軍戰敗失地，也就不令人感到意外了。

民初的瞻化縣

趙爾豐驅逐瞻對藏官後情形如何？

瞻對設縣後，第一個舉措就是改名懷柔縣。這其實很是名實不符。有清一代，對瞻對，先後數次強力征討，戰後，又沒有什麼真正於民生有利的懷柔革新之舉。設縣後，卻發現河北省已經有了一個懷柔縣，為避同名的麻煩，又將縣名改為瞻化。

瞻是舊地名中的一個字，「化」，全然是個漢字，組合起來，其意思是十分明白的。但如何「化」來，卻是一篇複雜而頭緒繁多的大文章。

整個民國年間，甘孜、德格一帶的康區北部變化頻仍，地不當要道的瞻化沒有什麼大事，就不大見於官方史料的記載了。一九九二年編修的《新龍縣志》，對民國時期記載也相當簡略。如下：

「民國元年，一九一二年八月，改懷柔縣為瞻化縣。

「民國二年，一九一三年，駐縣軍隊開採甲斯孔、麥科沙金礦。

「民國五年，一九一六年八月設上瞻、下瞻、河東、河西四個總保。」

最後一條因為關涉民國初期社會組織情形，值得細說一下。在藏官統治瞻對的三十餘年中，西藏方面除派來少量駐軍和有限的幾位官員外，還是依靠地方豪強施行統治。其方法是百戶人家左右劃為一個行政單位，委派一名當地有影響、有勢力的頭人徵收賦稅，催辦差役，並負責地方治安。

這些頭人還有一個重要職責，就是到藏官駐瞻對衙門輪流當差，一面保證衙門安全，一面向下傳遞駐瞻藏官的種種命令。民國後，除了縣政府有一名知事主持和少量駐軍，政令施行還是依靠當地有勢力的豪強。主要措施，就是將全縣劃為四個行政區，行政首腦叫做總保。這四名總保都委任當地有勢力、有威信者出任。

如此，地方上綿延千百年弱肉強食的局面並未獲改觀，很多時候，老百姓仍然不能安居樂業，從事農牧生產。「民國七年，一九一八年八月，麥科哇西麥巴與然勒阿戈兩部落發生糾紛，哇西麥巴頭人麥巴龍洛率五百戶、畜三萬餘，集體遷逃阿壩今紅原一帶。」

「民國十一年，一九二二年，川邊鎮守使署改四總為區，即河東區、河西區、上瞻區、下瞻區。並以區為保，各委保長管理。」出任保長，依然是當地豪強。

「民國十九年，一九三〇年四月，改瞻對縣知事為縣長。張楷任第一任縣長。」

關於此時瞻化縣的各方面情形，任乃強先生給我們留下了一份當時當地的詳盡紀錄，可以使我們一窺民國後瞻化一縣的具體社會狀況。一九二四年，任先生受劉文輝主持的川康邊防指揮部之邀，以邊務視察員身分，以一年時間，對原川邊土司地面新設各縣進行考察。所到各縣，繪製實在測繪地圖一幅，編寫視察報告一篇。其調查報告第七號，即為〈瞻化縣視察報告〉。

先說生產。任乃強先生以治藏區史地著稱於世，卻畢業於北平農業專門學校。所以，所過之處，特別留意當地生產狀況。視察報告說，瞻對地方地處雅礱江河谷，地質與氣候條件適合許多植物生長。他說，瞻化當地人「頑固守舊，飽則酣嬉，饑則劫掠，從無趨時厚生之志，故地利不能盡也。誠使諸夷向化，勸農得人，則此縣產業，有可改善者三事」。

第一是「為治果園」，如梨、胡桃、葡萄、蘋果等類。「以瞻化地候土宜言，並極相宜。目前瞻化竟無果種，此可嘆也。」

第二條關於牧業。略過。

第三條，「為增加農產品。瞻化山地，甚宜馬鈴薯。河谷宜果、瓜、蔥、薤、菘、藍之屬。凡康區所能種者，瞻對無不宜。然馬鈴薯及蔥，購自道孚，餘物購自甘孜，始得入口。昔番人簡陋，糌粑、酥油、牛肉外，一無所需。農作簡單，固無不可；近年諸番漸染漢習，口腹之欲日侈，則增加農產品，實滿足人生第一要義也。」

不止生產極其落後，商業也極不發達。

任先生報告中說：「瞻化縣治，僅民戶五十家，又無喇嘛寺在其附近，故無商業。民戶少則貨品滯銷，無喇嘛寺則小販無從借貸資本也。前數年此處紮有漢軍，各種小販亦較多。近則僅存茶、布店二家，營業亦甚寥寥。此處各村落，概無商店，亦無市集。……每年僅恃絨壩岔（其地在甘孜）之挑擔行商，游走各村，貿易日常用品。又有漢商一、二家，游走各鄉，零購麝香等山貨而已。」

手工業，「瞻化亦無工業，縣治僅有鐵匠一家，兼鑄金銀飾品，成器拙劣。」

在此條件下，當地人「自奉甚儉。雖大富貴人家，被一布面羊裘，飲食亦酥茶、糌粑、牛肉而已。除茶葉外，甚少使用外來貨品，無治生增財之欲。男子閒放終歲，急則劫人。得餘一日用，則沽酒沉醉以為常。女子理家政，善織羊毛。少有積蓄，則布施喇嘛」。

社會生產生活狀況如此，新設不久的縣知事又如何管理這個地方？

「然瞻對征服未久，西康吏治已壞。歷任官吏，言行闒茸（低劣、卑賤），漸為諸番所輕。漸復縱肆不受約束。官吏多欲無剛，因循日甚，延至近年，已成千瘡百孔之局矣。」局面到了什麼程度呢？任先生記有一位叫張綽的縣知事，在瞻化任一縣之長三年，卻弄得自己時常擔心斷炊，「諸事委之四瞻頭人，劃諾而已」。

但這樣的官還算是好官，因為這個縣官「悉夷情」，了解當地民情風習，「能以小惠結諸夷酋歡，亦不曾枉取民財，故雖威令不行，而夷無間語。其長在官守無傷，其弊在官權日替，此固近世邊吏之通病，未足責張一人也」。這是說，不貪不腐，不欺壓百姓，已是好官了。至於說，在其位卻不能有所作為，這是普遍現象，不止是瞻化一縣的官長而已。

不過，任先生到瞻化時，這位縣知事已經離任。新任知事張楷，「豪宕有幹才，在邊日久，亦悉夷情，而駕馭手腕，超越前張知事百倍，蒞瞻數月，百廢俱舉」。

首先，命令此前委任為總保的四位當地豪酋「輪值縣署候差」，其意自然是讓他們明白權力所來，樹立政府權威。

其次，以前因官吏因循無能，更加當地民風強悍，應繳糧稅歷年都不能徵齊，張楷到任後，除一個叫大蓋的地方因案件糾纏未繳外，「餘皆於十月以前一律掃納」。當時瞻化全縣四區四十八村四千五百七十八戶，年徵糧一千三百餘石，對牧民徵收牲稅折藏洋六千四百九十二元。民國十六年，又新增兩項稅收。屠稅年收入三百藏洋，酒稅年收兩百藏洋。

再次，「縣署舊雖養有土兵，全屬徒手，張至飭各區總保借快槍五支，子彈百粒，發土兵使用，軍容整然」。

更重要的是，「大小案件不假頭人辦理，雖其間亦有不能辦動者，尚無委曲遷就、墮損官威之跡」。

也就是說，以前那些縣官，並不親自辦理境內大小案件，以致政府形同虛設。原因其來有自。

「昔藏官管理瞻對日，擇各村豪強梟傑者，予以代本名義……藏官魚肉百姓，全藉代本力。代本亦藉藏官威勢，箝制其村民。瞻對村落散漫，民性慓狡，欲以一官管理之，非此法不能有效也。」民國以還，「設治以來，仍選四區中代本之尤有勢力名望者，任為總保，使管諸百姓。廢代本名義，另委村長。然各代本勢力養成，非空言所能剝落，村長供其役使而已。只因無名分接近官府，初不能不屈身總保之下。積之既久，前各代本或變為總保之小頭人，或因漸得接近官府，遂與總保抗立……官府反或為其所制也。」

文化教育方面，更處於艱難的初創時期。民國後，在瞻化設立國民學校一所，但僅有縣治所在地的漢人子弟數人就讀。張楷知事到任後，召集四區區長和一些頭人商討興學辦法。那個時代，民風未開的當地百姓不願上學讀書，尤其把上學認漢字讀漢書視為苦差，情願雇人代為上學。張楷因勢利導，商定每區每月繳藏洋五十元，縣政府用此錢雇人讀書。具體作法是，把收上來的這筆錢，變為上學學生的津貼，每月發糧一斗。用這個因地制宜的辦法，招到學生六十餘名，分為高級、初級兩班。任先生記敘：「校地為縣治之關帝廟，曾經培修，尚稱合用，建設籌備員陳煥章為校長。教員悉由縣署聘請，員額並足，教授合法。全體夷漢各生，皆識漢字，勉通漢語。中有數夷生，成績反在漢生之上，此北道各縣所未有也。」

與此相映照，是寺廟眾多，「瞻化每村有一喇嘛寺，全縣共四十餘座（小寺不計）」。瞻化一縣此種情形，也可視為川邊地區大多數改土歸流後新設的那些縣的大概情形。一些喇嘛寺實力強勁，孱弱的縣政府更難控制。瞻化縣知事張楷是一員能幹官吏，到任後便能將十餘年積欠的應繳糧稅全部徵齊，但還有一個叫大蓋的地方，因有案件未了，不能清除積欠。

這件案件，就與當地的大蓋喇嘛寺有關。關於這個案件的情形，任乃強先生所著《西康札記》中有兩篇文章與此案相關。一篇叫〈瞻對娃凶殺案〉，這個「娃」，不是我們尋常話語中的小孩子，而是什麼地方人士的意思。「瞻對娃」，就是瞻對人。另一篇叫〈大蓋夷稟〉。

大蓋喇嘛寺是瞻化境內的第一大寺，寺中有一個叫烏金奪吉的大喇嘛，向來與住持該寺的喇嘛阿登赤乃關係不好。這個不服寺院住持的烏金奪吉喇嘛還有一個哥哥叫做阿噶，性情惡劣，一向橫行鄉里。此前，也在這大蓋寺出家，後還俗，也經常到廟欺凌住持，寺院住持自然懷恨在心。某一日，大喇嘛正為信眾摸頂賜福，突然同一寺院的二、三十個喇嘛一擁而上，將其亂刀殺死。那時，阿噶和其母親也正跪受其弟摸頂，不及反抗就被五花大綁，並被立刻槍決，其母親也被囚禁起來。兩兄弟死後，寺院不罷休，又派人遠赴麥科牧場，將其另一個弟弟槍殺，並將三兄弟的財產牛馬全部抄掠為寺院的財產。案件發生地，在上瞻總保的管轄範圍。但到案發半月後，總保才向縣署報告。張楷知事傳案首阿登赤乃到縣問訊，這位喇嘛拒不前來。反而上「夷稟」到縣，歷數阿噶兄弟多年橫行不法的罪行，說自己這樣做是為民除害，請求獎勵。張楷不允，再傳不到，只好派人到當地斷案。這斷案也不是按照民國法律，殺人償命，而是照當地習慣性，賠償「命價」，即殺一人命，賠多少錢。縣署派員斷案的結果是：「判放出家屬，三人命價三千藏洋，繳凶槍三支，縣署外罰銀一百秤。」喇嘛寺不服判決，縣署便威脅要調兵鎮伏。

當此之時，任先生作為視察員正好到達瞻化，行經大蓋喇嘛寺所在地方，他們把視察員也當成握有事權的政府官員，「該寺僧侶來訴：『命價賠到千元一人，瞻對向來沒這規矩』」。他們還向任先生又上了一道「夷稟」，以今人的眼光看來，就是一篇奇文，多謝任先生將其記錄下來，讓我們可以一窺那個時代奇異的風貌。

該「夷稟」譯為漢文是這樣：

「自趙帥（趙爾豐）到瞻化以來，各地殺死人命，命價高矮大小有例，阿色牛廠卡加家殺死七人，賠命價五秤，罰款一秤，以銅器作抵；拉日麻殺死六人，命價每人五秤，完全以銅器作抵；墨巴殺死熱嚕代本又要約共九人，每人賠命價四秤，完全以銅器貨物作抵，罰款未繳分文；朱倭殺死七人，命價四秤，罰款五百元，以銅器貨物作抵；馬營長的兵殺死三人，罰款命價，每人三秤，均以貨物作抵；前任張監督任內，殺斃士兵澤翁，命價二秤，以貨物作抵；投李旅長的扎松工布被殺，又殺死家屬老少五命，命價罰款分文未予；今監督任內，谷日殺死二人，命價罰款，分文未得；康立村日加馬家殺死一人，帶傷一人，命價罰款，分文未得；日須牛廠甲家兒子被殺，命價未賠。以上命案甚多，並未派兵去打。大蓋喇嘛寺所殺原是匪人，為地方除害，不惟不獎賞，反要出兵來打，實不公平！」

秤，藏銀的一個計量單位。相當於藏銀五十兩。需要說明的是，藏銀並不是真正的純銀，而是一種含有大量白銅的銀銅合金，不及純銀值錢。

從這「夷稟」中可以看出，不止當地人互相仇殺，政府軍士兵也殺人。當地人互相仇殺，不能施以國法，以當地習慣方式處理還情有可原，但政府軍士兵犯了命案，不依國法處理，那就難以理解了。瞻化的「化」，意思就是化野蠻為文明，結果是去「化」別人的文明人，為了方便行事，卻被野蠻所化。而且，政府軍士兵處罰偏輕，所以「夷稟」中敢於大呼不公！

不久，任先生又接到大蓋寺所上的又一件「夷稟」，述說他們殺阿噶三兄弟是為地方除害的理由：

「第一條：喇嘛烏金奪吉不該將茂古喇嘛郎卡獨吉大馬斫死。其在格拖喇嘛寺毒死坑博白馬一喜，掌教喇嘛麥浪、札巴嘉恩兄弟，被他將鼻子割了，這幾人一命抵一命。第二條：其兄阿噶在大蓋寺當札巴時，麥科神廟及塔子被毀了，大蓋寺會首為此罰了他四百八十元；又搶大蓋寺會首七百元；竹慶寺會首澤翁等因聞阿噶要治死他，又送了五百元；又有老陝在寺，被他偷去麝香，房主被罰了一千多元；又搶去札巴阿澤四百元；又到東谷去搶人快槍一支，大蓋喇嘛寺為此事賠了五百元；又搶劫宗堆壩馬寺，又賠了一千八百元；又偷人麝香，喇嘛寺賠了二百元；初十又搶喇嘛寺會首名下二百四十六元；又欠鐵棒喇嘛十一元。大蓋寺阿噶偷人搶人欠賬，共賠去七千七百元，應以家財作抵。第三條：此外甲該家阿噶弟兄所為不法之事，喇嘛寺已拿得有憑據者，凡有私造義興茶票印版與私宰銀元截抽中段之器具共二件。甲該家實係為非作歹之人。我們處死盜匪，不加獎勵，反要處罰，請求委員大人作主！」

此案件後來如何處置，未見記載。

不久後，川藏之間，因為地方細故又發生激烈戰事。戰事初起，藏軍節節勝利，瞻化一縣又被藏軍攻戰，縣府首腦張楷也被藏軍俘虜，押往昌都關押。這案件恐怕也就不了了之。

我不憚繁瑣，抄錄這些史料，自是因為這些材料可作民國初年瞻化一地社會狀況的生動說明。更是因為，這樣詳實細緻的材料可以破除兩種迷思。一種迷思是簡單的進步決定論。認為社會歷史進程中，必是文明戰勝野蠻。所以，文明一來，野蠻社會立時如被揚湯化雪一般，立時土崩瓦解。再一種迷思，在近年來把藏區邊地浪漫化為香格里拉的潮流中，把藏區認為是人人淡泊物欲，虔心向佛，而民風純善的天堂。持這種迷思者，一種善良天真的，是見今日社會物欲橫流，生活在別處，而對一個不存在的純良世界心生嚮往；一種則是明知歷史真實，而故意揑造虛偽幻象，是否別有用心，就要靠大家深思警醒了。

大金白利再起戰端

辛亥革命前後，西藏社會面對種種深刻的危機，一些覺悟到世界大勢所趨者，開始銳意改革。改革的結果，是藏軍戰鬥力大幅提升，所以在民國七年對邊軍之戰大獲全勝。

後來，英國人陷於第一次世界大戰的泥潭，新成立的民國各地實力派陷於內戰深淵，加諸西藏地方的內外壓力頓時消弭。西藏地方便感到已度過危機，以宗教僧侶集團為核心的保守勢力抬頭，更因為生產力低下，靠增加一兩項稅收所得銀錢畢竟有限，藏軍想要繼續現代化，西藏地方財力難以支撐。因此，這支軍隊的現代化也就停頓下來。

更重要的是，當時西藏地方整個社會還處於中世紀的蒙昧時代，一切以宗教集團的利益為最高利益。所以噶廈政府內部，也只是少數官員覺察到政治改革和社會改良的必要性，意圖以軍隊現代化為開端，希望致力於西藏這個封閉社會的開放與建設，而任何進步的意識與力量必使宗教集團感到反感與擔心。於是，以藏軍司令擦絨為首的一些官員，包括重要的藏軍軍官被解職，整個社會又陷於停滯。從某種程度上說，這也是川邊地區在十多年裡得以相對穩定的一個重要原因。

直到一九三〇年大白之役，川邊戰事再起。

民國十九年，即一九三〇年六月，民國政府蒙藏委員會接到來自甘孜白利的一封告狀信。這封信載於《康藏糾紛檔案選編》一書中，內容如下：

「小的白利村，係彈丸弱小民族之地。自前清以來，對於中央政府無不竭忠效命。上年漢藏交兵時，無不盡力援助漢軍，漢軍方面文武長官均在洞見之中，乃小的白利村所屬噶札寺內有羅噶依珠，自上年屢次來欺壓白利村之人，強行攘奪我僧俗民眾之財產，且於各寺院及地方上下官長之間常以挑撥尋釁為能事。但白利地方向有歷輩承襲之官長治理，乃羅噶依珠屢次覬覦白利官長之位據為己有。又去歲擅自逮捕青珠佛爺之管家，其受辱不堪。故此雙方突起爭持，幾將決裂之際，幸有官長等居中調停議和，始能訂立和約，事遂寢息。後又以羅噶依珠同黨那珠等徒不遵和約，排斥白利寺院之人，復施詭計，慫恿嶺倉寺詐稱將白利村屬那札寺院之田地、房屋及十五家戶口，早已允許送給伊寺，而藉此題目，不懷好意，欲以強行霸占之勢。復以藉故指小的白利於上年漢藏構兵之際，以援助漢軍之故，至達結寺之寺僧羅喜因抵禦漢軍帶傷斃命，勒逼賠償命價，實屬無理取鬧，欺人太甚。伏查白利村及那札寺地土、人民，向隸中國政府統治之下，而人民均係安分守己，乃那珠依仗達結之勢，屢次藉端行釁，逼人太甚，實難隱忍。再四思維，惟有仰懇鈞會鴻恩，曲體下情，賜予援助，制止達結，不准以勢欺壓，強奪白利村田地、房屋，並不准在漢藏之間播弄是非，以免釀成禍患。茲不得已，冒昧瀆陳，伏乞俯賜鑒核，賞准施行。」

這封控訴信署名為「小的白利村寺僧及地方體民眾，那札寺公眾和谷龍寺公眾」。

從信的行文方式，可知這封信不是由藏文翻譯的。而是由一個漢人代筆。不然不會有那麼多等因奉此的陳詞濫調。這個代筆人文筆不夠好，說事情夾纏不清。加上有史以來，藏語人名地名的漢譯並未產生一個規範標準，藏語中同一發音，轉寫漢字，因為轉寫者有雅俗之分，有不同漢語地方口音之分，或者是書寫習慣之分，不同時期，不同人書寫的人名地名就有很大差異，使得閱讀這份原始材料時更顯得雲遮霧罩，頭緒紛繁。比如察木多這個地名，藏語中發音未變，現今卻已寫為昌都了。再比如這份文件中的達結寺，今天通行的寫法是大金寺了。

所以，得把這件事的原委從頭道來。

趙爾豐時代，康北霍爾五土司之一的白利土司已被改土歸流，但清朝覆亡，民國建立後，白利土司和川邊地區眾多土司一樣，便自行復辟，重新常握了失去不久的封地與政權。信中寫得委婉，「白利地方向有歷輩承襲之官長治理」。白利土司地面有一座藏傳佛教薩迦派寺廟，規模不大，名喚亞拉寺，屬於白利土司家廟。在其一世活佛住持該寺時，白利土司將其轄下的十五戶人家和相應的土地，劃予亞拉寺，作為供養，並立有字據。一世活佛去世後，其二世活佛出生在大金寺轄下屬民家中。二世活佛叫做確擁，他成年後即將過去白利土司劃給亞拉寺的十五戶百姓與土地，一併送給了大金寺。

大金寺是擁有數千僧人，有錢有武裝的大寺，是康區有名的格魯派十三大寺之一，雖然地處川邊土司地界，這時更屬趙爾豐改土歸流後設立的甘孜縣管轄，卻因宗教上的關係，與西藏方面有著很深的關係。民國七年川藏衝突時，大金寺便公然支持藏軍。休戰後這十多年裡，依仗其雄厚財力和數千僧人，及相當規模的武裝，並不把勢力日漸衰弱的當地土司放在眼裡，與白利土司間的矛盾也日漸加深。在此情形下，白利土司見亞拉寺二世活佛把自己劃給亞拉寺前世活佛的百姓與土地贈與大金寺，自然十分不滿。便向亞拉寺二世活佛索回原先與一世活佛立下的字據，被確擁活佛拒絕。

白利土司又提出借用字據，複製後歸還。確擁活佛再要索回字據時，白利土司便拖延不還。意圖當然是藉此作證向民國政府控告，索回土地百姓，不然在民國政府檔案中，就不會出現那樣一封控訴的信件。

民國年間，川邊土司地面設立了流官，白利和大金寺就都在甘孜縣知事管轄的範圍。但縣政府卻是政令難行，遇到雙方控訴，甘孜縣政府不能也不敢稟公評判，解決事端，只好調解了事。調解沒有結果，縣知事只好袖手旁觀。

白利土司見狀，便收買亞拉寺其他僧人，意圖架空二世活佛。

亞拉寺二世活佛確擁見自己在白利土司地面日漸孤立，便索性將寺院和那字據一起，全部獻給大金寺。大金寺本不是世外洞天，送上門的禮物，自然照單全收不誤。

這一來，白利土司與自己家廟間的矛盾便演變為與勢力雄強的大金寺間的矛盾了。

讀者會說，怎麼這個地面上從來就是這些瑣屑不堪的爭端啊！

是的，川屬土司地面，土司與土司間，土司與寺院間，再或者寺院與寺院間，許多衝突都緣於這樣瑣細的利益爭奪，了無新意。但一旦執政者控馭失當，便演變為大的變亂。但這樣的瑣屑爭端層出不窮，事端既多，也不能確定哪一件會演變，哪一件不會演變，以致這樣的事變一再發生。法國一個歷史學家把這樣的現象叫做「歷史歸零」，意思是說，一個停滯不前的社會，所有事件的上演，就像一把中國算盤，打滿了那有限的幾檔，便復歸零，再來一遍。

息事寧人的調處，就是讓自己置身於一座不知什麼時候、用什麼方式爆發的火山上面。

火山終於要爆發。

這一回，爆發的導火索是一匹馬。

白利土司丟了一匹好馬，在敵對的氣氛下自然懷疑是被大金寺屬下的百姓偷去了，便派人前去索要。不管是不是真有這事，在這種敵對氣氛下大金寺自然不會認賬，便將尋馬人驅逐了事。白利土司自然要報復，如何報復呢？他家女兒跟大金寺一個喇嘛相好，本來是任其往來，未加干涉，這回白利土司一氣之下，便將這不守清規的喇嘛趕出了自己的地盤。喇嘛受此委屈，回到大金寺控訴。大金寺僧眾群情激憤，便於一九三〇年六月十八日對白利土司發動突然襲擊，白利土司抵敵不住，逃往東谷地方。其屬下頭人和一些百姓也相繼逃亡。一夜之間，大金寺占領了白利土司全部地面。事件經過，二十四軍軍長劉文輝呈民國政府電報中有較詳描述：

「西康轄境甘孜縣地方達結（大金）、亞拉兩喇嘛寺，於本年六月因爭產發生糾葛，達結恃其強橫凌逼白利，調集該寺全數喇嘛，荷槍實彈，聲稱非將白利撲滅不可。據白利僧侶民眾請求拯救，派員制止達結暴動，以全領土。呈由西康政委會及駐軍轉報來部，當即嚴令該地營縣查明公平處理。達結不受勸導，復加派朱參議憲文馳往開諭，囑其設法召集白利僧侶人民暨達結眾喇嘛和平宣導，妥為調解。殊達結竟於六月巧日擅開釁端，率隊猛攻，開槍轟擊，將白利高地占領，焚毀民房數十間，繼又占領白利村，全部擄去男女數十人，繳去快槍及叉子槍共二百餘支，公然插獅式黃旗，自著黃色軍服，與我軍對峙警戒。」

這封電文寫得閃爍其辭。

「獅式黃旗」是藏軍軍旗。「黃色軍服」是藏軍軍服。這或者是說駐在甘孜鄰縣的德格藏軍已潛入甘孜參戰。又或者，大金寺的武裝僧人打著藏軍軍旗，穿上藏軍軍服，以此方式標明把自己視為屬於西藏地方政府的一支武裝。

對此，電文中並不明言。這說明對於新入川邊不久的二十四軍來說，還是想息事寧人，不想輕啟戰事。這種態度自然還是跟當時國際國內大勢相關。省內，劉文輝雖據有川邊地方，但經營的重點還在川內富庶地區，與四川境內各軍閥明爭暗戰。國內，對主政不久的蔣介石的民國政府來說，內地統一尚未完成。國際方面，早已進入中國東北的日本人正磨刀霍霍，此時已是九一八事變前夜，面對此種嚴竣形勢，自然不願再在邊地新開戰端。

藏軍方面對這些情形，自然也十分明白，正可有意藉此事件在川邊擴張勢力。

這時的川邊地區已經劃為國民革命軍二十四軍防區，二十四軍軍長劉文輝以川康邊防指揮部名義轄制這一地區。但那時，二十四軍主力都在四川內地。劉自己也長駐成都。出任川康邊防總指揮後，便委派馬驌為川康邊防軍旅長駐康定，鎮守川邊。

甘孜地面出了事情，縣知事畏首畏尾，束手無策，眼見得小事變成大事，只好請求派兵彈壓。當時甘孜駐有川康邊防軍一個營。二十四軍方面便令駐甘孜當地的羅營武力調處。羅營兵臨大金寺，罰寺院白銀一萬兩賠償白利土司損失。高壓之下，大金寺表面答應賠償，暗地卻派人到德格，面見駐紮當地的藏軍德門代本，請求西藏方面支援。不久，大金寺獲西藏方面贈送英式步槍三百支。有此背景，大金寺態度轉趨強硬。

我讀過德門．雲中卓瑪刊於《西藏文史資料選輯三》中的回憶文章。作者是當時參與大白之戰的藏軍代本德門．郎吉平措之妻。文中說，當時大金寺總司庫「前去拉薩稟呈噶廈及十三世達賴喇嘛」，「切望莫將『嬰兒拋出慈母懷抱』祈請給予庇佑」。雲中卓瑪在文中說，不久，其任藏軍代本的丈夫就接拉薩十三世達賴喇嘛批文云：「就白（利）大（金）糾紛，命德門代本率騎兵五十，速赴大金寺。……招白利代表，囑其不得讓寺僧介入爭端。爾須從中斡旋，充當中介人，智謀善處。大金寺乃本府屬寺無疑，倘若任其四川漢官偏私之舉，惟傷及本府名譽利益。是故從軍政方面予以有力回擊。」

也是在這篇題為〈德門．郎吉平措赴朵麥情由及崗托渡口戰事〉的藏文史料中，關於大金白利之爭的原因有另外的說法：甘孜地面一個百戶頭人與人合鑄了一尊與人等高的千手千眼觀音菩薩銅像，原來說好是要獻給大金寺的，「但後有變化」，不送大金寺，而要送給白利亞拉寺了。「為此，私下幾經協商未諧」，也就是說，一座佛像，兩座寺院都想要。只好找人公斷。「上告四川劉自乾（劉文輝）。劉即發出偏私之信函，聲稱『此事宜遵信徒施主之自願，大金寺不得尋釁。倘若滋生事端，將視情節施以文武制裁』」。

事情果真如此的話，劉文輝的這個處置沒有什麼偏私之處。難道信徒造了一尊菩薩像，送到哪座廟裡供養還不能隨自己心願？

這篇文章中，德門代本當即便領了騎兵從德格馳往大金寺，要召那位造佛像的頭人來見，調解兩寺糾葛。但那位造了菩薩像要敬獻寺院的頭人，見不意間惹出這樣的事端，嚇得自然不輕，只好一跑了之，說是「啟程進川」了。

據這則藏文史料，當時在川藏前線的藏官是反對再開戰端的。兩位德基（清初律僧）經商酌，曾上書達賴喇嘛：「大白爭勢起因，乃一尊一人高的千手千眼觀世音菩薩像。倘若本府念及佛法與眾生利益，新鑄同樣一尊上好塑像，賜予其中任何一方，兩寺即能言和修好，不啻雲散日出。反之恐因百戶長阿波向四川劉自乾讒言而挑起戰事，則康藏路遙，澗深谷狹，山丘眾從，且沿途百姓十分貧困，所需軍援、軍火、軍餉等，斷乎不能如期運至，勢必打一場孤軍無援之戰。倘若如此，官兵喪命自不待言，本府軍火亦會成為敵軍戰利品，本府定將名利兩空。是故吾輩誠稟如上，而絕非望風生畏之所為。」

達賴沒有直接答覆，而是「捎寄一箱名謂『金鋼鎧甲』的護身符，係用黃布包裹的閻王金剛泥印像」。後來，更接到新命令：「倘若白利恃四川劉文輝作後臺，恣意武力進犯大金，則該寺乃吾府屬寺無可爭議，歷任堪布向由西藏委派，是故即便終致戰局，亦唯有全力迎擊，本府焉能無辜服輸！」

而「四川劉文輝」這邊也在動作。

第一次調處失敗，馬驌旅長便派四十二團團長馬成龍為先遣軍司令，率兵四營，從康定開赴甘孜，意圖以武力迫使大金寺就範。加上原駐甘孜的一個營，川康邊防軍在甘孜地區已有五個營，兩千多人槍。

援軍到達後，甘孜縣韓知事和馬團長再次前往調處。事前，顧慮藏軍乘機干預，還先致信駐德格的藏軍德門代本探詢態度。德門代本回信說，大金寺處於漢界，藏方不會干預其事。得到此保證，馬旅長和韓知事放下心來，兵臨大金寺，提出六條處理意見：一、寺院繳出槍械；二、拆毀大金寺軍事堡壘般的高大圍牆；三、罰白銀四十萬兩；四、賠償白利土司和下屬百姓所受的損失；五、交出肇事禍首；六、寫出今後不再生事的保證。

對這樣的調處，大金寺自然毫無接受的可能。

面對大兵壓境的情勢，大金寺一面請藏軍代本出面調處，一面武裝本寺僧人和轄地百姓，積極備戰。藏軍藉調處之機，公開進入甘孜境內。雙方構築工事，挖掘戰壕，在甘孜形成對峙局面。至一九三〇年八月三十日，二十四軍一位排長在前沿值勤時被藏軍擊斃，於是，馬成龍所部立即砲擊大金寺，藏軍也公然加入戰鬥。歷史上所謂「大白之戰」正式爆發。

戰爭過程中，互有勝負，但民國政府方面總期息事寧人。國民黨中央政府蒙藏委員會電令二十四軍軍長劉文輝，「毋再進攻並和平調處，以維藏局」。並把命令二十四軍部隊停戰的消息電告達賴。西藏地方政府也表示願意接受調處。

曾經激戰的甘孜前線暫時平靜下來。

唐柯三，久候不至的調處大員

誰來調處呢？

蒙藏委員會上報民國政府行政院，請求以中央名義派出人員前往調停。一九三〇年十二月十七日，行政院以院長蔣中正之名義下達指令：「所請選派熟悉康藏情形人員赴康調查，妥慎處理，應准照辦。仰即由該會遴員請派可也。」

前線局勢緊張，蒙藏委員會的工作卻進展緩慢，直到一九三一年一月三十一日才上報行政院，由一位叫孫繩武的委員前往調處，又至二月十二日才正式下達委任令。同時委任蒙藏委員會委員、此前在康區任邊軍統領多年的劉贊廷加以專門委員頭銜，作為孫的副手隨同前往。

但這位孫委員並未立即領命前行。又過了一個多月，三月二十三日，蒙藏委員會又有了新的命令，說「孫委員另有差委，不克前往」，改派唐柯三委員和劉贊廷「前往調解」。

四月十一日，這位唐柯三特使才從南京到達湖北宜昌，而且不能再前進了。原因是「共匪賀龍大股竄據巴東一帶，二十一軍正分別剿堵，航路阻滯，在此留待」。四月十八日，唐到達重慶。五月三日，唐柯三電告蒙藏委員會「今日抵蓉」，到成都了。唐在成都並不馬上前赴康區，他要等待西藏方面推出談判代表的名單和抵達康區的時間，才動身前往。蒙藏委員會的意見是讓他不必等待，「即希先行前進，以免久延」。

這時已是五月中旬，距民國政府要求前線停戰、聽候和平調處已過了半年時間。問題是，前線軍隊並未因為中央有調處之令而放下武器，靜候調處。甘孜前線經過短暫停戰，復又開戰，二十四軍部隊節節敗退，藏軍不斷進攻取勝，已經占去了甘孜全境和爐霍、瞻化兩縣的大片地面。

戰事情況，藏文的〈德門．郎吉平措赴朵麥情由及崗托渡口戰事〉一文也有記載：「一天，接到情報說，亞熱橋頭出現百餘漢軍，正在修築工事。聞此即遣大金寺僧兵五十人攜武器到江岸守橋。該寺能如此迅疾調派僧兵，係因霍爾地區除個別寺院外，大多數均在新僧人入寺時須攜馬一匹、刀一把、火槍或自動槍一支交寺之故。」這哪裡是寺院度化僧人，完全是部隊徵兵。「代本部署反擊，決定首先夜襲對岸橋頭，即在北山布下第八代本所部藏兵一百五十名，中山設僧兵兩百名，正面駐留第八代本其餘藏兵、僧兵八十人和德門本人。即於該月底夜襲橋頭川軍工事，將其全部逐出。爾後從以上三個陣地大舉進攻，尤其正面陣地的居本赤巴多吉等藏兵，揮舞大刀直衝川軍戰壕，短兵相接，抓獲川軍官兵一百一十二人。如斯三面夾擊，殺傷多人。川軍畏葸，未敢頑抗。戰鬥以後，向赤巴多吉居本部眾分予繳獲之銀錢，並改善膳食。」

這篇文章還對那些畏戰被俘的川軍形象有正面的描繪：「筆者在江菍目睹川軍士兵均為二十歲上下的青年，兩名軍官大約五十開外，一律身著黑色或藍色襯衣，淡黃色衣褲，粗布白大衣，腳穿白布補襪、黑布鞋，腰繫茶缸，頭纏黑布，身背布面棉被。」這樣子，看起來像是民團。

由於甘孜地處由川入藏的大道之上，戰事一起，商路斷絕，商人們自然損失慘重。「西康商業全賴北路之道孚、爐霍、甘孜、瞻化各縣貿易為中心力量……為大金變亂，商務凋零，損失甚巨。」於是，二月間，在康定的西康總商會自願派出代表，前往調解。並與大金寺活佛哈登約定於二月八日在甘孜見面。但「守候竟日，哈登爽約不來」。後來，哈登活佛給商會代表來信一封，談的卻不是大金寺與白利土司的糾紛，而是要求賠償。一是賠償藏軍出兵的軍費，二是賠償戰事中死傷的喇嘛。「此次退兵則藏人兵費如何給付？傷亡喇嘛及一切損失如何賠償？」

信中更有進一步不可能達成的要求：「並須將十三喇嘛寺歸彼管轄始有調解之望。」

那時的民間文書，在今天的我們看來常常並不清晰明白，這句話就很不明白。這十三喇嘛寺，應該是指康區的十三個格魯派大寺。而這個「彼」就是指西藏方面了。這也跟西姆拉會議後，藏方希望控制整個藏區的意思相吻合。在川省地面的大金寺，此時也完全以西藏方面的代表自居了。

後來，哈登活佛終於來甘孜跟商會代表見面。

「哈登來甘，官方備極優待，殊敝會派往代表甫經轉身，即向開槍射擊。」

這是說，談判無果，商會代表剛剛離開，對方便重新開戰了。這封西康總商會呈蒙藏委會員的電文，說的是談判代表剛剛離開，他們便「分路反攻」。商會談判代表「見其專橫如此，和平弗望，當即紛紛歸去」。

後來，「西康各法團民眾發起西康公民調解和平會，公推前參政院參政姜郁文，暨仕紳楊海廷、傾貞白馬三君為代表」，前往調處，也以失敗告終。時在一九三二年三月間。這時，做了調處決定的民國政府卻還未能確定前往調處的人選。

寺院與土司相爭。

藏軍與政府軍相爭。

多數歷史，都只是書寫他們爭雄的過程。似乎這就構成了全部歷史。

讓我感興趣的，因為發生在近代而留下豐富檔案材料的這次戰爭，把戰爭中的商與民推到了我們面前。寺院與土司是要爭鬥的，藏軍與民國政府軍隊的爭戰更不可避免。但商與民呢？他們從歷史深處浮現出來，他們真是不要戰爭。所以，政府派出的調處大員姍姍來遲，他們就自動走上前線勸和去了。

中國第二歷史檔案館和中國藏學中心所編選的《康藏糾紛檔案選編》中，有一份檔案更是呈現了商民如何在戰爭中受到傷害的具體情形。

這份檔案中說的是白利土司地面上一個富商的情況。這位富商叫德主郎吉，開有一個商號叫甲本從。這位富商從名字看就是藏族人，他給一位在蒙藏委員會工作的藏族人格桑澤仁寫信申訴自己的遭遇：「此次大金寺因廟產小事，不聽地方長官調停，擅動干戈，搶劫白利人民，焚毀白利房屋。本人雖與大金寺友善，既屬白利鄉之一分子，因團體行動不能不加入此方之自衛。因事屬二十四軍防區內一縣地方上之爭執，初無關乎西藏方面。且敝號甲本從數世經商，以前後藏為最大之營業處所，為自己利益計，亦決不敢絲毫開罪於西藏。不意此次前藏政府藉口大金白利之爭，係本號所挑撥，將敝號在藏所有財產沒收，夥友監押。據聞此事係部屬所為，並非達賴佛爺之命令。」

事實是這位在川藏大道上經商的白利商人，被西藏方面「誣以暗通消息」，遂將其在西藏打理生意的夥計占巴、阿羅二人捕入獄中，抄沒財產外，並罰銀百萬餘兩。

這位藏族商人有些天真之想。他想，有個康巴老鄉在中央政府裡做官，就寫了信去投訴，「函請發還財產，釋放夥友」。他這是心痛自己巨額的財產損失，病急亂投醫，卻沒有想一想，藏軍都向國軍進攻了，還會聽民國政府的話，發還他的財產？

在蒙藏委員會工作的格桑澤仁把這位商人的要求轉呈上峰，並提出建議兩條：「一、請由本會委員長名義電請達賴發還，或令知達賴駐京辦事處轉達；二、請呈報國府，以主席名義電飭達賴發還。」

蒙藏委員會真下了一個「訓令」給西藏駐南京辦事處，「令仰該處迅電達賴喇嘛，將所扣甲本從商號夥友財產分別釋放發還，以恤商艱。」

從檔案材料來看，對方根本未予答覆。

不要說一個商人的小問題，即便對蒙藏委員會提出的大問題，回答也極為敷衍。

這期間的大問題有兩個。

一個是真正停戰。一個是藏方早定談判代表。

清廷覆滅後，新成立的民國政府未能在拉薩設立管理或辦事機構，倒是在一九三〇年三月，十三世達賴喇嘛任命原駐北平雍和宮的喇嘛棍卻仲尼為駐京總代表，負責和民國政府溝通關係，並籌備辦事處。大白戰事開啟時，西藏駐京辦事處剛成立不久，民國政府正好通過這個辦事處與藏方不斷溝通。

這些經過辦事處轉致達賴喇嘛的「訓令」和電文似乎沒有什麼效果。以致時任蒙藏委員會委員長馬福祥致信辦事處「棍代表」：「政府一面逕電雙方停止軍事行動，一面令飭本會和平了結。祥仰體政府意旨，勸告早日息爭，函電往覆，幾將盈尺。」

此時，川康邊防軍受到中央調處令節制，縮手縮腳，藏軍與大金寺卻藉此有利形勢，步步為營，不斷蠶食進攻。

蒙藏委員會還是只得函電拉薩達賴喇嘛。

三月二十日電：「頃接劉文輝及西康民眾各電，藏方三代本率藏兵四千餘猛攻甘瞻各要隘，覺母寺已被占據。希飭前線立停進攻，退回原防，以維大局，否則公誼私交均難顧及。盼覆。」這裡的三代本，不是第三代本之意。而是說，藏軍出動了三個代本的兵力。也是藏文史料〈近代藏軍和馬基康及有關情況述略〉一文說：「除警衛部隊第一代本一千名兵員外，其餘代本均為五百人左右。」也就是說，這四千餘人中，有藏軍一千餘人。

三月二十八日，蒙藏委員會又「訓令」西藏駐京辦事處，「再電達賴飭前線退守原防靜候調解。」

三月三十日，為藏軍「進犯甘孜，所至擄掠一空，並分兵南窺巴（巴塘縣）、鹽（鹽井縣）」，致電達賴喇嘛：「似此節節進逼，殊乖和平本旨，懇飛飭藏軍立停軍事行動，退守原防，靜候調處。」

五月四日，蒙藏委員會又「訓令」西藏駐京辦事處，「請轉電達賴飭令前線軍隊退回原防，並派重要人員與唐委員商辦。」

五月二十六日，蒙藏委員會的「訓令」又到了西藏駐京辦事處：「為藏軍攻占瞻化迅轉電達賴飭令退回大金原防以憑調處。」

五月二十九日，蒙藏委員會又對西藏駐京辦事處連下了兩道內容相同的「訓令」，內容還是要攻占了瞻化的藏軍「退回原防」。

算了，不抄了。

前線情形如此，中央派來的調處大員唐柯三卻還盤桓在路上。面對藏軍的步步進逼，二十四軍馬驌旅長承受著重大壓力，終於忍耐不住，直接致電蒙藏委員會，「前線官兵停止軍事行動，殊彼方不體中央暨我公和平意旨，陸續增兵，著著進逼。我軍一讓白利、再讓甘孜，現已退至爐霍，彼仍進逼無休。此時一線之望，惟冀派員早至，或可和平解決。否則，稽延旬日，則國防所關，驌亦不敢負其咎矣。」

在此情形下，前方指揮官無所適從，百姓流離失所，更是處境悲慘。這也有檔案材料可查。是白利官民向蒙藏委員會申訴苦情的呈文：「駐康漢軍自奉命後，節節退讓，聽候調解。殊知代表未至，而藏軍則違犯命令。乘我不備，率領大軍傾力來攻。此處官民無他援助，只得死守抵禦，奈彼眾我寡無濟於事，終為所敗。於是，白利、甘孜、瞻化等地相繼失陷。此時白利官民隨同漢軍擬往丹葛避難，然瞻化早為藏軍所得，無法過越。不得已，現暫居於色利科地方。

「當我方敗退以前，官民等均以為有中央援助，不致發生意外，故對於所有財物等件，並未想他移或藏埋。而藏軍突來時求生之不得，焉有顧及財物之暇，故我等所有財物盡充於彼方。即隨身帶得一二者，亦在中途被追兵搶掠一空……現手中僅有一槍一馬，目下官民等將有變賣槍馬而就食衣之勢，所受痛苦，可想而知矣。」

這封呈文中還對政府發出怨憤之言：「此次因一小糾紛乃擴大而為康藏之爭。康民受藏軍之蹂躪欺辱，亙古未有。早知有今日之呼救不應，不如當時投降於藏軍，此時恐未必有如斯之痛苦矣。」

唐柯三似乎並不著急，六月三日，報告蒙藏委員會。到達雅安。

六月十一日，唐柯三到達康定。

這時，藏方也確定了瓊讓代本與唐柯三會商。但他們並未見面，而是函電往還，討論會商地點。「瓊讓函請赴甘孜會商，但該處仍為藏軍占據」，唐不願去。他要「改在爐霍，得其覆即行。」

蒙藏委員會的意見是「即在甘孜亦無不可」。

唐柯三仍然不願親赴甘孜，派副手劉贊廷前往甘孜與藏方代表瓊讓見面商談。這時已經是七月十二日，距唐柯三到達康定又過去一個多月。

一周後，七月十九日，唐柯三致電蒙藏委員會：「得劉贊廷信，瓊讓態度尚好，惟禁與土司喇嘛見。自謂甘案難負責，已請噶倫來甘。」也就是說，劉贊廷到了已被藏軍占領控制的甘孜，對方態度還可以，但他想見見導致這場川邊之戰的土司和喇嘛雙方，都不可以。而且，這位談判代表自稱沒有臨機處事的權力，實質性的談判要此時正在昌都通盤指揮的噶倫出席才行。

七月三十日，唐柯三又報：原來說好要來甘孜談判的噶倫不願來甘孜，要他前往昌都談判，他則堅持對方來甘孜談判。

對方噶倫見狀，讓了一小步，說願到甘孜和昌都之間的德格和唐談判。八月二十二日，唐柯三致電蒙藏委員會，說「無法交涉，調解更談不上……未便久羈」。這是說，來了這麼久，不要說談判，連對方的面都沒見著，那我老待在這裡也沒什麼用，該回去了。

大白之戰中的瞻化

民國政府中央做出和平調處的決定，調解大員還在路上時，藏軍卻在節節進攻，川康邊防軍不戰而退，不久甘孜縣全境及爐霍縣一部陷落。

一九三一年五月八日，旅長馬驌致電軍長劉文輝：「據古路、通宵兩村專人飛報，藏番由德格出發之前穹雅代本已於日前率兵五、六百人，先後到達昌太奪古寺，隨遣人持傳牌到古路、通宵，命兩村頭人辦站，兩、三日內定當進犯瞻化。」這裡的古路、通宵兩村今天都屬於新龍縣，也就是彼時的瞻化縣。

五月十日，馬驌又報：「接瞻化張縣長楷函稱，藏番已於三號由古路、通宵進據瞻城，特此飛報請示。」

五月十二日，一個民間請願團致電蔣介石、蒙藏委員會、劉文輝等：「頃接瞻化急報，藏派穹雅代本率兵數百，進圍瞻城，肆行掠索，迅即懇政府立派大兵，救民水火。」

五月二十一日，劉文輝致電蒙藏委員會：「藏兵分道猛攻，瞻化被圍，當經飛令羅營往援，至麥理山，與敵激戰數小時，已將敵擊退，占領疆格村，並經馬團長成龍率兵由馬邱廠前進。殊上瞻橋梁被敵破壞，並將加拉溝及順山之線扎斷，各方道路，均被挖斷，敵騎復增加至七、八百之多，敵眾我寡，進展困難，瞻城遂失陷，羅營因此被敵包圍。經賞拉格總保，冒險由深山砍柴小道，順谷背山溝底引導出險。」

任乃強先生在《康藏史地大綱》一書中說：

「康軍（二十四軍）收復白利失陷地，進占甲科、湯古、維堆，圍攻大金寺，久不能克。達賴電請中央制止康軍前進。中央電劉總指揮發令制止。飭蒙藏委員會派員赴康調處。康軍遂停攻。

「藏軍乘康軍懈弛，協同大金寺僧，於民國二十年（一九三一年）二月九日之夜，猛襲康軍。康軍倉促應戰，大敗潰。退入甘孜。見後方援軍尚遠，復退爐霍。朱倭土司素怨漢官，及是迎藏軍。藏軍遂占領甘孜全縣及爐霍之朱倭一區，馳報達賴。達賴令更取瞻化。瞻化縣長張楷，糾民兵固守至五月，援軍不至，城陷被俘。藏軍遂占瞻化全境。」

不止瞻化一縣，藏軍還順勢占領了瞻化南境外屬於里塘縣的穹壩、霞壩兩處地方。

前方情形不斷上報中央。而這時的中央政府更是焦頭爛額，一面是東北方面日本人步步進逼，已在「九一八」事變前夜，一面在南方正與幾個紅色根據地的紅軍作戰，所以，還是希望經過調處，和平解決大白事件。二十四軍軍長劉文輝這時任四川省主席，又任川康邊防總指揮，但四川軍閥間彼此爭雄，二十四軍的主力拱衛在今天瀘州、自貢、樂山等富庶之區，駐川邊軍隊只有馬驌所領的一個旅下屬的一個多團。所以，也樂觀中央調停。

西藏地方政府自然也明瞭這時中央政府陷於何種困局，回電中央政府，說：「甘、瞻原屬藏地，應由藏軍占領。唐特派員屢提撤兵，殊屬非也。」

六月十八日，唐柯三報告「準備出關」，也就是出康定，前往已是前線的爐霍。

七月八日，唐柯三電報：「今日抵爐霍。相偕劉贊廷赴甘與瓊讓商妥和議地點，並催噶倫前來負責談判。惟瓊讓函中竟謂瞻係己地，已將張知事及署員眷屬四十餘人解昌都矣。」

這個張知事，正是任乃強先生瞻化視察報告中提到過的那位能幹的瞻化縣知事張楷。

此後，中央致達賴電，唐柯三致駐昌都的噶倫信，從要求對方退兵，又加上一條，釋放張知事，把這兩條作為談判條件。但藏方只爭論談判地方，而對撤兵和釋張兩條不作答覆。

八月十五日，唐柯三又致電蒙藏委員會：「瞻化上瞻總保多吉郎加密派人來稱：瞻境藏軍增至八百。德門代本召全瞻頭人宣布中央已將瞻讓藏，彼等不相信，特來探詢。如中央武力收瞻，願作內應，可出快槍千五百支。」

十七日又電：「劉贊廷赴甘月餘，瓊讓毫不見。阿丕（駐昌都噶倫名）覆劉信謂，占瞻乃收回原地，與達賴語如出一轍……自劉到甘後，由藏兵保衛，外方消息隔絕，有同監視。」

唐柯三這位調處大員本負和平使命前來，此時也建議中央：「愚見中央若主張強硬，電飭川省速揀精兵數營出關，並利用民兵表示收復決心，再飭滇青兩省武裝警告藏軍，或不戰自退。」

劉文輝也通過唐柯三向中央表示：「已電商劉軍同意，如中央授予籌邊全責，補助餉彈，並飭青滇協助，不但收回甘瞻，並可恢復全康。」

九月，中央的答覆仍然是要和平解決：「中央慎重邊務，處理仍取和平。」

十月十一日，唐柯三再電：「阿丕來函，每自稱神聖國家、敝政府、拉薩國等語，妄自尊大如此，兵決不撤，亦不來甘。」

幾天後，西藏駐京辦事處也給蒙藏委員會上了一函：「達賴喇嘛早經派代表到康靜候中央專員接洽。現當日本侵占遼吉情形緊急，我國人精誠團結一致禦外之時，愛國熱情誰不如我。宜亟泯國內一切糾紛，集中全力以赴之。」具體怎麼辦，沒有說。沒有說撤不撤兵，沒有說放不放人。也沒有說糾纏了幾個月之久的談判地點和人員問題。但說清楚了一點，知道你們遇上了大麻煩。

十月二十日，唐柯三以母親患病為由，請求終止使命回京盡孝。蒙藏委員會還是請他留任，繼續和平使命。

這時，事情似乎有了轉機。那就是藏方的談判代表瓊讓態度好轉了。劉贊廷從甘孜回到爐霍，「據稱受瓊讓託，請其回爐解釋，表示好感，並謂諸事易解決……張縣長等行抵大金寺，不日釋回。」這位張縣長，就是瞻化的張楷知事。張楷主政瞻化時，正逢一縣首長從知事改稱縣長，所以，史料中會有兩種稱謂交叉使用。

唐柯三於一九三三年曾刊行《赴康日記》一種，即是調解大白之戰那段時間的日記。於十月二十二日記敘：「晴。張知事楷差其士兵何某來見，據稱渠等三十餘人，阿丕本允送回，所給馬牌，即係填寫甘孜字樣。詎行至德格，忽不放行。現在天氣已寒，懇速賜交涉，早日釋回等語。」藏方為什麼把答應釋放的人又扣在半路呢？實質是要錢。那時藏方手裡除了瞻化俘虜的張楷縣長等三十餘人外，還有一百多名川康邊防軍的俘虜，加起來共有兩百人左右。藏方認為，釋放俘虜要用錢來酬謝。民國七年川藏衝突釋放俘虜時就得到過「巨款報酬」。唐柯三日記中對此也有記載：「藏方以民二、民七兩次放回川軍，均獲有巨款之報酬，頗思援前例要求。經余力駁，謂既係墊付糧款，以二百人計算，每名月食糧價藏洋十元，十個月中，不過二萬元耳。再四磋商，始以藏洋二萬元定議。」並「議定分期歸還辦法」。錢不到手，對方便不肯放人，張楷一行，走到半路，又被扣留在德格。

最奇的是，瓊讓竟要求互相並不友好的談判對手「託購杭緞、線春各五匹，」並且指定「新花樣，其色要古銅、醬紫、深藍、菜灰。」唐柯三當然要理解為這是索要禮品，專門致電蒙藏委員會，「請購妥郵寄西康政委會收轉，作為我饋送彼之物，祈速辦。」對敵雙方談判未開，而談判大員向對方提出這樣的要求，即便不是委婉索賄，也足以成為一樁奇聞。

十一月七日，唐柯三報聞，劉贊廷與瓊讓議訂解決大白事件八項條件：

一、甘瞻暫由藏軍駐守，俟另案辦理。

二、大白事由瓊讓秉公處理。

三、雙方前防各退後二百里。

四、穹壩、霞壩、朱倭均退還。

五、大金寺欠漢商款速還。

六、被擄漢軍放回。

七、馬驌、瓊讓互派員致謝。

八、恢復商業交通。

這個協議，過於委曲求全是一定的，等於變相承認了藏軍對甘孜、瞻化的占領。所以，身為川康邊防總指揮的劉文輝當即致電蒙藏委員會，「聲明不便贊同」。最不贊同第一條、第三條、第七條，以及政府採買東西饋送瓊讓。

在南京的西康籍人士為此更是群情激憤，「特組國防救亡會」對蒙藏委員會發出強烈要求：一、撤職查辦唐柯三；二、公布康藏交涉真相；三、甘孜、瞻對劃歸西藏，到底是蒙藏委員會的意思，還是唐柯三個人妄斷？

問題是，這樣的條約，西藏方面還有人反對，「有藏官上書達賴，反對退還穹霞、朱倭一條」。

蒙藏委員會無權決斷，把這個協議上呈行政院定奪。

蒙藏委員會這時可能也意識到採辦杭緞作為禮品送給瓊讓頗為不妥，致電唐柯三：「杭緞昨交郵已追回。」

一九三一年十二月十日，行政院同意了這個條約：「查唐委員與西藏代表瓊讓議定解決康案條件八項，揆諸現在情勢，尚合機宜，仰即電知該委會即照此辦理。」署名是「院長蔣中正」。

但到了十二月二十一日，蒙藏委員會又致電唐柯三：「所訂八條，外間頗多非議，旅京康人反對尤烈，本會及執事將為眾矢之的，望暫勿簽字，徐圖轉圜。」

十二月二十二日，唐柯三日記：「晴。得成都友人電，謂當道始因省城各界對所訂條件不甚滿意，遂來電反對詰難……余非不知此案結束之日，愆尤必叢集於一身。但既遵奉中央意旨辦理，只有犧牲一切，外界責難，在所不計也。」

唐柯三主持下的這個協定，本是遵從中央旨意，卻遭到二十四軍方面和康區地方各界強烈反對。在此情形下，民國政府中央又收回了成命。其實，一部分在甘瞻地方的當地百姓頭人，眼看協定簽署後就要歸屬西藏地方管轄，也找到唐柯三申訴。

唐柯三日記就記載：「白利頭人來謁，表示不願歸藏，聲淚俱下，為之惻然。」

「甘（孜）、瞻（化）、爐（霍）、理（化）四縣人民聞之，異常惶恐，紛紛來謁，力陳誓死不願歸藏，聲淚俱下。余力加撫慰，諭以無論如何，必設法將各失地收回，爾等放心，始各感謝而去。」

「大唐壩總保格子澤多來謁。據稱其父自投順漢官後，效忠無二，臨死尚囑其善繼父志，渠奉命惟謹。自去年藏軍攻占甘孜，迫其投降，彼不願服從，復無力抵抗，遂率數百人逃至爐霍地方安身，今特來懇求賞給諭單保護。余嘉獎犒賞，並給諭單令去。」

在此情況下，唐柯三束手無策，焦慮萬分，又電蒙藏委員會，「因患腦疾甚劇請准回京就醫」。

上面自然並不允准，命他在當地堅持工作。

協議簽訂後的十二月十四日，唐柯三日記又記瞻化縣長張楷釋放事：「查張等一行三十餘人到甘已一月，瓊讓藉口請示達賴，不肯釋回。」不釋回也可以，你至少得管俘虜吃飯吧。但他連飯也不肯管，因為此前議定的兩萬元伙食費不包括此後的這些日子。所以，唐柯三在日記中說，「既未便向藏方借糧，而康定當局亦無何種接濟，張之隨員人等有沿街叫賣衣物以資糊口者。余以有關政府顏面，不能坐視，屢贈款接濟，今已三次矣。」這恐怕也是戰爭史上的一個奇聞。得勝方不管俘虜的伙食費，對方所付的伙食費用光了，就不再管飯。

終於到了這一年的最後一天，唐柯三在十二月三十一日的日記中說：「張知事等三十餘人均抵爐霍。此事交涉七閱月，藏方屢次失信，今始釋回。自念出關半載，惟此事得一結果，殊深愧怍。據該知事面稱，自由瞻化被脅西去，計共居昌都兩月，德格七十餘日，甘孜四十餘日。同行三十餘人中，婦女幼孩約十名。惟方甘夫婦，回至甘孜病故。餘幸無恙。」

記得一年前，一九三〇年任乃強先生考察瞻化時，還誇讚張楷是一名能使當地政務「百廢俱舉」的幹員，但在此時川邊動盪的政局中，也成為一株隨波逐流的飄蓬了。

在當時藏軍德門代本夫人雲中卓瑪的回憶材料中，瞻化縣知事張楷在俘虜生活中還可以設宴款待藏軍軍官。材料中說，一天，上面發放下來「准許亞絨（瞻化）守兵返回原籍四川的證書和徵用沿途役畜的路條」。幾天後，張楷一行便來到德格。代本德門的夫人和另一藏軍代本凱墨等藏官受到邀請，前去出席「亞絨守軍」的宴會。「吾即應邀前往，席上除了上述人員，另有翻譯一人。席間凱墨稱：『本人尚未接到關於諸位事宜的噶倫阿丕訓示，故請安心留駐幾日，吾亦改日設便宴款待各位。』」凱門代本也不是說客氣話，真的就開始籌備宴席，不想正在此時，又接到駐昌都噶倫阿丕的通知：「將亞絨守軍暫行扣留德格。」這使凱墨大為惱怒：「噶倫阿丕對我事先招呼都不打一聲，卻擅自發證簽條，遣返亞絨守軍。可今日又下令將其扣留德格！」文中只說這位代本對上級噶倫的不滿，沒有再提那個回請張楷等的宴會有沒有舉行。

原來，有時在血淋淋的戰爭中，也有這樣稍帶溫情的場景出現。

第十章

調處失敗，特派員遇兵變

時間進入了一九三二年，藏軍依然拒不後退，唐柯三致電蒙藏委員會：「藏情狡猾，若知國內近況，野心益肆，決無和解可能。」

劉文輝也致電中央政府：「藏情忽變強硬，瓊讓致唐委員函，謂：『漢藏邊界，應以瀘定橋為限，讓步亦當劃至泰寧為限。』」

十年後，蒙藏委員會在西藏設立辦事處，第一任處長孔慶宗在拉薩多年，深諳西藏情形，他也發表過探討大白之戰的文章，其主要觀點就是說，民國年間，藏軍越過川藏傳統邊界，積極東向，乃是西藏方面彼時就已有了「大西藏」意識。與今日不同者，那時是積極行動，現時則是用於國際宣傳的主張。這是後話。只說那時唐柯三對調處前途深感絕望：「柯三腦疾甚劇，延醫調治已逾二周，毫未收效。康案仍難負責，萬懇照准回京就醫。」不得回覆，便乾脆報告：「擬於刪（十五）日赴成都就醫。」

十五日到了，唐柯三並未起行，人還在康定。

而且，遇到大事情——兵變！還差點丟了性命。

他當日的日記詳細記錄了事變經過：

「陰。余自去歲由省來爐城，及此次入關，均下榻於將軍橋佟家鍋莊樓上。午後七時，馬旅長、龍主席、程處長、陳委員、楊顧問諸君，同來余寓挽留，力勸暫緩入省。談至九時，猶未散去。忽有馬部下巡查隊兵士一人，聲勢洶洶，登樓入室，大聲向馬報告，謂查街時被二十九團留守兵奪去手槍一支，特來請示辦法。馬命往報王參謀長，此兵竟不去。馬又重言申明，詎該兵甫退出門外，忽聞樓下槍聲大起。余猶認為二十九團兵士來此尋釁，與彼等衝突也。急往室外右側暫避，馬亦聞聲離座，隨余出室。斯時突有一兵奔至，開槍射擊，其彈掠余面而過，熱炙肌膚，藥氣刺鼻。在此間不容髮之際，余急倒臥於地，繼又飛一彈來，幸稍高，穿透木壁。第三彈擊馬倒地。聞變兵大呼打了打了，紛紛下樓，在院中放槍一排而去。余俟變兵去後，起而視馬，見其臥地不動。時則槍聲四起，余以樓上非安全地，急下樓，避往後門外。約經二、三小時，四面槍聲漸稀，登樓視馬，已氣絕矣。審視之，則一彈自腰入，並未透出。其護兵一名，亦被擊斃樓梯下。變兵有來余寓者，約二十餘人，戕馬後，遂結夥搶劫旅部、造幣廠、縣署，並打劫監獄。中橋一帶之小商店，亦搶掠數十家。幸在深夜，百姓無受傷者。變兵飽掠後，分向關外東、北兩路逃竄。當即差人往請王參謀長前來商議，飛電劉主席請兵，並催王團長速速來爐以資鎮懾。至馬旅長屍體，則差人抬往旅部。此次變亂，幸叛兵首領並無大志，腰纏既滿，分途逃竄。如果盤據爐城，則為禍更不堪設想。事後查悉所有馬部下之工兵、機關槍二連及新兵護兵，約三百人全體譁變。其巡查隊之捏報二十九團兵士奪槍，實欲借此事誣馬回寓，擊之於途中。詗見馬無去意，遂不得不在余處發難也。」

事後追究兵變起因，是馬驌旅長長期克扣兵餉，導致所部士兵不滿，加之時在農曆新年間，士兵請餉不得，才有此暴力之舉。馬旅長也因此死於非命。

尚停留在甘孜的劉贊廷報告：藏軍方面在此時正向前方增兵，似乎要發起新的進攻。事不得已，唐柯三便留在康定擔負起維持局面穩定的責任。

十八日，唐柯三日記載：「王團長到爐城，帶來兵士無多。聞劉主席已電令駐邛之余如海旅長率兵星夜來爐鎮懾。」日記中還記一筆天氣，「午後雪」，想必也是記自己蕭索的心情吧。

「二十六日，陰。余如海旅長率兵五連到爐城，夜間來寓晤談。余君甚精幹，足負川邊責任。」

三月四日，調處無果的唐柯三終於啟程離開康定。「晴。午前九時啟行，各機關、法團、學校均送於葉園子。六十里至瓦斯溝宿，天氣頗寒。」

十二日到達名山縣，十三日從此處坐上汽車，一天到達成都。

唐並沒有急於回南京覆命，在成都走親訪友之餘，還上峨嵋山玩了一趟。也許是下了高原，也許沒有大白事件再煩擾於心，此後日記也不見他說頭痛病了。這樣直到五月二十日才回到南京，這時距他前去甘孜已經「十有四月矣」。

這時蒙藏委員會已換了新領導叫石青陽。第二天，「謁石委員長，詳陳辦理甘案前後經過」。

「三十日，晴。謁行政院汪院長。適值開國務會議，汪公囑余列席，報告甘案經過。因時間所限，僅作簡明之陳述而已。」

到此，唐柯三《赴康日記》終篇，其不成功的調處使命也告完結。

而一年多的調處，唐柯三這位特使甚至連藏方談判代表的面都沒有見過。

調處一年多的唯一結果，那就是無論國民黨中央政府還是地方上的劉文輝都意識到，中央與西藏關係，或者川藏關係，一味求和並不是解決之道，特別是國家多事之秋，更要宣示實力，以槍砲說話。

還是靠實力說話

一九三二年四月，劉文輝先是向中央報告：「藏軍大部軍力，集中甘瞻，有向我進攻情勢。」「本年四月乘唐特派員柯三返京，交涉停頓之際，以重兵三路分撲我軍。幸仗中央德威，官兵用命，敵未得逞，我軍乘勝收復甘、瞻。」

收復瞻化的經過，未見於漢文檔案材料，當時駐守瞻對的藏軍德門代本的夫人的藏文回憶材料中卻記述甚詳。那時，藏軍不僅是軍官，就是士兵也常帶著家眷在身邊。所以，德門代本的夫人也就親歷了瞻對之戰。這位當時藏軍駐瞻化的最高指揮官的夫人在回憶材料中顯示，很早前，德門代本就派手下軍官化妝到打箭爐偵察川康邊防軍的情況。不久，派出偵察的兩人回來報告：「大部川軍正往亞絨（瞻化）方向開進，戰鬥不可避免。」並派人去向駐昌都噶倫「請求增調援軍及彈藥、糧餉」，上面也答應「軍火、軍餉照供不誤」，「事實上軍餉遠未如期運至」。

後來，「川軍進抵噶塔、木里一帶，並進行操練演習的情報接踵而至。斯時藏方軍餉卻仍未運到，而當地稅收中酥油多糧食少，因此發餉時酥油居多，官兵叫喚用酥油很難換到糧食，代本、如本苦口相勸，方肯聽從。」

這段話透露很多信息，讓我們得以窺見那個時代瞻對和藏軍的基本狀況。一、藏軍一占領瞻化，就開始徵稅了。和過去的土司時代一樣，這稅收多半是實物——糧食與酥油。二、藏軍並沒有什麼像樣的後勤，打到哪裡吃到哪裡。軍餉也常以在當地搜刮到的實物來充抵。但在瞻化卻遇到了問題，油多糧少，而造成特別的困難。

「該年三月二日（藏曆），亞絨七處守軍就受到川軍襲擾。代本、如本兩人根據藏方兵員少，甚至無軍餉的情況，商定出其不意的突擊戰術。遂在夜間襲擊川軍勁旅，結果雙方均有傷亡。儘管不斷向瓊讓及噶倫阿丕稟呈戰況，然上下兩總管聽之任之，（瞻化藏軍）竟成孤軍作戰。代本、如本每日召集營、連、排各級軍官，商討防守策略，但已處於捉襟見肘之困境，實無計可施。只得繼續從當地徵糧中磨些糌粑，搭上酥油，分發各陣地。

「幾乎熬了一個月，突然一天巴庫陣地遭襲，傷亡丁本一人、士兵十八人而失守。木里拉達陣地亦傷亡十三人而失守，其中傷員退避亞絨日囊兵營。爾時諸軍官正在聚議，德門代本即對納熱如本說：『你年紀大，且留於此地，負責稟報戰況，調配剩餘糧食。吾即去巴庫、木里拉達，將決一死戰！』並囑筆者備齊乾糧。當此言一出，納熱如本及其他如本、甲本倏忽起身，脫帽陳詞道：『代本先請稍安。亞絨群山環抱，道路狹窄，我方兵力僅七百人，幾近糧盡彈絕。於今正可謂「能戰是英雄，能逃是好漢」，在吾部尚未完全潰敗之際，姑且撤至德格，與凱墨代本商議後再向噶倫稟明情由為好。』經過反覆勸說，德門代本終於贊同，遂商榷如何撤退之事。」

商議的結果是，決定精選兩百名熟悉路線地形的官兵開路，「傷病員、軍人妻孥及軍需馱畜等緊隨其後，並由少許官兵護送。其餘官兵三百名，代本、如本及隨員則留在最後，以阻擊追兵。如斯商定後，即差人傳令所部撤出各自防區陣地，並擬於四月初開拔後撤。」

但藏軍還沒有實施這個撤退計畫，川康邊防軍已反攻過來了。

「不虞藏曆三月二十日午後，漢軍進占日囊宮東面山頭，猝然向該宮連續掃射三次，彈丸如冰雹般落在屋頂上。東面山頭與日囊宮相距僅約三百餘步。」這個地方，已經打過很多次仗了。所以我們應該知道，這三百餘步距離間卻有一個天然屏障，水深流急的雅礱江。「德門代本當即下令燒毀通向河東的江上橋梁，爾後，藏軍及其家屬按既定方案，經日囊宮西側撤出。」

那時，瞻化藏軍最高指揮官德門代本的夫人雲中卓瑪還很年輕，她在回憶材料中說：「當時筆者年方二十，女兒仁曲剛滿兩歲。代本讓我穿上白布男袍，又傳人備馬，爾後吩咐：『占堆羅布須周到侍候夫人，保證安康。騎兵索朗好生照顧女兒仁曲及奶媽拉珍。知賓拉次負責押運大白糾紛案卷箱，配馱畜、坐騎各一匹，文書不得遺失。』」可見，這位代本還是臨危不亂，頗有些從容不迫氣度的。

「六匹騾馬馱運六馱彈藥箱，集中好傷病員及軍人家屬，於午茶時分乘敵軍火力空隙，出日囊宮直奔西側山角。

「午夜在行軍途中，倏見後山腰熊熊大火，眾傷員、婦孺頓時一片驚恐。隨後趕來的押運彈藥的馬夫和士兵告知，乃是最後撤退時不慎失火所致，官兵無恙，人們始得放心。當晚不停地爬山，次日拂曉便到達山頂。警戒兵通知，在此歇息，帶炊具者去燒茶。後續人員漸次趕到，原地小憩打尖，醫士為傷病員簡單護理。從四月一日起，每日起早貪黑，過無人區，翻山越嶺，戎馬倥傯，幾經傷、病、生、亡、饑、渴等艱辛，於四月十一日始抵大廓三岔口。斯時軍中斷炊，故決定停留三、四日。此地距大金寺已不遠，即派居本和士兵兩人前往該寺索要糌粑、茶葉、酥油、食鹽等，並尋覓瓊讓住處，向其稟報情況。亞絨失守後，瓊讓已經由甘孜遷居大金寺。

「藏曆四月十五日上午，大金寺及瓊讓遣人運抵糌粑六十馱、茶葉兩箱、鹽巴一袋、酥油四袋、肉牛八頭。當運輸馱畜從南山腳下經過時，軍營頓時聞到了糌粑香味，所有官兵、妻孥及輕傷員，不禁雀躍歡呼。代本、如本兩人亦喜形於色並言道：『從今日起可免受饑餓之苦呵！』遂將部下分成八組，分發糌粑等食品。隨後決定於次日下午開赴毗鄰大金寺的絨壩岔。」

其實，藏軍自身號令並不統一。德門代本手下一直和他並肩作戰，共歷患難的納熱如本，這時卻違抗命令，率自己的部屬逕自回此時還遠離前線的德格去了。剩下德門代本率領所部進駐絨壩岔，不久藏軍凱墨代本也進駐絨壩岔。面對反攻處處得手的川康邊防軍，原來的和談代表瓊讓成了前線總指揮，在大金寺召集德門、凱墨兩位代本會議決定，集結所部藏軍和大金寺武裝僧人，「再次向川軍宣戰」。

計畫已定，德門和凱墨兩位代本把一直隨軍的夫人送歸拉薩。

藏曆七月初，德門．雲中卓瑪夫人回到遠離前線的拉薩。正遇見西藏地方政府在富家子弟中徵集新兵，「此間仲扎瑪噶正在招兵之中，因男丁入伍前均須剪去髮辮，摘下耳環，所以妻孥哭成一團的慘況到處可見。」

這位代本夫人回到拉薩，我們就再也不能從藏文史料中找到對前線情況的詳細記敘了。她只在回憶文章中說：「自吾輩離開……凱、瓊、德三位代本曾在甘孜兩次作戰，皆因寡不敵眾而敗北。」

好在，接下來的戰事卻在劉文輝呈送民國政府中央的電文中有較詳盡的表述。之前，劉電文中談反攻都很簡略。只說某日收復瞻化，某日收復甘孜，到了此時，卻忽然詳盡起來：「我軍乘勝收復甘、瞻。藏又派勁旅，調集民兵，集中於大白一帶，以圖反攻。

「文輝鑒於藏情狡譎，正擬奮速進攻，摧其主力，不圖敵於六月東（一）日乘我守兵交代之際，用悍兵五千以上猛攻大雪山頂。我一、二、三、四支隊正紛紛崎嶇遼闊陣線中，驟不及防，遂遭大挫。我既倉卒失去陣地，敵復乘勝向我橫掃，全線動搖，危且不去。幸賴我左翼隊及總預備隊飛奔增援，激戰終日，死傷枕籍，始將雪山陣地完全恢復，轉危為安。乃依按原計畫施行總攻擊。我三支隊於冬（二）日晚由雪山繞攻，二支隊由燒香臺左翼仰攻，一、四兩支隊由覺羅寺進攻，與敵混戰一日一夜。我一支隊於支（四）日占領白利村，二、三、四隊同時占領乍堆，向葛老隆推進。敵自白利失守，全部向大金退卻，飛請增援。其在寺旁各要隘早已構築險固工事，層層布防，嚴陣死守。我軍自微（五）日起節節進逼，血戰四日，卒不得下。我前線官兵豎髮裂眥，爭為先登，於佳（九）日拂曉咸誓為國犧牲，與敵作殊死戰……砲聲隆隆，血肉橫飛，我前線官兵猶大呼軍訓，視死如歸，前仆後繼，毫無退縮，戰區土人驚為西康戰事之烈從未曾有。我軍乃將憑恃藏援、怙惡造亂之大金寺一鼓攻下，並乘勝進占絨壩岔，敵人大部正向德格方面退卻，臨去將大金寺內之子彈庫、糧秣庫縱火延燒，刻正在分別善後中。」

這時，十三世達賴喇嘛見戰事不利，便通過駐京辦事處向蒙藏委員會提出抗議：「壬申歲，漢方對於西藏外倡和好之說，實行欺罔之計，試觀其無故集中軍隊、槍械開釁於合歌及瞻對地方……又大白兩寺之事，經蒙藏委員會交由四川劉文輝辦理後，既無一言商議，又復遽啟兵端。凡此皆足為其欺罔手段之表見！」

大白之爭，中間或戰或和，也許還有什麼是非曲直，我還沒有看到相關材料，但如果說瞻化、說大白地方的得與失，有什麼「欺罔」之處，藏方倒真是有些強詞奪理了。

跟大白之爭初起時，蒙藏委員會頻頻致電達賴喇嘛不得回覆不同，這一回，劉文輝所部川康邊防軍不斷收復失地之時，達賴方面開始頻頻致電蒙藏委員會，後來乾脆直接致電蔣介石：「中央現對中藏問題究作如何辦法？」

蔣介石這樣回覆西藏駐京辦事處：「西藏為五族共和之一，無異一家骨肉，中央決不願用兵力以解決各項問題……惟迭接各方報告謂，西藏正傾師犯康，添購新械，達賴且將親出指揮。所報如確，固未諒解中央對藏之好意，兵連禍接，亦徒苦川藏人民。請轉電達賴，有何固見，盡可傾誠見告。但屬合理要求，中央無不樂於容納，萬勿輕信他人挑撥語言，趨走極端，徒授帝國主義侵略之機會也。」

而在前線，戰事繼續展開，到一九三二年八月間，戰事已近尾聲了。劉文輝電「民國政府主席林、軍事委員長蔣、行政院長汪」：

「職部自七月佳（九）日收復大金寺、絨壩岔、玉隆各地……鄧指揮驤等報稱：藏番因大金寺之役主力被摧，趕調昌都一千餘人、民兵三千餘人以增援。以雀兒山東面之山根子為第一道防線，由民兵扼守。以雀兒山西面之柯鹿洞為第二道防線，由昌都新到之騎兵扼守。以德格為第三道防線，由大金退回之藏兵扼守。並於各地築有堅固之工事。職等偵悉前情，決定敬（二十四）日分三路進攻。一、四兩支隊任右翼，出竹慶會攻柯鹿洞；二、三兩支隊任正面，先奪取山根子，再越雀兒山攻柯鹿洞；五支隊任左翼，出贈科向德格抄擊。自勘（二十八）日晨起，激戰至勘日晚，雙方死傷枕藉，血肉橫飛。我軍奮不顧身，前仆後繼。藏敵不去，向德格方向狼狽退卻，遂將山根子、雀兒山、柯鹿洞等地占領。

「查柯鹿洞距德格四十里，兩山夾峙，巉崖急湍，中有橋梁十三道。藏番分部為營，阻橋為守，我軍乘勝進逼，以大砲、迫擊砲、機關槍猛烈轟擊。該敵拚死頑強抗，無法進展。不得已，乃冒險攀山，繞道橋梁後方。同時出贈科之左翼軍，亦已抄過德格後方，始將十三道橋梁完全占領，跟蹤追擊，於豔（二十九）日占領德格縣城。藏敵潰渡金沙江，集中崗托。我軍乘其半渡，用槍掃射，敵斃甚眾，即日追占龔埡，一面派隊進逼金沙江邊，對崗托渡口嚴密布防。我軍傷亡官兵千餘人。」

藏軍自德格敗退後，全線動搖，又陸續退出鄧柯、石渠、白玉等縣，至此，民國七年來，因金沙江東類烏齊事件而起，被藏軍占領的江東各縣，被川康邊防軍全部收復。川藏兩軍形成隔金沙江對峙的局面。

這時，英國人出面敦促停戰了。

恰逢劉文輝也後院起火，四川境內的二十軍軍長劉湘，聯合二十八和二十九兩軍，準備對劉文輝開戰。川康邊防軍也就放棄了乘勝渡江，收復民國七年戰敗前全部失地的打算。一九三二年十月，西藏方面還是那位瓊讓代本，與川康邊防軍鄧驤、姜郁文兩代表在金沙江西岸之崗托簽訂《漢藏停戰條件》六條。

主要內容：

川藏雙方軍隊各以金沙江中下游東岸和西岸為最前防線，不得逾越，同時各處前線，雙方每處駐軍不得超過兩百人。

這條停戰線，直到今天，還是四川省與西藏自治區的邊界。當年的崗托渡口上已經沒有了牛皮船，江上一座水泥大橋。橋頭西岸，至今還有幾座堅固的岩石碉堡聳立半山坡上。那已是二十世紀五〇年代藏軍試圖阻擊人民解放軍進軍西藏時所建立的了。

六年前的一天，我開車從德格縣城出來，在一個叫龔埡的地方停留半天。那個地方，有一座舊城堡的殘跡，一道從谷中伸向山頭的蜿蜒的舊城牆。文字史料上，對這座舊城沒有隻言片語記載，倒是當地百姓中有口碑傳說。說此城是史詩《格薩爾王》中格薩爾王手下三十大將之首，也是他同父異母的兄長嘉察協噶鎮守的城堡。史詩中的嘉察協噶是一個漢藏混血兒，赤膽忠心，有勇有謀，戰死之後，還在戰場上顯靈為將士助戰。站在高崗上的殘牆邊，我想，在比本書所書寫的更遙遠的格薩爾王的時代，這片土地上的人眼界更高遠，心胸更開闊，如果今天還有像產生《格薩爾王》那些的英雄書寫，人們還會把一個漢藏混血兒塑造成讓人一唱三迴腸的英雄形象嗎？風勁吹，太陽的光瀑傾瀉而下，眼前橫亙著綿延的群山，這樣的問題自然無人能回答，只有風中的樹林光影錯動，發出大聲喧譁。在我身旁，古城堡殘存的夯土牆通身通紅，據說是經歷多次火攻才變成這樣的顏色。為我講述傳說的當地老者，在殘牆根下翻掘一陣，掏出一大坨鏽紅色的東西放在我面前。不是泥，是融化過又沒有完全融化的石頭緊緊黏連在一起。老者說，看看當年，你看看當年，他們把鐵礦石燒得半融，投入牆基，又澆下鐵水使這些石頭牢靠黏結。老者說，所以古堡的殘牆才能歷千年而不倒。我在地下翻掘，到處都是赭紅色的老牆基，一座佛寺就建在老城堡的牆基之上。廟裡光線昏暗，有一根彩繪的柱子上，掛著一個彩繪的箭匣，裡面插著幾支帶翎的箭，廟裡僧人說，這也是格薩爾時代留下來的舊物。這個，依我之力是很難考證了。

我離開龔埡村，沿峽谷西下，到了金沙江邊。在正午強烈的日光下，站在寬闊的水泥橋上，看橋下的江流，湍急處，水石相激，白浪翻卷，平緩處，一個漩渦套著一個漩渦。這條江流，早前並不是川藏兩省區的界限，那是德格土司領地上的一條內江，晚清，曾經雄踞此地幾百年的德格土司家族漸漸衰落了。民國，這條江流兩岸，幾度變成川藏間的戰場。當年大白事件後，川康邊防軍和藏軍就在這裡隔江對峙。

在橋上，一輛掛西藏牌照的車停下來，車上下來兩個人。自我介紹說是新到江達縣任職的援藏幹部，來自天津。要去拜會德格縣的領導，說兩縣雖屬不同省區，兩個縣隔江相望，來了新領導自然都要互相拜望，方便以後的工作。

我們在橋上以江水聲作背景，閒聊一陣，分手，他們去我剛離開的德格，我沿著金沙江東岸崎嶇的公路沿江而下。這條公路通向趙爾豐改土歸流後新設的白玉縣。從白玉縣繼續沿江而下，就是川藏大道南線上的巴塘。如果從白玉縣往東，通過大片布滿冰川的雄闊高原，就是過去的瞻對，今天的新龍縣了。

那天，我沒有到達白玉。

我在一個叫河坡鄉的地方停下來。那裡出一種很有名的刀：白玉藏刀。這個地方，傳說是格薩爾時代的兵器部落。我在村子中轉悠，幾乎所有人家都在用傳統的手工藝打造什麼，只是他們已經沒有打造兵器了。他們把熟銅敲打成薄片，用來打造各種宗教用品：寺院建築上的頂幢、轉經輪、佛像……林林總總，也有人在打造刀子，小巧的刀身、精緻的銀鞘——上面花紋繁複，還鑲嵌著一顆顆紅珊瑚。這種刀，裝飾意味已經大於實用價值了。我不甘心，打聽有沒有人家還在打造真正的刀。藏語的康巴方言和我家鄉的嘉絨方言大不相同，我只能大著舌頭吐出一些簡單的詞，終於，還是有人明白了我的意思。把我引到一戶人家。石頭寨子的二樓，是這家人寬大的起居室兼客廳。五十來歲的男主人搬出一把把兩尺長、三尺長的樸素而鋒利的刀，擺在我面前的藏式矮桌上。不用過手，我就感到它們的分量與鋒利。主人說，這些刀現在不能用了，他甚至用了一個漢語詞，管制刀具。他說，喜歡的遊客拿回去掛在牆上。他說，以前好多遊客會買，拿回去收藏。現在不行了，檢查，不讓帶。說到此，主人和我都有些惆悵。如果還要賣，「就像這樣」，他又拿出一把刀來，沒有開刃的，我說：「那就不是刀了。」

我想起小時候放羊的時光，一把這樣的刀斜插在腰帶上，羊躲在灌木叢裡不肯出來，這把刀就派上用場了，一陣左劈右砍，那些樹枝紛紛墜落，一條通道就開闢出來。

我們交談的時候，二樓外的平臺上，傳來叮叮噹噹的敲打聲。我出去，一個二十多歲的年輕男子，正在通紅的鐵匠爐邊鍛打一把新刀。我指著沉默的打刀人，問主人是你兒子嗎？他笑了，看了看身邊給我們端茶遞水的女主人。我明白了，這是一個兄弟共妻的家庭。

那天，我就宿在這戶人家。聽著窗外金沙江的波濤聲，難以入眠。我在想一個民族悲劇性的命運，為什麼格薩爾那樣開闊雄偉的時代，一變而為土司們小國寡民的時代。我還在想，直到今天，這個民族還很少有人去想這樣的問題，甚至，想想這樣的問題，都會成為有意觸碰某種禁忌的冒犯？

早上離開時，這個過去的兵器部落，有些人家正在把打造好的宗教器物裝上小卡車。是啊，和平時代，刀箭都隱退了。歷史前進，一些器物的退場自是必然，但何以連寬闊蓬勃的精神也一起狹窄萎頓了。

藏方在大白戰爭中先勝後敗，不自量力的決策是上面做的，下面的軍官只是依令而行。但戰敗的責任卻要由前線軍官承擔。德門．雲丹卓瑪的回憶文章記載：「四品僧官扎康堪仲及三大寺代表自類烏齊發出文告，勒令三位代本前往接受軍政處罰，三人即抵該地受審，凱、德二代本向其移交戰事始末文牘。最後對三人免予死刑，罷黜代本之職，另罰瓊讓黃金一百五十兩。」

而總管前線戰事指揮的噶倫阿丕也於憂懼之中，病死於昌都任所。

其實，這些藏軍軍官，在前線屢與漢軍交手，相對在拉薩中樞的那些僧俗官中，對戰與不戰，對戰或和分別的結果，均是十分清楚的。

大白之戰結束于一九三二年。〈第十三世達賴喇嘛年譜〉有一節關涉大白之戰，語氣卻沖淡平和，不見譜主的情緒：「本年，川藏交戰，霍爾廓（即甘孜、爐霍、霍爾五土司一帶）及娘絨（即瞻化地方）地區的藏軍敗績失地。瓊讓代本與內地官員資深旅長談判，以崗托渡口處之金沙江為界罷兵。因在交戰和談判中過分退讓，達賴喇嘛處罰德格、涅絨、霍爾廓地區守官瓊讓、德門、凱墨等人，將其貶為普通俗官，並任命人員接替。」

一九三三年五月，年譜又記：「川藏協議簽署後，達賴喇下令昌都總管及其務事人員前來拜見……接受其所呈協議文本，詳細聽其稟告。」聽了稟告後，反應如何，卻不見記載。又五個月後，「十月三十日，達賴喇嘛於格桑頗章附近的寢殿其美巧期中示現圓寂之相」。這個十月，是藏曆。十三世達賴喇嘛圓寂之日，公曆是一九三三年十二月十七日，「佛齡五十八歲」。

一九三四年，民國政府派出參謀本部次長黃慕松入藏冊封致祭，六月，「二十七日，抵金沙江，藏方官民及如本等在江岸鵠候，遂渡江赴瓊讓代本歡宴會。自此康藏駐軍雙方，感情較昔稍好，而隔閡亦因減除不少。」

黃慕松報告書中說：「查瓊讓代本此次奉藏政府派為招待專使之總招待員，渡江後，一切安全及烏拉之調集，均由彼負責。其人對川康事件素極熟悉，在康駐軍歷十六、七年，民國七年之絨壩岔條約，及此次與劉軍長所訂結之崗托協定，均由彼辦理。為人老謀深算，富機詐心。」看來，黃專使並不太喜歡這個人。這反而說明，瓊讓本人對西藏地方政府是忠誠的。一九三二年，失去軍職，被貶為普通俗官。兩年後，看來又官復原職，因為與「漢政府」打交道，還少不了他這樣熟悉雙方情況的幹練之人。

諾那活佛的傳奇

該離開大白之戰，來說說一個頗富傳奇色彩的活佛故事了。說他，我們又得把日曆翻回到民國七年的川藏戰事。

諾那活佛系統，原是昌都西北類烏齊三十九族地區昌奇寺管家。諾那活佛的前世，對藏傳佛教寧瑪派教義深有研究，在該地區的信眾中享有崇高威望，被清朝皇帝賜以呼圖克圖封號。

「呼圖克圖」，清朝授予蒙、藏地區藏傳佛教上層大活佛的封號。「呼圖克」為蒙語音譯，其意為「壽」，「圖」為「有」，合為「有壽之人」，即長生不老之意。原是藏語「朱古」之蒙語音譯，意為「化身」，即漢語俗稱中的「活佛」。凡冊封「呼圖克圖」者，其名冊皆載於理藩院檔案中，其下一輩轉世，由清廷加以認定。

我未查到過資料，說這一位諾那活佛是這一系統的第幾世活佛。史料只說諾那因封號得自清廷，「對漢軍頗有好感」。這好感可不一般，民國七年駐昌都邊軍彭日升與藏軍開戰時，諾那活佛和他的寺院就站在了漢軍一邊，幫助彭日升所率邊軍攻擊藏軍。戰爭結果我們知道是邊軍完敗。邊軍統領彭日升兵敗被俘，被押往拉薩投入監牢，據說後來病死牢中。助戰的諾那自然也沒有好結果，他同樣被西藏地方政府逮捕，押往拉薩，關入監牢。那時，西藏地方吏治腐敗，只要大施賄賂，幾乎沒有什麼辦不到的事情。諾那也深知這一點，通過對獄卒重行賄賂，得以潛出監獄。他逃出生天，不敢在西藏境內久留，便一直往尼泊爾去了。到了尼泊爾，因王室成員都信奉藏傳佛教，並不為難於他。許多藏傳佛教高僧都涉獵醫術，諾那活佛也不例外。他到尼泊爾時，正逢王室公主患病，經他問病施藥並兼以法事，公主很快痊愈，王室對他更是優禮有加。而諾那最終的目標是要逃往中國內地，尼泊爾國王便厚贈川資，助他取道印度，前往中國內地。

不久後，諾那到達北京。那正是段祺瑞主政時期。他面見段，游說他派兵經邊，收復民國七年邊軍戰敗後的失地。但段正忙於應付內地軍閥間的爭戰，無暇他顧。諾那只好留在京城中講經說法。在此期間，四川軍閥劉湘的駐京代表李公度也成為他的信眾。李邀他前往重慶。諾那想段政府不能助他，或許劉湘這樣的四川實力派可以助他，便應邀去到重慶。到了重慶，劉湘並無經邊的打算。諾那失望之餘，便於一九二七年，轉道前往已是蔣介石作了領袖的民國政府的新首都南京。

在南京，諾那廣收信眾，講經說法，影響日眾。

那時，在南京的蒙藏委員會，有一個年輕的藏族人格桑澤仁任蒙藏委員會委員。

格桑澤仁是巴塘人，是康區藏族青年中最早接受現代教育的人。趙爾豐改土歸流後在巴塘開辦初等小學，格桑澤仁成為這所小學的第一期學生。辛亥後轉入外國教會在巴塘辦的華西小學。一九一七年到昆明上中學。後來，民國政府決定開發西康，在康定新設西康屯墾使署。為網羅培養人才，屯墾使長官劉禹九在當地開辦陸軍軍官學校。一九二四年，格桑澤仁考入這所學校就讀，並因通曉漢藏雙語被任命為屯墾使署宣慰員。後又分別為九世班禪和二十四軍軍長劉文輝工作。再後又轉往南京，因他平時留心時事，對康藏時局有著自己獨特的見解，而為時任民國政府考試院長戴傳賢所賞識，舉薦他到民國政府工作，出任蒙藏委員會委員，並兼《蒙藏時報》社副社長，其間加入中國國民黨。格桑澤仁在任期間，主張多培養康區藏族青年，參與地方政治經濟文化建設。受他影響，巴塘、康定等地許多有文化基礎的康區青年到南京任職和求學。這些青年人，在南京聚集在格桑澤仁周圍，成立了「藏族青年勵進會」。格桑澤仁自任會長，意圖還是為將來改變家鄉，建設家鄉儲備人才。

諾那活佛到了南京，兩人同為藏族，又都傾向於中央政府，自然過從甚密。有材料說，格桑澤仁「在各方面為諾那揄揚」，一是說他教法高深，一是說他傾心中央，在類烏齊時，助戰邊軍的舊事。這樣的高僧自然受到民國政府的重視，考試院長戴傳賢親自接見諾那。戴傳賢自己是虔誠的佛教徒，深研佛法，作為政府高官，更關心西康政治社會各方面的情況。戴傳賢的種種詢問，諾那無不給以很好的答覆。這使戴傳賢深感滿意，認為將來民國政府開拓康區，諾那也是像格桑澤仁一樣不可多得的人才，也薦舉他出任蒙藏委員會委員。並批准他在南京設立「西康諾那呼圖克圖辦事處」，由李公烈擔任辦事處長。李公烈是最初將諾那引薦給劉湘的李公度之弟。諾那為了增加同康藏地區的聯繫，又在康定設立「諾那呼圖克圖駐康定辦事處」。任命原類烏齊三十九族頭人邛布彭措為主人。我讀到過一些回憶材料，好些那時進出康定的人士，都見過此人。這個彭措也叫那麥彭措。民國七年後，他率族人助彭日升邊軍攻擊藏軍。戰敗被俘後，他被藏軍施以削鼻之刑。以後有家難歸，長期流落在康定一帶。「那麥」，在藏語中，就是沒有的意思。他沒有什麼？沒有鼻子。這回，他出任諾那的辦事處長，算是又拾回了過去作部落頭人時的部分榮光。

日本人步步進逼前，西南地面為整個國家的後方，康區則是這個後方更縱深的後方，其局面的安定比任何時候都更顯重要。民國政府中一些有識之士，有「先定川康，後圖西藏」的戰略設想，同時，中央政府也忌憚這一地區完全處於劉文輝這樣的地方實力派控制之下，一直在尋機契入一股另外的力量。先是藉大白之戰的時機，委派格桑澤仁為民國政府參議，再派他以西康黨務特派員身分，帶領部分在南京學習工作的康區青年回到家鄉，蔣的意圖要他在康區建立國民黨組織，在劉文輝的地盤上，培養一股異己的力量。格桑澤仁回到巴塘，見劉文輝駐康區部隊，大部陷於甘孜、爐霍一帶與藏軍的戰事之中，又值康定兵變，馬旅長被變兵槍殺，便聯絡當地實力派，提繳駐巴塘守軍兩個連槍械，成立西康省防軍司令部，委任自己的祕書黃子冀為巴安縣長。同時公布五條政綱：一、實行地方自治；二、力圖民族平等；三、廢除烏拉差役；四、改進耕牧技術；五、發展文教事業。這是藏族歷史上，由藏族人自己提出最與世界大勢相契合的先進且有系統性的政治主張與施政構想。此前，西藏地方政府也曾力圖有所變革，曾派出幾位留學生去英國留學，那些人學成歸來，卻未曾在西藏社會產生影響。倒是那個派去監護這幾位留學生的官員龍夏，曾經希圖在促進西藏社會變革方面有所作為，結果卻是觸怒保守派下獄，並被剜去雙眼。這是一個血腥的警告，不准睜開眼睛看到西藏之外的世界！

史料不載格桑澤仁在巴塘的激烈舉措，在蔣介石和民國政府那裡引起了怎樣的反應，倒是他所造成的這個事變，被藏軍視為一個良機。當時，唐柯三正在調處大白之戰，川、藏軍在川藏大道北線甘孜、爐霍一線陷於對峙局面。這時，駐川藏大道南線上的要點巴塘的武裝，不再是劉文輝的部隊，而是格桑澤仁的旗號，自然不在唐柯三調處範圍之內。藏軍隨即向巴塘發動進攻。藏軍進攻前，經格桑澤仁說服共同舉事的貢嘎寺武裝叛投藏軍。藏軍圍攻巴塘三個月，格桑澤仁力量單薄，無力再戰，遂以請求援兵的名義，潛出巴塘，經雲南轉回南京。「康人治康」，有很好的理念，藉以實現這個理想的手段，卻倉促草率，未經實際施行，便告煙消雲散。

一九四六年，此後再無大作為的格桑澤仁於憂鬱寂寞中，病逝於四川青城山。

那個時代，真是康區的多事之秋！

大白戰事未了，中間出了一個格桑澤仁領導的「巴塘事變」。

大白戰事剛了，善後工作如大金寺院重建，僧人安置等項尚未結，長征中的紅軍又逼近了康區。

為阻擋紅軍，國民黨中央軍十六軍進駐康定，民國政府又宣布在西康設立「西康宣慰使公署」，任命諾那活佛為宣慰使。這自然是出於兩個目的。一、如紅軍經過這一地區，可以借諾那的威望動員地方武裝抵抗；二、乘機在劉文輝這個地方軍閥的地盤上契入另一股力量。宣慰使公署下分設祕書、宣慰、總務和地方武裝四組。各組分設組長一名，組員若干。曾追隨格桑澤仁在巴塘與藏軍戰鬥的西藏商人邦達多吉為宣慰組長和地方武裝組長。由湖北人韓大載任祕書長。

一九三五年四月，諾那從南京往四川。到重慶後，民國政府軍事委員會駐重慶別動總隊，派別動第一大隊部指導員江安西及中隊長何樹屏率一個中隊八十餘人，隨諾那進駐西康。江安西是巴塘人氏，在巴塘教會學校受過教育，同時被任命為宣慰使署的藏文祕書。四川軍閥劉湘因與諾那有多年的供施關係，加上和劉文輝鬥爭的需要，也調拔了兩個連的兵力，編為宣慰使公署特務大隊，任命曾在其軍隊中任過旅長的秦偉琪為大隊長，隨諾那入康。

一九三五年六月，諾那由成都啟程，以煊赫的儀仗高調入康。史料載他「乘坐八抬黃轎，前後華蓋寶傘」。

諾那入康後，劉文輝對他也以禮相待。

八月，宣慰使公署廣招在康區擁有實力的地方僧俗首領到康定參加宣慰大會。這些地方首領中便有瞻化縣上瞻對頭人甲日．多吉郎加。祕書長韓大載主持大會，並代表民國政府向康區各界表示慰問，諾那發表長篇講話，宣揚教法之外，號召擁護貫徹中央政令，鞏固邊防，維持治安，在五族共和國家加強團結等等。

接下來，宣慰使公署又以調查民情為名，祕密召集康屬各縣土司、頭人、寺院住持等會議，要他們反映地方情況。其實，就是搜集於劉文輝不利的材料。果如他們所願，事後，公署很快收到控訴二十四軍在康區橫徵暴斂、為非作歹的書面材料三百餘件。公署當即轉呈民國政府中央，此事又很快被劉文輝知曉，雙方關係迅速惡化。

九月，諾那離康定，計畫沿川藏大道北路各縣進行宣慰活動。當諾那一行到達折多山外塔公寺，有乾寧寺喇嘛來報，有一個排的散兵正在乾寧搶劫寺院財產。諾那當即派邦達多吉和江安西率部將這股散兵包圍繳械。經查，這些散兵是二十四軍與紅軍作戰失敗後退下來的。公署繳獲他們的武器後，發給路費，遣散回家。

公署進駐道孚後，又獲悉二十四軍余如海旅三個營在北面的丹巴縣被紅軍擊潰後，旅長不知所往，其中兩個營敗退道孚縣城。這些失控的敗兵，沿途搶劫，進駐道孚後，吸鴉片，聚賭，軍紀敗壞。公署以維持社會秩序的堂皇名義，決定解除這兩個營的武裝，以壯大自身的實力。為避免衝突，公署以慰問之名，設宴請排級以上軍官出席。同時，公署武裝將宴會場所悄然包圍。酒至半酣時，祕書長韓大載假中央名義宣布：二十四軍駐康區軍隊，由宣慰使公署接管，聽候改編。並當即勒令赴宴的各營營長簽發繳械命令，由江安西等率武裝，前去兵營宣讀繳械命令，並保證士兵們繳了槍械後，保全性命，並照發軍餉。以此辦法，將二十四軍兩個營順利繳械。不久，又發動地方武裝，將余如海旅另一營在行軍途中包圍繳械。這三個營，大部士兵被遣散，留下的士兵，改編為宣慰使公署直屬的武裝力量。

此一事件發生後，劉文輝自然萬分惱怒，調一個團的兵力出康定向道孚進擊。公署駐康定的祕書陳濟博早把劉文輝出兵的消息與日期電告諾那。

結果，公署立即調動武裝一千餘人，由那麥彭措指揮，將劉文輝部隊擊潰。此戰勝利後，諾那將劉文輝派駐道孚的縣長撤職，另委別動隊員徐某為縣長，直屬公署領導。

事後，在只有諾那、韓大載、江安西和邦達多吉參加的會議上，諾那活佛說：「一個人吃大蒜，吃一個口臭，多吃幾個亦是口臭。」意思是以這種方法化二十四軍的武裝為自己的武裝，既然已經開頭，就不能半途而廢，只能繼續進行下去了。

會後，公署在穩定住道孚這個立足點外，派出邦達多吉率他自己的私人武裝前往巴塘，那裡有二十四軍一個團，他們的打算是要按道孚方式，將這個團也解決了。邦達多吉，西藏人，出身於西藏三大商業家庭的邦達昌家族，曾任藏軍軍官。後與西藏地方政府發生衝突，帶領所屬兩百餘人槍離開西藏，長期駐紮巴塘。

長征途中的紅軍一、四方面軍，從瀘定橋等處過了大渡河，在丹巴、大金川一帶盤桓一段時間，便北上去了阿壩草原地帶，並未進入康北地區，而二十四軍的主要兵力都用於防備紅軍進入雅安一帶，以致康北一帶幾乎沒有駐軍，這便給了諾那的宣慰使公署很大的活動空間。

邦達多吉出發後，江安西從別動隊中抽出三十名精幹人員，每人配長、短槍各一支，組成一個警衛排，隨他出發肅清康北各縣二十四軍的殘餘部隊，並撤銷各縣原任縣長，另委縣長，並由別動隊中派出一名隊員協助縣長辦理縣務。江安西巡視了康北數縣，都早無二十四軍部隊駐守。後來，江安西偵知地處德格和瞻化兩縣之間的白玉縣有二十四軍一個連，便動員地方武裝兩百餘人，半途設伏，迫使這個連繳械投降。

大白之戰後的瞻化

一九三二年五月，劉文輝部擊潰藏軍，收復瞻化。

戰後，瞻化全縣按原上瞻、下瞻、河東、河西四總保又編成四個土兵營，以原委四個總保為土兵營長。同年，修復了被藏兵破壞的從江東通往江西岸縣治的雅礱江大橋。原縣衙建築被藏軍焚毀。繼任縣長因陋就簡，將縣衙就設於縣城關帝廟內。

一九三四年，西川郵政管理局甘孜三等局在瞻化設立郵政代辦所。這是瞻化縣繼設縣之初即開辦小學外，第二件趨於現代化的機構設置。

瞻化縣磨房溝、日巴、拉科等地有漢民進入開採沙金礦。

當時瞻化地面，四個總保中，以上瞻總保甲日．多吉郎加勢力最大，可以和其抗衡者，只有下瞻總保。可惜多吉郎加膝下無子，只有兩個女兒，便從甘孜招一婿翁須協巴入贅，「二女並嬪之」。兩女中，一女姓名不傳，一女青梅志瑪性格強悍。男方也是甘孜大戶出身，自然也不願意事事聽從婦命，以致家庭不睦，夫婦間屢起糾紛。大戶人家，夫婦相爭，不止是情感問題，重要的還是土地、財產和百姓的控制權，最後矛盾達到難以調處的地步。翁須協巴主動多方結納縣長，縣府便在家庭糾紛中傾向於男方，這讓青梅志瑪對縣府極其不滿。

此時，上瞻與下瞻兩總保間因爭奪一塊草場又起了糾紛。讀慣大歷史的讀者會說，怎麼都是這樣的雞毛蒜皮呀！但那個時代，康區土酋間的爭端，都起於這樣的小事。有一本甘孜州政協印行的書《西康史拾遺》，出於馮有志先生之手。馮先生民國時期長期在西康工作，很多事件都是其親歷，自有相當史料價值。他在書中也記載了這次瞻化兩總保爭奪一塊小小草場的官司。

「地方縣長，親往查勘。見這片草場，都在下瞻對境內，上瞻對僅在交界處有寬僅一米、長約數米的一小地段，照理這片草場，應屬下瞻對所有，便把這片草場判屬下瞻對所有。」

這件事在青梅志瑪看來，是縣長不待見上瞻總保的又一例證。當即便帶了貼身隨從，到康定告狀。這時，民國政府正在籌備西康建省。劉文輝主持西康建省委員會，康區各縣縣長都是他所委派，青梅志瑪自然告狀無門。在康定，也有人告訴她，西康建省委員會雖屬於民國政府設立，但又與中央政府不完全是一回事。青梅志瑪得到指點，便將狀子遞到了民國政府中央直屬的重慶行轅。這時，諾那活佛已到達西康。行轅便將這狀子轉批給宣慰使公署，讓他們就近處理。

一九三五年，上瞻總保甲日家女婿又慫恿縣府出兵，襲擊甲日家官寨。《新龍縣志》大事記中說：「男方勾結瞻化縣府官兵，襲圍甲日家官寨，甲日．多吉郎加逃至康定尋其女青梅志瑪。」

諾那正擔心插手劉文輝操盤的西康事務不能名正言順，得了這上頭批轉來的狀子，馬上就帶了隨從前往瞻對。

青梅志瑪見宣慰使到來，又是藏人，又是活佛，當即前往參拜，並發願皈依，作了諾那活佛的女弟子。諾那此來，真正的意圖，是要奪屬於西康建省委員會的縣政府的權。但縣府所屬有一個排的兵力，讓他一時難以下手。這青梅志瑪便自告奮勇，集中上瞻土兵武裝，向縣城發起進攻。事情的結果《新龍縣志》有載：「父女在西康宣慰使諾那支持下率武裝返瞻化奪回家園，捉甲勇村批等數十人，並乘勢解除了二十四軍駐瞻化縣城一個排的武裝，活捉縣長、師爺、通司、退役營長等四人，並處死。」

這個被處死的縣長叫郭潤先。

諾那遂委任青梅志瑪為瞻化縣長。

這青梅志瑪不意間作了一縣之長，她卻不是受過現代教育的格桑澤仁，有「康人治康」的明晰主張，有改變家鄉的宏圖大略，她除了像過去的土司們一樣，藉手中權力去解決家族之間的恩恩怨怨，爭奪更多一點的百姓、土地與財富，不會另作它想。

宣慰使諾那在康北一路順遂，到委青梅志瑪為瞻化縣長為止，已經控制了康北道孚、爐霍、甘孜、德格、白玉、鄧柯數縣。但邦達多吉率兵回返巴塘解決二十四軍駐軍的事情卻頻頻節外生枝，頗不順利。後來，江安西也帶領警衛排和大量地方武裝南下，支援邦達多吉，準備對劉文輝部巴塘駐軍長期圍困。不想此時紅軍再次逼近康區。這回，是從雲南入境的紅二方面軍，和進攻四川失敗的張國燾、朱德等率領的紅一、四方面軍各一部。

一九三六年，諾那組織地方武裝在道孚、爐霍兩度阻擊北上紅軍，均告失敗。退卻到甘孜後，再次糾集德格等地數千地方武裝，在當年大白之戰時的主要戰場，即甘孜、白利一帶和紅軍開戰。結果被紅軍以一個團的兵力擊潰，指揮官夏克刀登受傷被俘。諾那只帶著祕書長韓大載和那麥彭措等少數隨從及公署所屬特務大隊幾十人逃往瞻化。這時，北上的紅軍也已逼近瞻化。諾那所委任的瞻化縣長青梅志瑪逃跑，不知所蹤。諾那不敢在瞻化久待，繼續動身，準備南下巴塘。而下瞻對總保登巴多吉早恨諾那偏袒青梅志瑪，正好藉機報復，便將經過其領地的諾那一行設伏包圍。公署特務大隊臨陣崩潰，諾那等被俘，登巴多吉當即將那麥彭措槍殺。依登巴多吉最初的想法，是想將諾那交給西藏地方政府處置。這時，紅軍過境的大部隊進入瞻化，登巴多吉遂將諾那等交給紅軍，請求紅軍從嚴懲辦。

紅軍部隊優待諾那，將其送往甘孜。紅軍在甘孜組織成立了博巴人民共和國。這個藏族人民共和國中央政府的主席、副主席都由當地藏族人出任。其中一位副主席，就是後來為促成西藏和平解放而獻身的格達活佛。

諾那活佛和他的祕書長韓大載，在甘孜受到紅軍優待。可是，這位離開類烏齊寺院，在外漂泊二十多年的諾那活佛，此時已經七十多歲高齡。就任宣慰使以來，日夜操勞，特別是與紅軍連戰連敗，騎馬或步行，在高原崎嶇道路上四處奔逃，驚懼之下已身心俱疲，重病發作。在甘孜，雖獲紅軍首長接見，並盡力醫療，仍於一九三六年五月，圓寂於甘孜。

其遺體活化後，紅軍又發給祕書長韓大載銀洋二百元，護送諾那骨灰回到康定。諾那死後，民國政府中央隨即電令撤銷宣慰使公署，韓大載又護送諾那骨灰到達重慶。民國政府追封諾那活佛為普佑法師，並撥給費用，由韓大載將骨灰送往廬山建塔安葬。也有資料說，諾那的骨灰是安葬在山西五臺山。

諾那圓寂時，邦達多吉和江安西還在巴塘與二十四軍駐巴塘部隊對峙，聽聞此消息，知道大勢已去，便撤圍罷兵。邦達多吉率自己的武裝退回波密地區，江安西和所率別動隊員都悄然離開巴塘，最後回到南京。

韓大載後又出任過民國政府行政院參議，一九七五年病逝於武漢。著有《諾那大師傳》一種。

諾那活佛和江安西等人，與此前的格桑澤仁一樣，意識到改變藏族社會落後封閉的狀況，唯有對這個社會進行合於世界大勢的政治改造，發展文教，開發資源，並懷有「康人治康」的政治企圖，但已身力量弱小，無非是藉民國政府中央和地方勢力間的矛盾，得以在康巴地區小範圍內倉促上陣，一試身手，都只好從以非常手段攫取地方政權和槍桿子入手，結果陷入的還是過去地方實力派爭權奪利的窠臼，形勢稍有變化，自身既缺乏實力，更沒有覺悟的群眾作為基礎，倉促舉事，政治主張未及施行，又轉瞬失敗。自己成為歷史舞臺上無數走馬燈式人物中的一個，成為人們談說康區治亂時，一段有趣也有教訓的談資了。

紅軍北上後，劉文輝主持的西康建省委員會又重新向瞻化縣委派了縣長，並派出駐軍維持治安。

再說那位青梅志瑪。

一九三九年，那個短暫任過瞻化縣長的青梅志瑪，以寥寥數筆又出現在一個人的文章之中。作這篇文章的人，是當時的瞻化縣長。名叫歐陽樞北。他在一份研究西康社會政治狀況的刊物《康導月刊》上發表一篇文章。題目叫做〈瞻化土酋之過去與現在〉。文中說：「頃常聞道乎松林口殺人越貨，多為多吉之小娃（家奴）所為，西康科學調查團土壤組周昌雲等先生來瞻，為言松林口有女匪名曲娟芝嫣（青梅志瑪）者。嗟乎，此即多吉郎加之女也，小人窮斯濫矣！」原來，這個青梅志瑪當不成縣長，又率家奴們走上瞻對人的老路，出了家鄉，在別縣的地面上再行「夾壩」的勾當了。

青梅志瑪的父親多吉郎加，原是瞻化縣地面上雄踞一方、一呼百應的人物，這時也威風盡失。歐陽樞北文中說，青梅志瑪當了縣長後，多吉郎加一族「使官府震憚，因而重振家聲」。但紅軍來了，諾那宣慰使死了，因此「不幸屢躓，多吉郎加家自度無能為力，見老景如此，常自傷悼。筆者宰瞻，多吉郎加來見，但如窮鳥之投懷耳！因憐而訓之，彼惟欷歔涕泣不自勝。現政府尚與優容者，姑以其牽制其他三區力量也。」

這時，上瞻區的實力派，是一名喇嘛了。「自多吉郎加家勢力衰後，有大蓋寺喇嘛赤勒者，富有政客風度之喇嘛也，代多吉而有赫赫之名，日巴、大蓋、物色等村皆附之。其勢力駸駸然，駕多吉而上之，多吉徒擁區長之名而已。然赤勒頭腦清楚，知政教終須分立，事事常秉政府之意而行。」

但這歐陽縣長大意了。

他這文章剛剛發表不久，青梅志瑪就潛回瞻化。她暗中聯繫屬下各路頭人，約定六月某日舉事，想要重演好戲，消滅駐軍，驅逐縣長。但她尚未行動，二十四軍駐瞻化駐軍陳輝先指揮官已得到情報。陳立即率兩個連的兵力，從縣城潛行幾十里地，北上將青梅志瑪包圍，並發起攻擊。激戰中，青梅志瑪的母親被打死。青梅志瑪叫父親多吉郎加先行撤離，她自己戰敗後被俘，後被槍斃於瞻化縣城。

從這般景象看來，瞻對這個民風雄強、號稱鐵疙瘩的地方，其勢力此消彼長，縱橫千年的地方豪強，在時代大幅度進步一下，以不變應萬變的策略已失去效能，終於顯露出末世氣象了。

和過去清軍進剿瞻對不同，紅軍長征過瞻化境，當地豪強也試圖抵抗，但幾乎沒有過一場像樣的戰事，都是稍一接觸就敗下陣來。最大的一場戰鬥，紅軍一個排與當地武裝二百餘人戰鬥，紅軍二十五人犧牲。但取得小勝的這股武裝，隨即就被趕來支援的紅軍部隊消滅。

又過了十四年，一九五〇年，中國人民解放軍第十八軍，僅派出一個排，未經戰鬥就解放了瞻化縣城。瞻對，這個生頑的鐵疙瘩終於完全融化。

不久，新政權將瞻化縣改名為新龍縣。那時的新政權，將自己視為整個中國，包括藏族地區的解放者。這個意思，也體現在新改縣名的舉動中。瞻化一名中，要害是那個「化」字——意思是以文明化野蠻，以漢文化去化別的文化。「化」之目的，是一個政治與文化都大一統的國家。而新政權的設想，正式確認是多民族的共和。至於這個目標是否始終堅持，或者有全部或部分的實現，應該是留待後來人的總結了。

現在去瞻對，早上從康定機場下了飛機，驅車西經道孚縣、爐霍縣、甘孜縣，再轉而南下，大半日之內，就已抵達新龍縣城了。從縣城出去，鄉鄉都有公路相通，最遠的鄉也可當天往返。在酒店、茶樓裡，和當地藏、漢族領導，談的都是如何進行旅遊開發。旅遊資源就是當年清軍難以克服的險山要隘與深峽，和那些石頭壘砌、形式古雅的碉寨。當然，他們還想從強悍民風中挖掘精神性的文化資源，以康巴來命名。但是這一命名，卻被旁一個同屬康巴的縣登記註冊了。退而求其次，他們成功註冊了一個新命名：康巴紅。這個紅，是康巴男人頭頂上的紅。那時，很多的康巴男子漢，都會在長髮辮中編入大量的紅綢布條或紅絲線，盤在頭頂，英雄氣十足。

如今在新龍縣土地上行走，縣城鄉鎮上的公職人員不算，就是村裡的農人，也大多著了輕便的短裝。偶爾，在路上遇著一個藏裝的男子，頭上盤著摻著紅布條的髮辮，陪同的主人就會早早提醒，說，看，這才是真正的康巴漢子！

我在新龍縣尋訪舊事時，逢縣裡從州府康定請來有名的舞蹈編導，正在排演一場風格雄健舒展的舞臺晚會。這些舞蹈，大量採用了當地民間舞蹈素材，著力體現的正是瞻對民風中雄健強悍的一面。

這場晚會排演純熟後，要送到省裡新成立不久的康巴衛視，在新年時作現場直播。縣裡廣播局領導還帶著當地電視臺前來訪問，要我談對這場節目的觀感，以及對該縣旅遊資源的評價。

二〇一三年新年，我從電視裡收看了這場晚會。

看著那些在舞臺上大開大闔、舒展雄健的舞姿，看著舞臺深處的燈光變幻，我想，這其實已是一個漫長時代遙遠的、浪漫化的依稀背影了。

九歌文庫 1230

瞻對：終於融化的鐵疙瘩

作者 阿來
責任編輯 蔡佩錦
創辦人 蔡文甫
發行人 蔡澤玉
出版發行 九歌出版社有限公司
臺北市105八德路3段12巷57弄40號
電話／02-25776564・傳真／02-25789205
郵政劃撥／0112295-1
九歌文學網 www.chiuko.com.tw
印刷 晨捷印製股份有限公司
法律顧問 龍躍天律師・蕭雄淋律師・董安丹律師
初版 2016年7月
定價 **400元**

書號 F1230
ISBN 978-986-450-067-3

國家圖書館出版品預行編目資料

瞻對：終於融化的鐵疙瘩 / 阿來著.
-- 初版.-- 臺北市：九歌, 2016.07
284面 ；14.8×21公分. --（九歌文庫；1230）

ISBN 978-986-450-067-3（平裝）

857.7 105009415